EL DESTINO
DE UN
GUERRERO

FABIO SORRENTINO
EL DESTINO DE UN GUERRERO

algaida
INTER

Título original: *Ante Actium. Il destino di un guerriero*

Primera edición: 2014

© Fabio Sorrentino, 2011
© Traducción: CTL, 2014
© Algaida Editores, 2014
Avda. San Francisco Javier, 22
41018 Sevilla
Teléfono 95 465 23 11. Telefax 95 465 62 54
e-mail: algaida@algaida.es
Composición: REGA
ISBN: 978-84-9877-991-2
Depósito legal: SE-554-2014
Impreso en España-Printed in Spain

Reservados todos los derechos. El contenido de esta obra está protegido por la Ley, que establece penas de prisión y/o multas, además de las correspondientes indemnizaciones por daños y perjuicios, para quienes reprodujeren, plagiaren, distribuyeren o comunicaren públicamente, en todo o en parte, una obra literaria, artística o científica, o su transformación, interpretación o ejecución artística fijada en cualquier tipo de soporte o comunicada a través de cualquier medio, sin la preceptiva autorización.

Índice

Capítulo I	15
Capítulo II	37
Capítulo III	57
Capítulo IV	81
Capítulo V	103
Capítulo VI	125
Capítulo VII	149
Capítulo VIII	167
Capítulo IX	189
Capítulo X	211
Capítulo XI	233
Capítulo XII	261
Capítulo XIII	285
Capítulo XIV	307
Capítulo XV	329
Capítulo XVI	353
Capítulo XVII	375
Epílogo	395
Agradecimientos	411
Nota del autor	413
Glosario	419

*Dedicado a Peppe.
Entre las cosas más valiosas que llevo
en mi corazón resplandecerá para
siempre, nítido e indeleble, el recuerdo
de tus sonrisas…
Te quiero*

*Pero no quisiera morir cobardemente y
sin gloria, sino realizando algo grande
que llegara a conocimiento de los
venideros.*

(Ilíada, XXII, 383-386,
trad. Luis Segalá)

Capítulo I

Pero las parcas habían decidido que aquella fría noche de octubre, los hilos de la vida de las dos mujeres se quebrarían inexorablemente, empujándolas hacia un final miserable y tremendo.

720 *ab Urbe condita*[1]

Lucio Fabio Silano cruzó a toda prisa un campamento militar que le pareció cada vez más congestionado mientras se dirigía a la zona de los oficiales de más alto grado.

Silano, centurión de la legión XIX y veterano del ejército de César[2], era un hombre de un temple excepcional y lealtad inquebrantable.

Tras combatir numerosas batallas para el dictador, consiguió ganarse su confianza gracias a las delicadas acciones militares en las que siempre lograba demostrar su valor de soldado. La noticia de la muerte del comandante lo sorprendió mientras se encontraba de guarnición en Arretium[3] a la espera de instrucciones y lo sumió en el más profundo y feroz desaliento.

---
[1] Ver Glosario al final de la novela.

Consideraba a su general el ejemplo viviente de un verdadero romano y el único capaz de llevar a Roma a una situación de estabilidad política, dadas las precarias condiciones en que se hallaba la Urbe. La causa, a su parecer, siempre había que buscarla entre las mismas caras... las del único enemigo real de la ciudad: el Senado.

La noticia del asesinato de César corrió por el campamento tan veloz como el viento y las cohortes se vieron inmediatamente invadidas por un sentimiento de consternación e incredulidad.

El ejército adoraba a aquel hombre que, demostrando ser uno más y recompensando sus esfuerzos con botines y gratificaciones, se había ganado la obediencia ciega de los legionarios. Conocía a la mayor parte de los centuriones y al pasar por los campamentos se paraba a hablar con los soldados y se interesaba por los heridos, a los que iba a visitar personalmente a las enfermerías de campaña después de cada batalla.

Días tristes e inciertos transcurrieron desde entonces, pero poco después Octavio[4] se presentó ante las tropas para infundir nuevas esperanzas: los planes de César se mantendrían intactos y su heredero se ocuparía personalmente de sus valerosos soldados. Así pues, las esperanzas de Lucio Fabio Silano no se vieron desatendidas cuando, por primera vez, el joven Octavio decidió hablar con él personalmente en cuanto llegó a Arretium.

La última vez que había visto al gran Marco Antonio[5] había sido en la batalla de Mutina[6], en la que las fuerzas conjuntas de Octavio y los cónsules Cayo Vibio Pansa[7] y Aulo Irzio[8] consiguieron imponerse sobre las tropas del ex *magister equitum* de César. El pretexto había sido liberar a la ciudad del asedio impuesto por Marco Antonio contra Décimo Bruto, gobernador romano de la Galia Cisalpina, pero la realidad era muy distinta. En cualquier caso, Bruto y su ejército de desarraigados y mercenarios tenían las horas contadas.

Silano recibió su delicada misión una fría noche de febrero, unos nueve años después de los acontecimientos de Mutina.

Se encontraba con la legión XIX cerca de Narona[9], a las afueras de la ciudad, donde habían levantado deprisa y corriendo un campamento para las cohortes. El espacio disponible, que ya resultaba exiguo de por sí, se hacía aún más angosto con tan solo pensar en el posicionamiento que todo el séquito de un ejército comporta. Por todas partes reinaba una enorme confusión de ruidos y señales. La voz ronca e imperiosa de los hombres encargados de la organización del campo discordaba con el continuo estruendo provocado por el acuartelamiento de las unidades de pertrechos. A todo ello se sumaba el vocerío de las caravanas de mercaderes, que buscaban un sitio en el que exponer sus mercancías (en su mayor parte, esclavos): todo el campamento se había convertido en un ir y venir de caras y olores.

Mientras se ocupaba de la dirección de su manípulo, Lucio Fabio Silano oyó la voz del prefecto de la marcha, Metello:

—Centurión Silano, imparta rápidamente las últimas órdenes a sus hombres y preséntese lo antes posible en la tienda del tribuno laticlavio[10] Publio Rufo.

—¡A sus órdenes, prefecto!

Al llegar junto a la tienda del tribuno, Lucio Fabio oyó una risa sofocada a sus espaldas y al darse la vuelta se topó con la mirada de su mejor amigo, el decurión Quinto Décimo Balbo.

Décimo Balbo era un veterano del ejército romano. César reclamó su presencia más de una vez por las heroicas empresas que llevaba a cabo en el campo de batalla y la admiración que todo el cuerpo de caballería le profesaba. El dictador le ofreció el grado de tribuno, pero el decurión, no exento de titubeos, prefirió mantener su cargo para no abandonar a sus hombres, con los que había realizado grandes hazañas y por los que sentía un amor fraterno. César, que lo seguía considerando su hombre de confianza, accedió, y en la legión XIX hasta los oficiales se guardaban muy mucho de causarle ningún tipo de molestia.

—Noticias, ¿no es así, centurión? —preguntó Balbo.

—¡*Ave*, Quinto Décimo Balbo, glorioso del ejército de Roma y señor de la caballería! —respondió el centurión, irguiéndose al saludar, pero con talante burlón.

—He oído al tribuno cuando hablaba quedamente con el *legato*[11] antes de que el general abandonara esta especie de nido de avispas para presentarse en sus alojamientos del presidio militar de la ciudad —continuó el decurión sin hacerse eco del escarnio—. Me pareció que estaban diciendo algo acerca de una misión delicada, asignada a alguien de confianza pero que no está muy a la vista... algún viejo zorro que pasa desapercibido entre los canosos decrépitos de Roma, siempre tiesos en sus togas.

—Ah, ¿sí? —respondió Silano—. Entonces te marcharás pronto, supongo... Que tengas buen viaje, amigo mío.

—No has perdido el sentido del humor, por lo que veo... ni la desfachatez que te ha hecho tan famoso entre las tropas. Ahora vete. ¿No querrás hacer esperar al joven tribuno Publio Rufo? —dijo a media voz el amigo e hizo amago de irse, despidiéndose con un gesto de la mano.

—Vale, decurión —contestó Lucio Fabio y prosiguió hacia la tienda mientras el otro, a la grupa de su caballo, le respondió al volverse:

—Ya verás como esta vez te hacen prefecto... grandes riesgos, grandes recompensas —dijo, y tal y como había llegado, se deslizó con su cabalgadura entre las sombras por detrás de una tienda y desapareció.

El centurión movió la cabeza y sonrió mientras avanzaba.

Al llegar al pabellón, exigió que los legionarios de guardia anunciaran su presencia ante el tribuno.

La tienda del tribuno laticlavio Publio Rufo era la más expuesta de todo el campamento y, en cierto modo, también representaba el límite, ya que a su alrededor solo había unas cuantas tropas (las de su confianza) y las tiendas de campaña provisionales dedicadas a los esclavos, que lo acompañaban a todos lados.

A pesar de la imagen tan espartana que se percibía desde fuera, al entrar en la tienda uno se daba cuenta enseguida de la extracción social de la que provenía el joven tribuno Publio Rufo. Hasta los objetos decorativos, descarnados y corrientes en cualquier tienda militar, en la suya parecían exaltar el trabajo artesanal, realizado con extraordinario cuidado y habilidad. Mesa y escabeles, profusamente taraceados; utensilios de oro y plata atentamente

19

colocados de manera precisa y ordenada; y en el fondo, la reluciente armadura del tribuno: una loriga musculosa realizada en cuero imbricado tendente al marrón claro, en cuyo pectoral se habían insertado refuerzos en bronce repujado sobre los que descansaba un relieve con un águila en el centro. Tan fulgurante y estupendo a la vista era aquel elemento del vestuario militar como inmensa era la ineptitud de su dueño y su impericia en el campo de batalla.

Publio Rufo era de origen aristocrático y había entrado en la carrera militar cuando, *adulescens*, siguió al dictador en la campaña de Lérida[12] contra Pompeyo[13].

Aun siendo patricios romanos, con el paso del tiempo todos los miembros de su familia decidieron distanciarse del poder senatorial y complacer, si bien a disgusto, a quien había demostrado ser capaz de manejar mejor la difícil situación política de la época.

Los hechos le dieron la razón a César y, unos dieciséis años después de alistarse en el ejército, Rufo se encontraba al servicio de Octavio, sin entusiasmo y arrastrado por un destino que le era ajeno.

Al ver al centurión Lucio Fabio Silano, el tribuno abandonó la lectura de sus rollos y se levantó del escabel para saludarlo.

—¡*Ave*, tribuno Rufo! Ha solicitado mi presencia y heme aquí, a sus órdenes —saludó, cuadrándose, Lucio Fabio.

—Centurión Lucio Fabio Silano, mejor conocido como *el moloso de César*. Por favor, toma asiento —comenzó a decir el oficial, al tiempo que llenaba dos copas de plata con el apreciado vino de Hispania, que se hallaba en un ánfora de la mesa de enfrente. El centurión dio un sorbo del exquisito néctar y se quedó impresionado por lo vigoroso que era el vino y la extraña cordialidad de aquel recibimiento.

—Te he convocado con urgencia porque he de entregarte un papiro que me confió el legado Máximo Licinio Agripa antes de tomar posesión de la ciudad de Narona —siguió diciendo Rufo.

Silano se quedó perplejo al oír las palabras del tribuno.

«Ese maldito decurión sabe una más que el diablo», pensó para sus adentros, pero esperó a que el oficial terminara de exponer los hechos.

—Se trata de nuevas disposiciones. Órdenes que proceden directamente del *imperator* Cayo Julio César Octavio —terminó Rufo, esperando la respuesta y, sobre todo, la expresión del centurión.

—Defenderé con mi vida cualquier deseo de nuestro *imperator* —contestó con sequedad y sin alterarse en modo alguno, Lucio Fabio.

—Bien... Entonces lee el papiro y cuando sepas lo que tienes que hacer espero que pongas al corriente a los demás oficiales de la legión XIX.

—Si se me consiente, sin duda. Ahora, permita que me retire a un lugar apartado y seguro en el que pueda conocer mi destino y el futuro que me espera.

Silano hizo amago de levantarse.

—¿Qué palabras son esas, centurión? —exclamó, furioso, el alto oficial—. ¿Estás insinuando que no estarías seguro en la tienda del primer tribuno de la legión? ¡Está atento a lo que dices, Lucio Fabio!

21

El moloso de César trató de calmar a aquel pequeño mamarracho despótico:

—Tribuno Publio Rufo, no considere mis palabras ofensivas. Están dictadas por la necesidad del momento y no por ningún otro tipo de consideración. Yo me limito a analizar los hechos y actuar en consecuencia. Si nuestro comandante, el legado Máximo Licinio Agripa, le ha ordenado que me entregue esta carta sin mencionar nada más, aparte de quién es el remitente, debo entender que sobre esta información rige el más absoluto secreto. Sabe mejor que yo que este país está plagado de espías que se encuentran ocultos entre los siervos, mercaderes, soldados y concubinas. Como ya sucedió en el pasado, siguiendo las órdenes del divino César, me aseguraré de estar solo cuando abra este papiro.

El tribuno se quedó atónito ante aquellas palabras pero no pudo sino despedir al centurión.

Mientras este último salía, el tribuno lo paró justo a tiempo y le dijo con suficiencia:

—Otra cosa, centurión Silano.

—A sus órdenes, comandante.

—Antes de entrar en Narona, el legado Máximo Licinio ha insistido en que recibas lo que en opinión de nuestro *imperator* te corresponde desde hace mucho tiempo... —La voz de Rufo fluía inexpresiva.

—No entiendo, comandante. ¿A qué se refiere? —inquirió, desconcertado, el centurión.

—Ahora formas parte de los cinco. Aunque contigo seréis seis —respondió Publio Rufo.

—Tiene que haber un error, señor.

—No hay ningún error, tribuno angusticlavio[14] Lucio Fabio Silano. Este es el deseo del *imperator* y, por tanto, de Roma.

—Que así sea, entonces. Vale, Publio Rufo —volvió a despedirse el tribuno, mientras pensaba: «Maldito decurión... esta vez casi acierta».

Mientras se dirigía hacia el punto en el que se habían ubicado sus legionarios, Lucio Fabio Silano pensó que lo mejor sería leer aquella misiva en algún sitio tranquilo, lejos de ojos indiscretos.

Así pues, se metió el rollo de papiro debajo de la túnica y buscó el lugar en el que se habían acuartelado las tropas de la caballería.

Tras dar una rápida ojeada a fin de hacerse una idea general del campamento, se dio cuenta de que el recinto dedicado a los caballos se había montado en el lado occidental de la zona militar, el que quedaba más alejado de la ciudad de Narona, y se encaminó en aquella dirección, buscando a su amigo decurión.

Durante el trayecto pensaba en lo importantes que debían de ser las órdenes que contenía la carta que le habían hecho llegar.

Además, el hecho de que estuviera escrita en nombre del *imperator* Octavio le turbaba el ánimo y lo catapultaba a un estado febril de espasmódica espera difícil de disimular.

Lo acababan de nombrar tribuno angusticlavio por deseo de Roma, lo que significaba un gran paso adelante en la carrera militar para un simple centurión metido en años, como él, pero sabía perfectamente que los dones de ese tipo no se hacían por simpatía, en especial en Roma.

Todavía le retumbaban en la cabeza las palabras de Quinto Décimo Balbo: «Grandes riesgos, grandes recompensas», y no sabía si alegrarse o prepararse para lo peor.

Perdido en estas cavilaciones siguió adelante, y ya estaba a punto de llegar cuando oyó el relincho de un caballo a sus espaldas.

—¿Y bien? ¿Cómo estás, prefecto Lucio Fabio? —espetó Décimo Balbo a modo de saludo.

—Tú, decurión Balbo, tienes que tener algún tipo de contacto con los dioses.

—Olvídate de los dioses. Te glorifican un día para maldecirte al siguiente... Lo mejor es evitarlos. ¿Cómo ha ido la visita al tribuno? ¿Sigue tan amable como lo recuerdo? —dijo Balbo, sonriendo.

—Y tanto —sonrió, a su vez, Lucio—, hasta ha obsequiado a un simple centurión con una buena copa de vino tinto de Hispania.

—Mejor para ti. Las noticias que corren acerca de los pertrechos no son tan halagüeñas, de modo que hay que aprovechar todos los dones que se nos reserven sin desperdiciarlos.

—Escúchame bien, Décimo Balbo, he venido porque tengo que hablar contigo de una cosa, pero no aquí —lo interrumpió Silano.

—Yo ya he terminado por esta noche y estoy dispuesto a beber a tus expensas el mejor vino de Narona fuera de este nido de avispas. ¡Arriba, centurión! —instó, y ambos se alejaron del campamento en dirección a la ciudad.

Tras haber deambulado un rato por las calles de lo que parecía ser un centro habitado bastante tranquilo, dieron con una pequeña taberna de ambiente familiar con un letrero amarillo y rojo.

El decurión Balbo hizo amago de entrar, pero Lucio Fabio lo detuvo tirándole del brazo.

—¿Qué pasa, centurión? ¿Acaso temes fundirte la paga? Tranquilo, que esta noche invita la caballería, maldito cicatero —sentenció Balbo.

—Tenemos otras cosas en las que pensar, condenado romano borrachín —replicó Lucio siguiéndole el juego, mientras le dejaba entrever el rollo que llevaba escondido debajo de la túnica—. Antes tenemos que encontrar un sitio tranquilo para descubrir qué le depara el futuro al tribuno Lucio Fabio Silano y luego ya celebraremos... si es que todavía sigue habiendo algo que celebrar.

—¿Tribuno? ¿Tú? Debe de tratarse de algo importante, entonces. Vamos hacia aquel pórtico, el del oeste. Parece un lugar tranquilo y alejado de ojos indiscretos. Así, tú podrás leer mientras yo monto guardia, tribuno.

Enseguida llegaron a una zona en penumbra que les permitía observar lo que ocurría a su alrededor sin que nadie los viera.

Silano sacó el papiro que llevaba escondido en la túnica y rompió el sello del remitente con facilidad. Cuando hubo terminado de leer el contenido de la misiva, respiró profundamente y le dijo a su amigo:

—Vamos a beber algo, decurión Balbo. Tu amigo tribuno está cansado y por esta noche ya ha reflexionado bastante.

—¿Cuál es el veredicto, Lucio Fabio? ¿Tendrás que volver a la Urbe?

—quiso saber Balbo, lanzándole una mirada preocupada.

—Peor, amigo mío: Alejandría de Egipto. Por voluntad del *imperator*.

En cuanto salieron de la taberna, se pusieron en camino hacia el campamento, pero Lucio Fabio seguía absorto en sus pensamientos.

Había preferido no revelarle al decurión Quinto Décimo Balbo los detalles de su misión.

No porque no se fiara de un amigo que quería como a un hermano, con el que había compartido el campo de batalla en numerosas ocasiones y con el que había podido contar siempre ante las dificultades del combate, sino todo lo contrario, para proteger su vida de los peligros a los que habría podido exponerla desvelándole el objetivo de su misión y las etapas que se proponía seguir.

La presencia de enemigos subrepticios, espías e informadores alejandrinos había dejado de ser una posibilidad remota para convertirse en un hecho probado y, sin lugar a dudas, todos ellos estaban dispuestos a cualquier cosa con tal de agenciarse una valiosa información para Oriente.

Hacía tiempo que los triunviros Octavio y Marco Antonio mantenían una relación gélida. Un par de años antes, Marco Antonio había estado esperando largamente la llegada de las legiones que Octavio, según lo acordado, habría tenido que enviarle para su campaña contra los partos.

El hijo del divino César, empero, había demorado el acuerdo, aduciendo ora esta, ora aquella fútil motivación ante las solicitaciones de ayuda del otro comandante. Por su parte, el noble Marco Antonio, harto de esperar en vano, invirtió una conspicua parte de los recursos financieros egipcios para contratar un ejército y marchar contra los partos, persiguiendo la gloria. La campaña fue un desastre y lo que quedó del ejército se vio obligado a batirse en retirada cruzando Armenia y subyugando sus territorios.

Mientras tanto, Lépido había dejado de participar en estos juegos de poder tras haber sido apartado de Roma, de modo que en la práctica, Octavio y Marco Antonio eran quienes se encargaban de decidir la suerte del mundo romano.

En realidad, todos los acuerdos de paz anteriormente estipulados entre ambos triunviros se habían roto, pero al menos formalmente, el hijo de César no había dejado de enviar misivas al noble Marco Antonio en las que lo invitaba a regresar a la Urbe. Misivas del todo ignoradas.

En el inesperado papiro se le pedía al tribuno Lucio Fabio Silano que partiera de inmediato hacia Brundisium[15], embarcándose en una nave mercantil que zarparía tres días más tarde desde el puerto de Narona.

Una vez en Brundisium, tendría que dirigirse al campamento militar en el que se habían acuartelado tres legiones de Octavio, donde recibiría, del *imperator* en persona, más información sobre su misión. Sin embargo, en la carta ya se mencionaba la meta final y el objetivo de su futuro viaje: Alejandría de Egipto, a fin de «informar» al *imperator* sobre la entidad de las fuerzas de Marco Antonio.

27

Silano no tenía dudas acerca del destino de su viaje, pero el objetivo de su misión no llegaba a convencerlo del todo. Tal vez Octavio había preferido esperar a verlo en persona para desvelarle la verdad. Puede que él tampoco se fiara de quienes tenía a su alrededor.

La voz de Balbo lo sacó de su ensimismamiento:

—Vamos a llegar al campamento, tribuno. Una vez dentro, te aconsejo que tengas los ojos bien abiertos y que no te separes del papiro. Sería una pena verte fuera de juego antes de que te dé tiempo a empezar esta nueva partida.

—Seguiré tu consejo, decurión —dijo Silano sonriendo—, y gracias otra vez por el vino de esta noche, pero sobre todo por la compañía. Mañana, cuando se ponga el sol, vendré a verte.

—Apareceré como siempre a tus espaldas sin que te des ni cuenta.

—Vale, decurión Balbo.

—Vale, amigo mío.

El nuevo tribuno pasó la noche insomne. La unidad de pertrechos no llegó hasta la tarde y, aunque montaron los puestos a toda prisa y lo mejor que pudieron en un espacio ya de por sí reducido del campamento, todavía se oían las voces de los mercaderes y los movimientos de los esclavos encargados de la distribución de los víveres. A todo esto se sumaba la idea de tener que embarcarse en un largo viaje en una estación del año que no resultaba en absoluto favorable para el transporte marítimo.

El problema no era llegar a Brundisium, que en realidad no distaba mucho de Narona. Lo que de verdad le preocupaba era tener que continuar, como se le indicaba en la carta, hasta Alejandría de Egipto.

El último día de servicio en el campamento transcurrió tranquilo y el tribuno pudo seguir impartiendo órdenes a sus hombres y supervisar la realización de las diversas obras de acomodo del campo hasta la noche. Luego se dirigió a la zona dedicada a la caballería para saludar a su amigo decurión, como le había prometido el día anterior, y lo sorprendió concentrado en los cuidados de su alazán.

—Hermoso caballo, decurión —dijo Lucio Fabio.

—*Ave*, tribuno. ¿Has venido a proponerme algo?

—Y tiene que ser muy paciente, visto que consigue soportar a un amo tan cabezón e insolente como tú —continuó el tribuno.

—Es un animal sabio. Sabe cuál es el papel de cada uno y los respeta sin irritarse demasiado. Entonces, ¿ya te vas, tribuno? Pues no olvides mi consejo: los ojos bien abiertos y la mano en el gladio. Quién sabe, si tu misión tiene éxito, a lo mejor vuelves como *legato* y tu viejo amigo Quinto Décimo Balbo tiene que llamarte comandante.

Lucio Fabio sonrió, se le acercó y le dijo:

—En ese caso, el grado que ocupo ahora ya estaría en tus manos.

—Que los dioses te protejan, tribuno —concluyó el decurión.

—*Ave atque vale*[16], Balbo.

Dicho esto, se estrecharon recíprocamente el antebrazo derecho, como solían hacer para saludarse, y Lucio se puso en camino hacia la ciudad de Narona, donde esperaría a que zarpara la nave mercantil que habría de llevarlo a Brundisium.

Llegó a la ciudad de noche, hacia la segunda vigilia[17], y se dirigió sin dilación a la taberna en la que había estado dos días antes con su amigo decurión.

La reconoció por el letrero de la entrada, en el que aparecía representado un león que combatía contra un gladiador sobre un fondo amarillo y rojo. Una vez dentro se dio cuenta de que las mesas, cinco a la derecha y cinco a la izquierda de la puerta, estaban casi todas vacías y que el único cliente de la taberna lo constituía una pareja.

Se sentó en un banco del fondo desde el que se veían la entrada y la sala interna, que debía de ser la cocina. Tuvo que esperar un poco antes de que el tabernero advirtiera su presencia, pero al final pudo pedir.

No pasó mucho tiempo antes de que le llevaran a la mesa la comanda: una sopa de legumbres, dos rebanadas de pan tostado con un poco de aceite por encima y un buen vino de la zona. Estaba hambriento, de forma que se terminó la cena en un santiamén. Luego se dirigió hacia el tabernero y le preguntó si tenía habitaciones disponibles para pasar la noche.

—Por supuesto, comandante —respondió el hombre—, ahora mando a mi hija para que le acompañe al piso de arriba. Escoja la que más le satisfaga. Las cuatro están libres.

—Muy bien, tabernero. Ten esto por las molestias —dijo Lucio al tiempo que le ponía cinco ases en la mano—. Quiero que me llames al alba, ¿de acuerdo?

—Como desee, comandante —contestó el tabernero, mientras contaba con avidez la recompensa recibida. En ese preciso momento salió de la cocina una niña de no más de diez años.

Unos tirabuzones rubios le caían a ambos lados de la cara y el color cerúleo de sus ojos era tan intenso que hacía recordar al mar cristalino de Sardinia. La palidez de su piel era parecida a la de ciertas rosas galas. Tenía las piernas delgadas y los dedos largos y finos. Llevaba una túnica celeste que le llegaba hasta las rodillas y un colgante azul, que aun siendo pequeño, se veía que era bueno.

—Tera —dijo el tabernero—, acompaña al comandante a las habitaciones de arriba. Enséñale todas para que pueda elegir la que más le guste. Después vuelve corriendo, que hay que recoger la cocina que está hecha un desastre y limpiar el comedor.

La niña asintió y, sin decir una palabra, se encaminó hacia las escaleras de la izquierda de la sala, en dirección a la mesa en la que había cenado el soldado.

A cada paso del tribuno, la madera vieja y desgastada de los escalones crujía de modo siniestro y Lucio Fabio pensó que sería mejor cogerse de la cuerda que hacía las veces de pasamanos. Mientras avanzaba entre tanta decrepitud no pudo por menos que pensar en la niña que lo estaba acompañando a su habitación.

La curva de los labios, la línea de la nariz diminuta y, sobre todo, la expresión intensa al tiempo que melancólica de sus ojos, le trajo a la memoria la nítida imagen de su hija.

Habían pasado trece años desde que aquel maldito incendio le arrebató, de golpe, una mujer rebosante de belleza y virtud, cuyo nombre era Adriana, y la hija que era el fin de sus vidas, Porzia.

Silano era oriundo de Praeneste[18], un pueblecito cercano a la Urbe, en el que había transcurrido una infancia feliz en una familia humilde pero que conseguía vivir con dignidad gracias al sudor de la frente.

Con dieciocho años se alistó en una de las legiones que Cayo Julio César estaba organizando para llevar a cabo su misión de procónsul de la Galia Cisalpina e Iliria.

Entró a formar parte de la legión IX, pero más tarde el *imperator* también reclamó las legiones VII y VIII, a fin de aumentar su propia gloria y riqueza a los ojos de Roma. Su propósito era someter a las tribus de la Galia que aún no habían sido derrotadas.

Lucio Fabio partió rápidamente hacia Aquileia[19], que se hallaba en provincia de Venetia y daba al golfo de Tergeste[20], en Istria, y desde allí, a marchas forzadas, el ejército de César llegó hasta los territorios bárbaros del norte. Participó en toda la campaña en tierra gala con el dictador y, durante los ocho años de batalla que siguieron, llegó a convertirse en uno de sus hombres de confianza, al ganarse su estima a cambio de una obediencia ciega.

Siguió a su *imperator* incluso cuando este decidió cruzar el río Rubicón, dando inicio a una guerra civil con su único adversario político: Cneo Pompeyo.

En ese momento comenzó una persecución continua entre ambos contrincantes: Brundisium *in primis*; luego el asedio de Massalia[21], en Hispania; después Roma, unos pocos días; y luego otra vez Brundisium; para llegar seguidamente hasta Dyrrhachium[22], en Iliria, donde todo parecía perdido; y por último la gran victoria de Pharsalus[23], en Tessaglia.

Fue entonces cuando quiso licenciarse. Su comandante accedió y le donó dieciocho mil sestercios y cinco hectáreas de terreno fértil en los campos que rodean al monte Vesuvius[24]. Pero todo ello en cambio de una promesa: si en algún momento César requería de nuevo sus servicios, Lucio Fabio tendría que volver a ponerse su vieja loriga.

Tras recibir la licencia, se puso en camino hacia aquellas tierras con la mujer que había conocido en Hispania y la espléndida hija que habían tenido. Se establecieron en el pueblo de Cambranum[25], a pocos kilómetros de Neapolis[26], que era donde le habían adjudicado sus posesiones agrícolas. Gracias al dinero que le había donado el dictador, logró construir una pequeña granja que pudo sacar adelante con la ayuda de algunos jornaleros y pastores del lugar.

Apenas habían transcurrido dos años de vida tranquila y feliz en aquel ameno lugar, cuando la desventura más grande de su vida cayó sobre sus hombros como una tormenta de puñales clavados a traición. Aquella noche, su mujer Adriana fue a ocuparse de las yeguas y caballos que se encontraban en el gran establo que el marido había construido durante el verano.

Era una estructura amplia, en su mayor parte realizada en madera, que además de las cuadras de los animales en el piso de abajo, también poseía una buhardilla que ocupaba un tercio de la longitud de la construcción, a la que se subía por una escalera de mano.

En ella almacenaban el forraje para los animales y los aperos de labranza. Y también guardaban, de modo ordenado, una gran cantidad de heno recién cortado y grandes pacas de paja que el granjero utilizaba para hacer las camas de las cuadras y como alimento para los caballos. Al final de la buhardilla había dos clavos forjados muy largos de los que colgaban toda una serie de hoces y bieldos, y en el rincón del fondo, apoyados contra la pared, descansaban una gran cantidad de horcas, azadas, azadones y rejas de arado.

A Porzia le encantaba seguir a la madre a las caballerizas porque mientras la mujer se ocupaba de los animales y ordeñaba las cabras, ella podía dar vueltas por la buhardilla a su antojo, dejándose llevar por su fantasía de niña y consumiendo los peldaños de la vieja escalera.

Pero las parcas habían decidido que aquella fría noche de octubre los hilos de la vida de las dos mujeres se quebraran inexorablemente, empujándolas hacia un final miserable y tremendo.

Mientras Adriana se hallaba en la parte más angosta de las caballerizas, entre las cabras y las cuadras de los caballos, Porzia estaba jugando en la buhardilla y, de repente, la lámpara que su madre le había dado se volcó entre las pacas de paja y los montones de heno seco.

En poco tiempo se desencadenó un tremendo incendio que se propagó a toda velocidad debido a la gran cantidad de material inflamable presente en aquel lugar y a la naturaleza de la madera de los travesaños. La niña quedó rodeada enseguida de altas llamas y sus gritos eran desgarradoras súplicas de socorro.

La madre se dio cuenta inmediatamente de lo que había pasado, pero mientras intentaba llegar a la buhardilla recibió en plena cara la coz de un semental espantado por el fuego y se desmayó en el acto.

La niña siguió gritando hasta el final. Eran gritos desesperados que imploraban la ayuda de la madre y del padre, que estaba fuera, en el campo, ocupándose de las últimas tareas de la jornada. Cuando se dio cuenta de lo que estaba ocurriendo, Lucio Fabio echó a correr enloquecido hacia las cuadras y se arrojó entre las llamas, que ya la habían envuelto por completo. Tan solo le dio tiempo a sacar arrastrando de aquel funesto lugar el cuerpo carbonizado de Adriana, un segundo antes de que todo se derrumbara sobre él dejando una enorme acumulación de cenizas por doquier.

El centurión no volvió a proferir palabra durante meses a causa del dolor y el recuerdo que lo atormentaban continuamente, día y noche. La desgracia lo invadió de una enorme sensación de impotencia, lo que empujó a un soldado tan audaz e indomable como él a la región más lejana y oscura del ánimo humano: la resignación.

Lucio Fabio Silano tomó consciencia de haber asistido como un espectador encadenado a la mayor desgracia que pueda sufrir un hombre, la pérdida de su mujer e hijos, y decidió poner fin a su vida.

Pero no, no podía ser de ese modo.

Él era ante todo un centurión del ejército romano, un ejemplo para los jóvenes militares de las legiones, y no estaba dispuesto a que su imagen se asociara a la de un hombre débil que había buscado el camino más fácil para evitar llevar a sus espaldas el enorme peso de un sufrimiento y dolor inextinguibles.

Pensó que su condición de soldado tal vez pudiera darle la oportunidad de enmascarar aquel acto sumamente mezquino con un manto de respetabilidad y coraje.

Sí, eso era...

Buscaría la muerte en el campo de batalla, enrolándose de nuevo bajo el mando del divino César, y estaría dispuesto a participar en las empresas bélicas más arduas y difíciles, solo para poder librarse de una existencia que consideraba inútil.

Y eso hizo: dejó la explotación de la granja a uno de los pastores que lo habían ayudado hasta aquel momento en las labores del campo y volvió a ponerse su *lorica hamata*, tratando de encontrar a sus viejos amigos de la legión IX.

Capítulo II

*Si yo le dijera a qué especie pertenece el pajarillo
que cada mañana me encuentro gorjeando en el
alfeizar de mi ventana, ¿sabría decirme qué
expresa con su armonioso canto?*

La habitación que el tribuno Silano eligió para pasar la noche se encontraba al final del estrecho pasillo del piso de arriba de la taberna. Era la última de las cuatro, estaba a la izquierda y al entrar el ambiente era de todo menos acogedor. La escogió porque parecía la menos fría de las cuatro, con una cama grande y una ventana. Ninguna de las dos habitaciones del lado derecho del pasillo tenía ventanas, y la tercera tenía el batiente encajado y no se podía utilizar.

Silano llegó a la conclusión de que el viejo tabernero no estaba acostumbrado a alquilar las habitaciones a los clientes de la taberna ni a los forasteros que se encontraban de paso por la ciudad y que por eso no se esforzaba en tenerlas un poco más cuidadas.

Al lado de la cama había un viejo baúl de madera hinchada por la humedad, y allí fue donde Lucio Fabio dejó su loriga. En la habitación no había casi nada más: dos taburetes rojos de madera colocados a ambos lados del rincón de la pared más corta y un brasero lo bastante grande como para caldear aquel ambiente húmedo y triste. Al despuntar el alba, unos insistentes puñetazos en la puerta despertaron al tribuno, que aún medio dormido se levantó para ir a abrir.

Lo que se encontró delante fue la carita angelical de Tera que, al ver al granítico soldado romano con su túnica corta de lana roja, se sintió vencida por la timidez y, bajando la cabeza, explicó a media voz:

—Me han pedido que viniera a despertarle cuando viera los primeros rayos de sol, comandante.

—Así es, Vera —respondió Lucio con tono afectuoso—. Eso es lo que le pedí ayer por la noche a tu padre.

—Me llamo Tera —replicó, molesta, la niña—, y por lo que se refiere a…, eh…, mi padre, me ha dicho que le pregunte si quiere que le prepare el desayuno.

—Un buen desayuno es exactamente lo que necesito para dar alivio a estos huesos rotos y enfrentarme al frío de hoy. Bajo enseguida, Tera.

Esta vez el tribuno tuvo cuidado de pronunciar bien su nombre. La niña asintió y se fue por el pasillo, pero al llegar a la escalera se dio la vuelta y llamó susurrando al oficial.

—¿Comandante…? ¿Comandante…?

—Sí, dime, pequeña.

—Quería decirle lo que significa mi nombre en el dialecto de mi pueblo.

—Pues claro, Tera, me encantaría saberlo.

El soldado sonrió un momento y con ello pareció hacer feliz a la niña.

—Significa «sendero de luz», Tera Mai Reiki.

—Es un nombre precioso.

La niña lo miró por última vez y bajó corriendo por las escaleras desgastadas mientras el tribuno volvía a entrar en su habitación.

Después de vestirse, Lucio Fabio echó una ojeada al exterior desde la sucia ventana de su habitación. No hacía buen tiempo: unos gruesos nubarrones se acercaban lentamente por el oeste y los pálidos rayos de sol combatían sin cesar para abrirse paso. No tardaría en desencadenarse un fuerte temporal. Silano suspiró profundamente y pensó que tendría que abandonar su idea de ir a dar una vuelta por la ciudad, pero sobre todo que, vistas las condiciones de tiempo adverso, ninguna nave se arriesgaría a zarpar del puerto de Narona aquel día, lo que lo obligaría a posponer su salida para el día siguiente.

Cuando bajó, se encontró con que Tera estaba terminando de ponerle el desayuno en la mesa del comedor que estaba más cerca de la cocina, mientras que el rechoncho tabernero estaba trasvasando el vino de un barril a unas jarras bermejas.

—¿Ha dormido bien, comandante? —preguntó el tabernero mientras Lucio Fabio se sentaba a la mesa.

—He podido descansar, aunque mis viejas cicatrices me han dado un cierto fastidio.

—Será a causa del tiempo —continuó el tabernero—. Hace ya tres días que se alternan momentos de sol y sofocante calor con otros de frío repentino y fuertes chaparrones.

—Entonces supongo que los barcos del puerto tendrán que esperar días mejores para zarpar —dijo el tribuno con resignación.

—Narona es una ciudad pequeña, comandante. Hay muy pocos navíos mercantes que hagan escala periódicamente para comprar y vender mercancías aquí. Lo más seguro es que permanezcan fondeados hasta que el tiempo mejore... a no ser que Tiresias tenga prisa por terminar sus negocios.

—¿Tiresias? —repitió Silano—. ¿Quién es? Tiene un nombre original.

—Tiresias es el mercader más famoso de la zona, comandante. No sé de dónde es, pero lo que sí puedo decirle es que en la ciudad todos lo adoran y cada vez que llega, el mercado se inunda de curiosos que quieren ver las mercaderías tan raras que trae. Los niños se amontonan alrededor de su puesto y él les prodiga sonrisas y golosinas. Todos lo consideran un hombre bueno y amable.

—¿Y ese tal Tiresias zarparía con este tiempo? —siguió preguntando el tribuno con gran interés.

—Tiresias es tan bueno con las personas como hábil con los negocios. El barco en el que viene a Narona es de su propiedad y está gobernado por unos marineros cartagineses que conocen el mar mejor que ningún otro hombre y serían capaces de navegar con ojos cerrados en plena tempestad. El mercader les paga profusamente por eso y ellos se comprometen a sacar adelante sus negocios y a que la planificación de las escalas se cumpla según los términos previstos.

«Esa debe de ser la nave que se menciona en la carta», pensó Lucio Fabio.

Para desayunar, la pequeña Tera le había preparado un cuenco de leche de oveja, bien caliente, dos rebanadas de pan fresco con miel y un plato con unos hermosos higos maduros.

Como ya tenía hambre, el oficial dio buena cuenta de todo lo que le habían servido. Mientras desayunaba, Lucio pensó que debería haber bajado al puerto enseguida para asegurarse de que el mercader del que le había hablado el tabernero no hubiera zarpado ya de Narona.

Si bien le reconfortaba la idea de que, si en el papiro ponía que había una nave preparada para llevarlo a Brundisium, lo más seguro era que el dueño de la embarcación supiera que por orden de Roma, tenía que llevar a un pasajero en su viaje hacia las costas de Calabria[27].

Cuando terminó de desayunar, el tribuno se acercó al tabernero y le preguntó su nombre.

—Me llamo Phatim —contestó el tabernero—. A su servicio, comandante.

—Muy bien, Phatim. Aquí tienes otros cinco ases por el desayuno y el alquiler de la habitación para esta noche. Ahora voy a bajar al puerto para conocer al mercader del que me has hablado y a lo mejor vuelvo esta noche. De lo contrario, si no vuelves a verme, considera este pago como la demostración de la magnanimidad de Roma.

—Como desee —respondió el tabernero, al tiempo que contaba las monedas—. Me encargaré de que mi hija encienda el brasero de su habitación por si vuelve.

—Muy bien. Ahora tengo que irme —y dicho esto, se encaminó hacia la salida. Con el rabillo del ojo percibió la presencia de Tera, que había estado todo el tiempo escuchando detrás de la cortina que separaba la cocina del comedor. Le habría gustado saludar por última vez a aquella jovencita que le recordaba tanto a su pequeña Porzia, pero luego pensó que no sería buena idea.

Los recuerdos empezarían a perseguirlo por todos los rincones de la Tierra en los que intentara refugiarse y no se sentía capaz de soportarlo de nuevo.

La ciudad de Narona se alzaba sobre el delta del río Narenta, recurso fundamental para la agricultura de la Iliria meridional. Dicho río representaba una de las pocas fuentes de riego de la zona, de lo contrario árida, y su manantial se hallaba a unos cien kilómetros hacia el norte, entre las altas cumbres de los Alpes Dináricos. Los romanos habían construido la ciudad unos ciento cincuenta años antes, tras la victoria de las guerras ilíricas en las que primero habían derrotado a la reina Teuta, luego a Demetrius de Pharos[28] y por último al rey Gentius. Estas batallas se habían emprendido con el fin de liberar el mar Adriático de la presencia de los ilíricos, un pueblo dedicado a la piratería cuyos ataques ponían en peligro la navegación y el intercambio comercial con las provincias vecinas.

La importancia de la ciudad para los romanos residía en que representaba la única base disponible para el control del tráfico y los desplazamientos que tenían lugar a lo largo del curso del río, que era la única vía de entrada desde el bajo Adriático hacia el interior de la región del valle de Narenta.

En cuanto salió de la taberna, Lucio Fabio Silano se puso en camino raudamente por la cuesta que llevaba a la zona del puerto con la idea de encontrar lo antes posible al mercader Tiresias para descubrir si era él quien debía llevarlo a Brundisium.

Conforme bajaba, el tribuno pudo observar que desde ella salían innumerables callejones tan estrechos como senderos que llevaban al corazón de la ciudad vieja. A sus espaldas, la fortaleza romana dominaba la acrópolis con sus poderosas torres y, al mirar hacia el mar, ya se intuían las olas encrespadas más allá del puerto.

De aquella densa red de callejones laterales procedía una curiosa mezcolanza de sonidos y olores. Logró distinguir el ruido de un martillo que batía de modo rítmico un yunque, sofocado por los muros de las casas y los cuerpos de los transeúntes. Detrás de la calleja que se abría al lado derecho, probablemente se encontraba el taller de un carpintero ocupado en su trabajo. Al doblar hacia la izquierda para seguir la calle principal, el tribuno advirtió al improviso el característico olor punzante de las cebollas. Tal vez, en el piso de arriba de aquella casa de corroídos muros blancos, una mujer cansada y resignada estaba preparando una modesta sopa como parco almuerzo para su familia.

Más adelante, mientras observaba a un grupo de ancianos que charlaban apaciblemente al reparo de una marquesina, cruzó la mirada cansada de una joven. Iba vestida con una túnica gris y estaba transportando una gran ánfora con agua de una fuente cercana. Silano pensó que la vida en aquel lugar debía de ser muy tranquila, aunque no había notado grandes señales de riqueza o bienestar en la ciudad, y se preguntó si la presencia de las diversas cohortes de legionarios romanos sería para sus habitantes un motivo de alegría o de celado disgusto.

Poco después llegó al puerto, donde un muelle largo albergaba dos atracaderos: el de la izquierda cubría la mitad de la pequeña lengua de playa, mientras que el del lado opuesto se extendía sin interrupción hasta las primeras rocas puntiagudas de la escollera contigua. No había más de una docena de embarcaciones atracadas y, excepto un par de ellas, las demás se encontraban en el atracadero de la izquierda, tal vez temiendo la presencia de la escollera a lo largo del tramo derecho de la costa si el mar se encrespaba.

En la entrada del puerto, los vendedores de pescado ya estaban limpiando sus mostradores y recogiendo sus cosas a toda prisa. Querían desmontar sus puestos ambulantes antes de que los sorprendiera el temporal. Por aquella zona de la ciudad no había casi nadie: entre los pocos que quedaban, algunos se dirigían rápidamente a sus casas, mientras que otros buscaban un lugar para resguardarse temporalmente bajo alguna marquesina o entre las columnas de algún pórtico.

Mientras pensaba en el éxito negativo de aquel paseo matutino, el tribuno empezó a recorrer distraídamente el muelle hasta que de repente algo lo sacó de aquel extraño torpor que lo había invadido.

A sus espaldas, un hombre de complexión robusta y tez aceitunada corría en dirección a una nave atracada a unos treinta pasos de él. Al llegar a la altura de la popa de la embarcación, el hombre empezó a proferir gritos en un latín marcado por un extraño acento que Lucio Fabio ya había oído en algún sitio. ¡Pues claro! ¿Cómo no se había dado cuenta? Tez aceitunada, ojos negros de mirada intensa, piel arrugada debido a una larga exposición al sol y el latín espurio con el que ahora urgía a los ocupantes de la nave a desembarcar: aquel hombre era cartaginés y tenía que formar parte de la tripulación del mercader Tiresias.

El oficial se le acercó rápidamente, con la intención de verificar la exactitud de sus suposiciones, pero cuando estaba a punto de dirigirse a él, el cartaginés aclaró todas sus dudas al dirigirse de nuevo al resto de los marineros que aún seguían en la nave mercante:

—¡Vamos, muchachos! ¡Bajad de ese colador! ¡El viejo Tiresias ha cambiado de idea!

—¿En serio? ¿Es que todavía le queda algún negocio por hacer en este cementerio plagado de romanos? —preguntó uno de los que ya estaban en el puente, a punto de saltar a tierra.

—No creo, Aristarco —contestó el primero con perplejidad—. El último cargamento de vino y especias lo vendió ayer al atardecer y poco después ya había cargado todas sus compras en la bodega. Para mí que hay algo más, pero ese jodido griego es un viejo zorro y no se le escapa ni una palabra.

—¿Y nosotros qué hacemos mientras tanto? ¿Tenemos permiso para emborracharnos hoy?

—Pues parece que sí. Por ahora, diles a los demás que bajen, que el viejo Tiresias quiere que vayamos a la posada Ad Senem Solem. Nos quiere invitar a comer para celebrar las excelentes negociaciones que ha conseguido cerrar entre

Grecia e Iliria. A comer, a beber y con suerte también se escapa algún que otro extra.

Los ojos de Aristarco se abrieron de par en par al oír aquellas palabras.

—¡Por fin un poco de diversión! —gritó, triunfante—. Desde luego, ese griego bastardo sabe tratar con el prójimo.

Lucio Fabio Silano estuvo oyendo la conversación de los dos marineros vuelto de espaldas hacia ellos, fingiendo admirar la decoración fina y sinuosa que sobrecargaba la cabeza de cisne en que terminaba la parte superior de la popa de la embarcación, pero en realidad se le había quedado bien grabado el nombre de la posada en la que muy pronto encontraría a Tiresias. Por lo que estaban diciendo los dos cartagineses, estaba seguro de que el viejo mercader griego lo estaba esperando con impaciencia. Seguramente había recibido la orden de esperar en la posada del puerto de la ciudad hasta que se presentara el hombre que tenía que llevar a Brundisium.

Recordaba haber visto el letrero de la posada a la que se refería el joven marinero la noche en que estuvo por primera vez en la ciudad con su amigo decurión, Quinto Décimo Balbo. Habían recorrido una enorme cantidad de callejones a lomos del alazán de su amigo y, mientras su mente se dedicaba a imaginar incesantemente el contenido de la carta que llevaba debajo de la túnica, de improviso se quedó embelesado admirando la pericia con la que había sido realizado el letrero de una posada que se alejaba lentamente a la derecha de la calle.

La madera larga y sutil, utilizada como tela, mostraba con abundancia de detalles la escena de un atardecer en un panorama marino. Lo que más llamaba la atención de aquella precisa y hábil progresión de tonalidades cromáticas era la elección efectuada para la representación del sol en el último instante de su recorrido cotidiano.

La imagen se había dibujado con una suavidad y delicadeza de matices sin igual y el rojo tenue junto con una pizca de amarillo y blanco, utilizados para representar el globo solar en el acto de sumergirse entre las olas del mar, realmente lograban transmitir una sensación de calma y tranquilidad interior.

El soldado esperó por tanto a que el pequeño grupo de marineros se alejara en dirección a la posada y decidió seguirlos en la distancia para no llamar la atención.

De vez en cuando creía recordar finalmente la calle que había recorrido aquella noche y apretaba el paso para superar a la alegre comitiva, a fin de alcanzar la meta con antelación. Pero poco después admitía no saber orientarse y se veía obligado a ralentizar sus movimientos para dejarse guiar por los marineros cartagineses.

Cuando por fin vio la posada, decidió continuar aún más despacio para que a los que estaba siguiendo les diera tiempo a sentarse a la mesa alrededor de su benefactor. De ese modo reconocería al viejo Tiresias rápidamente y sin llamar la atención.

En realidad, toda aquella prudencia resultaba inútil, ya que el mercader lo estaba esperando para zarpar de Narona; y lo que era aún más importante, hasta llegar a Brundisium su misión no preveía ninguna acción peligrosa o sanguinaria

47

por la que fuera oportuno moverse y operar con circunspección. Sin embargo, Lucio Fabio Silano se había acostumbrado a actuar de aquel modo tras años de operaciones difíciles y a menudo secretas, en las que equivocarse en un solo movimiento podía conllevar el desaparecer para siempre de la faz de la Tierra y, lo que sería aún peor, malograr los planes de César.

Una vez superado el umbral, el oficial dio un rápido vistazo a la sala mientras se dirigía a una de las pocas mesas que quedaban libres, en el lado izquierdo. Pudo notar que la posada estaba inusualmente llena para ser media mañana y, entre los clientes, también se contaban algunos legionarios de la guarnición de la fortaleza de la ciudad.

Pensó que quizá se debía al hecho de que el tiempo había empeorado mucho y ya se oía a lo lejos el fragor de los truenos que liberaban su furia sobre las montañas limítrofes. Probablemente, todos los que se encontraban por la calle aquella mañana, cerca de la posada, habían decidido refugiarse entre aquellas cuatro paredes en lugar de esperar, bajo un pórtico o una galería, el paso de aquel estruendoso temporal. Así podrían animar el espíritu y calentar el cuerpo con un vaso de vino y una sopa humeante.

Los marineros que había seguido hasta allí se habían acomodado en una mesa que se encontraba en dirección diametralmente opuesta a la suya. Se habían sentado en dos largos bancos de cuatro asientos cada uno y, entre ellos, también había un viejo canoso con una larga barba gris muy cuidada y un jovencito delgado de mirada astuta.

Lucio Fabio Silano pensó que aquel hombre que estaba sentado exactamente en el centro del banco, frente a los cartagineses, tenía que ser Tiresias, que conversaba amistosamente con los componentes de la alegre tripulación y, de cuando en cuando, les lanzaba rápidas miradas interrogativas.

El tribuno fingió no darse cuenta de lo que sucedía y se pidió sus dos rebanadas de pan tostado con un chorreón de aceite y una copa de un buen vino tinto del lugar.

Cuando el camarero volvió y puso el plato de comida en la mesa, levantó la copa que llevaba en la mano derecha y dijo:

—Comandante, el hombre que está dos mesas más allá le invita a esta copa. Me ha pedido que le diga que para él sería un inmenso placer tener a su mesa a un huésped tan esperado.

El camarero dejó la copa en la mesa de Silano y volvió rápidamente a la cocina.

Lucio Fabio apartó la mirada del plato y se sorprendió al ver a un hombre muy entrado en años. Su rostro, a pesar de todo, transmitía una vitalidad y energía aún intactas y los ojos verdes y profundos parecían reflejar una mente taimada y astuta, de una inteligencia aguda y retorcida.

El hombre levantó la mano derecha a modo de saludo y el oficial no pudo sino levantarse de su banqueta y acercarse a la mesa de aquel enigmático individuo con la copa de vino tinto en la mano.

—Salve, tribuno Silano —dijo el hombre—. Una jornada decididamente fría, ¿verdad?

—Un buen vino, no cabe duda —contestó el soldado sin tener en cuenta las palabras del anciano—. Me gustaría saber a quién debo el placer de una ofrenda tan amable y exquisita.

Dicho esto, el tribuno esperó de pie al lado de la mesa.

—Comandante, le ruego que comparta conmigo los placeres de la mesa. Al almorzar, el espíritu está de fiesta, la moral alta y las palabras para describir ciertos acontecimientos salen de una manera más serena y natural.

Cuando hubo terminado de hablar, el anciano hizo una señal con la cabeza al hombre que estaba con él, y este desapareció como una sombra.

Silano se sentó en la banqueta que el hombre había dejado libre y el anciano tomó la palabra:

—Mi nombre es Tiresias y le esperaba con inquietud, comandante.

—¿Eres tú? Creía que era el hombre que ameniza con aquel grupo de marineros en la otra parte de la sala —admitió, impresionado, el tribuno.

—Dicen que soy uno de los mercaderes más hábiles de la zona y he de admitir que no puedo lamentarme de mis transacciones comerciales —comentó el anciano—. Pero si una cosa he aprendido de mi oficio en todos estos años es que, para tener éxito en los negocios, los primeros que no deben saber mucho sobre ellos son los hombres que componen la tripulación —dijo con tono burlón—, sobre todo si son cartagineses, que son todos unos tunantes, poco predispuestos a la rectitud de ánimo.

—Tienes razón —observó Lucio Fabio—, pero quiero saber cómo me has reconocido en cuanto he metido el pie en la posada.

—Ha de saber, comandante, que Narona, aún floreciente y bien defendida por las fuerzas de su ejército, sigue siendo una ciudad pequeña, en la que cuento con muchos amigos. Conozco a casi todos los taberneros y posaderos del pueblo y la llegada de un tribuno de la legión XIX de Roma no ha pasado inadvertida.

El oficial se quedó atónito ante aquellas palabras.

Había hecho de todo para pasar desapercibido y se había movido con circunspección por el pueblo, pero no había servido para nada. Si en Narona, que estaba completamente controlada por diversas cohortes de legionarios, las noticias volaban como el viento, en sus próximos desplazamientos, y todavía más en Alejandría de Egipto, le resultaría realmente difícil mantener oculta su identidad para llevar a cabo cualquier tipo de misión.

—Le ruego que no crea que ha sido Phatim el que me ha informado de su presencia. Es un ser asqueroso y despreciable, sin duda, pero tiene un gran defecto: la cobardía. Es tan pusilánime que no se atrevería a hacer frente a la ira de un oficial romano por haberle pasado información a alguien.

Lucio Fabio Silano volvió a quedarse atónito. Era como si aquel mercader le leyera la mente. Le sorprendió tanto que solo consiguió decir, con tono imperioso:

—Quiero saber quién es el informador que te ha puesto al corriente sobre mi llegada, mercader.

—Lo siento, comandante, pero creo que no voy a poder satisfacer su deseo —repuso Tiresias con tono tranquilo.

—¿Cómo? El negarte no es una de tus opciones, mercader.

El soldado empezaba a perder la paciencia.

—Mi señor —precisó con talante sumiso el anciano—, tal vez no me haya expresado con las palabras adecuadas y me arrepiento profundamente de ello. En el fondo, no soy más que un humilde comerciante dedicado a sus pequeños negocios y el arte de la retórica no reza con mi papel, ni con las sandalias que calzo.

»Lo que mi torpe y patosa lengua ha querido decir no es lo que en realidad ha proferido anteriormente. Si yo le dijera a qué especie pertenece el pajarillo que cada mañana me encuentro gorjeando en el alfeizar de mi ventana, ¿sabría decirme qué expresa con su armonioso canto? Muy parecida es la situación en que nos encontramos.

»Quiere saber quién me ha puesto al corriente de su presencia en la ciudad, aunque supongo que lo importante no es saber quién es el informador, sino cuántas personas más saben quién es.

—Mercader —contestó el tribuno sonriendo—, tu aspecto jovial y tus modales amables apenas consiguen disimular los pensamientos que tu mente afilada elabora continuamente, como la forja de un herrero incansable —dijo, y después de dar un sorbo a su copa de vino tinto, añadió con tono burlón—: Continúa tu fascinante disertación. Siento curiosidad por saber dónde quieres ir a parar.

—Bien —dijo, sonriente, Tiresias—, del mismo modo en que usted no llega a descifrar los gorjeos del gracioso pajarillo, muchos otros tampoco lo hacen. Llegados a este punto, permita que le plantee una cuestión: ¿qué es mejor, saber quién es el informador o a cuántos ha informado?

—A la luz de los hechos, he de admitir que me interesaría más saber cuántos conocen mi identidad en el pueblo —admitió el tribuno, pensativo.

—Mi confidente es el único que conoce su nombre y, afortunadamente, resulta ser el pajarillo del que le hablaba. De hecho, compartimos un código especial para intercambiarnos información que difícilmente podría ser descifrado por los demás.

—No sé si preocuparme o si sentirme aliviado por tu astucia y rapidez mental —contestó Silano con tono sarcástico.

—Yo estoy a su servicio, comandante —replicó el anciano, bajando la mirada en señal de sumisión.

—A tu salud, Tiresias —concluyó el oficial.

—A la potencia de Roma, mi señor —brindó el mercader, sonriente.

Esperaron en la posada a que el temporal desfogara su furia y luego, cuando dejó de llover y empezaron a asomarse sobre la ciudad los débiles rayos del sol posmeridiano, se encaminaron hacia el puerto los dos solos. El aire estaba helado, pero el cielo resplandecía finalmente límpido después de que las grandes nubes cinéreas que habían aparecido sobre el pueblo al alba se hubieran alejado hacia el noreste.

El tribuno y el viejo comerciante griego avanzaban a buen paso mientras charlaban de asuntos de poca importancia.

De pronto, a mitad del muelle en el que estaba atracada la nave oneraria de Tiresias, Lucio Fabio Silano quiso saber de quién había recibido la orden de llevarlo a

Brundisium y cuándo podrían zarpar de Narona hacia las costas de Calabria.

El mercader le explicó que dos semanas antes de llegar a Iliria había hecho escala en Barium[29], Apulia[30], donde un mensajero del ejército del triunviro Octavio le ordenó que fuera a Narona y que esperara la llegada del tribuno Lucio Fabio Silano. Le dijo que una vez que hubiera encontrado al oficial, tendría que acompañarlo a Brundisium y que sería generosamente recompensado por ello. Por lo que se refería a cuándo daría inicio el viaje, Tiresias tenía pensado zarpar al día siguiente, con los albores del alba, de forma que a los marineros les diera tiempo a preparar la embarcación. Esperaba que en aquel breve lapso, las condiciones del oleaje mejoraran. Al soldado le habría gustado poder transcurrir su última noche en la ciudad en la taberna en la que había pernoctado el día anterior, no tanto por la comodidad de una cama sobre la que dormir y de un brasero que le calentara los huesos, sino por un mero impulso de afecto. Aunque no quería admitirlo, la dulce y angelical Tera había despertado en su ánimo sentimientos que habían permanecido sofocados hasta aquel momento. La tierna mirada de la niña y su carita de rasgos suaves se habían quedado grabadas en la mente del tribuno y le habría gustado despedirse de ella por última vez antes de emprender su misterioso viaje.

Abrazando a aquella niña, Lucio Fabio sentía en su corazón la ilusoria posibilidad de establecer un contacto con su amada Porzia, de modo que pudiera estrechar entre sus brazos la imagen huidiza y casi onírica de su pobre hija desaparecida años antes.

Pero el mercader se opuso respetuosamente a su deseo afirmando que, además del honor que le habría concedido dándole la posibilidad de hospedar en su nave oneraria a un oficial del ejército de Roma, de ese modo podrían soltar amarras de una manera mucho más rápida y oportuna, ya que les brindaría la oportunidad de aprovechar en cualquier momento del alba los vientos favorables para echarse a la mar.

Ante aquellas palabras, a Silano no le quedó más remedio que aceptar la invitación del viejo griego. Una vez más, el valeroso soldado de obediencia ciega e inigualable sentido del deber se impuso sobre el hombre de gran corazón, el campesino feliz de los campos de Cambranum.

Capítulo III

Tal vez había llegado a la conclusión de que los buenos y honestos estaban destinados a vivir una vida de estrecheces y privaciones y que, a sus espaldas, todos los que resultaban ser seres sin escrúpulos y que habían desarrollado un profundo egoísmo de alguna manera conseguían siempre todo aquello a lo que aspiraban.

EL TRIBUNO PASÓ LA NOCHE EN LA BODEGA DE LA oneraria de Tiresias, entre los olores contrastantes de la canela, el anís y el mirto que entraban a través de las rendijas de la puerta, vieja y desvencijada.

Se despertó cuando el sol estaba ya alto en el cielo, maravillado de haber podido dormir tan profundamente en un catre tan frío e incómodo, encajado en un lugar tan angosto. Subió por las escaleras que daban a cubierta y encontró al viejo mercader señalando sobre una carta de navegación marítima la ruta que los llevaría a su destino.

—*Ave*, Tiresias, ¿cuándo hemos zarpado? —preguntó Lucio Fabio, todavía soñoliento.

—*Ave*, comandante —contestó el anciano sin apartar la mirada de la carta—. Era casi hora prima[31] cuando decidí levar anclas. El tiempo era fausto y los vientos, propicios. Era inútil demorarse.

—Habrías podido... —estaba empezando a decir el soldado cuando el mercader lo anticipó:

—No he considerado necesario despertarlo. Los viajes por mar, sobre todo cuando se realizan en embarcaciones tan modestas como esta, se hacen largos y tediosos, y cada hora de sueño que conseguimos ganar es un tiempo valioso para descansar en previsión de las incomodidades de la travesía.

—Veo que ya has marcado la ruta, ¿no? —preguntó Silano, mientras un marinero le servía un plato de higos maduros y huevos frescos.

—Podemos decir que sí, comandante. Aunque conozco perfectamente los itinerarios de todas las escalas comerciales que suelo hacer, siempre intento variar un poco y hacer modificaciones en la ruta a fin de evitar encuentros desagradables.

—Sé a lo que te refieres —replicó Lucio Fabio—, aunque hayamos domado y sometido a estos pueblos bárbaros y saqueadores hace aproximadamente un siglo, hay que mantener los ojos bien abiertos. La índole y el espíritu no son tan fáciles de fustigar como la carne, de modo que el peligro sobrevive siempre.

El viejo griego parecía distraído, pensativo, casi preocupado, y ni siquiera había oído las palabras del oficial.

Al darse cuenta, el tribuno le preguntó con tono pacato y burlón:

—Esa mirada y ese extraño reflejo en tus ojos transmiten claramente la agudeza de tu mente, que ahora mismo se encuentra concentrada en algún pensamiento recóndito. ¿Serías tan amable de hacer partícipe de los motivos de tu pesar a un humilde soldado romano?

—Comandante, en realidad tendría que enseñarle una cosa, pero temo su reacción —dijo Tiresias con tono sumiso.

—Tienes fama de ser un hombre bueno y razonable, amigo mío, y ciertamente tus aprensiones no surgen de la nada. Sin embargo, si nos quedamos aquí y seguimos dándole vueltas sin saber de qué se trata no podré mostrarte ninguna reacción —diciendo esto, Lucio Fabio le apretó el hombro con decisión y lo exhortó a no vacilar inútilmente.

El mercader le indicó al tribuno que lo siguiera a la bodega y, cuando se hallaron ante la puerta desvencijada, se giró fulmíneo hacia Silano y dijo:

—Recuerda que este barco es mío y puedo hospedar a quien quiera.

En ese instante, la mirada que el viejo griego le estaba clavando al soldado en los ojos no dejaba lugar a dudas. Por un momento, Lucio Fabio sintió cómo se le helaba la sangre en las venas y, al mismo tiempo, la adrenalina y los latidos cardíacos se le dispararon vertiginosamente.

No había conocido en toda su vida a un hombre que hubiera tenido el valor de desafiarlo con tanta severidad tan solo con la fuerza y la intensidad de los ojos. Aquella mirada transmitía una potencia y determinación con las que no se había cruzado jamás, ni siquiera en los campos de batalla de la Galia, entre enemigos temerarios, aguerridos y predispuestos a la infamia.

Instintivamente, deslizó la mano derecha hasta la empuñadura de su gladio.

Entre los dos se hicieron unos segundos de silencio que parecieron una eternidad.

El anciano volvió a darse la vuelta hacia la bodega y se movió lo justo y necesario para abrir la puerta. Una vez dentro de aquel ambiente tan incómodo, le hizo una señal al oficial para que lo siguiera y él, curvándose y agachando la cabeza, cruzó el umbral del aromático cuartucho. La visual de la bodega se encontraba en gran parte tapada por el corpulento mercader, pero cuando este dio unos pocos pasos a la izquierda, una infeliz escena apareció ante los ojos de Silano.

En el rincón derecho del fondo del cuartucho, tumbada en lo que parecía una alfombra de harapos, el tribuno entrevió una silueta pálida y delgada. Estaba sentada con la cabeza gacha y las rodillas dobladas por delante del pecho, entre unos brazos diminutos.

El colgante azul que le pendía del cuello no dejaba lugar a dudas sobre su identidad. Lucio Fabio parecía sorprendido e indeciso a un tiempo, como si no pudiera creer lo que sus ojos le estaban mostrando, pero en aquel preciso instante la silueta que estaba observando se alzó de repente y el tribuno se quedó aturdido.

Era Tera.

El lado derecho de su carita angelical estaba desfigurado por la hinchazón de un vasto hematoma y la nariz daba signos de una copiosa epistaxis. Los brazos, que se iban mostrando lentamente a la vista del soldado, eran una sucesión de moratones y cortes, y las manos, al igual que los ojos, daban muestras de un miedo feroz.

Los ojos de Silano, rebosantes de odio y sed de venganza, brillaban como un fuego asesino y, en el cuello recio, la yugular estaba a punto de estallarle. Se acercó a la niña y le acarició la cabeza con ternura, pero las manos le temblaban de la rabia y no conseguía proferir palabra. Con un enorme esfuerzo logró controlar los movimientos del cuerpo, que parecía que iba a explotar, y con voz sosegada le preguntó a la desdichada:

—Tera, ¿quién te ha hecho esto?

Tras unos segundos de mutismo, las lágrimas empezaron a brotar de sus dulces ojos y a recorrerle el rostro tumefacto. De pronto se cogió a la pierna del tribuno y sollozó:

—¡Por lo menos, perdóname tú! ¡Yo no quería desobedecer... no quería... lo juro!

—Ya está, ya está, pequeña, ya ha pasado todo —la reconfortó Tiresias, estrechándola contra su pecho—. Aquí no puede hacerte daño nadie, porque antes tendría que vérselas conmigo y con el comandante, ¿no es así, oficial?

Lucio Fabio tenía los ojos lúcidos pero su rostro parecía una máscara sin expresión. El cuerpo robusto e imponente se le había puesto aún más granítico a causa de la repentina contracción de todas las fibras musculares y en aquel momento el mercader pensó que aquel hombre estaba dotado de una fuerza sobrehumana, capaz de una furia aterradora.

Después de tranquilizar a Tera, el viejo griego le hizo una señal al soldado para indicarle que subiera a cubierta, pero él, antes de irse, cogió a la niña de las manos y, dándole un beso en la frente, le dijo:

—Desde hoy todo irá mejor, pequeña, ya lo verás. Ahora cómete lo que voy a pedir que te traigan y luego descansa allí, en mi cama. Dentro de un rato volveré a bajar para ver cómo te encuentras, ¿de acuerdo?

La niña esbozó una leve sonrisa y empezó a enjugarse las lágrimas con la manga de la camisa. Silano y Tiresias volvieron a subir y dejaron la puerta de la bodega abierta.

Cuando volvieron a salir a la luz del sol, el oficial se vio invadido por un fuerte deseo de deshacerse de toda aquella rabia con un grito inhumano pero intentó controlar sus emociones y preguntó de manera apremiante:

—Viejo, ¿qué sentido tiene lo que me has dicho antes de entrar en la bodega?

El mercader ya había recobrado su expresión pacífica y jovial, y parecía un hombre muy distinto al que Silano acababa de ver en la bodega.

—Creía que se opondría a su presencia en el barco, mi señor —contestó con la cabeza gacha—, que la habría considerado un estorbo para el buen éxito de nuestra pequeña travesía.

—Si se hubiera tratado del capricho de una niña, sin duda alguna —continuó Lucio Fabio con decisión—, pero su estado demuestra todo lo contrario, ¡y te juro que quien lo haya hecho lo pagará muy caro!

El tribuno quiso saber todo lo que había pasado la noche anterior, de modo que el mercader comenzó a referirle los hechos:

—Cuando bajamos a la bodega a descansar antes de zarpar, dejé a dos de mis hombres vigilando en el puente. No sé por qué, pero me sentía inquieto, nervioso. —El griego se quedó callado un momento, tomó un sorbo de vino de una copa que le había dado uno de los marineros y prosiguió—: Como le decía, estaba nervioso y no podía dormir. De repente, uno de los cartagineses se abalanzó por las escaleras para pedirme que subiera porque tenía que enseñarme una cosa.

—¿Y? —apremió Silano, impaciente.

—En cuanto subí, vi que una pequeña mancha negra estaba trepando por una de las cuerdas de anclaje. Cuando llegó a la mitad de la cuerda, entre el punto de atraque y la borda de la embarcación, me di cuenta de que era una niña y aparté el bastón que tenía en la mano.

El mercader siguió describiendo el estado tan miserable en que se había encontrado a la niña, temblorosa, helada y llena de morados y de heridas que no dejaban de sangrar. Él la conocía y sabía cómo se llamaba porque solía ir al muelle y dar vueltas por los puestos del mercado con Phatim, que no le quitaba los ojos de encima. Normalmente compraban lo estrictamente necesario para sacar adelante la vieja taberna, pero en cuanto llegaban a la mesa de su puesto, la niña empezaba a sonreír y a hacerle millones de preguntas sobre todos los artículos que tenía expuestos. Le encantaban todos aquellos aromas y se quedaba embelesada ante los miles de colores del puesto del viejo Tiresias.

—¿Y te dijo quién le había hecho eso? —preguntó Silano, frunciendo el entrecejo.

—Cuando la cogí por debajo de los brazos, Tera me suplicó que la dejara venir con nosotros porque no sería capaz de sobrevivir a otro ataque de ira de ese bellaco hijo de perra: ¡Phatim!

Al oír esas palabras, los ojos del tribuno volvieron a brillar con furia asesina.

—¡Ordena que este barco cambie el rumbo y ponga proa a Narona inmediatamente! —exigió, imperioso—. ¡No admito réplicas!

Silano apretó con vehemencia la empuñadura del gladio que le colgaba del cinturón de cuero y fijó la mirada en dirección al pueblo del que habían zarpado unas horas antes, como si quisiera arrastrar el barco hacia allí con la única fuerza de sus penetrantes ojos color azabache.

Tiresias le puso la mano derecha sobre el hombro y, sonriendo socarronamente, le contestó con sagacidad:

—Comandante, entiendo su odio y sed de venganza para con ese hijo de perra. Cualquiera que viese a una niña en ese estado querría hacer justicia, incluso en modo cruento. Pero ha de saber que ese maldito puerco de Phatim ha entrado en el hades aun antes de que este barco desplegara sus velas mar adentro.

Lucio Fabio Silano se estremeció. Las palabras del mercader eran claras y abrumadoras, y el estupor invadió el rostro del soldado.

—¡Qué desvarío!

Mientras hablaban, Tiresias estaba preparando personalmente la comida de la desventurada Tera y la sorpresa del tribuno apenas hizo mella en él. Al tiempo que decoraba el plato con una serie de pequeños higos maduros como guarnición, retomó la palabra:

—Cuando la niña me contó lo que había pasado, decidí que había llegado el momento de librarla de esa esclavitud, así que le hice una señal con la cabeza a Aristarco, que es, de entre todos mis hombres, el que mejor domina el puñal y el arte del estrangulamiento, y él se escabulló del barco como una sombra para cumplir su misión. Volvió dos horas más tarde, antes de que empezara a clarear, y por fin zarpamos.

El oficial miró al mercader como se escruta a una bestia rara y feroz de la que no se conoce la proveniencia, mientras su mente se afanaba en descifrar quién era en realidad aquel viejo mercader griego, de amables modales y mente aguda, que era capaz de ganarse el favor de la gente con su cordialidad y, al mismo tiempo, ordenar delitos atroces a sus esbirros con una simple señal de la cabeza.

¿Y sus hombres? ¿De verdad eran marineros cartagineses, o algo muy distinto?

Silano, que se encontraba absorto en estas consideraciones, tuvo otro sobresalto al oír la voz de Tiresias:

—Sé que le habría gustado hacérsela pagar en persona, comandante. Le habría mostrado la potencia de Roma con tal paliza que no habría podido mantenerse en pie. Ciertamente, él habría recordado su cara para el resto de sus días pero después, cuando usted se marchara, puede que las cosas no cambiaran para Tera pero desde luego sí que cambiarían para los romanos acuartelados en la ciudad de Narona. Una acción como esa habría comportado toda una serie de enfrentamientos con los habitantes del pueblo, que si bien se encuentran subyugados por sus cohortes, sigue siendo gente fiera y que a duras penas soporta la presencia de invasores extranjeros.

—Comprendo tu gesto, Tiresias —concluyó el oficial—, pero por más infame y detestable que fuera, Phatim seguía siendo el padre de la niña y matarlo no ha sido una acción digna. Ahora se ha quedado sola y sin ningún familiar, supongo.

—Lamentablemente, ya estaba sola, mi señor. —Suspiró el mercader—. Phatim no era su padre sino su amo. Compró a Tera y a su madre en el mercado de esclavos hace años, cuando unas caravanas procedentes de Salona[32] llegaron a la ciudad para comerciar con ellos. La madre enfermó y murió poco después de llegar a Narona.

Dicho esto, el anciano se dirigió hacia la bodega con el plato que le había preparado a Tera.

El resto del día transcurrió tranquilo. El sol estaba alto en el cielo y sus rayos resplandecientes le recordaron al oficial el brillo intenso de la armadura de César el día de su triunfo, de vuelta a la campaña de la Galia en la que había derrotado a todos sus enemigos. El calor de la hora octava[33] empezaba a ser oprimente y el mal tiempo de los días anteriores no era más que un pálido recuerdo. La moral de la niña parecía recuperarse lentamente gracias a los cuidados y atenciones que le prodigaba el viejo griego, que al contarle historias maravillosas de sitios encantados con personajes fantásticos, derrochaba grandes sonrisas y fragorosas carcajadas. A menudo, enfrascado en la narración, acariciaba la cabeza de la pequeña Tera pasando los dedos huesudos y ásperos entre los suaves mechones áureos. De este modo, la niña, que se quedaba embelesada con las palabras del anciano, empezó a sonreír de nuevo, para inmenso alivio del tribuno, que los miraba en silencio, sentado en un baúl de madera a pocos pasos de distancia, entre jarcias y viejas velas por remendar. Por lo que le había dicho el mercader, tenían previsto llegar a Brundisium al día siguiente por la tarde. Para evitar sorpresas habían navegado hacia el sur sin alejarse de la costa y esa misma tarde ya se empezarían a ver las primeras casas de Dyrrhachium.

Desde allí, continuarían directamente hacia el destino final del itinerario.

Lucio Fabio Silano se levantó de su baúl y se dirigió hacia la proa de la embarcación, cruzando el puente entre los movimientos rápidos y expertos de los hombres de Tiresias, que cobraban o arriaban los cabos del *acatus*[34] y el *supparum*[35] según las cambiantes condiciones del tiempo. La embarcación tenía unos seis metros de ancho y su longitud era aproximadamente el triple, de modo que la forma del casco resultaba simétrica, con la popa y la proa en el mismo plano. El viento había arreciado bastante y la pequeña vela roja, izada en el palo inclinado de proa, estaba henchida y tensa a más no poder. El tribuno notó cómo el tajamar hendía velozmente las diminutas ondas de las olas: el chapoteo incesante del agua al contacto con la quilla le trajo a la memoria el lejano recuerdo del suave murmullo de los viejos ritos ancestrales. Por un momento se volvió a admirar el plácido centelleo de los rayos de sol que titilaban a su espalda y rodeaban por completo a Basilio, que gobernaba la embarcación desde el punto más alto del castillo de popa. Desde aquella posición favorable y gracias a su físico atlético, el timonel cartaginés parecía un joven Tifis[36], maniobrando con mano experta el fino *clavus*[37].

Mientras estas imágenes se presentaban ante sus ojos, la mente de Silano se concentraba en mil interrogaciones de respuesta incierta y se perdía entre débiles y fugaces suposiciones que, además de volverlo receloso, no le permitían disfrutar de la que afortunadamente estaba siendo una plácida travesía marítima.

Los ojos de Tiresias albergaban algo más que la monótona historia de un mercader oriundo de Ática[38].

El cuerpo del griego, si bien engrosado por la llegada de la edad senil, aún parecía dar señas de haber poseído una fuerza extraordinaria: sus brazos seguían siendo sólidos y su forma de tocar, enérgica y vigorosa. La agilidad con que se desplazaba por el barco en movimiento demostraba su gran experiencia en el campo de la navegación y ponía de manifiesto la integridad de sus capacidades psicomotoras, por más que ya hubieran pasado dos años desde sus setenta primaveras.

De repente, el mercader apareció por detrás, a pocos centímetros de la espalda del tribuno. Lucio Fabio se quedó estupefacto por el sigilo con el que el anciano era capaz de moverse.

—Perdone, comandante, ¿lo he asustado? —preguntó Tiresias visiblemente abochornado.

—No, amigo mío, estaba demasiado ensimismado disfrutando del favor del tiempo y no te he oído llegar.

—Hace un día magnífico. El cielo terso y despoblado de nubes. Lo ideal para perderse en los propios pensamientos.

—¿Sabes, Tiresias? —comenzó a decir Silano con tono amistoso—, parece que tú sabes muchas cosas sobre mí, mientras que yo solo conozco tu nombre.

El griego sonrió, intuyendo adónde quería ir a parar el oficial, y respondió evasivo:

—Yo creo que las cosas importantes que hay que saber sobre un hombre están escritas indeleblemente en sus ojos, que son incapaces de disimular los verdaderos sentimientos que se ocultan en las profundidades del ánimo humano, por más que uno se esfuerce por borrar los infaustos jirones del pasado.

El mercader guardó silencio un momento mientras le ofrecía una copa de vino al soldado, antes de continuar:

—Además, las mentes agudas y marcadas por la experiencia humana como la suya saben percibir los pensamientos más recónditos y secretos del hombre que tienen delante, del mismo modo en que un buen marinero sabe prever la variación de los vientos a partir de la leve e imperceptible oscilación de la condensación o distancia de las nubes en el cielo.

—Tú me halagas —replicó Lucio Fabio, aceptando de buen grado la oferta del anciano—, pero mi mente, si bien entrenada en el arte de hacer conjeturas y elaborar planes, no resulta tan presta y eficaz como la tuya. Me alegraría sobremanera si pudieses contarme algo sobre tu pasado. Lo consideraría una profunda manifestación de amistad.

El tribuno bebió un sorbo de vino tinto de la copa que acababa de darle el mercader y se la devolvió.

El viejo griego también bebió del gran cáliz y, tras un profundo respiro, se dispuso a desvelar lentamente su pasado, rebuscando entre los recuerdos de una vida:

—Soy natural de Chora[39], una isla próspera y risueña que se encuentra a pocos kilómetros al sureste de Ática.

»A causa de una severa carestía, mi familia tuvo que abandonar aquel placentero lugar cuando yo era poco más que un niño y nos mudamos a un pueblecito cerca de Atenas. Nuestro destino también fue el de muchos otros habitantes de la isla y en pocos años aquel lugar lujuriante y tranquilo se quedó poco menos que abandonado.

»Mi padre intentó sacar adelante su trabajo como ceramista en el pueblo, pero debido a la cercanía de Atenas, donde aquel arte estaba sumamente desarrollado, y a una competencia despiadada, no obtuvo los frutos esperados. De modo que caímos ulteriormente en desgracia. De hábil artesano que había sido, el pobre Emone tuvo que adaptarse a hacer trabajos esporádicos hasta que se convirtió en un verdadero bracero.

»La miserable condición a la que nos había arrastrado el hado sumió a mi padre en una debilidad física y mental que en poco tiempo lo redujo a la sombra de sí mismo.

»Creía que su familia no se merecía toda aquella desgracia y poco a poco empezó a convencerse de que la causa de tantos acontecimientos aciagos se hallaba en su ineptitud y mediocridad. Se fue haciendo cada vez más sombrío y solitario, hasta que cayó enfermo y no pudo volver a trabajar. Yo, que ya echaba una mano como podía para llevar a casa algo con lo que poder seguir tirando, tuve que sustituirlo en su trabajo en el campo.

»Cuando el hombre para el que trabajaba, en condiciones similares a las de las bestias de carga, murió en un viaje por mar, sus hijos decidieron vender los bienes de la familia, entre ellos todas las tierras que poseían, para establecerse en Occidente.

»Aquello fue el fin: la enfermedad de mi padre se agravó y a los pocos meses falleció. Mi madre casi pierde la cabeza. Ni siquiera era capaz de cuidar de mis dos hermanos, de cinco y siete años. En esta trágica situación, me uní a una cuadrilla de aviesos individuos y empecé a cometer raterías, robos y muchas otras acciones despreciables.

»A los pocos años ya éramos un grupo de bandidos dedicados a hacer razias en las ciudades costeras, y de ahí a convertirnos en verdaderos piratas solo hubo un paso.

El mercader se quedó callado un momento. Con resignación, agachó la cabeza y se dirigió de nuevo al tribuno:

—Como ve, comandante, mi vida no ha sido siempre tan floreciente como ahora. Sin embargo, creo que ya le he aburrido bastante con mis infelices recuerdos de antaño. Se acerca el momento de recuperar fuerzas con un buen almuerzo, así que lo mejor será que bajemos a la bodega.

Dicho esto, se dio la vuelta sin esperar la reacción del tribuno e hizo amago de descender por la pequeña escalera.

Lucio Fabio lo detuvo cogiéndolo por el brazo y, con una mirada a medio camino entre la tristeza y la vergüenza, contestó a media voz:

—Mi buen Tiresias, sé que el recuerdo de acontecimientos infaustos y misérrimos es una pena para el ánimo difícil de soportar pero te ruego que sigas contándome tu historia, ya que cuanto más grandes y numerosas son las desventuras que un hombre ha tenido que afrontar, más aumenta su valor a los ojos de los demás. Y yo quisiera saberlo todo de este hombre al que ya considero un amigo.

—Sus palabras me honran, comandante. La amistad sincera de un valiente soldado de Roma es un motivo de orgullo y placer para mí. Por lo tanto, si de verdad lo desea, después de haber acallado el hambre retomaré mi humilde historia.

Una amplia sonrisa se estampó en los labios del viejo griego, que guiñándole un ojo a la pequeña Tera, que estaba sentada unos cuantos metros más allá, en el puente, siguió diciendo:

—Ahora bajemos, comandante, que con el estómago lleno se habla mucho mejor y las palabras salen más joviales... ja, ja, ja.

Después de dar buena cuenta de un almuerzo parco pero realmente gustoso gracias a la abundancia de especias presentes en la bodega, los dos volvieron a subir las escaleras que llevaban al puente mientras uno de los hombres del mercader se quedaba abajo para recoger el angosto cuartucho.

Unos cuantos pasos antes de llegar al mástil inclinado de proa, Aristarco les llevó las copas como solía hacer, pero esta vez llenas de un vino dulce y espeso parecido a un licor. Mientras el tribuno saboreaba lentamente el gustoso néctar, el mercader retomó la narración de su historia, espaciando las palabras con breves sorbos de vino y fugaces pausas de reflexión.

Después de unirse a aquel grupo de indeseables y malhechores, el viejo griego, ya a la edad de dieciocho años, había pasado los últimos cinco sembrando el pánico por las costas de Acaya hasta que unas naves militares romanas lo capturaron. Al principio, los soldados habrían preferido pasarlos por la espada a él y a sus compinches pero luego recibieron la orden de marcarlos como esclavos y mandarlos inmediatamente a Italia.

En aquella época, la Urbe vivía días nefastos y violentos, con continuos enfrentamientos armados entre la facción de los *optimates*[40] y la de los *populares*[41]. La dictadura había impuesto unas condiciones de vida insostenibles para los ciudadanos: bandos de proscripción, confiscación de los bienes de los adversarios políticos, traiciones, matanzas en el Senado y miedo a decir alguna palabra inadecuada. Lucio Cornelio Sila[42] consiguió derrotar al dictador Cayo Mario[43], cuya estrella ya había comenzado a debilitarse a causa de la avanzada edad y la opulencia en la que vivía, que terminaron por minarle la fuerza de ánimo y el férreo temperamento. El feroz y famélico Sila, antiguo cuestor de Mario, combatió contra su viejo comandante y lo venció, coronando así sus sueños de gloria.

Tras haber concentrado todo el poder en su persona, el condotiero se unió rápidamente a la campaña militar contra Mitríades, pero en mitad del combate contra el rey adversario en Asia Menor, recibió la noticia de que, aprovechando su ausencia, los secuaces de Cayo Mario habían reconquistado el gobierno de la ciudad.

Ante semejante situación, Sila concluyó apresuradamente su guerra en Asia con un tratado de paz y se puso inmediatamente en camino hacia la Urbe. Un año antes de que marcaran como esclavo al mercader, los rumores que corrían por los territorios conquistados de Roma afirmaban que Sila estaba acuartelado con un gran ejército en la región de Campania, a punto de marchar sobre la ciudad, y que los *populares* estaban intentando organizar de prisa y corriendo una desesperada e inútil defensa. Al llegar a

Italia, al viejo griego lo destinaron a la unidad de pertrechos de las tropas de Cneo Pompeyo Magno, que por aquel entonces era un oficial jovencísimo al servicio de Sila, y así fue como pudo seguir de cerca las fases de las batallas de los alrededores de Esino[44] y Praeneste, en las que el valor militar del oficial se hizo patente por primera vez a los romanos. Cuando el enemigo de los *populares* ganó la guerra civil, el destino condujo al mercader, unos tres años más tarde, al servicio de un romano cuyo nombre era Lentulo Batiato[45].

Batiato era propietario de un *ludus gladiatorius*[46] cerca de Capua y compraba esclavos a buen precio para instruirlos en la práctica de las armas. De este modo el mercader de esclavos conseguía organizar encuentros a muerte en la arena de su propiedad, a petición de ricos patricios y matronas aburridas de la tranquilidad de sus villas de Campania.

Lucio Fabio Silano parecía embelesado por las palabras del viejo griego: la vida de aquel hombre era como una de esas historias que se transmiten de padres a hijos sobre los orígenes de un personaje ilustre del pasado.

El oficial pensó que la adolescencia del buen Tiresias había sido lo más difícil y desventurada que pueda ser para un joven de su edad y estimó que, ciertamente, aquellas ingentes tribulaciones fueron lo que lo llevaron a abandonar la existencia recta y cabal que había vivido durante la niñez para transcurrir el resto de sus días de una manera diametralmente opuesta, entre gente de ínfima especie. Tal vez había llegado a la conclusión de que los buenos y honestos estaban destinados a vivir una vida de estrecheces y privaciones y que, a sus espaldas, todos los que resultaban ser seres sin escrúpulos y que habían desarrollado un profundo egoísmo de alguna manera conseguían siempre todo aquello a lo que aspiraban. Eso debía de ser lo que lo había empujado hacia un estilo de vida que lo llevaría inevitablemente a abandonar todo tipo de obligación moral y cualquier forma de responsabilidad.

De repente, la voz del mercader reanudó la narración y el oficial pareció despertarse de golpe en un rincón del recorrido mental que estaba imaginando mientras el viejo griego saboreaba los últimos dedos del delicioso vino de su copa.

—Fue precisamente en la escuela de Lentulo donde conocí al hombre que se ha convertido en una leyenda entre todos los que terminan reducidos a la esclavitud por deseo de la suerte.

Tiresias volvió lentamente la cabeza hacia atrás, como queriendo buscar la caricia de los últimos rayos del sol posmeridiano en las mejillas.

—¿Te refieres al león de Tracia? ¿Espartaco?

El tribuno se estremeció, deseando que la historia del viejo griego no lo decepcionara.

—Sí, mi comandante, exactamente.

—¡Increíble! ¡Esto sí que no me lo perdería por nada del mundo! —exclamó con tono victorioso Silano—. Te ruego que continúes, amigo mío, y esmérate en los detalles, que no se te escape ni uno. Las historias de las batallas que han entrado a formar parte del recuerdo imperecedero de la posteridad siempre me han fascinado.

El mercader tenía el semblante relajado y parecía satisfecho por la ardiente curiosidad que aquella historia había encendido en el ánimo de su huésped.

—Pasaron cuatro años desde que el gordinflón de Batiato me compró. Al principio, su intención era prepararme para las luchas gladiatorias, pero después, al darse cuenta de que sabía leer y escribir en griego, me tuvo en su escuela de gladiadores como su siervo personal. Era una especie de factótum: me encargaba de rellenar los registros de las cuentas, transcribía las cartas y los acuerdos con los clientes, me ocupaba del comedor de los gladiadores y de comprar todo lo que hiciera falta para el correcto funcionamiento de la escuela.

»En aquella época empecé a entender el modo en que trataban los mercaderes en las grandes ferias de Capua y comencé a estudiar su manera de llevar a término sus negocios. Ese bastardo liberto de Lentulo Batiato, a pesar de ser la persona más repugnante y abyecta que he conocido jamás, rebosaba de ingenio por lo que se refiere a los tratos y negociaciones. Tenía un olfato indiscutible cuando se trataba de descubrir cuál era el negocio adecuado en cada sitio, y con su fingida elocuencia sofista siempre conseguía convencer al vendedor de cerrar el acuerdo con el precio que él había establecido desde el principio.

»Un día, junto a los nuevos esclavos de las provincias romanas llegaron unos desertores del ejército que habían escapado de unas legiones que estaban guarnecidas en Macedonia.

»Entre ellos estaba Espartaco[47].

»Desde que llegó, el tracio empezó a demostrar exasperación por las condiciones miserables e inhumanas en las que aquel hijo de perra de Lentulo tenía a sus gladiadores: innumerables latigazos, días enteros sin comida que a veces llegaban a convertirse en una semana, y eso por no hablar de las cadenas y la exposición durante horas y horas al sol más atroz y al hielo de las tormentas.

La voz de Aristarco interrumpió el relato del viejo al gritar en su latín espurio que se estaban aproximando a Dyrrhachium. Al oírlo, el mercader se despidió del oficial y fue a ver a la niña, que estaba descansando en la bodega, en la cama del soldado.

Lucio Fabio se quedó admirando los brillos violetas de la luz que se reflejaban en las plácidas aguas de los alrededores del puerto mientras el globo solar empezaba lentamente a transponer el horizonte, sumergiéndose poco a poco entre las pacíficas olas.

Su viaje hacia Brundisium estaba tocando a su fin.

El barco del viejo griego pasó la noche fondeado en las aguas que daban al puerto de Dyrrhachium. El mar estaba en calma y era como si el tranquilo balanceo del cuerpo flotante quisiera acunar a sus huéspedes durante sus horas de reposo. Al día siguiente, a primera hora de la mañana, el tribuno se encontró con que los marineros ya estaban ultimando los preparativos para zarpar. Tera estaba sentada sobre unos baúles que contenían las pequeñas redes que se usaban para la pesca mientras los observaba con curiosidad y rostro risueño. Era como si el terrible suceso ocurrido hacía dos días no hubiese tenido lugar y su ánimo cándido y fresco de niña resplandeciera de nuevo bajo la cálida luz del alba.

Silano se le acercó con talante amistoso pero, al avanzar, no vio unas jarcias que estaban desparramadas ante él. El pie izquierdo del oficial fue a tropezar con toda aquella maraña de cabos, haciendo que su cuerpo perdiera repentinamente el equilibrio y cayera hacia adelante. Con un gesto torpe y renqueante, intentó recuperar el equilibrio pero en ese mismo instante, el pie derecho resbaló a causa de un fino velo de agua presente en la zona del puente, y no le quedó más remedio que ceder al deseo de los dioses y caer calamitosamente hacia la borda izquierda de la embarcación, de tal forma que casi se abre la cabeza con el pico del largo hueco que contenía los remos. La niña soltó una sonora carcajada y señaló con el dedo al soldado supino y dolorido mientras agitaba los pies, que le colgaban por delante del baúl en el que se había sentado. Ante semejante escena, a medio camino entre lo cómico y lo desastroso, los marineros no pudieron evitar unas risas, si bien tuvieron la decencia de mirar al lado opuesto al que yacía el soldado. Tiresias, que estaba en el castillo de popa hablando con Basilio, pudo ser testigo de lo ocurrido mejor que nadie y estuvo a punto de mearse de risa.

La cara se le había convertido en una máscara de color púrpura y los nervios faciales combatían exageradamente por mantener la boca cerrada. El resto del cuerpo era un singulto cuyo epicentro lo representaba su vientre magnánimo.

La niña seguía desternillándose:

—¡He estado a punto de gritar «comandante al agua»!

Silano se levantó súbitamente, y aunque intentaba disimular la vergüenza, se le leía el empacho en los ojos. Sin embargo, el esplendor del rostro iluminado de la niña y sus labios entreabiertos hinchieron el corazón del tribuno de una repentina alegría. Se sintió realmente feliz de verla así, despreocupada y sonriente, y pensó que esa era la cara que deberían tener en todo momento los niños de su edad.

—Así que nos reímos a espaldas del comandante, ¿no, briboncilla? —dijo Lucio Fabio, intentando recobrar la compostura.

—¿A tus espaldas? ¡Pero si te has caído delante de mis pies!

—Sí, sí, tú ríete —continuó el oficial—, que yo casi me mato.

—Anda ya —respondió Tera—, ¿qué es un moratón en la pierna de un soldado tan valiente y heroico como tú? Ja, ja, ja.

—Con que insistes, ¿eh? Muy bien, pues esta vez te la has ganado, pequeña bribona.

Dicho esto, se acercó con una sonrisa al baúl en el que seguía sentada la niña y levantó los brazos haciendo el gesto de quien quiere atrapar a alguien.

La niña saltó de su sitio y en la fracción de un segundo se paró detrás del palo mayor de la embarcación.

—De todas formas, no me vas a pillar, comandante. Como mucho, volverás a tropezar con las cuerdas…

—¡Pero qué insolente! ¡Espera y verás!

Ante los ojos del mercader y su tripulación, el soldado y la niña empezaron a jugar al pillapilla por todo el puente, saltando de proa a popa, hasta llegar al puesto de Basilio.

El sol brillaba muy alto en el cielo y el mar era una inmensa llanura turquesa.

Capítulo IV

*Te conozco como soldado valeroso e impávido pero
también sé que eres un hombre dotado de una
moral irreprensible y una ética esforzada y férrea.
Puede que sea precisamente por esto por lo que el
divino César te consideraba uno de sus hombres
de confianza, al igual que yo.*

DURANTE EL ÚLTIMO DÍA DE NAVEGACIÓN HACIA LAS costas de Calabria[48], Lucio Fabio y la niña pasaron mucho tiempo juntos, intentando conocerse un poco mejor. Tera, animada por el espíritu curioso típico de su edad, no dejaba de hacerle preguntas al tribuno, que apenas conseguía contestar a lo que se estaba convirtiendo en una especie de interrogatorio de tercer grado.

La niña quiso saberlo todo de su pasado, de las guerras en las que había participado y de las poblaciones que había conocido. Así pues, el tribuno pasó revista a las desteñidas imágenes de los recuerdos de una vida, tratando de evitar los más crueles o suavizando los contornos con las atentas palabras de su narración. En el momento en que se vio obligado a hablar de su familia, Silano se sintió repentinamente desconcertado: era la segunda vez en una semana que se presentaba en su ánimo aquel sentimiento de infinita y profunda tristeza y por un instante se asomó a su mente, *ex novo,* la escena de un soldado sometido a una inexorable resignación. Durante todos los años que había transcurrido combatiendo de una provincia a otra, el oficial había intentado dejar atrás la sombra de un pasado que lo perseguía impertérrita dondequiera que intentase buscar refugio. A veces, a punto de perder el aliento, creía que por fin había conseguido deshacerse de ella. Incluso había llegado a hacerse la ilusión de haber olvidado el dolor y la impotencia de aquellos días funestos, pero había bastado con llegar a Narona y encontrar el rostro angelical de aquella niña para volver a abrir, como en la pesadilla más atroz, la aterradora caja de Pandora que cargaba a sus hombros.

—Eres una niña muy cariñosa —dijo de pronto Lucio Fabio acariciando las pequeñas manos de Tera—, y me recuerdas muchísimo a mi pequeña Porzia.

—¿Dónde está tu hija ahora? ¿La has dejado en casa con su madre y los siervos? —preguntó la niña con mirada inocente.

—Sí, está con su madre —consiguió decir el oficial. Tenía los ojos lúcidos y le temblaba la voz.

—La mía se fue, ¿sabes? Hace ya tiempo. Desde entonces siempre he vivido con... con el tabernero que tú también conociste. Pero él no es quien tú crees. Él no es... —dijo Tera con ojos entristecidos.

Silano interrumpió sus confidencias y, mirándola a los ojos con semblante paterno y tranquilizador, le susurró al oído:

—Ya lo sé, pequeña. No tienes que explicarme nada. Quiero que sepas que cuando pusiste el pie en este barco recuperaste la libertad y que nadie volverá a hacerte daño. Recuerda bien estas palabras, porque las ha pronunciado un comandante romano y todas mis promesas son para siempre.

Dicho esto, abrazó cariñosamente a la pequeña y le dio un beso en la cabeza. Ella se sintió reconfortada entre los robustos brazos del tribuno y cuando se separaron, lo miró a los ojos.

—Yo no he conocido a mi padre, comandante, y mi madre nunca ha querido hablarme de él. Así que, ¿sabes qué? Te elijo a ti como padre... ¿Estás contento? —Una sonrisa se dibujó en sus labios suaves y los ojos volvieron a brillarle de alegría.

La amargura y la rabia que albergaba el corazón del tribuno desde hacía tanto tiempo se desvanecieron ante las palabras y la carita de aquel ángel rubio.

—Pero a lo mejor tu hija no quiere compartirte con otra niña. Si yo fuera ella, no querría.

—A mi hija le habría encantado tener una hermanita para jugar con ella, Tera. Pero ella también se fue hace años, como tu madre. Y mi mujer también. Como ves, nos hemos quedado los dos solos, así que tendremos que hacernos compañía, ¿no te parece?

El tribuno no podía creerse lo que acababa de pasar: había hablado de su mujer y de su hija sin sentir rabia, frustración ni impotencia, y sobre todo, no había perdido la afable sonrisa con la que seguía mirando a la niña.

Se sintió renacer. La idea de que su corazón por fin se hubiera liberado de aquel peso enorme y del sentimiento de culpabilidad que lo atormentaba, despedazándolo lentamente, encendió en la mente del oficial el deseo de volver a ocuparse finalmente de alguien a quien se quiere.

—Pero entonces, ¿seré romana, comandante?

A Lucio Fabio no se le escapó el velo de preocupación con que la niña le había hecho la pregunta.

—No, pequeña. Tú siempre serás quien eres: Tera Mai Reiki, un sendero de luz.

—¡Te has acordado de mi nombre completo y de lo que significa! ¡No podía haber elegido a un padre mejor!

Los dos estallaron en una sonora carcajada mientras se miraban a los ojos rebosantes de alegría.

Avistaron Brundisium hacia la hora duodécima[49] y lentamente surcaron las aguas tersas de la costa, admirando las características casas de paredes blancas y tejas amaranto que a causa de la distancia parecían apoyarse una sobre otra hasta tocar el mar.

A pesar de que los pajizos rayos del sol posmeridiano estaban cediendo el paso lánguidamente a la llegada de la noche, todavía seguían iluminando débilmente los restos de la acrópolis griega, que parecían destellar luz propia en aquel laberinto de reflejos, entre cándidos vestigios marmóreos de columnas y templos ignaros del paso del tiempo. La embarcación, cuyos ocupantes estaban impresionados por el espectáculo de luz que se mostraba ante sus ojos, se deslizó silenciosamente hasta el interior del característico puerto urbano.

Los orígenes de la ciudad eran antiquísimos, ya que su fundación se remontaba al periodo micénico de los héroes homéricos, destructores de Troya. Por otra parte, la ciudad representaba desde siempre una de las puertas de Oriente y durante siglos había sido una encrucijada de gente y culturas diversas que se mezclaban a través de las distintas relaciones comerciales. Se decía que el término Brundisium derivaba de la lengua de la antigua población autóctona, los mesapios, que con la palabra «brention» designaban la cabeza del ciervo, una imagen que recordaba la forma del puerto.

La ciudad, que los romanos habían conquistado hacía dos siglos y medio, siempre había constituido una importante escala para el comercio entre Grecia y Oriente.

Una vez anclada la nave oneraria, el viejo griego y el tribuno embocaron el intrincado laberinto de calles que llevaba al centro de la ciudad, cruzando la zona del puerto con la pequeña Tera. La niña miraba a su alrededor desorientada y, desde luego, era como para atontarse: el muelle albergaba un bullicio confuso de pequeñas y grandes embarcaciones y un vocerío continuo resonaba en el aire como el zumbido de un enjambre de abejas afanosas. Los sentidos se sobrecargaban ante aquella sucesión de colores y olores que procedían de los diversos puestos de venta de los mercaderes y la multitud de compradores y simples curiosos que se amontonaban delante de los expositores comerciales hacía todavía más difícil salir de aquel inesperado trasiego.

El tribuno encontró la ciudad muy cambiada desde la última vez que estuvo allí con el ejército de César, y notó que la riqueza y la ostentación de las construcciones de nueva edificación habían hecho de ella el baluarte de la costa adriática meridional.

Tiresias, en cambio, parecía sentirse como en casa entre toda aquella barahúnda de actividad y caras de rasgos completamente diferentes y sin embargo tan parecidos entre sí.

Lenguas de todas las provincias sometidas se sobreponían unas a otras en aquella riada de palabras distintas, como olas intrépidas que intentan saltar por encima de las demás en un mar borrascoso.

La niña, desorientada, buscó inconscientemente la mano del oficial. Silano le sonrió tendiéndole la derecha mientras trataban de liberarse de aquella maraña de piernas y caras. Al salir de la zona del puerto sintieron que por fin podían volver a respirar.

—¿Pero qué clase de pandemónium infernal era ese? —preguntó el oficial mientras se detenía un segundo en una fuente que había en un anchurón del borde izquierdo de la calle.

El viejo mercader sonrió y se refrescó la cara con el agua limpia y helada del manantial. Cuando hubo terminado, se secó con la manga de la túnica ambarina y respondió:

—¿Cuánto hace que no va a un mercado, comandante? Me refiero al de alguna ciudad que funde su riqueza exclusivamente en el comercio. Si cree que esto es confusión, no oso pensar en su reacción en mitad de una plaza del lejano Oriente. Hasta sería capaz de desenvainar el gladio.

—Solo estoy acostumbrado a la confusión cuando combato, amigo mío, y en ese momento sé lo que debo hacer y cómo comportarme. El gentío arbitrario me pone nervioso, no lo comprendo.

Siguieron subiendo hacia la parte alta de la ciudad. Tiresias hacía de guía mientras avanzaban en dirección al edificio de la guarnición romana y, de cuando en cuando, expresaba sus opiniones sobre alguna que otra taberna.

Tera se estaba cansando y empezó a andar más despacio. Tenía hambre y le habría gustado poder sentarse en algún sitio.

Silano la animó a resistir unos cuantos minutos más, con la promesa de que a cambio le compraría el magnífico brazalete que había visto en uno de los puestos del mercado y que tanto le había gustado, así que la niña empezó a caminar a buen ritmo inmediatamente.

Por fin, cuando a lo lejos divisaron el edificio de la guarnición romana, Lucio Fabio le propuso al mercader que descansara de las fatigas de la jornada en una taberna que había a pocos pasos de la plazoleta que daba al amplio portón de la construcción. De este modo, el buen Tiresias podría comer y beber algo mientras se quedaba con la niña, que ya no podía más del cansancio. Mientras tanto, Silano se presentaría ante el comandante del manípulo que se encontraba acuartelado en aquel lugar para pedir que lo acompañaran al campamento militar de las afueras de la ciudad, donde se había establecido el *imperator* Octavio con sus tres legiones. A su regreso, se reuniría con el viejo en la taberna y le referiría cómo había ido el esperado encuentro y cuál sería su próximo destino.

Al llegar a la altura de los soldados que montaban guardia en la entrada, Silano les enseñó el noble sello del papiro que tenía en las manos y con tono autoritario le dijo al más joven de los dos:

—Soldado, soy Lucio Fabio Silano, tribuno angusticlavio de la legión XIX de Narona. Necesito hablar urgentemente con el comandante de la guarnición, de modo que no me hagas esperar.

El soldado, irritado por tanta altanería, estaba a punto de formular una tenue y apenas insinuada oposición cuando sus palabras se vieron truncadas por la rabiosa invectiva del tribuno:

—Tú no tienes derecho a replicar. Antes de que te dé una patada y te mande de explorador a las regiones más frías de la Galia, corre a llamar al comandante y dile que se dé prisa.

La mera imagen de la escena descrita por el oficial hizo que un escalofrío le recorriera la espalda a aquel bobalicón con yelmo y escudo, que subió las escaleras que llevaban al piso de arriba tan rápido como un felino. Bajó a los dos minutos, visiblemente fatigado por el esfuerzo breve e intenso. A sus espaldas apareció el comandante.

—*Ave*, tribuno, soy el prefecto Mario Aulo Cabrinio, comandante de la guarnición encargada de la defensa de la ciudad. Ya sé lo que quiere de mí porque esta mañana se presentó un mensajero del campamento militar del *imperator*, de forma que ya tengo preparados dos caballos. Si no tiene nada más que añadir, podemos ponernos en camino. Lo acompañaré hasta la entrada del campamento y luego volveré a mis asuntos.

—Gracias, prefecto. Nada más que añadir. Podemos marcharnos.

Los dos hombres se dirigieron hacia el interior del edificio, en dirección a la armería y los establos. Montaron en los dos alazanes, de los que uno tenía la cabeza y las patas jaspeadas de blanco, y cruzaron raudamente la salida secundaria del edificio. Enseguida se perdieron de vista por las afueras de la ciudad.

Siguieron un sendero que a duras penas se abría paso por los amplios campos, hasta hacía pocos meses frondosos y prósperos, pero ya desnudos y descoloridos. Una vez superados los vestigios de aquel escenario agreste, los hombres empezaron a subir siguiendo otro camino de herradura que se extendía a lo largo del perfil redondeado de una colina por cuyo lado derecho un pequeño y tortuoso torrente alimentaba, en aquella época del año, las vastas tierras circundantes.

No tardaron mucho en volver a descender por la ladera opuesta de aquella dócil colina y, después de cabalgar un par de minutos al trote, se toparon con los límites del campamento, ubicado en las inmediaciones de un manantial enorme y fragoroso.

A Lucio Fabio Silano le impresionaron el orden y la disciplina que imperaban en el campamento, que se había levantado con una precisión insólita y minuciosa: cada *contibernium*[50] formaba parte de un grupo de diez, por lo que albergaba a una centuria completa, y entre unos y otros se había dejado el espacio suficiente para el paso de la infantería y las maniobras de los carros. Esta técnica de ejecución recordaba vagamente al esquema hipodámico utilizado en la construcción de las antiguas ciudades, y se había aplicado en los cuatro lados del campamento ocupado por las tres legiones, hasta llegar al sector central del alojamiento. Esta zona estaba reservada a los oficiales. Desde fuera hacia dentro se hallaban, respectivamente, las tiendas de los quince tribunos angusticlavios y de los tres laticlavios, seguidas por otras más amplias, las de los prefectos y legados de cada una de las legiones. En el centro del campamento se alzaba un vistoso pabellón que sobresalía por encima de los de las demás unidades por amplitud y altura. Fuera, dos lictores vigilaban ambos lados de aquella pomposa estructura de color bermejo, en cuya parte superior ondeaban los estandartes del poder consular llevados por la leve brisa de la tarde. Aquel era el alojamiento del sumo Octavio, comandante supremo de aquel grupo de legiones, y en él presidía las sesiones del Estado Mayor.

Al llegar a la sede consular, Silano se despidió del prefecto Cabrinio, dándole las gracias por haberlo acompañado. Este último, tras el saludo romano, se subió súbitamente a la silla de su cabalgadura. En cuanto Silano se presentó en la entrada, unos pocos pasos más allá, los dos lictores se interpusieron en su camino. Así pues, el tribuno volvió a sacar el papiro con el sello del *imperator* y pidió que anunciaran su llegada.

Mientras los dos soldados le explicaban a Lucio Fabio que no era posible ver al comandante porque se encontraba en un momento muy delicado de la reunión, una voz juvenil y vigorosa cruzó la sala interna de la tienda y se impuso a la espalda de los guardias, expandiéndose desde el interior:

—Claudio, Cimbro, hacedlo pasar. Es persona grata y estaba esperando ansiosamente su llegada.

Al reconocer la voz, los lictores se apartaron de inmediato y volvieron a sus puestos, dejando el paso libre.

Lucio Fabio entró en el pabellón y, frente al estado mayor del ejército, se cuadró en un reverente saludo:

—*Ave, imperator*, tribuno angusticlavio Lucio Fabio Silano, de la legión XIX, a sus órdenes.

El joven comandante estaba explicándoles a sus hombres de confianza los futuros avances de sus legiones mientras se los indicaba con el dedo sobre un amplio papiro que representaba de forma escrupulosa los territorios del Mare Nostrum[51].

Alzó la mirada un segundo y la clavó en los ojos del recién llegado: a pesar de su juventud y de poseer una figura esbelta y huesuda, el semblante de Octavio no dejaba dudas sobre la naturaleza de su ánimo. La expresión decidida y penetrante, la boca pequeña con labios finos rodeada de hondas mejillas y la intensidad de la luz que emanaba de sus ojos cerúleos y hundidos transmitían la sensación de una innata propensión al comando, al tiempo que dejaban al descubierto una inteligencia vívida y astuta.

Estaba sentado en el centro de una gran mesa circular, mirando hacia la entrada. A su derecha se encontraba su querido amigo Cayo Cilnio Mecenas[52], uno de los hombres más ricos e influyentes de la Urbe, cuya pasión era rodearse de poetas e intelectuales; y a su izquierda, Lucio Fabio reconoció los rasgos decididos del general Marco Vipsanio Agripa[53], durante años lugarteniente y encargado de los asuntos militares del *imperator*. Había sido el responsable de las victorias militares de Octavio y no hacía mucho tiempo que había derrotado al ejército de Sexto Pompeyo en Nauloco, después de que se le hubiera exigido que se retirara de la Galia.

—Esperaremos al resto de las unidades procedentes de Hispania. Por otra parte, ya he sido informado de la inminente llegada de otras cuatro legiones que avanzan desde hace días a marchas forzadas desde *Massilia*[54].

—*Imperator* —dijo Agripa—, tendremos que localizar otros emplazamientos para levantar lo antes posible el campamento militar para los refuerzos. Los legionarios que van a llegar son muchos y resultaría arduo alojarlos a todos aquí.

Octavio esbozó una débil sonrisa y respondió:

—He dispuesto que los legados Flaminio y Appio conduzcan a las tropas a *Tarentum*[55]. Cuando lleguen, encontrarán varias unidades de pertrechos. Los soldados marchan desde hace días cruzando Italia y necesitan recuperarse del viaje. Por lo que se refiere a las tropas hispánicas, no me preocupan demasiado, ya que no llegarán hasta dentro de tres semanas y cuentan con todos los víveres necesarios. He previsto destinarlas a *Callipolis*[56], una ciudad próspera en la que abundan los campos. No les será difícil encontrar terrenos para construir los campamentos.

Cuando hubo terminado de hablar, el joven cónsul indicó con una señal a los presentes que debían retirarse de inmediato y estos obedecieron en silencio. Una vez a solas en el pabellón, el comandante se acercó al tribuno, que había permanecido inmóvil hasta que el *imperator* concluyó la sesión con sus subordinados.

—Ahora que estamos solos podemos hablar libremente —dijo Octavio, poniéndole la mano huesuda sobre el hombro mientras lo invitaba a sentarse con él.

El *imperator* dio una palmada y aparecieron, como de la nada, dos esclavas celtas de largos cabellos dorados y piernas pálidas que comenzaron a servir el vino en dos copas áureas.

Octavio levantó el cáliz y exclamó:

—¡A la gloria de Roma! —E inmediatamente, el tribuno siguió su ejemplo.

Se bebió casi todo el contenido de la copa de un solo trago, ante el estupor mal disimulado del oficial, que solo había tomado un pequeño sorbo de aquella densa bebida ambarina.

—Espero que hayas tenido un buen viaje, tribuno Silano —comenzó a decir Octavio con tono amistoso.

—Ha sido una travesía tranquila gracias al tiempo fausto y a los vientos favorables, mi comandante.

—¿Y el viejo? ¿Dónde has dejado al viejo?

—Está en una taberna, cerca de la guarnición de la ciudad. Le he dicho que aproveche para descansar hasta que vuelva.

—Ese viejo gladiador enemigo de Roma sabe una más que el diablo, pero es un excelente colaborador y enterró su pasado años ha.

—Durante el viaje me ha contado un poco de su historia, pero no sabía que hubiera sido gladiador. Creía que había desempeñado funciones de factótum para Lentulo Batiato.

El triunviro soltó una sonora carcajada y Lucio Fabio se sonrojó.

—¿Eso te ha dicho el viejo zorro? —continuó el comandante, disfrutando de la situación—. Pues entonces deja que te cuente la verdad sobre ese misterioso griego.

Tras haber dicho esto, se bebió otro gran trago de la copa, ricamente taraceada, y le puso al corriente de las noticias que sabía sobre el borrascoso pasado del buen Tiresias. De este modo, el tribuno supo que en realidad había sido el factótum de su amo durante un periodo relativamente breve, debido a su comportamiento indisciplinado e incumplidor.

Por este motivo, su amo lo colocó como una humilde pieza del miserable espectáculo de la maquinaria gladiatoria y, para sorpresa de todos, logró conseguir una victoria tras otra hasta convertirse rápidamente en el preferido del aristocrático público campano. En cuanto conoció a Espartaco, tramaron la fuga y la revuelta, y al principio las cosas les fueron bien a los gladiadores y a los que los habían seguido. Casi un año y medio estuvo combatiendo el viejo mercader junto con el león de Tracia mientras cruzaban diversos territorios itálicos, pero muy pronto se cansó de las continuas razias y actos violentos que tenían que perpetrar para sobrevivir. De modo que buscó la forma de escaparse y recuperar la libertad al este del mar Adriático. Su sueño era volver a su amada Grecia y seguir viviendo libre el resto de sus días, escondiéndose o cambiando de identidad. Así pues, cuando el ejército rebelde cruzó Lucania y se asentó en Thurii, en Bruttium[57], decidió desaparecer sin dejar rastro.

Con unos cuantos amigos de confianza, se dirigió hacia el norte, recorriendo parte del camino hacia atrás hasta llegar a Barium, donde se embarcó hacia las costas de Ática.

—Pero ahora, hablemos de cosas serias, mi querido Silano. —De hábil conversador, Octavio sabía pasar a convertirse rápidamente en el rudo comandante que no admitía incertidumbres ni negativas—. La misión que voy a encomendarte es de capital importancia para mí y requiere fortaleza de ánimo y una buena dosis de valor y circunspección.

—Estoy a sus órdenes, *imperator* —afirmó Lucio Fabio—. Cualquiera que sea el objetivo del encargo que desee encomendarme.

—Te conozco como soldado valeroso e impávido pero también sé que eres un hombre dotado de una moral irreprensible y una ética esforzada y férrea. Puede que sea precisamente por esto por lo que el divino César te consideraba uno de sus hombres de confianza, al igual que yo.

—Me honra, comandante —contestó el oficial y volvió a guardar silencio a la espera de ulteriores indicaciones.

—Bien, tribuno. Zarparás lo antes posible hacia Alejandría de Egipto en el barco del viejo Tiresias. Estoy seguro de que la misión que le he confiado será un honor para él, sobre todo cuando le entregues esto.

Mientras hablaba, el *imperator* se dirigió hacia un escritorio que se hallaba en la pared más corta de su alojamiento, enfrente de la gran mesa circular, y de un cajón que se encontraba oculto en su interior sacó una pequeña talega gris.

La lanzó, sin darse la vuelta, a los pies del oficial y un tintineo metálico se expandió por el ambiente que los rodeaba.

—Eso es solo un tercio de los tres mil doscientos sestercios que recibirá una vez que llevéis a cabo vuestra misión.

Silano se sobresaltó. Era tribuno desde hacía muy poco y estaba acostumbrado a la modesta paga de centurión del ejército romano, por más que César hubiera sido generoso con él cuando decidió retirarse. Para Lucio Fabio, la reputación y el respeto que había ganado a los ojos de su comandante valían más que cualquier recompensa económica.

—¡Cáspita! Es un buen puñado de monedas... casi el cuádruplo del estipendio de un legionario —exclamó el oficial mientras recogía del suelo la talega que le había caído cerca de los pies.

—En caso de que quisiera abandonar en algún momento, hazle entender que el triunviro Octavio sabe ser generoso con quienes se lo merecen e implacable con quienes yerran.

Una repentina mirada fulminó a Lucio Fabio en el taburete en el que se había sentado.

—Dudo mucho que Tiresias pueda negarse a semejante honor, comandante —replicó el soldado con tono duro—. Además, en Alejandría tendrá la posibilidad de continuar con sus negocios y mezclarse mejor con la multitud de mercaderes y vendedores de todo Oriente.

Satisfecho, el joven cónsul volvió a acercarse a Silano y, recuperando el tono amistoso, comenzó a explicarle lo que tendría que hacer al llegar a la ciudad alejandrina.

—He delegado en el noble Mecenas el control administrativo de toda Italia y mi intención es nombrarlo vicerregente, para cuando tenga que permanecer lejos de Roma por asuntos políticos o militares. Agripa ha recibido el cargo de edil[58] y dará brillo y decoro a las viejas construcciones derruidas de la Urbe. Ambos han recibido el cometido de vigilar la situación en la ciudad y de darme a conocer cualquier intención que tengan en mente los senadores amigos de ese bastardo traidor.

—Creo que no lo entiendo, *imperator* —dijo Silano, desorientado—. ¿Cómo puede representar una amenaza para Roma el triunviro Marco Antonio cuando se encuentra a miles de leguas de aquí, en Oriente, entorpecido y ebrio por la lascivia de esa reina egipcia? Corren rumores de que ha empezado a pintarse el contorno de los ojos con carbón, como hacen los alejandrinos, con el carbón de los braseros con los que caldea las noches que pasa en vela entre orgías y banquetes indecentes, rodeado de seres de pésima calaña, hermafroditas y eunucos.

Octavio sonrió un instante pero enseguida se apresuró a responder, con una inflexión que dejaba entrever una ligera preocupación:

—Tú no llegas a ver la otra cara de la medalla, Silano.

Octavio suspiró profundamente y volvió a sentarse en el taburete acolchado, acariciando entre las manos su copa de oro casi vacía.

—Las noticias que conoce la plebe de Roma son las que el Senado y los hombres de poder quieren hacer circular. El resto queda en secreto, a la espera de condiciones propicias para su divulgación.

—Sigo sin entender, *imperator*. ¿Qué puede turbar al sucesor del dictador perpetuo Cayo Julio César? Usted tiene la fortuna de haber contado desde el principio con el apoyo del príncipe del foro, Tulio Cicerón, y gracias a él se ha ganado el beneplácito de la mayoría de los senadores. Como ulterior ventaja, Marco Antonio mató a Cicerón por el asunto de los ataques en el Senado y desde hace diez años es el preferido de la aristocracia romana y hasta cuenta con el favor de la plebe por haber sido elegido por su paladín como continuador de su obra política.

—Eres un soldado tan hábil con el puñal como con las palabras —respondió Octavio, admirado por el análisis que acababa de realizar el soldado—, y eso es un verdadero don de los dioses para un hombre. No obstante, la realidad es muy distinta, y yo no tengo más remedio que mantener los ojos bien abiertos. En cualquier caso, el momento parece propicio y los vientos están a punto de aumentar mi favor entre el pueblo romano. Marco Antonio ha repudiado a mi hermana hace poco, y algunos espías que se han adentrado bien entre los muros imperiales del palacio de Alejandría hablan de un misterioso testamento: en él, el perro de Marco Antonio ha distribuido las posesiones de Roma en Oriente entre sus bastardos, paridos de la seductora perra de Cleopatra.

Los ojos del triunviro brillaban con un ansia demoníaca y la voz le tembló con una espasmódica excitación. Se terminó en un instante el resto del contenido de su copa e hizo que se lo volviera a llenar inmediatamente una de sus esclavas celtas. Luego se volvió a poner de pie, llevado por un júbilo mal disimulado, y se rio con gusto:

—Mi querido moloso, si consigues llevar esta operación a buen puerto, te nombraré pretor de Cilicia, ¡por todos los dioses!

—Imagino que se trata del papiro en el que se recoge ese hipotético legado.

Silano apenas había llegado a la mitad de la frase cuando Octavio ya se había bebido la mitad de su copa.

—¡Exactamente, muy astuto! Si logro hacerme con ese testamento conseguiré presentar a Marco Antonio como un pervertido, un hombre que ha usado la riqueza de Roma en su propio beneficio. El Senado tendrá la imagen de un hombre ebrio que ha donado a sus tres hijos egipcio-romanos todas las provincias orientales cuyo sabio gobierno se le había confiado, declarándolos reyes de este o de aquel territorio, a despecho de las leyes de la Urbe. Destruiré su reputación, ya vacilante, y haré que sus partidarios le den la espalda, ganándome así el apoyo incondicional de esos viejos nobles barrigudos del foro. Al final se verán obligados a darme su apoyo para declararle la guerra.

Lucio Fabio Silano se quedó de piedra al oír aquellas palabras.

Siempre había considerado al joven cónsul un digno heredero de su primer comandante, pero jamás se habría esperado de él la misma determinación a la hora de perseguir sus propios objetivos y la misma luz siniestra en la mirada cuando se hablaba de batallas y campañas militares. Sin embargo, César siempre había respetado a sus adversarios políticos e incluso había sido profundamente magnánimo después de vencerlos, perdonándoles la vida y poniéndolos a la cabeza del gobierno de provincias enteras. El tribuno pensó que en eso Octavio no se parecía a su padrastro y supuso que aquel joven no sabía lo que era el perdón.

—Cuando llegues a Alejandría —prosiguió el *imperator*—, tendrás que encontrar la forma de entrar en el palacio real y conseguir que Marco Antonio te reciba. No me importa lo que consideres oportuno decir o hacer. Lo único que me importa es que consigas ganarte su confianza y que te admita en sus escuálidos simposios y celebraciones. ¿Entendido?

El tribuno se había quedado tan petrificado como una estatua de mármol y apenas consiguió asentir levemente con la cabeza.

—Bien. Luego tendrás que buscar a uno de sus más estrechos colaboradores, cuyo nombre es Salvio Galieno Tessio. Un pajarito me ha informado de que ese jactancioso fue el encargado de redactar su testamento. Parece ser que después de haber escrito la depravada voluntad de ese atocinado altanero, Tessio guardó el papiro en un lugar inaccesible y secreto para todos.

En ese momento, la voz de Mecenas penetró el pabellón mientras el hombre se movía por el exterior.

Octavio, al darse cuenta de que su amigo estaba a punto de volver, terminó su reunión con el tribuno de manera apresurada y directa:

—¡Tribuno, quiero ese papiro a cualquier precio! Solo puedo contar contigo porque sé que eres el único dispuesto a hacer cualquier cosa por su comandante. A la muerte del divino César, supe que como última voluntad me había designado a mí como su único heredero. Esa misma noche, un soldado me entregó, al amparo de la oscuridad de las tinieblas, un papiro escrito directamente por mano del dictador asesinado. Ese papiro contenía una lista de siete nombres. Y tú eras el segundo de la lista.

—Si se me permite preguntar, mi comandante...

Octavio lo interrumpió con unas palabras tan rápidas como inquietantes:

—El papiro contenía los nombres de las únicas personas de las que realmente se fiaba. El primero era Quinto Décimo Balbo. No me decepciones, soldado —concluyó el joven cónsul—. En tus manos pongo mi destino. Ahora ve y encuentra la forma de mantenerme informado. Vale, Silano.

—Vale, *imperator*.

El tribuno se dirigió hacia la salida. Pocos pasos más allá cruzó la mirada insólitamente indagadora del joven Mecenas, que ya se encontraba dentro de la estructura consular. En cuanto salió del campamento, Lucio Fabio respiró profundamente intentando desacelerar los latidos de su corazón, repentinamente acelerado. Se hizo su composición de lugar, y mientras montaba su alazán en dirección a la taberna, un cúmulo de pensamientos cobró forma en su cabeza de manera inexorable.

Capítulo V

*A veces la vida nos obliga a tomar decisiones
tristes para las que no hay escapatoria. Lo
importante es que no se nos olvide quiénes somos
y cuál es la naturaleza de nuestro ánimo.*

EL CIELO AMENAZABA CON LLUVIAS Y EL HELOR INtenso de aquella mañana era más gélido que el que solía hacer a finales de febrero. Gruesos nimbos plúmbeos y ferruginosos se disponían a cubrir gran parte de la ciudad, empujados por hoscas rachas de viento que les daban velocidad en su incesante marcha desde el noroeste. Incluso daba la impresión de que tenían que abandonar apresuradamente la cercana ciudad de Sturno, sometidas a la voluntad de alguna divinidad, para llegar lo antes posible a la próspera Brundisium, sobre la que muy pronto derramarían su tersa orina reluciente.

El primero en llegar a la planta baja de la posada en la que se habían alojado fue Tiresias, a pesar de haber estado despierto hasta tarde la noche anterior. El oficial había llegado hacia la segunda vigilia, cansado y muy hambriento, por lo que al viejo mercader le había parecido oportuno hacerle compañía mientras se disponía a dar buena cuenta de su cena fría y poco gustosa. Mientras Silano le contaba cómo había ido su encuentro con el triunviro Octavio, el griego canoso lo escuchaba con atención, llevándose a la boca de cuando en cuando las uvas que iba arrancando de los gruesos racimos que descansaban sobre una bandeja que habían colocado entre los dos. Así supo cuál era el destino final al que el soldado tenía que apresurarse en llegar por voluntad del joven cónsul, al tiempo que descubría que el barco elegido para aquel largo viaje era precisamente el suyo.

Mientras esperaba a que le sirvieran el desayuno, el mercader se adentró en la preocupación de sus pensamientos, intentando descubrir cuáles habrían sido los motivos que habrían llevado a Octavio a elegirlo una vez más, en calidad de acompañante de su fiel colaborador. Pensó que la única explicación plausible había que buscarla en aquel encuentro con el joven cónsul que tuvo lugar unos diez años antes en la floreciente ciudad de Apolonia[59]. Un día se encontró a un viejo conocido, Atenodoro de Tarso[60], que le presentó a un muchacho de unos dieciocho años al que estaba instruyendo. Lo invitaron a cenar con ellos una cálida noche de finales de septiembre y estuvieron conversando hasta bien entrada la noche, hablando de sus frecuentes viajes por Oriente. Recordaba haber hablado largo y tendido de la cultura y costumbres de los pueblos del este y todavía tenía grabada la cara del muchacho, totalmente extasiado por sus narraciones. Lo había masacrado a preguntas y había demostrado una curiosidad voraz por todo lo que estuviera relacionado con el esplendor y la opulencia de aquella cultura tan distinta.

—¿Qué ha pasado, amigo mío? ¿Tu camastro era demasiado gélido? ¿O es que te has caído de la cama?

La voz del tribuno resonó soñolienta a la espalda del mercader. Siguió un largo bostezo que no logró sofocar con la mano izquierda. Con aspecto atolondrado, el soldado tomó asiento lentamente enfrente del viejo griego y empezó a restregarse los ojos intentando deshacerse del sueño residual.

—No hay nada mejor para un viejo comerciante maltratado por el polvo y la confusión de los mercados de medio mundo, que conseguir completar la comida más importante del día con la tranquilidad y el silencio de las primeras luces del alba.

—¿Y tus hombres? ¿Siguen en el barco? —preguntó Silano, que poco a poco empezaba a espabilarse.

—Antes de que usted llegara le di órdenes a Aristarco de que hicieran guardia de dos en dos.

—Son tus soldados, tu milicia privada, ¿no es así, gladiador?

Una mueca pedante se estampó en la cara de Lucio Fabio.

El posadero se acercó a la mesa en aquel momento y el soldado hizo su comanda, que comprendía leche de cabra y las tostadas de pan con miel que solía tomar.

En cuanto el posadero se alejó, Tiresias respondió bruscamente:

—Ya sabe el resto de la historia, ¿verdad, tribuno? Pues que sepa que no me enorgullezco de mi pasado. He sido un hombre cruel y sin escrúpulos pero era la vida que había elegido y era plenamente consciente de ello. Matar a compañeros de esclavitud, gente con la que había compartido tormentos y privaciones durante años, por el mero entretenimiento de rollizas matronas aburridas y nobles patricios con cara de puerco... En fin, eso no podré olvidarlo jamás, pero tampoco pude evitarlo. Me trataban peor que a los animales...

—Agua pasada, amigo mío —lo interrumpió el oficial con una voz más amistosa y acomodadiza. Hasta la mueca irreverente había desaparecido de su rostro—. A veces la vida nos obliga a tomar decisiones tristes para las que no hay escapatoria. Lo importante es que no se nos olvide quiénes somos y cuál es la naturaleza de nuestro ánimo.

Seguidamente, Silano desató la pequeña talega grisácea que llevaba colgada del cinturón de cuero y la puso sobre la mesa.

—A juzgar por el ruido que ha hecho, parece interesante —observó el mercader con aspecto extrañamente ausente.

—Solo es un tercio de la recompensa que recibirás del *imperator* cuando todo esto termine, amigo mío. Un buen puñado de monedas, ¡es para alegrarse!

—Lo será... Pero te habría acompañado de todas formas, aunque no me hubieran pagado, comandante —concluyó el griego.

—¿Y por qué motivo, magnánimo Tiresias? —El tono de Silano volvía a ser bromista y alegre.

El mercader se le acercó tanto que casi le rozó la cara. La mirada del viejo se había vuelto seria y decidida:

—Porque para esta misión va a necesitar mi ayuda, tribuno. Sin mí, en Alejandría sería hombre muerto.

Se terminó rápidamente el vaso, se levantó del taburete y se dirigió hacia la habitación que había ocupado pocas horas antes.

En aquel momento, Tera llegó a la mesa en la que seguía sentado Lucio Fabio, ocupando el sitio en el que había estado Tiresias, y le dio un beso en la mejilla que restalló con fuerza en la paz de la sala desierta.

—Buenos días, comandante. ¿Has dormido bien?

—Sí, pequeña —contestó el oficial, pero su aspecto pensativo y distante desmentían miserablemente lo que acababa de decir.

A causa de los fuertes reveses que se abatían mañana y noche sin cesar en toda la zona, Silano y sus compañeros de viaje se vieron obligados a quedarse más de cinco días en la ciudad de Brundisium. Había mar gruesa y las olas que arremetían con furia en la zona del puerto destrozaron muchas embarcaciones, rompiendo las quillas de las más pequeñas y arrancándoles los mástiles. Los dioses permitieron que el barco de Tiresias resistiera la fuerza de la marola, aunque las olas embistieron contra el castillo de popa en el que solía maniobrar el joven Basilio. El castillo resistió, aunque salió bastante maltrecho.

Toda la tripulación cartaginesa recibió la orden de reunirse con el viejo griego en la taberna más cercana a la guarnición. Para suma felicidad del tabernero, el local se llenó de una multitud de clientes que, sorprendidos por el mal tiempo, no podían marcharse.

El tribuno pasó gran parte del tiempo ocupándose de la pequeña Tera, hablándole de las espléndidas tierras que había abandonado en Cambranum unos años antes y describiéndole con todo lujo de detalles las escenas de su vida agreste, que transcurrió en la pacífica serenidad de los fértiles campos de Campania. La niña seguía con gusto la narración de Silano y de vez en cuando lanzaba contagiosas carcajadas, cuando le divertía alguna anécdota especialmente curiosa.

El último día de lluvia, hacia la hora nona[61], el oficial se aproximó a la mesa del viejo mercader, que estaba absorto en la confusión de varias cartas marítimas que había esparcido sobre la desgastada madera. Tiresias levantó la mirada un segundo y cuando vio que el hombre que se acercaba era el tribuno, volvió a concentrarse en las marcas que estaba haciendo sobre su papiro raído y desgarrado.

—¿Qué estás haciendo, amigo mío?

—El viaje que tenemos que afrontar, comandante, será largo y mucho menos tranquilo que el que acabamos de concluir. Dado que todavía no podemos zarpar, estoy estudiando todas las rutas posibles y las ciudades en las que podríamos hacer escala.

—¿Crees que será una travesía peligrosa e incómoda? —añadió Silano, mostrando una cierta preocupación.

—Conoce la situación mejor que yo, tribuno. Esos dos son los amos del mundo conocido y han superado el punto de no retorno. En las ciudades más importantes de las provincias romanas se esconden espías del uno y del otro, y eso sin contar territorios enteros que apoyan a Marco Antonio. Me refiero a distritos completos, como Mesenia, en Peloponeso, que lamentablemente será una de las zonas que tendremos que atravesar en nuestro largo camino.

—Entiendo —contestó el tribuno, pensativo—, pero confío en tus decisiones. Eres un hombre hábil y astuto, y un mercader respetado y que se hace querer. Sabrás decidir la mejor ruta.

—Eso espero, comandante.

Tiresias volvió a su trabajo mientras Silano se dirigía hacia la puerta de la taberna y, apoyándose en el marco mugriento, miró hacia el cielo como si quisiera escrutar más allá de la sofocante manta de nubes.

Levaron anclas en cuanto el cielo comenzó a brillar, terso y sereno, gracias a los rayos calurosos del sol ardiente de las últimas horas de la mañana.

Inicialmente navegarían bordeando las costas de la Calabria para después dirigirse hacia Apolonia de Epiro, y desde allí el viejo griego buscaría un buen mercado para poder vender parte de las especias que tenía almacenadas en la bodega. Con el dinero que sacara, el griego tenía la intención de hacerse con una buena reserva de cereales, vino y aceite, ya que resultarían útiles en caso de que se presentara la necesidad de permanecer mucho tiempo en el mar o para hacer frente a alguna situación de emergencia.

Mientras tanto, sus hombres intentarían arreglar lo mejor que pudieran las partes de la embarcación que más habían sufrido a causa de la furiosa marejada que los había sorprendido en el puerto de Brundisium, aprovechando la breve estancia en la floreciente ciudad macedonia.

Así fue. A Tiresias no le resultó difícil colocar sus mercancías gracias a las personas que conocía en aquella tranquila y floreciente ciudad, y sus hombres pudieron restaurar sin grandes problemas el castillo de popa. Para llevar a cabo su tarea, los cartagineses pudieron contar con la ayuda de un carpintero de ribera que también se ofreció a reforzar el palo mayor con gruesas fajaduras hechas de madera de haya, fijadas con un tupido marco de largos clavos de bronce.

Durante aquellos tres días en Apolonia, el tribuno era el único que podía considerarse realmente libre, así que aprovechó para visitar la ciudad con la pequeña Tera, que no había visto nunca dos ciudades distintas en tan poco tiempo. La mayor parte de su existencia había transcurrido en el tranquilo pueblecito de Narona, que no podía compararse ni de lejos con la multitudinaria ciudad calabresa ni mucho menos con el bullicioso centro de comercio en el que se encontraban en aquel momento.

La gran cantidad de obras helénicas, estatuas, frescos, cerámicas y templos, infundía en el ánimo de la niña una profunda curiosidad y cada una de sus inocentes preguntas le daba la ocasión al comandante de rebuscar en el baúl de sus recuerdos culturales, a la búsqueda de respuestas lo más claras y elementales posibles, de las que la niña pudiera sacar algún tipo de enseñanza.

Silano se veía obligado a pararse delante de cada una de las tiendas que iban encontrando conforme cruzaban las pequeñas y empinadas callejas soleadas de la ciudad y, una vez arrastrado hasta el interior, la niña lo constreñía a admirar con ella toda la exposición de las mercaderías en venta y a contarle por enésima vez los mitos de los dioses y héroes, empezando por la caída de Troya hasta llegar a las historias de Teseo y las fatigas de Hércules.

La parte más protegida de la ciudad daba al mar, convirtiéndola en una de las zonas más características y emocionantes de la antigua costa macedonia, y fue en uno de los emporios que se encontraban en aquella zona donde Lucio Fabio Silano adquirió por poco precio una importante revelación que daría ulterior urgencia a su arriesgada misión.

Mientras la niña se dedicaba a observar el horrible rostro de una gorgona, sin darse cuenta se le resbaló el brazo hacia delante y tiró, del pequeño anaquel de la izquierda, una refinada estatuilla de terracota que representaba a Hércules luchando con Anteo. Al chocar contra el suelo, la obra quedó mutilada en varias partes: el héroe griego perdió inmediatamente la cabeza y el brazo gigantesco del hijo de Poseidón, que rodeaba el busto del famoso griego, se rompió en tres partes.

El oficial levantó la mirada hacia el cielo y exclamó irritado:

—¡Por el gran numen! Pero, Tera, ¿por qué no miras donde metes la nariz?

La niña, que ya se moría de vergüenza por lo que había hecho, se sintió terriblemente culpable y se quedó petrificada mientras las lágrimas le recorrían las mejillas.

Al ver lo ocurrido, el tendero se le acercó y le susurró delicadamente al oído:

—No te preocupes, pequeña. Tengo muchas de esas en el almacén. No ha pasado nada.

Silano sacó dos denarios de la talega que llevaba atada al cinturón y se los tendió al hombre, disculpándose:

—Esto es por lo poco que queda de esa magnífica obra. Ha de saber, buen hombre, que mi hija está mortificada por lo que ha hecho. Es más fuerte que ella: no es capaz de quedarse quieta en ningún sitio.

—Guárdese las monedas, comandante. He notado en seguida que sois buenas personas. No lo ha hecho adrede, ¿no?

—No. Pero tendrá que aceptarlas —insistió el tribuno con un tono tan duro y perentorio que el tendero no tuvo más remedio que coger los dos denarios.

—Ante un resarcimiento tan generoso, permita que le regale el mismo artículo íntegro —dijo, e hizo una señal a sus dos clientes para que lo siguieran.

Los tres embocaron un corredor estrecho y mal iluminado a través de una pequeña puerta situada detrás del mostrador principal del emporio y llegaron a una especie de taller de cerámica.

—Si todos fueran tan honrados como usted, nuestro trabajo sería más tranquilo y agradable. En cambio, nunca falta la ocasión de conocer a gente indeseable, engreída y dominante, que solo por sentirse vencedora y no vencida, cree que puede hacer lo que le dé la gana tratando a los demás con desprecio.

Mientras profería su desahogo, el tendero se subió a una escalera tambaleante para coger la copia exacta de la estatua que Tera acababa de romper.

Con cierto esfuerzo volvió a bajar de su posición de equilibrio inestable y le dio la estatua a la niña. A Tera le brillaban los ojos de alegría y le dio las gracias con entusiasmo. El soldado sintió curiosidad por lo que le había dicho el vendedor y le pidió dilucidaciones.

—Le pido disculpas por las palabras amargas y venenosas de hace un momento: son fruto de la rabia por haber sufrido un hurto precisamente de unos soldados, romanos como usted.

—Continúe —respondió Silano—. Puede que conozca a alguno de ellos y tenga dos palabras con él.

—Hace unos diez días llegó una unidad de soldados romanos para no sé qué inspección. No dejaban de parlotear entre ellos mientras revolvían irrespetuosamente entre las alacenas y baldas en las que exhibo mis artículos.

—Interesante, continúe.

—Bueno, a uno de ellos le gustaron unas ánforas grandes exquisitamente pintadas, verdaderas piezas de coleccionista. Me preguntó si estaban en venta y le dije que no. Le expliqué que esos antiguos recipientes tenían un enorme valor afectivo para mí y que los tenía en el emporio para exaltar el ambiente de venta. ¿Y sabe lo que me contestó ese perro?

—No, pero me lo imagino. Enrolados en nuestras filas no solo hay romanos de nacimiento sino también pésimos elementos oriundos de las provincias sometidas.

—Me dijo que esas ánforas harían feliz a su señor, que me agradecería mucho el don que espontáneamente tenía intención de hacerle llegar. Después le hizo una señal a seis de los suyos y las sacaron de la tienda, entre mis gritos y sus risotadas de satisfacción.

La cara de Silano se había ido poniendo cada vez más tensa conforme avanzaba la crónica de los hechos y al final, pensativo, tan solo consiguió preguntar:

—¿Se acuerda de algún detalle de su ropa, de alguna señal característica? Me encantaría descubrir la identidad de esos bellacos y echarles una buena bronca.

El tendero se acarició la abundante barba cenicienta e intentó recordar. Al momento exclamó:

—¡Ah, sí! Iban vestidos igual que usted, con la misma coraza, y su indumentaria y accesorios también eran iguales a los suyos. Pero usted no lleva el brazalete blanco. Ellos lo llevaban en la muñeca izquierda, como si tuviera algún significado especial.

Cuando el oficial oyó aquellas palabras, un escalofrío le recorrió la espalda al tiempo que de modo inconsciente volvía a poner la mano en la empuñadura del gladio.

El tribuno se dio cuenta del gesto instintivo que había hecho con el brazo e intentó disimular la tensión que le recorría los miembros, fingiendo de la mejor manera que pudo una repentina prisa por marcharse.

—Amigo mío, no sabe qué gran secreto acaba de revelarme. El tiempo apremia y ahora tengo que volver al barco. Gracias por una información tan útil y espero conseguir que se le haga justicia lo antes posible.

El vendedor se despidió de sus clientes y los invitó a volver a su tienda cada vez que pasaran por allí. Tera salió con su estatuilla de terracota en las manos, triunfante por el regalo inesperado que había recibido de su querido padrastro, mientras Lucio Fabio se dirigía a buen paso hacia la zona del puerto, ansioso por actuar y con la mente rebosante de interrogativas que necesitaban respuesta.

El trayecto que llevaba a la parte baja de la ciudad, cerca de la zona portuaria, se componía de una serie de callejas estrechas y empinadas. A los lados de esta sucesión de serpenteantes pasajes, el espacio resultaba exiguo y tenía que tener mucho cuidado con donde ponía los pies para no resbalarse con algún guijarro insidioso que lo hiciera rodar a lo largo de las empinadas escarpaduras que delimitaban el camino. La niña seguía con mucho cuidado al tribuno, que una vez embocada aquella vía se dio cuenta de que acababa de cometer una estupidez: habría sido mucho mejor volver por la misma calle que habían cogido a la ida. Pero al salir, el soldado había preferido seguir el camino más rápido, aun resultando casi impracticable, para no perder un tiempo precioso, deseando informar lo antes posible al mercader sobre las inesperadas implicaciones de lo que acababa de saber.

El calor era sofocante pero una ligera brisa templada alentaba la penosa marcha de los viandantes. Por todas partes reinaba la paz y la tranquilidad, y los colores de la naturaleza estaban dominados por los cálidos reflejos de la luz que agredía los peñascos puntiagudos que se esparcían por el camino, desmoronándose en una multitud de destellos plateados que se expandían por doquier. En el aire empezaba a resonar esporádicamente el reclamo de un águila real que planeaba alrededor de aquella roca solitaria, a la espera de tenderle una trampa a su ignara presa. Al verla, Silano rompió el silencio en el que se habían sumido en su atento caminar y dijo:

—Tenemos que darnos prisa en llegar al barco, pequeña. Ya es casi la hora del almuerzo y los demás nos estarán esperando.

—¿Cómo lo sabes? Yo no creo que sea ni la hora sexta[62] cuando lleguemos, comandante. Después de todo, solo han pasado unas horas desde que nos despedimos de Tiresias.

—¿Qué dijo el pélida Aquiles durante la guerra ante las murallas de Ilio? «El tiempo vuela cuando te estás divirtiendo». Eso es lo que te ha pasado a ti, pequeña traviesa.

—¿Y qué te hace pensar que sea ya la hora octava?

El tono de la niña se hallaba a medio camino entre lo bromista y lo insolente, y el oficial no dudó en replicar del mismo modo:

—¡Pequeña ingenua insolente! ¿No has visto que el águila ya ha empezado a revolotear por la zona?

—¿Y qué? ¿Es que tienes un trato con ella? ¿Acaso le has pagado para que sea tu reloj solar?

—Exacto —contestó el tribuno—. Si conocieras sus hábitos sabrías que es un tipo de ave particular: transcurre todo el día muy tranquila, excepto la parte central de la jornada, cuando se prepara para agarrar a sus víctimas lanzándose sobre ellas desde lo alto.

La niña, vencida por el estupor que le había provocado una reflexión tan perspicaz, comentó con un hilo de voz:

—Vaya. Sabes de todo, comandante. A mí también me gustaría ser un águila algún día.

Dicho esto, retomaron la marcha entre las angostas callejas en descenso, cada uno perdido en sus recónditos pensamientos.

Habían andado tres cuartos del camino y ya se vislumbraban las velas rojas de la embarcación, pero en la cabeza del moloso de César, las enmarañadas conjeturas y los intrincados pensamientos relativos a la inesperada noticia que le había referido el tendero solitario, no lograban encontrar una colocación adecuada.

Los soldados que el vendedor le había descrito tenían que ser legionarios de Marco Antonio, ya que eran los únicos que lucían el brazalete blanco con la cabeza de águila, pues había sido un regalo que el triunviro, gobernador de las provincias orientales, les había hecho a todos sus veteranos tras la victoria de la batalla de Filipos.

Pero, ¿por qué había una unidad suya en Apolonia?, ¿qué habían ido a hacer allí?

¿Podía ser que el noble Marco Antonio tuviera la intención de ocupar aquellas tierras, convencido de un inminente ataque del joven Octavio contra él?

Tan solo esperaba que sus suposiciones fueran erradas, porque de lo contrario su misión estaría a punto de fracasar y, además, habría puesto en peligro no solo su vida sino también las de sus compañeros de viaje.

El viejo Tiresias no se merecía aquello, puesto que ya había pagado por todos los pecados de una juventud inquieta y perversa, ni ninguno de sus marineros cartagineses.

Al improviso se oyó una voz por detrás de Silano, que al darse la vuelta entrevió en la acera derecha del callejón a un joven demacrado y deforme. El cabello rojizo y la nariz aguileña resaltaban la palidez de sus rasgos, mientras que la delgadez de los muslos le daba un aspecto juvenil que no encajaba con la gran cantidad de vello del vientre.

El tipo estaba sentado en una esterilla sucia y raída, hecha de andrajos desgastados y agujereados, con la cabeza gacha y las manos juntas:

—Apiádese de un desafortunado hijo de Roma, maltratado por la despiadada crueldad de los dioses.

El tribuno volvió sobre sus pasos y, conmovido por tan mezquina visión, se inclinó delante del joven e introdujo tres ases en el plato de las ofertas.

—Que la diosa Fortuna le asista, tribuno Silano —empezó a decir el mendicante, clavando la mirada en el oficial con aspecto burlón.

Lucio Fabio, que en ese momento se estaba incorporando, lo miró extrañado y exclamó sorprendido:

—¿Cómo sabes mi nombre?

—No se alarme, soldado. Yo sé muchas cosas de usted... y también de otros.

Una mueca siniestra apareció en los labios de aquel tipo.

—No entiendo —respondió Silano, enderezándose con nerviosismo—, y ahora me lo vas a explicar todo y sin perder tiempo.

Mientras pronunciaba esta frase, el tribuno apartó un poco la capa. Con la mano derecha ya había empuñado su pugio[63].

—Calma, calma, amigo mío —exclamó el otro—. Yo estoy de su parte. Guarde el puñal.

—Habla. Se me está agotando la paciencia —continuó Lucio Fabio.

—Junto con su misión, en Brundisium también recibió la orden de mantener informado al *imperator*.

—Pero, ¿tú quién eres? ¿Y cómo sabes todo eso? —Lucio Fabio se había quedado estupefacto ante aquellas palabras.

—Me llamo Rubeo Danilus, pero casi todos me conocen como Giubba. Yo estoy de su parte. Usted y algunos de los suyos me llaman espía, aunque yo me considero un válido «informador» al servicio del hijo de César.

—¿Cuánto tiempo llevas en Apolonia?

—Me desplazo con rapidez y de forma inesperada. Ha de entender que la circunspección y el anonimato son la base de mi trabajo. De todas formas, llegué poco antes que usted y en cuanto pueda me marcharé de Brundisium.

—Entiendo. Pero antes de irte tienes que contestar algunas preguntas. Y cuidado con lo que dices: tu próximo destino podría ser la tumba. Yo no me fío de nadie y tú podrías ser un espía del noble Marco Antonio que ha recibido la orden de hacerse con información por medio de la astucia.

—El moloso de César. Ja, ja, ja. Exacto. Escupe tus trapacerías y ya veremos qué pasa.

La expresión de Giubba era tranquila, como si de verdad supiera lo que estaba haciendo.

Por otro lado, Silano seguía cogitando sobre lo que iba a hacer:

—Bien —murmuró el soldado tras unos instantes de silencio—. Visto que tienes que llevarle noticias al comandante, estoy seguro de que sabrás…

Las palabras de Lucio Fabio se vieron interrumpidas por la rápida y exhaustiva respuesta del jorobado:

—¿Dónde se encuentra situado su magnífico pabellón bermejo en el campamento del norte de los campos de Brundisium? ¡Por supuesto! Y también sé que Mecenas y Agripa no saben nada de tu misión porque el *imperator* prefirió hablar contigo personalmente y a solas.

Ante aquellas palabras, el tribuno se rindió. Se acercó al joven que seguía sentado en sus harapos y le reveló con preocupación:

—Amigo, hay algo flotando en el aire, algo extraño y muy peligroso. Dile al comandante que hace diez días, en la ciudad…

Rubeo Danilus volvió a anticipar sus palabras:

—¿Han visto a una unidad de Marco Antonio? Sin duda. Pero le voy a decir otra cosa, tribuno, algo que le hará entender la importancia y peligrosidad de la misión que ha recibido. El noble perro de Egipto tiene intención de desplazarse a Patrae[64] con todo su ejército: lo hará en breve, se supone que hacia el final del verano que viene, y entonces sí que tendremos problemas.

—¿Y qué tengo que ver yo con eso? ¡Mi misión no es controlar al gobernador de las provincias orientales!

—Lo sé. Pero del éxito de su operación dependen las decisiones de Octavio, cuya intención es anticiparse a su adversario. Yo tenía orden de avisarlo de todo esto, tribuno, y de decirle que se mueva con prudencia y con cuidado hacia su meta. Que los dioses le asistan.

Dicho esto, el joven jorobado volvió a bajar la cabeza, retomando su posición inicial. Silano apartó la mirada del joven un par de segundos, preocupado porque

Tera estaba acercándose demasiado al borde del sendero mientras esperaba, pero cuando volvió a buscar con la mirada al informador pelirrojo, ya no estaba: había desaparecido, como si se hubiera disuelto en el aire, dejando en el suelo sus sucios andrajos.

El tribuno no se lo podía creer, y se quedó atónito por la improvista desaparición de aquel hombre misterioso. Enseguida volvió a ponerse en camino con la niña, volviendo la mirada hacia atrás de cuando en cuando para ver si lo seguían.

Cuando se aproximaba al barco, Lucio Fabio entrevió a Aristarco, que estaba cargando los últimos sacos de provisiones. Otros dos compañeros de viaje lo estaban ayudando a arrastrar los bultos más pesados por la estrecha pasarela.

—¿Dónde está Tiresias? —preguntó el tribuno, dirigiéndose hacia ellos.

Uno de los que estaban más cerca del muelle le contestó sin darse la vuelta:

—Nos ordenó que termináramos de cargar hace un par de horas y se fue hacia la zona del mercado. Parecía que tenía prisa.

Silano habría preferido dejar a la niña con los hombres del mercader pero a Tera ya empezaba a hacerle ruido el estómago, así que se fue con ella a la ciudad a buscar al viejo griego.

Después de doblar a la izquierda, siguiendo una callejuela que bajaba lentamente, llegó a un amplio anchurón rodeado de un pórtico de columnas en cuyo centro destacaba la estatua de la diosa Atenas. Del escudo de la divinidad brotaba como por arte de magia un chorro de agua clara que caía en un gran estanque de unos seis pies de profundidad.

Los pocos vendedores que aún se encontraban en aquel lugar estaban recogiendo sus mercancías en las enormes cajas que utilizaban para montar y desmontar sus emporios ambulantes, moviéndose atropelladamente e imprecando por lo tarde que era y el hambre desmedida que empezaba a ponerlos nerviosos. Aguzando la vista, el tribuno entrevió la silueta de Tiresias apoyada contra una de las columnas que conformaban el lado izquierdo del pórtico. Estaba hablando con un hombre que quedaba oculto bajo el vasto cono de sombra que el vestíbulo proyectaba en la zona más baja.

El oficial tuvo un presentimiento, una sensación extraña pero acuciante, e instintivamente se dispuso a espiarlos mientras Tera se acercaba a la fuente para admirar la obra marmórea que se elevaba sobre ella.

Avanzando a escondidas entre el continuo trasiego de los vendedores y las pilas de cajas que se hallaban esparcidas por toda la calle, el soldado consiguió apropincuarse lo estrictamente necesario para distinguir algunos rasgos del misterioso personaje con el que estaba hablando su amigo heleno. Silano se encontraba en su misma dirección, unos cuantos pasos detrás de Tiresias, escondido tras una columna.

De repente, el mercader se movió hacia la derecha, dejando aún más libre el campo visual del tribuno, que palideció al instante.

Se quedó rígido, y un viento de impetuosa confusión comenzó a silbar por los recovecos de su mente, llevándose a su paso hasta la más débil certeza.

¡No podía ser! El hombre que estaba hablando quedamente con el viejo griego era el mismo que él acababa de conocer: ¡Giubba!

Aunque Giubba no era el mismo. La ropa andrajosa había desaparecido y, en su lugar, una bonita túnica verde cubría los brazos delgados del hombre, que se había arreglado cuidadosamente el cabello pelirrojo. En ese momento su aspecto recordaba al de los jóvenes nobles de la Urbe. A primera vista podía parecer un hermano gemelo rico y próspero, pero dos detalles dejaban entrever que se trataba de la misma persona: la mirada huidiza y sagaz no había desaparecido, como tampoco la excrecencia que apenas lograba disimular la amplia túnica.

En cuanto se dio cuenta de que alguien los observaba, Rubeo Danilus se despidió apresuradamente y se perdió entre las sombras de las columnas, lanzando una mirada de complicidad al oficial.

—Tendrás algo que decirme, supongo —exclamó Silano, apareciendo repentinamente por detrás del mercader.

—Tenemos que marcharnos enseguida, comandante —contestó Tiresias, cuyos ojos mostraban toda la inquietud de su ánimo.

—¡Habla, por todos los dioses! ¡Habla, te digo!

El tribuno no soportaba el obstinado hermetismo del viejo mercader, ni entendía la razón de su extraña conducta. El anciano vendedor heleno se acercó al soldado y, después de mirar a su alrededor, le susurró lentamente al oído:

—Nos han descubierto, comandante. ¿Comprende? Estamos en peligro. Zarparemos al alba y el destino es de los peores.

—¿Mesenia?

El rostro del oficial estaba tenso y parecía repentinamente cansado y hundido.

—Kalamata. Nos meteremos de lleno en el nido de la serpiente. Pero no tenemos más remedio que hacer escala allí —continuó Tiresias con aspecto resignado y decidido—. Hay una persona que nos espera para transmitirnos una información muy valiosa. Giubba me ha explicado cómo llegar hasta él. Ese muchacho se ha arriesgado mucho quedándose aquí para avisarnos.

Dicho esto, le indicó que lo siguiera y juntos se encaminaron hacia una taberna situada a pocos pasos de la plaza en la que se encontraban. Tera los seguía lloriqueando a causa del hambre desmesurada que le estaba atacando el estómago.

Capítulo VI

La indolencia de sus acciones denotaba más un modo de resistirse a la idea de la proximidad de un acontecimiento infausto e inevitable, que la verdadera voluntad de cumplir con las tareas que les habían sido encomendadas.

Tras almorzar en la taberna oscura y maloliente, los tres se dirigieron raudamente hacia el muelle. Se habían entretenido en aquel desagradable refugio hasta la hora undécima[65], consumiendo lentamente su comida en un común mutismo que esporádicamente rompían las inocentes palabras de la niña.

En las inmediaciones de la embarcación de Tiresias, Silano y el mercader vieron que Aristarco, Basilio y Telésforo se encontraban en el castillo de popa, discutiendo animadamente en su lengua nativa.

El trío terminó la disputa en cuanto apareció el griego acompañado por el oficial. Basilio bajó rápidamente las escaleras que llevaban al puente y se acercó al viejo mercader.

—Malas noticias, capitán —comenzó a decir el joven timonel—. Alguien la tiene tomada con nosotros.

—¿Qué? —exclamó Tiresias, aunque no parecía muy sorprendido ante aquellas palabras.

—Como se lo digo. Antes de retirarnos a comer algo, Aristarco hizo la ronda de control como de costumbre: bodega, puente, velas y cabos. Nosotros mientras tanto nos bajamos al muelle, pero de repente se puso a chillar como un endemoniado, llamándonos para que volviéramos.

—¡Al grano, diantres! —El viejo mercader estaba empezando a impacientarse por el largo preámbulo del cartaginés.

—Una vez a bordo, nos dijo que los dos cabos de popa estaban dañados, cortados por un cuarto de su espesor. En tierra, cerca del parapeto, ha encontrado esto. —Mientras hablaba, les enseñó un kris de hoja corta, con la punta afilada y el mango de marfil.

Silano lo examinó un momento y sentenció incisivo:

—Quienquiera que lo haya hecho las habrá pasado canutas. Esta daga apenas tiene hoja, así que habrá tenido que sudar la gota gorda para escindir los cabos de anclaje. No ha podido terminar su trabajo, tal vez porque se haya sentido observado, y con las prisas se ha dejado la daga donde comenzó su obra furtiva.

Tiresias se pasó los dedos huesudos entre los tupidos cabellos blanquísimos, buscando una solución en el laberinto de su mente. De pronto se le iluminó la cara y una temible mueca alargó sus labios agrietados:

—Pues… Eso es. Esta noche nos iremos todos a tomar un trago a la salud de nuestro amigo tribuno. Tenemos que ahogar en la alegría los amenazadores auspicios de esta extraña jornada.

Silano y el timonel se miraron, perplejos por aquellas palabras, pero el mercader los exhortó a subir al puente de la embarcación:

—¿Qué hacéis ahí? Vamos, bajad a la bodega a descansar. Esta noche tenemos juerga.

Pasaron el resto de la tarde en la embarcación, cada uno dedicado a su trabajo, ocupándose de las tareas que se les habían asignado con insólita calma, como si de una innata lentitud se tratara. Ver a aquellos hábiles marineros recogiendo el puente, ordenando las jarcias y remendando los desgarrones de las velas con una actitud tan perezosa y flemática resultaba extraño e incluso irreal. La indolencia de sus acciones denotaba más un modo de resistirse a la idea de la proximidad de un acontecimiento infausto e inevitable, que la verdadera voluntad de cumplir con las tareas que les habían sido encomendadas.

Hacia la segunda vigilia, después de haber pasado mucho tiempo en la bodega, Silano y Tiresias desembarcaron al amparo de la oscuridad de la noche, seguidos por la tripulación cartaginesa.

El grupo se dirigió silencioso hacia la parte oriental del puerto, envuelta en la neblina nocturna, donde la luz agonizante de alguna que otra lámpara de aceite indicaba la presencia de las maltrechas tabernas. Después de cruzar todo el embarcadero y la plaza del mercado, la silenciosa comitiva se adentró en una vasta franja de sombra, perdiéndose en la oscuridad de la calle que discurría al abrigo de las atarazanas empleadas para la reparación de los barcos. Era como si hubieran desaparecido, como si la andadura de la noche se los hubiera tragado. Una calma sofocante flotaba en el aire, rota únicamente por el chapoteo incesante de las aguas que chocaban con las embarcaciones oscilantes. Al improviso, desde el lado opuesto a la zona de las atarazanas, cuatro siluetas encapuchadas se deslizaron hasta las proximidades del muelle con paso sigiloso y decidido. Los desconocidos avanzaron con presteza hasta el final del muelle y, justo antes de llegar a la embarcación de Tiresias, se pararon unos segundos para mirar prudentemente a su alrededor. Sus capas ondeaban tétricas, agitadas por el fuerte aliento del viento, y sus cuerpos imponentes los hacían aún más oscuros y amenazadores. El primero en subir a la pasarela fue el encapuchado del centro, el más alto y robusto, al que siguieron los demás. Una vez en el puente, los cuatro tipos se separaron, poniéndose dos en la popa y dos en la proa, y de debajo de sus amplias capas extrajeron unos pequeños contenedores cilíndricos. Empezaron a esparcir el contenido de sus recipientes a lo largo del puente, convergiendo gradualmente hacia el centro, cerca del mástil mayor, hasta que los cuatro se reunieron de nuevo. El viento, que hasta entonces espiraba con decisión, aumentó ulteriormente su rabia y, por debajo de los gabanes ondulantes de dos de los desconocidos brillaron por un instante las empuñaduras metálicas de las dagas que colgaban de sus caderas, iluminadas por el pálido resplandor de la luna, que finalmente se liberaba de la densa costra de nubes que la había circundado hasta aquel momento.

Mientras terminaban su misterioso quehacer, los cuatro hombres se encontraron inesperadamente en mitad de un asalto furibundo: dos hombres, envueltos en túnicas bermejas, subieron rápidamente por el pequeño compartimento que daba acceso a la bodega y se lanzaron con gritos deshumanos y una vehemencia inaudita sobre sus cuerpos encorvados, blandiendo uno un gladio y el otro una bipenne. El hombre del gladio cortó de cuajo la cabeza del encapuchado que tenía más cerca, y tanta fue la fuerza que imprimió en el golpe, que la hoja atravesó el cuello del genuflexo desventurado como un cuchillo traspasa ágilmente una forma circular de blando requesón.

El otro asaltante intentó hacer lo propio con uno de los otros tres que tenía enfrente pero el potente golpe de hacha cayó al vacío y la hoja se encajó en el parapeto de la embarcación.

Tras esquivar el golpe, el asediado se puso en pie de un salto y extrajo la daga que colgaba de la derecha del cinturón y comenzó a blandirla vertiginosamente en el aire. Mientras trataba de desencajar su hacha del margen balaustrado del barco, el agresor se convirtió en agredido y apenas pudo sortear los golpes de su forzudo enemigo, apartándose ágilmente a su derecha. Desde la posición supina en que se encontraba, el hombre le propinó una potente patada en la rodilla a su atacante, apoyándose con ambos codos en el puente resbaladizo e imprimiéndole a la pierna una velocidad impresionante.

El encapuchado de la daga cayó al suelo emitiendo un profundo grito de dolor: la rótula se le había dislocado y no podía levantarse. Cuando se dio cuenta, su adversario sacó un remo de uno de los huecos más cercanos y le rompió el cráneo con una tunda de palos.

Por doquier salpicó sangre y materia gris.

Entretanto, tras deshacerse rápidamente del primero, la sombra bermeja y armada del gladio estaba atacando con impetuoso ardor a sus restantes enemigos. Al ver la cabeza del compañero rodarles entre las piernas, los dos últimos encapuchados se precipitaron con rabiosa determinación contra el verdugo de su amigo, sumergiéndolo de mandobles rítmicos y potentes que le asestaban por turno a la altura de las caderas y el busto. Su adversario, a su vez, se movía para acá y para allá intentando eludir los golpes precisos y enérgicos, acercándose cada vez más a las escaleras que llevaban al castillo de popa. De repente, uno de sus atacantes recibió un tremendo golpe en la cadera desde atrás y se inclinó hacia adelante. Su agresor, el hombre con el hacha bipenne, tiró al suelo el remo con el que lo había golpeado y en un momento le traspasó la espalda con un sinnúmero de puñaladas mortales: tenía la expresión descompuesta por la furia del ataque y los rasgos estirados y desencajados por la espasmódica excitación de la victoria. El puente estaba impracticable, totalmente embadurnado de sangre y del resbaloso material grisáceo que habían esparcido los encapuchados poco antes.

Mientras combatía con las últimas fuerzas que le quedaban contra el tipo del gladio, el único superviviente del misterioso grupo se dio cuenta con el rabillo del ojo de que estaba atrapado. El otro enemigo se le estaba echando encima y no habría podido contra aquellos dos abominables individuos: con un movimiento rápido y felino, fingió un golpe contra la cadera derecha de su adversario frontal e inmediatamente rodó en la dirección opuesta hasta alcanzar la borda de la embarcación. Con gran agilidad se lanzó a las plácidas aguas del puerto, con la esperanza de salvarse.

Lo único que pudieron hacer los dos defensores del barco fue seguir con la mirada aquella sombra que nadaba veloz hacia el lado opuesto del muelle.

Estaban extenuados, jadeaban encorvándose ligeramente hacia adelante para recuperar el aliento, con las manos apoyadas en las caderas, pero habían alcanzado su objetivo. El puente estaba impregnado de sangre, como un campo de batalla, y el rojo se mezclaba con el gris de aquel compuesto que, a primera vista, parecía una mixtura altamente inflamable realizada en gran parte con pez, azufre y salitre[66]. Los cuatro encapuchados misteriosos habían intentado incendiar el barco de Tiresias: las cosas estaban empezando a precipitarse demasiado pronto.

Silano tenía el rostro contraído por la fatiga, la frente le sudaba copiosamente y las acres gotas que se derivaban, al entrar en contacto con los ojos, le procuraban una fastidiosa quemazón. El soldado dejó caer el gladio hacia abajo, aligerando al mismo tiempo la vigorosa fuerza con la que hasta hacía un momento había apretado la empuñadura de su arma. Con el borde inferior de la túnica bermeja se secó velozmente la cabeza y la cara sudadas, mientras las manos temblorosas aún dejaban caer sobre el puente lágrimas de sangre pertenecientes a los cuerpos sin vida de sus enemigos.

—Comandante, ¡le sangra el costado! Deje que le eche un vistazo —dijo Aristarco con voz incierta por la falta de aliento.

—Es una herida superficial, amigo mío. Solo serán necesarios una aguja y un poco de seda —respondió el tribuno mientras oprimía con fuerza la zona de la herida.

—El viejo griego tenía razón en que esos bastardos volverían. Su plan ha funcionado a la perfección.

—El buen Tiresias es difícil de engañar y tiene una mente rápida y sagaz. La idea de bajar del barco con el favor de la noche y de que Telésforo se pusiera mi túnica y mis zapatos ha sido una idea realmente astuta.

—¿Ha visto, tribuno? En cuanto los nuestros se han alejado lo justo para que no se vieran desde la embarcación, esos jodidos energúmenos encapuchados han subido al barco y han empezado a echar pez. ¡Bastardos! ¡La madre que los parió! Pero han tenido la muerte que se merecían: ¡degollados como cerdos asquerosos!

Aristarco pronunció estas palabras con una indignación mezclada con odio profundo, mientras seguía apretando con la mano derecha el pugio con el que había mandado al hades a su segundo enemigo. El fuego asesino que había acumulado en sus ojos durante las fases más frenéticas del encuentro no se había apagado aún.

—Eso significa que nos están observando —dijo Lucio Fabio mirando a su alrededor cautelosamente—, y que lo mejor sería salir de esta maldita ciudad sin esperar a mañana. En cuanto vuelva el mercader, prepararemos turnos de guardia con tres hombres que se irán dando el cambio cada dos horas. No quiero más sorpresas.

El marinero cartaginés estaba a punto de bajar a la bodega cuando el oficial lo aferró por el brazo:

—Has luchado como un león, Aristarco, y sin tu ayuda no sé qué habría sido de mí con esos dos mastines encapuchados. Te debo la vida.

—¿Usted? ¿La vida? ¿Bromea, comandante? Es el legionario más audaz que conozco y su valentía es extraordinaria. Habría terminado con ellos de todos modos, señor.

—Tal vez... pero la edad se empieza a notar y mis movimientos han perdido la potencia y el vigor de antaño. Ahora vamos a limpiar toda esta inmundicia antes de que vuelva el viejo. Tera está con ellos y no quiero que vea esta escabechina.

Mientras lo decía, lo primero que tiró al mar fue la cabeza de su primer enemigo y la misma suerte corrieron su cuerpo y el de los otros dos bellacos muertos.

Luego, con varios trapos y muchos cubos de agua, intentaron lavar el puente sucio y pegajoso, eliminando lo mejor que pudieron los restos de la mezcla inflamable y la sangre que ya estaba haciendo grumos.

Terminaron su agotadora tarea al cabo de una hora, en el preciso instante en que por la calle que se abría paso entre las atarazanas se entrevió a la alegre comitiva encabezada por Tiresias regresando hacia la embarcación, justo antes de llegar al muelle a paso ligero.

El resto de la noche transcurrió tranquilo: Telésforo, Basilio y Aristarco montaron el primer turno de guardia y, al terminar la tercera vigilia[67], vinieron a darles el cambio Filarco, Aristipo y Cayo Duilio. En la bodega, la niña dormía tranquila y serena mientras que Silano se quedó despierto todo el tiempo, cuchicheando continuamente con el viejo mercader. El tribuno le contó todo lo que había pasado desde que inició la trampa y conforme la narración iba tocando a su fin, la cara de Tiresias se iba haciendo cada vez más sombría y su mirada más taciturna.

—Tenemos que dividirnos, comandante —comenzó a decir el anciano después de haber escuchado atentamente al oficial.

—¿Cómo? ¿Por qué? Con lo de esta noche se han llevado un buen palo, creo yo, así que durante un tiempo nos dejarán en paz. Además, no puedo abandonar a Tera, le he dado mi palabra de que nadie volvería a hacerle daño.

—Con más razón, entonces. Créame, separarnos será lo mejor, tanto para usted como para ella.

—No lo entiendo —replicó Lucio Fabio. Estaba cansado y el dolor de la herida empezaba a torturarlo. Se puso la mano derecha en el costado y cuando la retiró, una gran mancha encarnada le cubría toda la palma.

—Acuéstese, amigo mío. El corte es más profundo de lo que creíamos. Habrá que cauterizar la herida para que deje de sangrar.

El soldado se quitó la túnica y se tumbó en el catre en el que estaba sentado. Su cuerpo potente y musculoso recordaba a las estatuas de bronce de época clásica, una especie de Perseo o Hércules moderno, pero la gran cantidad de cicatrices que tenía en la espalda, en el pecho y en los hombros demostraban que, a diferencia de los héroes mitológicos, él lo había pasado mal en la batalla más de una vez y entendía perfectamente lo que significaban la pena y la abnegación. Cuando el mercader pasó el pugio candente por la herida, Lucio Fabio se puso rígido, como si estuviera a punto de convertirse en piedra, pero no emitió ni un gemido. Se limitó a apretar con todas sus fuerzas el trozo de cuero que el viejo le había puesto entre los dientes y, una vez terminada la tosca intervención médica, se desplomó a causa del dolor en su sudado jergón.

A las dos horas, Tiresias volvió a bajar a la bodega y se alegró al ver que el tribuno se había despertado. Estaba pálido, pero sus ojos volvían a brillar con la luz de siempre.

—Coma. Le he traído carne de cerdo y un buen vaso de vino tinto de Iliria. Tiene que recuperarse lo antes posible.

Después de acercarle el almuerzo, el viejo griego hizo amago de volverse y subir por la estrecha escalera que llevaba al puente, pero Silano lo detuvo:

—Espera, amigo mío. Me gustaría retomar nuestra conversación sobre el viaje. Por favor, cuéntame lo que has pensado. Ya sabes que te considero un hombre sabio y prudente, y estoy seguro de que tendrás una explicación y un plan de marcha en mente.

Tiresias suspiró, se hizo sitio en el catre del oficial, se sentó en el borde y le expuso su idea:

—Por lo que me dijo antes, uno de los cuatro consiguió huir, así que se habrá presentado ante la persona que le haya encargado el trabajo para informarla del fracaso.

—Cierto. Continúa —se limitó a contestar el soldado.

—Bien. Por lo que ha pasado, he de deducir que mis suposiciones eran exactas. Ellos no le han visto nunca y no saben reconocer su cara; de no ser así, no se habrían enfrentado a usted abiertamente cuando nosotros tomamos tierra.

—Creo que entiendo lo que quieres decir. Crees que lo único que saben es que tienen que obstaculizar por todos los medios a un tribuno romano que va acompañado por un mercader anciano y una niña rubia. Por eso se han sentido seguros cuando han visto a Telésforo que bajaba con vosotros por la pasarela en dirección a la taberna vestido con mi loriga.

—Ha perdido sangre y está cansado por la contienda: pálido, exhausto y débil, pero su mente sigue alerta y perspicaz. Esa será su verdadera arma, comandante.

Silano sonrió con gran esfuerzo y le pidió al viejo mercader que siguiera exponiendo sus planes.

—Mañana tendremos que separarnos. Tenemos que irnos de aquí enseguida. Tendrá que prestarle su loriga, su yelmo, sus zapatos y hasta su gladio a mi cartaginés, que seguirá haciéndose pasar por el tribuno Silano durante toda la travesía. Según mis planes, usted tendría que abandonar el barco ayudado por la oscuridad de la noche, pero su situación no lo permite, de modo que...

Las conjeturas del mercader se vieron interrumpidas por la respuesta seca e imperiosa del oficial:

—Puedo hacerlo. Soy un soldado romano, ¡por todos los dioses! No una endeble esclava asustadiza.

Tiresias hizo un gesto complacido y masculló:

—El orgullo de Roma. La mula mariana. Pedazo de cabezón.

—¿Qué farfullas, viejo? —preguntó Silano, con un tono entre bromista e intimidatorio.

—Nada, nada, comandante. ¡Que así sea! Saldrá dentro de dos horas con Aristarco. Le pediré a Filarco que prepare todo lo necesario para el viaje. Provisiones de comida, agua y alguna alforja de vino.

—¿Y Tera? ¿Qué hacemos con Tera? —preguntó el tribuno, demostrando una evidente aprensión.

—La niña viene con nosotros, comandante.

—Ni hablar, amigo. Ella vendrá conmigo —concluyó, decidido, Lucio Fabio.

—Como quiera, mi señor. Pero deje que le explique una cosa: dos hombres que avanzan a pie, entre espías y enemigos, armados únicamente de su valor y un par de puñales, no me parece la solución ideal.

—Ya...

—Mientras que nosotros somos seis y todos tenemos espadas. Conoce a mis marineros y además tenemos la libertad de poder movernos por mar, en un barco. Es mucho más difícil que nos sigan a nosotros y que nos alcancen. Y que no se le olvide una cosa: andan buscando a un tribuno acompañado de un viejo comerciante y una niña rubia. Si llegaran a descubrir el engaño, para vosotros sería más arriesgado.

La palabra «arriesgado» asociada al nombre de Tera resultó ser la clave para que el soldado tomara la difícil y sufrida decisión final. Silano aceptó de mala gana la propuesta del viejo griego y se preparó para la furtiva e inesperada partida. Comió ávidamente y cuando terminó de prepararse, el oficial bajó a la bodega para despedirse de quien había aceptado como hija. Pero Tera aún dormía, agotada por la dura jornada que había transcurrido dando vueltas por Apolonia. No quiso despertarla y se limitó a acariciarle la frente marmórea y los suaves mechones rubios mientras le susurraba al oído:

—Hasta pronto, mi niña. Que los dioses te asistan.

Le dio un beso rozándole la cabeza y volvió a subir al puente.

Estuvo hablando con el mercader un rato más, siguiendo los desplazamientos que el viejo le proponía e intentando retener en un rincón de la mente los nombres y las descripciones de los lugares que el comerciante le iba enunciando: Epiro, Acarnia, Elis[68], Mesenia, Kalamata, Taigeto, Laconia... un itinerario duro y, en su mayor parte, difícil de seguir.

Al final, Aristarco y Lucio Fabio cogieron sus sacos de viaje y se despidieron calurosamente del resto de la tripulación. Fue una sucesión de abrazos y apretones de mano, un continuo cruce de miradas cargadas de benevolencia y esperanza en un futuro encuentro.

Por último, el oficial se despidió de Tiresias:

—Insisto, tribuno, haga lo que le he dicho e intente llegar a Esparta dentro de dos semanas. Siga el camino que le he indicado: es el más largo y difícil pero de este modo evitará espías y agresores. No se preocupe por Tera. Yo se lo explicaré todo en cuanto zarpemos de aquí.

Silano asintió y le tendió el brazo derecho mientras aferraba el del anciano mercader. El saludo de los valerosos soldados.

Con este gesto, el oficial le demostraba toda su estima y afecto.

El tribuno y el marinero bajaron por la pasarela que llevaba al muelle y como dos sombras se adentraron en la neblina nocturna, envueltos en la sutil capa de bruma que estaba cayendo sobre toda la zona del puerto. A la altura de las atarazanas, la oscuridad se los tragó y desaparecieron.

Los primeros dos días de marcha, el joven Aristarco y el oficial romano salieron de la ciudad de Apolonia y, después de pasar por el pequeño golfo de Oricum[69], se encontraron en las cercanías de una pequeña aldea rural que se elevaba en el lado derecho de una silenciosa colina rodeada de amplias llanuras. Superaron las primeras granjas aisladas, vencidos por el cansancio y la fatiga del camino. Les habría gustado descansar al abrigo de uno de los enormes pinos seculares que iban encontrando al cruzar los campos de la zona, pero el frío aún insistente de la noche de principios de marzo les hizo abandonar sus primeras intenciones. Por lo tanto, decidieron pedir hospitalidad a la gente del lugar, llamando a la puerta de una casa de labor situada en la zona más solitaria de aquella apartada aldea. Consiguieron hablar con el granjero, un hombretón de voz ronca pero amable: al verlos tan cansados y exánimes por el mordaz rigor de la hora tardía, el hombre puso a su disposición el local que se encontraba a espaldas de la casa, un enorme granero que también hacía las veces de establo. Los acompañó a través de varios vanos en los que bueyes y ovejas pasaban plácidos la noche, y les hizo sitio en una pequeña buhardilla ubicada en el fondo del establo a la que se subía por una escalera de mano. El granjero se fue rápidamente y volvió con dos mantas de lana gruesa para sus inesperados huéspedes.

—Siento no poder ofrecerles nada gustoso para saciar el hambre —dijo el improvisado anfitrión—, pero en casa solo tengo dos hogazas rancias y mucho aceite. Si gustan...

Los viandantes le agradecieron el sobrio y sincero gesto de hospitalidad. Rechazaron la oferta del granjero y le evitaron más molestias, dejando que volviera a su reposo nocturno.

—¡Pero si no es nada! —respondió el hombre, sintiéndose un poco incómodo por sus palabras de reconocimiento y gratitud—. Somos un pueblo de agricultores, gente humilde y trabajadora, y para nosotros, como para nuestros ancestros, la hospitalidad es sagrada. Les deseo un buen descanso —les dijo antes de dirigirse hacia la escalera y volver a su casa.

Silano y Aristarco se sintieron inmediatamente reconfortados por el comportamiento jovial del robusto granjero. Y el hecho de no tener que dormir al aire libre, expuestos al frío de la noche y a los peligros del camino, les proporcionó una profunda sensación de paz. Se echaron por encima las mantas de lana gruesa y clara que el granjero les había llevado y comieron un poco de carne seca, acompañándola con pan y unos cuantos higos maduros.

Mientras disfrutaban de su frugal cena, el tribuno empezó a hablar con Aristarco de su pasado de agricultor en sus campos de Campania, tal vez llevado por la situación y la amabilidad del granjero.

Eran recuerdos de días felices y tranquilos, días de honesto y duro trabajo en los campos, vividos en la paz y la serenidad de las fértiles tierras de Cambranum. De pronto las imágenes de su hija Porzia y de Adriana se asomaron a su memoria como fuertes ráfagas de viento improviso y Lucio Fabio cerró los ojos un momento, interrumpiendo la narración. Cuando los volvió a abrir estaban lúcidos y dirigían la mirada fuera de la buhardilla, atravesando los postigos de madera de una pequeña ventana situada un poco más arriba de sus cabezas. La noche era serena y sin nubes, la luna llena iluminaba los campos circundantes y una manta de estrellas relucientes hacía de corona a la gran extensión montañosa, que a la derecha, se desplegaba en silencio hacia el sur del país. Era la cadena montañosa del Pindo.

Al día siguiente, el cielo estaba despejado y, después de beberse con gran placer un cuenco de leche de cabra que les ofreció el granjero después de despertarlos, los caminantes volvieron a darle las gracias a su amigo granjero y retomaron el largo viaje por las tierras del mítico Pirro. Dejaron atrás las últimas casas de la aldea y siguieron avanzando hacia el sureste, donde la naturaleza cambiaba de aspecto y color. El oscuro verdor de los campos se transformó en el amarillo de las colinas y la vegetación fue reduciéndose gradualmente conforme se acercaban a los caminos soleados y polvorientos de las ligeras pendientes. Su paso, al principio rítmico y veloz, fue haciéndose cada vez más lento y cauteloso a causa del repentino aumento de altitud, y la respiración jadeante se confundía con el crujido incesante del follaje de los árboles mecidos por un inesperado viento cálido. El Pindo se elevaba con su fantástica imponencia, y la naturaleza yerma de los terrenos limítrofes chocaba vistosamente con las faldas del monte, sagrado para el dios Apolo y las musas, caracterizadas por innumerables hileras de olivos centenarios y amplias franjas de vegetación mediterránea. Desde abajo, Aristarco avistó grandes manchas arbóreas, dominadas por encinas, alcornoques, labiérnagos y enebros, mientras que otras estaban formadas exclusivamente por amplias extensiones de lentisco.

Silano y su compañero de viaje pasaron otros tres días adentrándose en aquellos territorios tan espectaculares a la vista y sin embargo tan difíciles de atravesar, durmiendo bajo una encina o en mitad de una explanada llena de vegetación espontánea. Al anochecer, cuando la falta de luz no les permitía avanzar con paso seguro, se echaban por encima, agotados, las mantas de lana gruesa que el agricultor les había donado y buscaban un lugar tranquilo para descansar. Habían evitado las ciudades costeras de la región, tal y como les había sugerido Tiresias, para no incurrir en miradas insistentes e indagadoras, subiendo por aquellos senderos solitarios e impracticables de montaña. Era la hora sexta del quinto día de marcha, y desde lo alto de su posición se vislumbraban los lejanos tejados de una pequeña ciudad que se confundían con las reverberaciones plateadas de las aguas que la bañaban.

Al cruzarse con un pastor que conducía al prado a su rebaño, le pidieron información acerca de lo que a sus ojos se mostraba como un pequeño pueblecito costero y el hombre les explicó que se trataba de Éfira, la ciudad sagrada de los antiguos griegos, que custodiaba la desembocadura del mítico Aqueronte, brazo terrenal del famoso Estigia, el río del inframundo. A través de las cavernas del Aqueronte, los ancestros creían que se podía llegar a la entrada de ultratumba y cerca del lago Aquerusia, en el que confluía el Aqueronte, se había erigido siglos antes el Necromanteion, el único oráculo de la muerte conocido por los griegos. Por lo tanto, la ciudad de Éfira tenía para algunos la misma importancia que las famosas Delos y Delfos de la Antigüedad.

Vencido por la fatiga del camino y la curiosidad que aquellas historias mitológicas seguían suscitando en su mente, el tribuno decidió desviar la marcha hacia el oeste, en dirección al mar, para llegar por la tarde a las puertas de aquel misterioso pueblecito.

Aristarco trató de oponerse a una decisión tan arriesgada. Tenía el presentimiento de que, además de lentificar un viaje ya difícil de por sí, el entrar en aquella ciudad tendría consecuencias nefastas para ambos.

—Puedes esperarme aquí, amigo mío —respondió, perentorio, el oficial—. Si te da miedo seguirme, lo entiendo. Después de todo, no eres más que un cartaginés.

Las palabras hirientes y la sorna con que se rio el oficial laceraron el orgullo del forzudo marinero, que contestó sin pensar:

—Que no se diga que un viejo soldado romano, cansado y achacoso, pueda mofarse de lo más exquisito de la gallarda juventud de la antigua Cartago.

Lucio Fabio volvió a sonreír y movió vistosamente la cabeza. Luego le puso la mano derecha sobre el hombro y comentó con benévola picardía:

—Estos cartagineses... ¡Excelentes navegantes, soldados con lo que hay que tener y enemigos valerosos! ¡Vamos allá, pequeño Aníbal!

Se encaminaron alegres hacia la costa, mientras se les hacía la boca agua al pensar en una abundante comida acompañada por un vino local fuerte y espeso.

Conforme se fueron acercando a la extensión marina de reflejos turquesa, los dos peregrinos se dieron cuenta de que sus primeras impresiones sobre Éfira eran completamente erróneas. Lo que creían que sería un pequeño pueblecito costero resultó ser una ciudad sólida y abarrotada.

Lo que los engañó fue la particular conformación de aquel lugar. Desde arriba solo habían visto la parte de la ciudad que se encontraba más o menos a la misma altura que ellos, mientras que el resto de las construcciones y la mayor parte del núcleo habitacional se hallaba debajo de la visible acrópolis.

Éfira estaba construida en distintos niveles, utilizando una técnica parecida a la de los bancales en terrenos con declive, como la que se usaba en el campo del cultivo de la vid y el olivo en los promontorios de la región de Campania, que asomaban dulcemente al mar Tirreno.

La ciudad solo tenía una entrada y se encontraba, curiosamente, en la zona rocosa de la acrópolis. La única alternativa para llegar a la ciudad era desembarcar en una franja de playa muy estrecha que se abría, con una arena blanquísima, debajo de un pronunciado precipicio. A ambos márgenes de la pequeña playa se divisaban diminutas ensenadas, pero la presencia de una gran cantidad de escollos puntiagudos que sobresalían de sus aguas hacía imposible el ya difícil atraque de las embarcaciones. En la ensenada más lejana de aquella lengua de playa desembocaba con gran estruendo el río Aqueronte, apareciendo repentinamente como un prodigio divino por una de las profundas cavernas excavadas en la roca.

El tribuno y Aristarco se pusieron en camino por las empinadas cuestas bien empedradas que llevaban a los niveles inferiores de la ciudad. Eran calles de excelente construcción, aunque con algunos tramos resbaladizos, que lucían a ambos lados arriates de flores que con gran maestría artística habían sabido trabajar unas manos capaces de trabajar la roca calcárea circundante. Los colores tenues de las variopintas orquídeas se mezclaban con el penetrante olor de los pálidos jazmines y, por doquier, las casitas bajas y los pocos edificios comerciales de los alrededores se encontraban invadidos por el calor de la hora octava. Los dos hombres se pararon a comer en una pequeña fonda de uno de los niveles intermedios de Éfira y disfrutaron de un rápido almuerzo que consistió en una sopa picante de mejillones en la que mojaron unas cuantas rebanadas de pan duro. También pidieron un poco de vino tinto local, que tuvieron que diluir con agua por lo vigoroso y espeso que estaba. Cuando hubo terminado, Lucio Fabio se adentró en un sendero que llevaba a la ensenada, en cuyo centro el mítico río se reunía en un espumoso abrazo con las fraternas olas. Su compañero de viaje lo seguía en silencio pero su rostro era el vivo retrato de la tensión. No eran pocas las dificultades que encontraban para avanzar, y más de una vez tuvieron que esperar a que el otro lograra cogerse a las puntas rocosas que afloraban a ambos lados del angosto paso, hasta poder dar alcance al que en ese momento encabezara el peligroso descenso.

—Por todos los dioses —dijo Aristarco, que había estado a punto de despeñarse—. Me va a matar, comandante. Terminaré mis días despanzurrado contra uno de esos farallones de ahí abajo. Y todo por el estúpido gusto de aventura de un incauto tribuno romano.

—Deja de lloriquear —resolló Silano, que en aquel momento estaba agarrado al saliente de una roca para intentar seguir adelante con la fatigosa expedición—. ¿Qué les voy a decir a los otros cuando volvamos a verlos? ¿Que cuatro piedras abrasadoras de la costa epirota han podido con el valiente marinero cartaginés? Tera te crucificaría con sus bromas.

En ese instante apareció, a unas pocas decenas de pasos a su izquierda, un viejo que se movía con rapidez y seguridad entre los peligrosos y traidores peñascos de aquel precipicio grisáceo. Cuando estuvo lo suficientemente cerca como para distinguir los detalles, Lucio Fabio y el cartaginés se quedaron atónitos, incapaces de creer lo que veían sus ojos: el viejo estaba en los huesos y era muy alto, y los cabellos blanquísimos y desgreñados se le unían sin solución de continuidad a la tupida barba hirsuta. Lo que le quedaba de la dentadura no eran más que los dos incisivos superiores y un par de muelas partidas. Sus ojos apuntaban con severa determinación hacia el tribuno, como si quisiera dirigirse hacia él o llamarlo, pero… no… ¡no podía ser…! su mirada no era normal… ¡aquel hombre no tenía pupilas! Los ojos eran dos gruesas canicas blancas que, junto con la desolación del cuerpo y la extraña seguridad de sus movimientos, le conferían un aspecto monstruoso y casi onírico.

El soldado enmudeció de golpe, mientras que Aristarco dio instintivamente dos pasos atrás. Entonces la extraña figura alzó la mano derecha y, apuntando con el índice hacia el oficial, empezó a vociferar en algo semejante al griego antiguo:

—¡Fuera del reino de los muertos, sacrílego viandante! ¿No sabes que los vivos no pueden llegar hasta el lugar que con tanto afán andas buscando? ¿Es que no temes a los dioses del Olimpo, venerables, pero crueles con los hombres que desafían su poder?

El tribuno intentó mostrar una débil oposición, y estaba a punto de proferir palabra cuando de nuevo lo interrumpieron aquellas palabras proféticas:

—¡Calla y deja que yo te revele lo que no has de saber! La joven águila muda vigila desde lo alto al moloso cansado y herido que avanza a tientas entre las mentiras de la fangosa tierra de los bárbaros adoradores de los lobos. El encuentro final tendrá lugar en el gran golfo cercano y el águila reinará potente y próspera en los decenios por venir.

Los dos amigos se miraron extrañados, intentando dar un sentido a los desvaríos del ciego, pero el viejo siguió describiendo las visiones de su brumosa mente:

—Si hoy desciendes a la gruta en la que el oráculo toma su fuerza y las almas de los muertos esperan en silencio la llegada del barquero, la ira de las parcas te despedazará y tu última misión no será absuelta. El águila se perderá en el cielo plúmbeo y amenazador y su estandarte caerá a los pies de sus enemigos.

Después de revelar su premonición, el viejo desapareció por detrás de una prominente masa de rocas y el rumor de sus pasos se desvaneció enseguida, ahogado por el de las olas que batían sin parar los pies del precipicio. Silano y Aristarco decidieron volver sobre sus pasos y salir cuanto antes de aquella misteriosa ciudad.

Capítulo VII

*De pronto, a Rubeo Danilus se le iluminó la cara
y una sonrisa burlona se asomó a sus sutiles
labios: ¡había descifrado el mensaje!*

El barco de Tiresias se encontraba frente a las playas doradas de la isla de Leucas[70] después de tres días de tranquila navegación, durante los que había seguido, dirigiéndose hacia el sur, la incontaminada costa epirota.

En las inmediaciones del hosco promontorio que desde las alturas dominaba las dentadas ensenadas de Éfira, un escalofrío recorrió la espalda de todos los ocupantes de la embarcación: desde una gruta excavada por la incesante labor de las olas se oyó el canto nítido y afligido de una mujer. En ese momento, las aguas de un río que desembocaba en el mar se enturbiaron con una densa y oscura capa de barro parecido al lodo.

Al principio Tiresias pareció turbado a causa del inexplicable fenómeno pero poco después, las preocupaciones relativas al viaje y la atención que merecía la navegación distrajeron la mente del mercader del análisis de tan insólito suceso.

Tera estaba melancólica y decaída por la imprevista marcha de su padrastro y para nada sirvieron las armoniosas mentiras que el viejo griego le propinó intentando animarla. Desde que salieron de Apolonia sus ojos tristes y lúcidos habían dejado de mostrar la despreocupación propia de su edad, y se limitaba a responder a las preguntas con escasos monosílabos o movimientos de la cabeza.

La isla de Leucas, como el resto de las islas del archipiélago de Heptanisa[71], era en su mayor parte montañosa y los pocos habitantes del lugar, agricultores y pescadores, presenciaron el desembarco de la pequeña comitiva con curiosidad y benevolencia.

Era un lugar realmente tranquilo y el mercader no tardó en ganarse el favor de la población local, exponiendo su variada mercancía y cambiándola en parte por buenas provisiones de uva sultanina, aceite, trigo y hortalizas.

Permanecieron en aquel oasis de paz unos dos días, hasta que al alba del tercero zarparon entre despedidas emocionadas y demostraciones de amistad de los isleños.

Siguieron navegando hacia el sureste, atravesando la franja de mar cobalto que se abría entre Cefalonia y la inmortal Ítaca. Costeando las serradas bahías de la patria de Ulises, Tiresias declamó un pasaje del gran poema homérico que narraba las gestas del hombre de multiforme ingenio, símbolo de la libertad eterna y el espíritu de descubrimiento que desde siempre caracterizan la naturaleza del ánimo humano.

La tripulación acogió sus versos con gritos y aplausos, más de sorna que de admiración, lo que consiguió robar una débil sonrisa a los labios de la niña.

Hacía nueve días que habían zarpado de Apolonia cuando, superadas las costas cargadas de cítricos de Elis, avistaron la ciudad costera de Ciparisia[72], una escala marítima menor, aunque famosa, de Mesenia. Desde la pequeña dársena, la vista era fantástica: la ciudad, orientada hacia noreste, se desplegaba hasta una altura del nivel del mar de unos setenta metros y era como si el pueblecito quisiera abrazar sus diminutas playas de arena oscura con las casas que se extendían de abajo arriba, recordando la forma de un antiguo anfiteatro griego. La acrópolis, en la que destacaba el brillante e imponente templo marmóreo dedicado a Minerva, seguía una construcción articulada pero precisa y estaba rodeada de toda una serie de callejones que discurrían en todas direcciones descendiendo hacia la parte baja del pueblo, mientras que un espeso bosque de cipreses y pinos se abría a sus espaldas, como queriendo sujetarla en su posición dominante.

En cuanto atracó la embarcación, Tiresias se dirigió a su tripulación con un brillo en los ojos que transmitían fuerza y determinación a un tiempo:

—Ya estamos aquí. Desde ahora, insisto: ¡atentos y cautelosos! En cuanto tomemos tierra nos separaremos, y si alguno nota algo raro, que vuelva inmediatamente al barco y tenga los ojos bien abiertos.

Eso hicieron. Tan pronto como pusieron un pie en el muelle, el mercader se encaminó hacia la parte alta de la ciudad acompañado por Basilio, Tera y Telésforo, disfrazado de tribuno romano; mientras que Filarco y Cayo Duilio cortaron por una callejuela del lado occidental del pequeño embarcadero. Aristipo fue el único que se quedó en el barco, y una vez que sus amigos se alejaron, bajó rápidamente a la bodega.

 El viejo griego se tomó un ligero almuerzo a toda velocidad junto con su reducido séquito y, cuando terminaron, se dirigieron hacia el templo de Minerva con la idea de contemplar ese espectáculo de la arquitectura y hacer una rápida visita al bosque que se extendía a sus espaldas, a la búsqueda de un poco de sombra para refrescarse del calor de las primeras horas de la tarde de un ardiente día de marzo.

 Mientras se disponían a subir el primer escalón de una larga escalera que llevaba al edificio sagrado, una flecha silbó en el aire, vibrando de potencia y, rozando la cabeza de la pequeña Tera, fue a clavarse en el cuello de Telésforo. El impacto violento le desgarró inmediatamente la yugular y la sangre brotó a borbotones sobre la túnica ambarina del mercader, que por un momento se quedó desconcertado. El cuerpo del marinero cayó al suelo emitiendo un ruido sordo que retumbó con fuerza en la tranquilidad de la tarde. Agudizando todas sus capacidades mentales, el viejo griego recobró la lucidez en pocos instantes y protegió a la niña con su propio cuerpo que, si bien pesado, seguía dotándolo de una figura prestante. Luego, viendo a Basilio, que se había inclinado sobre el herido intentando desesperadamente salvarlo, exclamó con rabia:

—¡Bastardos! ¡Hijos de puta! Juro que me las pagarán tarde o temprano. Rápido, volvamos al barco, tenemos que zarpar a toda prisa.

El timonel continuaba aturdido y no conseguía separarse de su amigo agonizante, a punto de sofocar en su propia sangre. Tiresias miró a su alrededor, y por un momento logró percibir un rumor de maleza pisoteada que procedía del extremo del lado oriental de la espesura y luego le pareció oír unos pasos presurosos que, perdiéndose en el aire, se dirigían a la parte posterior del templo. Se dio cuenta enseguida de que tenían que abandonar rápidamente aquel lugar desdichado y extrañamente solitario... sin un transeúnte... sin un sacerdote que saliera del sagrado pronaos[73] de aquel lugar de culto... Estaban solos, a merced de un enemigo huidizo y al acecho. De un empujón tiró al suelo a Basilio y se agachó sobre el pobre Telésforo, que lo miraba con los ojos abiertos de par en par, temblando de dolor.

—Adiós, mi querido amigo —dijo el mercader con la voz rota por el llanto—, que tu alma repose en los Campos Elíseos.

Con mano firme le clavó su puñal en el pecho, descargando en el golpe toda la desesperación de aquel trágico momento. Cuando el cartaginés ya había expirado, Tiresias sacó el hierro de su cuerpo exánime y recogió a toda prisa la loriga y el resto de la armadura de Lucio Fabio. Luego se alejó a paso ligero por un estrecho sendero que se abría a la izquierda de la zona que precedía a la escalinata que llevaba al templo, escondiéndose por detrás de unos arbustos de mirto y unas matas de espino.

Tera lo seguía, arrastrándose a duras penas por detrás del viejo mercader. Su cara era una máscara de cera regada por copiosas lágrimas que continuamente bañaban su superficie lisa. Le habría gustado gritar y desahogar su desesperación pero el miedo la tenía paralizada, como un tronco de leña.

Basilio cerraba el grupo que veloz se precipitaba hacia la embarcación, cerrando la retaguardia: apretando con la mano derecha la empuñadura de su espada desenvainada, no paraba de darse la vuelta nervioso, ardiendo de rabia y sediento de venganza.

Cuando por fin llegaron a la embarcación, se encontraron en el puente a Cayo Duilio y a Filarco, que ya se estaban ocupando de preparar el barco para zarpar. Al ver que el mercader llevaba la loriga ensangrentada de Silano, los dos bajaron la mirada, abatidos por el dolor de la pérdida de su querido amigo y fiel compañero de innumerables viajes.

El viejo griego subió por la pasarela, envuelto en un silencio que pareció durar una eternidad. En sus ojos no se distinguía ninguna expresión, ni el más mínimo rastro de emoción. Se fue derecho a la bodega, bajando raudamente las escaleras que llevaban a la parte inferior del barco, arrastrando aquel horrendo trofeo metálico que había escapado al triunfo de la muerte.

Volvió a subir enseguida. Se le veía tenso y vencido por el cansancio, pero una luz intensa y penetrante volvía a brillar en sus ojos.

—Regresamos a Leucas —se limitó a ordenar a sus hombres—. Quiero llegar mañana por la noche, así que ya podéis correr. ¿Estamos?

Al oírlo, la tripulación se puso manos a la obra inmediatamente, saltando de una parte del barco a la otra, víctima de unas ansias irrefrenables de largar velas.

Tiresias subió al castillo de popa y se quedó un rato en un rincón, mirando fijamente la inmensidad del mar que se abría ante sus ojos más allá del puerto.

Cuando la embarcación salió del muelle y el sol ya se sumergía carmesí entre las olas lejanas del horizonte, el viejo mercader masculló entre dientes:

—El sacrificio del cartaginés por la vida del romano. La historia se repite fugaz e inexorable...

Dicho esto, volvió a guardar silencio, pensativo, admirando el leve paño violáceo que en aquel momento ocultaba toda la costa.

La paloma alzó el vuelo con un rápido batir de alas y, después de dar un par de vueltas alrededor de la embarcación, inició su largo y solitario viaje hacia la que consideraba su casa.

El mercader volvió a cerrar la jaula que hasta hacía unos instantes había albergado a su apreciada amiga y se limitó a susurrar lentamente:

—A ver.

La delicada ave sobrevoló la ilimitada extensión marina durante días y días hasta que, extenuada, llegó a las costas calabresas. Se paró a descansar entre las ramas de una encina secular de unos campos cercanos a Castrum Minervae[74], agotada por la interminable travesía. Al día siguiente retomó el vuelo y al anochecer por fin llegó a su ansiada morada.

Un palpitante movimiento de alas, procedente de la ventana que tenía a sus espaldas, despertó al joven Rubeo Danilus del estado de duermevela en el que había caído poco antes, despatarrado sobre el frío jergón de su ensombrecida habitación, cuya única luz provenía de una vela maltrecha que se derretía al calor de su llama.

El caserón que poseía en los campos de Brundisium representaba el último recuerdo de familia, mesto vestigio de un pasado próspero y aristocrático. Antiguamente, su *gens* había poseído terrenos en Arretium, así como varias *domus* en la Urbe, pero de todo aquel esplendor tan solo quedaba ese mísero caserón agrícola, frío y destartalado, cuyas tierras cultivables también se había visto obligado a empeñar.

La suerte, magnánima con su abuelo paterno, no había visto con buenos ojos a su padre, que terminó inscrito en las listas de proscritos y tuvo que fugarse a Epiro.

Giubba se acercó lentamente a la paloma blanca y le tendió el índice derecho. En un primer momento, el animal se echó hacia atrás, pero después, con pequeños pasos, se le acercó y se cogió al dedo del joven, que la llevó al interior de la habitación y, sujetándole con delicadeza las alas con la mano izquierda, soltó con esmero la tira de papiro que el plácido volátil llevaba atada a una de las patas. Le acarició el dorso con tiento y la metió con cuidado en la amplia pajarera que colgaba de la pared.

Las pocas palabras punzantes que leyó modificaron repentinamente su estado de ánimo. El atolondramiento y cansancio desaparecieron por completo, dejando espacio a unas trepidantes ansias de actuar. Sus dedos se movían veloces entre los largos cabellos rojizos que le caían por la sien, mientras, sentado en un taburete delante del escritorio, volvía a leer atentamente el contenido del escaso papiro, obsequio de la paloma, intentando descifrar todo su sentido:

> El hijo de Aníbal ha muerto, asesinado por los oscuros cazadores del Águila. Lucía la armadura del pío Eneas pero de sus armas no se jactarán sus impíos enemigos. El viejo adivino, hijo de la ninfa Cariclo, está llevando a la rubia Efigenia al reino del inmortal Ulises, al punto más cercano a la tierra firme. El perro que se adentra rastreando en la tierra de los ilotas busca jadeante la ayuda del divino Hermes.

De pronto, a Rubeo Danilus se le iluminó la cara y una sonrisa burlona se asomó a sus sutiles labios: ¡había descifrado el mensaje!

Se echó por los hombros una desgastada capa de vellón y se precipitó por las escaleras que llevaban al piso de abajo. Ensilló a toda prisa a su caballo, que reposaba en el silencio de la pequeña cuadra, y se dirigió al galope hacia el campamento militar del *imperator*, que se encontraba a pocas millas de su destartalada vivienda. Era la primera vigilia[75] de un día de finales de marzo y el aire estaba límpido y fragrante.

La primavera acababa de llegar y la temporada de la buena navegación estaba a las puertas.

Lucio Fabio Silano y el joven Aristarco llevaban dos semanas de viaje cuando por fin avistaron la amplia llanura que abarcaba gran parte del sector occidental de Elis. Cuando salieron de Éfira, continuaron su viaje hacia el sur recorriendo el último tramo de la región epirota sin perder de vista la costa y dando prioridad a los senderos aislados que penetraban en la tranquilidad de los campos que solían desplegarse hacia el interior del país.

Desviándose hacia el este, se adentraron en la zona interna de la última extremidad del territorio de Epiro, y siguieron el curso del río Arachthos. A sus márgenes se abría una tupida espesura que hospedaba una gran variedad de animales salvajes. Como a los caminantes les quedaban muy pocas provisiones, resolvieron que lo mejor sería seguir el curso del río, puesto que en el interior de aquella espesa vegetación encontrarían carne de caza sin dificultad e incluso puede que algún lugar seguro en el que transcurrir las noches, haciendo ulteriormente arduo el trabajo de los posibles espías enemigos.

A pocas millas de la desembocadura del Arachthos, el tribuno y el cartaginés subieron a una dócil colina para intentar inspeccionar a vista el territorio que se extendía a su alrededor. Cerca del punto en el que el río terminaba su curso a través del antiguo territorio macedonio, se elevaba la ciudad de Ambracia, fundada varios siglos antes y que había sido la capital del reino de Epiro en la época de Pirro.

De cara a la rica y afortunada metrópolis, se extendía el amplísimo golfo del que recibe su nombre y cuyas costas se transformaban a menudo en peligrosas ciénagas comunicadas entre sí. El tribuno pudo ver que en aquel preciso instante dos escuadras de legionarios romanos avanzaban a toda prisa hacia las puertas de la ciudad. La presencia de soldados como él reconfortó el ánimo del oficial, que se sintió invadido por un nuevo aliento de fuerza, al tiempo que nacía en su interior la débil esperanza de poder recuperar el retraso acumulado para llegar a Laconia a tiempo para el encuentro que habían acordado con Tiresias. En cuanto entraron en Ambracia, se dirigió a la guarnición romana y consiguió que lo recibiera el *primus pilus*[76], encargado del control de los manípulos de la zona.

Le mostró la placa militar que había permanecido escondida bajo la túnica durante todo el viaje e indicaba el grado de tribuno angusticlavio.

De todas formas, el soldado, viejo y regordete, lo reconoció nada más verlo, ya que habían compartido el campo de batalla durante años en las batallas de Mutina. Lucio Fabio se sintió aliviado e hizo que le entregaran dos caballos fuertes y veloces, que estuvieron listos enseguida, y que le prepararan dos gladios y una provisión de víveres para seis días.

Un joven legionario corrió al interior del edificio en el que estaban acuarteladas las unidades y poco después salió con dos sacos llenos y un par de cinturones de cuero nuevos.

Silano le dio las gracias al centurión y estaba a punto de alejarse rápidamente con su amigo cartaginés cuando lo detuvieron las palabras del veterano de Mutina:

—Comandante, permítame donarle mi gladio de forma que pueda tirar ese trozo de metal nuevo, recién sacado de la forja del orfebre local. Ese arnés no conoce la fatiga y el sufrimiento de las miles de batallas combatidas por el moloso de César y sería un verdadero honor que usted aceptase el mío.

Al tribuno le impresionaron las palabras del *primus pilus*, de forma que se bajó del caballo y ante él, le respondió con tono amistoso:

—Acepto con gusto el sentido don de un valeroso soldado de Roma. Seguramente esta hoja habrá traspasado la carne de más de un enemigo, sirviendo con tenacidad a la insignia del águila inmortal.

El centurión se cuadró en un saludo militar pero Lucio Fabio le tendió el brazo derecho. Se despidieron afectuosamente, pero antes de volver a montar su alazán, el oficial susurró unas palabras cargadas de decisión al oído del subordinado:

—Por favor, centurión: tú no me has encontrado hoy y si alguien te preguntara, ni siquiera me conoces. La misión que he de llevar a cabo es de vital importancia y los espías del traidor de Egipto son irreductibles y están por todas partes. ¡Vale, amigo mío!

—Vale, tribuno Lucio Fabio Silano. ¡Honor a Roma!

Los caminantes salieron raudamente de la ciudad y continuaron su viaje hacia el sur, envueltos en una leve brisa posmeridiana que empujaba en la misma dirección las amplias volutas polvorosas generadas por el ímpetu de los dos caballos lanzados al galope.

De nuevo en la isla de Leucas, el mercader y sus hombres buscaron un lugar adecuado en el que celebrar una especie de sepultura para su amigo Telésforo. Con su sacrificio, el joven acababa de facilitar la misión del tribuno Silano. Quienes hubieran asesinado al cartaginés probablemente creerían que habían conseguido lo que se proponían y, a menos que hubiese ulteriores soplos por parte de espías laboriosos y recelosos, a partir de entonces los movimientos del moloso de César resultarían más libres y seguros. Por el contrario, la situación del mercader y de su séquito era distinta: necesitaban un lugar seguro en el que detenerse y aquel era el más adecuado para sus inesperadas necesidades.

El mercader eligió un claro amplio y tranquilo rodeado de una larga fila de olivos para sepultar los restos de su difunto compañero de viaje. En realidad se trataba de sus efectos personales; lo que habían encontrado en su saco de viaje de la bodega. El viejo griego no se había atrevido a recoger el cuerpo exánime del amigo, porque el temor a que una nube de flechas, lanzadas por una mano escondida en un misterioso e impenetrable escondrijo de la espesura de Ciparisia, lo atravesara de un modo irónico y fatal, se había impuesto sobre la fría racionalidad de la mente de Tiresias.

Una vez terminada la insólita ceremonia fúnebre, los hombres pasaron la noche en el enorme granero del interior de la isla. La disponibilidad y sincera amistad que les demostró la población autóctona reconfortaron el ánimo de la reducida comitiva.

Una furiosa tempestad los obligó a permanecer en la isla dos días más. Las olas arreciaban con una potencia increíble y, lanzándose con contundencia contra las pequeñas playas del lugar, destruyeron gran parte de las embarcaciones fondeadas, además de las frágiles y arcaicas construcciones de los desventurados pescadores. El barco de Tiresias se salvó milagrosamente de la exasperada energía destructora de las olas: el mercader había atracado su oneraria en la playa más grande de la localidad, la única que contaba con un muelle en forma de L a lo largo del lado izquierdo y una escollera natural que cubría el costado de la nave. El propicio espigón se inmolaba, resistente y tenaz, a la voluntad iracunda del mar, debilitando los movimientos y atenuando la intensidad de su demoledora acción.

Cuando la marejada se calmó, el mercader se despidió de los muchos amigos que había hecho en la isla y sin más tardar zarpó hacia el sur. Tras cuatro días de navegación, llegaron a las proximidades de las costas de Mesenia.

Silano y su amigo cartaginés atravesaron toda la región, cabalgando incansablemente durante tres días. Las únicas paradas que se concedieron, aparte de las pocas horas de reposo nocturno pasadas al raso, se debieron a un angustioso cansancio que hora tras hora se iba apoderando de la mente y el cuerpo de los peregrinos.

Detuvieron voluntariamente su incesante camino cuando llegaron frente a las aguas del río Peneus[77]. Hacía varios días que Lucio Fabio se mostraba taciturno y se limitaba a intercambiar unas pocas palabras con su compañero de viaje durante horas y horas de marcha. Pensaba continuamente en Tera, recordando el rostro de la pequeña, los momentos felices que habían vivido juntos en la embarcación del mercader e, inevitablemente, el momento en que había tenido que separarse de ella de una manera tan repentina y furtiva. Le habría gustado poder explicarle el motivo de su rápida partida sin apartar la mirada de sus vivaces ojos de niña dulce e inocente. Una promesa, una palabra de confortación y esperanza para aquella pálida carita habrían sido suficientes para aliviar el dolor que en aquel momento atormentaba el corazón del tribuno, pero no había sido posible. Una vez más, en la vida del tribuno, se había cumplido la separación forzada y repentina de una persona amada, al igual que ocurrió diez años antes.

Al ver el río, Silano desmontó de su caballo y se acercó lleno de esperanza a la orilla. En su cabeza, el sumergirse en aquellas aguas tan limpias y frescas representaba un rito ancestral de purificación.

Era como si los pecados e ignominias cometidos en una vida de batallas por un cansado y decepcionado soldado de Roma pudieran desaparecer de su espíritu, tan oprimido y acongojado por la continua idea de una separación cada vez más larga de la pequeña Tera.

Una separación que para entonces le parecía definitiva.

Lucio Fabio se quitó la túnica bermeja y el cinturón de cuero y se tiró con los ojos cerrados en el atronador Peneus, constantemente dominado por la fuerza de la corriente.

Se doblegó por completo a la voluntad del río, dejándose llevar un buen trecho hacia abajo, golpeándose y rebotando a derecha e izquierda contra las rocas y los cúmulos de arbustos nudosos que se habían formado en el lecho. Cuando la potencia de las aguas menguó, se encontró en un punto del afluente en el que el nivel hídrico bajaba inexplicablemente y, de pie, consiguió sacar los hombros por encima de la superficie cristalina. En ese momento, un rayo de sol iluminó la rama de un árbol con un tronco gigante y tupidas frondas cuyo nombre ignoraba. Dos ojos color azafrán lo miraban de manera átona, iluminados por un cándido hilo de luz, y el tribuno se quedó admirando en silencio aquel extraño e inquietante retrato.

En el extremo de la rama se había posado un águila majestuosa y de su pico huraño colgaba una fina cinta de cuero, parecida a un brazalete. El rapaz dejó caer al suelo la extraña correa y echó a volar por encima del oficial, que seguía inmóvil en el mismo sitio en que se había incorporado. La admirable ave planeó en el cielo terso y con su movimiento describió en el aire lo que al soldado le pareció una O. Al final, se perdió de vista tan milagrosamente como había aparecido.

Silano salió rápidamente del agua y se acercó al extraño árbol a cuyos pies había caído el trozo de cuero.

Cuando por fin se acercó al objeto, el rostro del oficial adoptó una expresión de profundo estupor. Lo que el águila acababa de dejar caer era el mismo brazalete que muchos días antes le había descrito el vendedor de Apolonia.

El blanco que lo recubría al principio había desaparecido casi por completo, como si alguien lo hubiera raspado voluntariamente, pero la efigie del emblema de Roma seguía viéndose claramente.

Silano recogió la tira de cuero y volvió prestamente al lugar en el que había dejado a su amigo Aristarco antes de tirarse al Peneus.

Lo que acababa de recibir era un mensaje de los dioses, no cabía duda alguna, y su oscuro significado tal vez pudiera descifrarse: antes o después, Octavio conseguiría apretar entre sus garras al traidor de Egipto, el que estando al tanto de la conjura contra César, había preferido callar y, es más, esperar a que se cumpliera el infame acontecimiento para sacar su siniestra ventaja.

La hora de la venganza llegaría inevitablemente y la sangre de los enemigos se sacrificaría en honor de la grandeza de la Urbe.

El trirreme en el que Rubeo Danilus se había echado prontamente a la mar navegaba hacia las costas peloponesias en dirección a la ciudad de Lepreum[78], sólida y estratégica fortaleza romana bajo el mando del legado Aminio Marco Possena, un valeroso superviviente de la batalla de Filipos, en la que demostró su lealtad al emergente Octavio, hasta que años después consiguió hacerse con el control de la difícil lengua de tierra que se abría en estrecha relación con la adversa Mesenia.

El legado había solicitado a su *imperator* el envío de cinco cohortes de refuerzo, porque había sabido de alguna fuente vecina a los hombres de Marco Antonio que unas legiones que se hallaban guarnecidas en Egipto estaban preparándose para salir en dirección a la limítrofe Arcadia.

Por su parte, el joven cónsul no había dudado en hacerle llegar a su subordinado la ayuda que tan insistentemente pedía, enviándole algunos veloces trirremes procedentes de Italia.

Después de desembarcar cerca de la ciudad el joven Giubba compró, por la abusiva cantidad de treinta y cinco ases, un pasaje entre los sacos de trigo y las ánforas colmas de vino de un carro que formaba parte de una multitudinaria caravana de mercaderes que se dirigía a Ciparisia, con idea de despedirse de sus remunerados compañeros de viaje en cuanto llegaran a las proximidades de la ciudad.

Desde allí se pondría en camino hacia el lugar que tiempo atrás había acordado con el viejo mercader, y retomaría su incesante labor de observación y desorientación de los enemigos de la República, con la esperanza de recuperar para su *gens* el fasto y la riqueza de antaño gracias al reconocimiento y gratitud del *imperator*.

Capítulo VIII

Conforme avanzaba hacia el fondo de la enorme sala, la sombra se acortaba cada vez más, expandiéndose hacia los lados, al tiempo que empezaba a definirse con nitidez el contorno de una figura femenina envuelta en un impalpable paño de seda violeta.

Silano y Aristarco llegaron los últimos a Kalamata, cuatro días después del arribo de la embarcación de Tiresias.

El haber conseguido llevar a término aquel largo y fatigoso viaje lleno de insidias no representaba más que el inicio de su complicada misión, y esto el tribuno lo tenía muy claro.

Según los acuerdos estipulados con la paz de Bríndisi siete años antes, el joven Octavio había obtenido el gobierno de las provincias occidentales y de Iliria. Cierto es que los territorios en los que se extendía su poder eran estratégicos desde un punto de vista político: Roma, las provincias itálicas, Hispania y la Galia representaban el núcleo de las posesiones romanas en todo el mundo, y en ellas se tomaban la totalidad de las decisiones económicas y militares.

Pero Marco Antonio tampoco había sido tonto.

A él le habían tocado las provincias orientales, de enorme potencial.

Eran provincias de una extensión desmesurada y riquísimas en materias prima de gran valor, inmensos territorios muy provechosos, y el más importante de todos ellos era, sin duda, Egipto. La tierra de los faraones representaba para el triunviro la diadema sobre una corona real realizada en oro macizo: Siria, Cilicia, Armenia, la Media Luna Fértil, Cirenaica y Fenicia constituían la mayor parte, pero el reino de Cleopatra[79] era el que simbolizaba para Marco Antonio el emblema del ansiado poder.

El resto de los dominios del ex *magister equitum* de César se extendía por gran parte del territorio helénico pero en estas provincias seguía una política distinta. Mientras que en las regiones próximas a Asia Menor había tenido que disponer de la mayor parte de sus legiones a causa de las continuas insurrecciones de aquellos pueblos bárbaros y belicosos, en la península griega y los innumerables archipiélagos que le pertenecían lograba imponer su política de otro modo, mucho más pacífico y tolerante.

Aparte de alguna pequeña excepción, Marco Antonio había preferido dar a las prefecturas helénicas una plena independencia administrativa, exigiendo en cambio el pago de tributos anuales como territorios súbditos y fieles al poder de Roma. Incluso el despliegue de fuerzas que había previsto para controlar estas posesiones, exiguo comparado con el número de soldados que él mismo había empleado en las provincias orientales, se limitaba a unas simples guarniciones formadas por diversas cohortes de legionarios, ubicadas en puntos estratégicos del vasto territorio helénico e instaladas en aquellos lugares más para recordar a la población su presencia como comandante que para efectuar un verdadero control coercitivo de las zonas sometidas. La astucia del señor de Egipto era sutil y dinámica: había decidido llenar la patria de Sócrates y Aristóteles con espías que mantenían informados a sus oficiales sobre todo lo que llegaba a sus oídos, expandiendo así el sistema de control de aquellos territorios.

Una vez superadas las murallas de la ciudad, el tribuno y su amigo cartaginés se encaminaron hacia la zona portuaria con unos deseos ardientes de volver a encontrar y abrazar a los amigos de los que se habían separado el mes anterior. El cielo estaba sereno y el calor de la hora sexta arremetía incesante en los callejones contiguos, definiendo claramente la apacible jornada de principios de abril.

Los pasos de Silano eran resolutos y expeditos, y conforme se iban acercando a la parte baja de la ciudad, en sus ojos se acentuaba el brillo de una alegría que apenas lograba contener y que chocaba con el austero comportamiento del soldado duro e infatigable. La idea de volver a ver a su pequeña Tera y poder acariciarle los suaves mechones dorados le henchía el corazón de felicidad, haciendo desaparecer de un plumazo el agotamiento y las penurias de los peligrosos desplazamientos del último periodo.

Aguzaba la mirada hasta lo inverosímil tratando de distinguir, entre los tenues destellos y reflejos lechosos de las aguas bañadas por el sol, la raída vela bermeja que colgaba del mástil de proa de la embarcación del viejo griego. De repente, vio un perfil que le resultó familiar y que se dirigía hacia el oeste, siguiendo una amplia calle adoquinada que se abría a espaldas de una enorme construcción de muros pajizos. El hombre era alto y atlético y llevaba una túnica azulada que le caía corta sobre las rodillas, mostrando la definición de sus vastos costados que acentuaban todavía más el espesor de los muslos robustos.

Afinando la vista, el solado pudo notar la corta y profunda herida que tenía en el cuello, escondida en parte por un mechón de cabellos negro azabache.

Estaba a punto de revelarle a su amigo la identidad de aquel tipo cuando Aristarco exclamó exultante:

—¡Comandante, mire quién anda ahí! ¡Basilio!

El cartaginés se encaminó hacia el amigo con una gran sonrisa, llamándolo primero en voz baja para ir aumentando posteriormente la intensidad de sus palabras.

Cuando el timonel se dio la vuelta pareció sorprendido de verlos. No dio ni un paso hacia ellos; se quedó parado con su saco de viaje a la espalda, esperando a que sus viejos compañeros se acercaran a él.

Aristarco lo abrazó afectuosamente y el tribuno también le apretó la mano derecha con fuerza y cordialidad pero el joven parecía taciturno e impasible, como si el afortunado encuentro lo dejara indiferente. Una leve sonrisa apareció en sus labios, pero los dos caminantes se dieron cuenta de que a su amigo le pasaba algo.

—Viejo mío —comenzó a decir Aristarco llevado por la felicidad—, ya creía yo que estos ojos no volverían a ver esta cara tan fea… ja, ja, ja.

—Nosotros también nos estábamos preocupando, al no veros llegar —respondió sin mayor interés el timonel del mercader.

—Pero, ¿qué te pasa? —preguntó Lucio Fabio, claramente confuso—. Casi se diría que no te alegras de volver a vernos enteros, muchacho.

—No me hagáis caso, amigos —se excusó rápidamente Basilio—. Es solo que sigo agotado por la navegación nocturna de los últimos días, y además el calor sofocante de las noches de Kalamata no me permite recuperar el sueño perdido al timón.

—¿Dónde están los demás? —lo interrumpió el oficial.

—En una taberna, no muy lejos de aquí. Tiresias me ha encargado que vuelva al barco para coger las cartas de navegación mientras que ellos piden la comida. Ya sabéis cómo es el viejo...

—¿Entonces? ¿A qué estamos esperando? —concluyó, triunfante, Aristarco—. Vamos a saludar a los demás y a celebrar nuestro regreso con un buen vaso de vino tinto de Mesenia.

Tras esta breve conversación, los tres se encaminaron por el resbaladizo adoquinado que llevaba a la zona occidental de la ciudad. Cogieron la segunda calle de la derecha y bajaron por una estrecha escalinata a la sombra de dos filas de tabernas que daban a la calle y de las que salía una mezcla de rumores contrastantes que se expandía hacia el exterior. Recorrieron los pequeños y altos escalones que se presentaban numerosos ante sus pies y, una vez terminada la bajada, embocaron otra callejuela que subía en ligera pendiente.

Basilio se detuvo a la mediación y con un aspecto inexplicablemente resignado indicó el letrero marrón de una taberna:

—Aquí es. Tiresias está ahí con el resto del grupo. A estas horas ya habrán pedido.

Cruzó la húmeda entrada haciéndoles una señal para que lo siguieran y sus compañeros obedecieron inmediatamente.

El mercader estaba sentado a una mesa muy larga que había a la derecha y que recorría toda la pared opuesta a la entrada de la humilde taberna. Aquel lugar carecía de cualquier tipo de decoración y constaba de unas pocas mesas grasientas y desgastadas, dispuestas de mala manera entre las estrechas paredes de la sala, mojadas en su parte inferior por la humedad que degradaba el ambiente. Los clientes eran insólitamente escasos para ser casi la hora del almuerzo, y un olor acre y penetrante salía de la pequeña cocina situada en el lado izquierdo del espacio dedicado al comedor. Tiresias estaba sentado en el centro de la mesa, entre Filarco y Cayo Duilio. Enfrente del mercader, Silano vio a un joven de pelo carmesí que le daba la espalda. La excrecencia que tenía un poco más abajo de los hombros no dejaba dudas sobre la identidad del individuo y, en realidad, al tribuno no le sorprendió encontrarlo. Rubeo Danilus se giró de pronto, le mostró al oficial una de sus mejores y más cordiales sonrisas y se volvió de nuevo para seguir charlando con el viejo griego, que todavía no había advertido la presencia del soldado y de su marinero Aristarco. Tiresias estaba hablando en voz baja con un misterioso tipo, acomodado delante del comerciante heleno, en el espacio que quedaba entre la pared y la poco agraciada silueta de Giubba. Cuando por fin la mirada del mercader se cruzó con ellos, se levantó de un salto del desgastado taburete en el que estaba sentado y se precipitó a abrazar los cuerpos cansados y debilitados de sus queridos amigos.

Silano lo estrechó con una fuerza formidable, dejándolo sin respiración por la emoción de tan anhelado encuentro.

Después de unos minutos transcurridos en silencio, Tiresias rompió el mutismo en el que habían caído y saludó con voz temblorosa al soldado:

—Estaba seguro de que lo lograría, comandante. Bienvenido de nuevo entre nosotros. Ahora siéntese a nuestra mesa y hónrenos con su presencia. —Gracias, amigo mío —respondió Lucio Fabio. Mientras se acomodaba en un taburete junto al resto de los hombres que estaban sentados a la mesa, el tribuno quiso saber dónde se encontraba la pequeña Tera, y añadió—:... tampoco veo a Telésforo ni a Aristipo. ¿Se han quedado a montar guardia en el barco?

Al oírlo, Cayo Duilio y Filarco bajaron la mirada hacia el suelo sin saber qué decir, al tiempo que el mercader le ponía una mano sobre el hombro izquierdo mientras su mente aguda buscaba las palabras más adecuadas para responder a las preguntas del tribuno.

—¿Es que nadie va a decir nada, por todos los dioses? Os acabo de preguntar qué dónde está la niña y dónde se han metido los demás. ¡Responded, por Júpiter!

Silano estaba perdiendo la paciencia, y la idea de que su hija adoptiva no estuviera allí con el viejo griego lo inquietaba de tal manera que el nerviosismo y la ansiedad lo abrumaban.

Tiresias lo invitó a acomodarse, ya que al proferir esas palabras, Lucio Fabio se había levantado repentinamente de la sólida banqueta de tres pies en la que estaba sentado. Cuando el tribuno se calmó, el mercader dio inicio a su discurso mientras se pasaba los vigorosos dedos entre las tupidas canas:

—La pequeña Tera no está aquí, comandante. Y no podrá seguirnos en la última parte de nuestra maldita misión.

Silano cayó víctima de una explosión de cólera inesperada: su cuello taurino se agrandó desmesuradamente, la cara se le cubrió de un livor inexplicable y las sienes le empezaron a pulsar de manera incesante. Cerró los ojos un instante e intentó reunir los últimos retales de autocontrol que aún poblaban su ánimo, vencido por un repentino temor. Cuando los volvió a abrir estaba pálido y con la mano derecha estaba apretando una ligera escudilla de barro cocido con una fuerza inhumana. Con expresión angelical emitió unas pocas palabras, pronunciadas con un timbre ahogado que no dejaba duda alguna sobre la naturaleza de su estado de ánimo:

—Habla, mercader... y piensa bien lo que vas a decir.

Por su parte, el viejo griego no se dejó impresionar por el aspecto amenazador del oficial y con extrema calma continuó con sus explicaciones:

—Quédese tranquilo, tribuno. La niña está bien y la hemos llevado a un lugar seguro, lejos de las insidias de este pueblo. He preferido dejarla en casa de unos amigos de confianza en una isla pacífica y acogedora, y con ella se ha quedado el fiel Aristipo. Es un hombre bueno y amable, además de ser un buen combatiente. La cuidará día y noche, no se preocupe.

—¿Por qué has hecho eso? —inquirió abatido el oficial—. ¿De verdad era necesario separarla de mí? ¿Qué te ha llevado a tomar una decisión tan amarga?

El oficial posó la mirada vencida sobre la escudilla que tenía en la mano. De pronto, la boca se le distorsionó en una mueca de fulmínea e inconcebible extenuación y la fuerza con que apretaba el pobre tazón se volvió brutal.

Tras una ligera vibración, el mísero cuenco explotó en mil pedazos que invadieron toda la mesa. Tiresias, entonces, le cogió la mano derecha que aún temblaba por el esfuerzo, ante el estupor de los comensales debido a la demostración de potencia de Lucio Fabio, y con tono amable le susurró al oído:

—No se deje vencer por la aflicción, comandante. Usted sabe cuánto quiero a la pequeña Tera y jamás habría querido infundirles a ninguno de los dos la congoja de la separación. No he tenido más remedio. ¿Me entiende? Me he visto obligado por el bien de la niña y por su tranquilidad, comandante.

—¿Qué tranquilidad puede darme el que la niña no esté conmigo? ¡Responde! No encuentro una explicación plausible para tus actos.

De repente, la mirada del mercader se volvió feroz y penetrante y una luz intensa comenzó a brillar en sus ojos profundos.

—¡Está tan concentrado en sus propios asuntos que no piensa mínimamente en las condiciones en que se hallan sus compañeros de viaje! ¿Y esta debería ser la forma de actuar de un tribuno de Roma, de un comandante valeroso? ¿Acaso no entiende que estamos todos cansados, desesperados y afligidos? ¡Telésforo ha sido asesinado en Ciparisia para salvarle el culo a usted y a su maldita misión, por todos los dioses!

Ante aquellas palabras, Lucio Fabio alzó la mirada turbada y observó por un instante al viejo griego, cuya boca parecía escupir rabia. Luego, con tono de sumisión le suplicó a su amigo que le explicara el dramático evento. Viendo la consternación dibujada en la mirada del soltado, Tiresias recuperó su habitual forma de hablar acomodadiza:

—Discúlpeme, comandante. Mis palabras no provenían de la cabeza sino directamente del corazón amargado por la triste pérdida. Telésforo era como un hijo para mí y su ausencia…

—Entiendo, amigo mío. Perdona que haya sido tan egoísta. No estaba al corriente del luto que estamos viviendo. Continúa, por favor.

—Asesinado a traición a las puertas del templo dedicado a Minerva en aquella maldita ciudad. Una flecha lanzada desde la oscuridad del bosque ubicado a espaldas del sagrado lugar. Mi ropa aún está manchada con su sangre, pero lo pagarán muy caro. Le traspasaron la yugular con un dardo. Le brotaba la sangre a chorros y la garganta parecía un catino bermejo. Sufría como un perro, el pobre Telésforo, y tuve que terminar con él con mis propias manos para evitarle el sufrimiento de una lenta agonía.

Un estremecimiento repentino atravesó el cuerpo de Silano. Para un veterano de guerra como él, aquel fin horrendo y sin honor era algo inimaginable y vergonzoso. La única muerte honorable para un soldado era en el campo de batalla, afrontando cara a cara el gladio de su enemigo.

Tras un momento de silencio se le endureció el semblante y pasó revista con los ojos a todos los amigos que estaban sentados a la mesa, abrumados por la pena y el dolor. Al improviso, el oficial dijo con tono severo:

—Basta. Quedáis todos relevados de cualquier tipo de obligación para conmigo. Volved a vuestros quehaceres cotidianos. No quiero arrastraros al precipicio detrás de mí. Si alguno más de vosotros muriera por seguirme en esta triste misión, no me lo perdonaría. Habéis sido demasiado generosos y solidarios conmigo y me habéis tratado todos como a un fiel amigo. Esta historia, para vosotros, termina aquí.

El tribuno hizo amago de levantarse del taburete, pero las palabras de Rubeo Danilus no se lo permitieron:

—Espere, Lucio Fabio Silano. Antes de marcharse, deje que le exponga mi modesto punto de vista, pues creo que refleja el modo de pensar de todos los presentes.

Silano volvió a sentarse, aunque su mente estaba distraída y exhausta.

—Cada uno de nosotros se encuentra atado de pies y manos a la misión que le ha encomendado el *imperator*.

Tiresias ha recibido una espléndida recompensa por haber aceptado el encargo de acompañarlo hasta la meta establecida. Es un hombre justo y de palabra, y solo por esto ya no sería capaz de desatender su acuerdo con Octavio. Sus marineros lo admiran y siguen las órdenes que imparte, guiados por una profunda obediencia e incondicional confianza en sus decisiones. Por lo que a mí respecta, me atañe el éxito de su empresa por un mero interés personal, desgraciadamente de naturaleza egoísta, puesto que, como ya sabe, el joven cónsul es magnánimo con quienes lo ayudan a obtener lo que se propone. Como ve, aparte de la amistad que los une a usted, todos lo siguen con un objetivo individual. La inesperada muerte del cartaginés solo ha añadido un motivo más para avivar el deseo de ver sometido al cerdo de Egipto y a sus siniestros compinches.

—No tengo nada que añadir —comentó el mercader, satisfecho por el monólogo—. Una visión precisa de la situación, si bien un poco fría y cínica.

Giubba esbozó su acostumbrada sonrisa burlona y se bebió ávidamente un largo trago del vino del vaso que tenía delante. Cuando hubo terminado, se secó los labios con la manga y comentó con tono burlón:

—Para ser honestos hay que pasar por insolente.

Una vez calmados los ánimos, la comitiva se dedicó con voracidad a la comida que les habían servido en la mesa, diluyendo cada uno sus propios pensamientos en la inesperada suculencia de aquel almuerzo.

En el lugar en que siglos antes surgía el antiguo ágora[80] heleno de la ciudad, reminiscencia de un pasado fúlgido y resplandeciente, las obras de restructuración arquitectónica estaban a punto de concluir. El arcaico *stoá*[81] en ruinas, que antaño recorría los límites del amplio espacio abierto, se había reconstruido por completo y las columnas dóricas, dañadas irreparablemente por el paso del tiempo, se habían sustituido por fieles reproducciones romanas. Poco a poco, la plaza iba recuperando su aspecto normal, a excepción de la diversa disposición de algunos elementos que caracterizaba la búsqueda de la distribución frontal y la simetría típica de los hábiles arquitectos de la Urbe. En este aspecto, la mano moderna quedaba patente al dotarla de un ordenado plano axial que discrepaba con la casual disposición de monumentos y estatuas prevista en la época clásica.

Silano y Tiresias dieron con la entrada a la amplia plaza siguiendo una de las calles principales de la ciudad que iba desde abajo hacia la parte más alta, en dirección a la roca. El calor de la hora undécima de aquel día despejado de principios de abril comenzaba a apretar de manera insistente, y tal vez era esto lo que acentuaba la soledad y el silencio que reinaban incontrastables en aquel lugar.

Dirigiendo la mirada hacia el este, la imagen que se mostraba ante los ojos de los dos visitantes era realmente espectacular: en el límite oriental de la amplia explanada se extendía el lado derecho del largo pórtico recién reedificado y a sus espaldas resplandecían, entre miles de reflejos dorados, los antiguos vestigios del templo dedicado a Júpiter tonante, situados en la zona de la antigua acrópolis griega. Aún más arriba, creando un fondo tembloroso a causa del connubio de aire y luz, las altas cimas nevadas de la cadena montañosa del Taigeto se dejaban admirar en toda su brutal y agresiva belleza.

—Seguramente verías a aquel tipo taciturno que estaba sentado al lado de Giubba —empezó a decir Tiresias de pronto, mientras se acercaba a un edículo dedicado a Jano bifronte cerca del centro de la plaza.

—Por supuesto. Supongo que será la persona con la que te tenías que encontrar en esta ciudad —respondió Lucio Fabio, llevándose una mano a la frente para protegerse los ojos de los rayos de sol.

—Exacto, comandante. Su nombre es Poaghliaos y es natural de la ventosa Scyrus[82]. Estuvimos hablando un buen rato antes de que usted llegara a la taberna y me dijo que están preparando una centuria de Brundisium para que siga sus pasos. Tendrá que cubrirle las espaldas y seguirlo en la distancia en la parte más difícil de su misión.

—Vaya —comentó Silano, estupefacto—. ¿Cien legionarios como escolta personal? Un honor digno del divino César. No sé por qué el joven cónsul les habrá dado esas disposiciones a sus hombres.

—Se lo explico enseguida, comandante —respondió rápidamente el viejo griego—. En cuanto zarpé para Leucas, después de la muerte de Telésforo, tomé la precaución de mandarle a nuestro amigo pelirrojo un mensaje encriptado en el que le contaba el triste suceso y el lugar hacia el que me dirigiría los días siguientes. El joven informador es un tipo astuto y no tardó en descifrar mis palabras.

—¿Y? —Lucio Fabio estaba ansioso por saber lo que había ocurrido en su ausencia.

—Giubba ha informado personalmente a Octavio del peligro que estaba corriendo, comandante. El *imperator* estaba muy preocupado, también por otros rumores que habían llegado a sus oídos gracias a sus incansables informadores. Después de oír lo que Rubeo Danilus tenía que decirle, se despidió de él de manera apresurada. Por lo que dice el joven, debía de estar de verdad muy preocupado, tenso.

—¿Sabes lo que significa todo eso? —observó, pensativo, el tribuno—. Que la situación está empeorando día tras día para el cansado Silano y la misión se está haciendo cada vez más desesperada. Alguien está al tanto de mi presencia aquí, en Mesenia, y está tomando las medidas necesarias para oponer resistencia.

La sala del trono estaba insólitamente vacía y un cuerpo voluminoso, envuelto en la débil penumbra generada por las escasas antorchas de los laterales del larguísimo pabellón, estaba sentado en el último escalón que llevaba al trono dorado, con aspecto meditabundo. Las manos, encima de las rodillas juntas, eran realmente grandes y transmitían la idea de una fuerza enorme y en absoluto mermada por la edad madura. En el dedo corazón de la mano derecha lucía un pesado anillo de oro macizo, con ricas incrustaciones y las iniciales de su poseedor grabadas en el borde. Aquel objeto de inestimable valor representaba todo el poder de su pensativo propietario.

De pronto, una larga sombra se acercó desde el corredor de la izquierda del reluciente pedestal en cuya base estaba sentado el hombre. Conforme avanzaba hacia el fondo de la enorme sala, la sombra se acortaba cada vez más, expandiéndose hacia los lados, al tiempo que empezaba a definirse con nitidez el contorno de una figura femenina envuelta en un impalpable paño de seda violeta.

—¿Qué turba el sueño de mi amado esposo? —preguntó con voz sumisa la mujer, que para entonces ya estaba a los pies del hombre agazapado. Sus cabellos negro azabache resplandecían de vez en cuando a la luz bermeja de las antorchas, al tiempo que aquel tejido suave y evanescente apenas lograba contener la sinuosidad de sus caderas y sus senos altos y prominentes.

El hombre salió de su ensimismamiento al oír las dulces palabras procedentes de aquel ejemplar de rarísima belleza femenina. Levantó por un momento el rostro tenso y cansado y contestó lentamente:

—Nada, reina mía, creo que el mejunje de hierbas que me ha dado Ashkali ha empeorado mi insomnio. Te lo ruego, vuelve a la cama.

Dicho esto, bajó de nuevo la cabeza y su mirada volvió a clavarse en las manos, que se apretaban inmóviles. La mujer tendió sus afilados dedos hacia el rostro de su esposo y se los apoyó con dulzura en la base del vientre mientras le acariciaba lentamente la parte inferior de su voluminoso cuello:

—No intentes salvarme teniéndome al oscuro de la tempestad de tus pensamientos, noble Marco Antonio. Moriría de todos modos, jadeando en un mar de dudas aciagas y tristes suposiciones atinentes a la naturaleza de tu melancolía. Hace días que la turbación de tu ánimo esquiva mis miradas y cuidados, y eso me aflige más que cualquier otra cosa.

—Eres una esposa dulce y servicial, y una madre atenta y cariñosa con sus hijos. Hace ya mucho tiempo que en mi cabeza se amontonan imágenes desenfocadas y siniestras y la seguridad que caracterizaba mi temperamento está dejando paso lentamente al temor de perder de golpe todo aquello por lo que he luchado durante toda mi vida.

Cleopatra le besó la parte más alta de la cabeza y con voz persuasiva le susurró al oído:

—Abre tu corazón, amado esposo. Deja que te ayude a superar este extraño momento de desasosiego.

Marco Antonio se enderezó y la imponencia de su complexión predominaba sobre el cuerpo hermoso y pasional de la reina de Egipto.

—Las noticias que me llegan de Roma no son favorables y se suman a las de mis espías griegos, que tampoco son buenas.

—Los rumores, las delaciones..., palabras vacías que atraviesan el aire como flechas incendiarias. Deja que yo...

Cuando estaba a punto de terminar lo que quería decirle, el triunviro acalló a la reina con malos modos y en sus ojos destelló por un instante un resplandor de profunda ira:

—¡Entonces calla, no necesito consolación ni conforto! Lo que necesito son consejos útiles y si no puedes dármelos, ¿qué sentido tiene seguir hablando?

La mujer se encendió de rabia pero intentó disimular su fervor agachando rápidamente la cabeza y suavizando el tono:

—Te ruego que me perdones, noble Marco Antonio. Te escucharé en silencio y trataré de aconsejarte lo mejor que pueda.

—El joven cónsul… ese piojo fastidioso sin espina dorsal… ¡esa escurridiza serpiente! A estas alturas, de todos mis seguidores de la Urbe ya no quedan más que los huesos. A los que no ha conseguido convencer con su maestría en vanas cháchuras e ilusorios desvaríos, los ha corrompido inundándolos de riquezas y propiedades que ha tomado prestados de las arcas de la República. Los sentadores, viejos chochos arrebujados en sus túnicas de impecable factura, lo apoyan de manera incondicional y yo paso por el déspota demente enemigo del Estado, desquiciado totalmente a fuerza de beber vino de aquí y de participar en las más lujuriosas y obscenas orgías alejandrinas.

Cleopatra no daba crédito a lo que estaba oyendo: el hombre fuerte y gallardo que había conocido se había convertido en pocos días en un hombre histérico y amedrentado a la sombra de su joven contrincante.

—Y no termina ahí, querida reina —continuó Marco Antonio, desahogando sus pensamientos—. Ha llamado a un tribuno desconocido para encargarle una misión aquí, en Egipto. Una misión de la que obtendrá enormes beneficios, aunque ignoro de qué tipo de ventajas se trata.

—Haz que te traigan la cabeza de ese soldado en un plato y luego mándasela a Octavio como advertencia: que no intente desafiar nunca más al sumo Marco Antonio, señor de Oriente —dijo con tono desapasionado y austero Cleopatra.

—Ya lo habría hecho si hubiera conseguido enterarme del nombre de ese tribuno. Mis informadores solo han sabido describirme superficialmente a sus acompañantes porque han podido espiarlos hasta Apolonia. Después les perdieron el rastro, pero ayer me llegó la noticia de que uno de mis hombres ha matado a un oficial romano que viajaba con esas mismas personas. Lo sorprendieron en Ciparisia. En cuanto a su cabeza, la verdad es que sería mejor no hacerlo. Quiero que ese novato crea que sus planes marchan a toda vela y, mientras él se complace en su propia estupidez, yo prepararé mis represalias. Prefiero que piense que controla la situación. Se llevará una amarga sorpresa.

—No se preocupe —respondió con afabilidad el viejo griego—, conozco ese barco como la palma de mi mano y solo necesito a dos hombres que sepan navegar para mantenerla a flote en las plácidas aguas del Jónico.

Silano estaba sentado en el borde frío y marmóreo de una pequeña fuente contigua al edículo de Jano y miró al viejo griego con la expresión pensativa de quien está reflexionando sobre una importante decisión.

El mercader se le acercó y, encorvándose hacia delante, mojó con el agua de la modesta fuente el pañuelo que siempre llevaba al cuello y se lo pasó por la frente y por detrás de la nuca, buscando un poco de refrigerio contra el sofocante calor.

—¿Por qué no te llevas a los demás contigo? Yo os alcanzaré en Gythium[83] con Ari. Ya nos hemos acostumbrado a viajar solos y he de admitir que ese joven es realmente una buena compañía —replicó el tribuno, levantándose del borde mojado.

—No creo que sea buena idea, comandante —sugirió Tiresias—. Si Octavio ha mandado en su ayuda a una centuria entera, tiene que ser porque se avecinan serios problemas, así que será mejor que viaje con más de una persona en la última etapa del territorio griego. Tendrá que cruzar el Taigeto y volver a bajar hacia el sur de Laconia. En esos montes el frío rompe los huesos y los miembros pesan más que el bronce en esas altitudes. No vale la pena correr riesgos inútiles, ¿no le parece?

—Puede que tengas razón —concluyó Lucio Fabio dirigiendo la mirada hacia el silencioso y cándido gigante de cinco picos que dominaba, austero, la cumbre del lado oriental—. Llévate a Basilio y a esa especie de muralla humana. Yo seguiré adelante con Cayo Duilio, Filarco, Rubeo y Aristarco.

El viejo mercader soltó una carcajada y añadió:

—Es verdad, Poaghliaos tiene un aspecto imponente. Habría sido el benjamín del *ludus gladiatorius* del gordinflón de Batiato.

Se encaminaron con pasos lentos hacia la zona del puerto, donde los otros habían recibido la orden de preparar el barco para zarpar y llenar los sacos de viaje con carne seca, miel, vino y varias hogazas de trigo.

Cuando llegaron a la embarcación ya estaba empezando a oscurecer y subieron a toda prisa por la pasarela que separaba el muelle del puente de la nave. El mercader se detuvo ante el castillo de popa para informar a su timonel sobre las últimas decisiones que había tomado con Lucio

Fabio en el ágora, mientras el oficial bajaba por la corta escalera que llevaba a los angostos compartimentos del interior del barco. Al pasar por delante de la desvencijada puerta entreabierta de la bodega le pareció ver por un momento a Tera, agazapada en el rincón más lejano de aquel diminuto trastero, temblorosa y asustada, como se la había encontrado aquella fría mañana de invierno en Narona. La tristeza invadió el ánimo del tribuno, e hizo que se le empañaran e hincharan los ojos. Pasó por delante de la estrecha habitación sin volver a mirar y se hundió en su jergón.

Capítulo IX

Allí, curiosamente, las cosas resultarían más fáciles, ya que, como solía decir el sabio mercader heleno, el lugar más oscuro es el que está debajo de la candela.

A L DÍA SIGUIENTE, HACIA EL FINAL DE LA HORA SEgunda[84], ya estaban todos listos y se volvió a repetir, como en Apolonia, el ritual de la despedida, si bien en esta ocasión los ánimos estaban calmados y los hombres se iban despidiendo uno a uno con la certeza de volver a encontrarse. La distancia que tendrían que recorrer, por más difícil y cansado que fuera el viaje, era mucho más corta que la de las largas etapas que habían tenido que afrontar los días anteriores y esta vez un elemento de fundamental importancia mantenía alta la moral de la pequeña comitiva: la determinación.

La trágica muerte de Telésforo despertó en el corazón de sus amigos un sentimiento de rabia y terca perseverancia en la persecución del objetivo final de la misión. La idea de que el desafortunado marinero cartaginés hubiera pagado con la propia vida el haber ayudado a Silano en una misión tan arriesgada, suscitó en la psique de aquellos hombres un fuerte deseo de venganza y un obstinado sentido de abnegación por lo que ya consideraban una causa común.

Lucio Fabio llevaría a cabo su gravosa empresa y ellos harían de todo por ayudarlo, utilizando cualquier medio que tuvieran a su alcance.

Tal y como habían acordado, Tiresias se marchó acompañado por el fiel timonel Basilio y el inescrutable Poaghliaos. Los demás subirían a bordo cuando llegaran a Gythium, una alegre localidad marina situada al sureste de la cadena montañosa que separa Mesenia y Laconia. Una vez que se reuniera todo el grupo, el mercader pondría proa a la isla de Ius[85], con la intención de adquirir grandes cantidades de víveres con vistas a la travesía hacia las costas de Oriente.

Lucio Fabio Silano quería volver a ponerse su loriga y el resto del uniforme miliar que hacía tanto tiempo que no usaba a fin de ocultar su verdadera identidad, pero el viejo griego se opuso rotundamente. Dadas las circunstancias y los últimos acontecimientos, tenían que seguir moviéndose con la máxima cautela hasta llegar al territorio egipcio. Allí, curiosamente, las cosas resultarían más fáciles, ya que, como solía decir el sabio mercader heleno: «el lugar más oscuro es el que está debajo de la candela».

Por tanto, el tribuno se vio obligado a separarse una vez más de la coraza que durante tantos años había considerado su segunda piel. Sin embargo, consiguió llevarse su inseparable gladio, envolviéndolo con mucho cuidado en un gran trozo de tela marrón que sujetó en los extremos con dos cintas de cuero. El resto de sus compañeros siguió su ejemplo. Para no levantar sospechas, pusieron todas sus armas en un gran cuévano que, cargado a la espalda, se irían turnando a lo largo de todo el camino.

Los dos hermosos alazanes que la guarnición de Ciparisia le había dado al oficial serían más un estorbo que una ayuda, de forma que decidieron venderlos en cuanto se les presentara la ocasión.

El silencioso grupo se encaminó veloz hacia las puertas de la ciudad, siguiendo gran parte del perímetro de las espesas y resistentes murallas defensivas de Kalamata. En uno de los tramos había una mesa rectangular muy deteriorada puesta a la sombra de un gran toldo, parecido a los que usaban los comerciantes locales para montar sus puestos de mercancías los soleados días del verano.

Alrededor de aquella mesa tambaleante se habían reunido cuatro siniestros individuos cuyas caras no prometían nada bueno.

Estaban jugando a los dados, entre imprecaciones exasperadas y los gritos de mofa que se lanzaban entre ellos, y estaban situados en el lado opuesto a aquel por el que tenían que pasar el oficial y sus compañeros. Cuando Aristarco se encontró a la altura de aquella gentuza notó, con el rabillo del ojo, que uno de ellos lo estaba mirando con aspecto meditabundo. Un segundo después, el maleante se levantó de su banqueta y le farfulló algo al que tenía peor aspecto de todos. Este, mientras seguía confabulando con un amigo, lanzaba miradas penetrantes hacia el pequeño grupo de caminantes, que para entonces ya había pasado por delante y se dirigía a toda prisa hacia el exterior de la ciudad.

—Comandante, los ojos bien abiertos —susurró Aristarco mientras se acercaba a Lucio Fabio, que se hallaba pocos pasos por delante de él.

—No te pongas nervioso y haz como si nada, amigo mío —respondió el oficial con los labios entrecerrados.

—Entonces ha visto…

La veloz y breve respuesta del tribuno interrumpió las palabras del cartaginés:

—Sí, yo también lo he visto, Ari. Si osan seguirnos, acabo con ellos.

Rubeo Danilus, que entretanto caminaba por delante de Silano al lado de Filarco, se volvió de repente hacia el soldado y, cubierto por su imponente figura, musitó con una sonrisa burlona:

—Fíjese bien, tribuno.

Dicho esto, el pelirrojo hizo una señal con la que le pedía al oficial que se diera la vuelta y se pusiera a su lado, justo enfrente de la lejana pandilla de jugadores de dados que acababan de superar. Entonces, ciñó con el brazo derecho el hombro del soldado y con el índice izquierdo empezó a señalar varios puntos distintos que, siguiéndolos con la vista, se perdían entre las yermas colinas orientadas hacia el lado noroccidental de la ciudad, a un par de millas de distancia. Al mismo tiempo, declamó con un hilo de voz apenas perceptible unos versos en un latín antiguo que el atónito Silano reconoció como parte de una antigua comedia escrita por el irreverente Aristófanes siglos y siglos atrás:

Unos jóvenes, ebrios de jugar al cótabo, van a Megara y se llevan a una prostituta que se llama Simeta. Entonces los megarenses montan en cólera y se llevan a dos prostitutas de Aspania. Por eso estalló la guerra entre todos los griegos: por culpa de tres furcias.

El soldado se sintió desorientado con aquellos versos tan directos y discordantes con la situación en que se encontraban. ¿Qué tenía que ver el viejo comediógrafo con aquel grupo de probables espías? Parecía una cita sacada al azar, sin ningún sentido. Después de unos pocos instantes de lo que a Lucio Fabio le pareció una señal evidente de locura, dos de los cuatro tipos sentados a la mesa se dirigieron a paso ligero en la dirección que acababa de señalar Giubba, perdiéndose entre los numerosos viandantes que ya empezaban a llenar las calles contiguas a las murallas.

—¿Ha visto? —se mofó, exultante, Rubeo Danilus—. A saber lo que encuentran esos dos tontos entre los áridos arbustos de aquellas alturas.

—¿Y la comedia? —preguntó el tribuno perplejo—. ¿A qué puñetas te referías con eso?

—No podía indicarle esos puntos sin dar la impresión de estar diciendo algo importante, comandante —concluyó el pelirrojo—, y además Aristófanes es famoso por haberse burlado teatralmente de todos los que en su tiempo se creían más listos y astutos que los demás: total, lo que yo he hecho con esos idiotas.

El oficial sonrió, sorprendido por la sagacidad y picardía que demostraba el joven informador de Octavio, y se volvió a dar la vuelta para seguir adelante junto con sus amigos por el camino que salía de Kalamata.

Después de cruzar las puertas de la ciudad, el pequeño grupo se dirigió hacia el este, siguiendo con la vista la lenta aproximación del temible gigante de piedra que dominaba los confines de Laconia.

Para ser honestos, el número de habitaciones situadas más allá de las murallas era muy reducido y conforme iban avanzando en su camino, los pequeños grupos de casas ubicadas a ambos lados de aquel amplio camino de tierra fue disminuyendo hasta convertirse en aisladas construcciones agrícolas, inmersas en la oscura frondosidad de la naturaleza de Mesenia.

Fue precisamente en uno de esos caseríos donde consiguieron deshacerse de las dos cabalgaduras, obteniendo en cambio, además de una buena comida, unos pocos denarios y un saco lleno de hogazas recién sacadas del horno. El granjero que les había comprado los caballos era un tipo despierto y jovial, y parecía tener una posición bastante acomodada a pesar de su modesta ocupación de agricultor. En realidad, era un antiguo comerciante de cerámica y vajillas que, cansado de los continuos desplazamientos, decidió instalarse en un lugar tranquilo pero cercano a una gran ciudad para dedicarse a las actividades que le recordaban a una infancia feliz y despreocupada. Como habían acordado, el granjero invitó a su mesa a Silano y a sus amigos, y preparó un almuerzo exquisito con garbanzos y carne de cerdo, todo ello acompañado por un ánfora de vino tinto tan espeso y puro que cada sorbo era como un bofetón para los desprevenidos comensales. Cuando terminaron de comer, el granjero les indicó el camino menos abrupto para cruzar la frontera y les regaló unas cuantas mantas de tejido muy grueso para afrontar el frío glacial de las noches del Taigeto. Aquella dádiva resultó realmente valiosa desde el anochecer del segundo día de marcha, cuando tuvieron que parar para dormir en mitad de una árida colina que batía incesantemente un fuerte viento procedente del noreste. Para llegar hasta las cumbres de esta cadena montañosa, poco menos que infranqueable, tendrían que emplear al menos un día y medio más, avanzando a paso ligero y decidido, y sin embargo ya a aquella modesta altitud el frío seco les penetraba los huesos, por lo que el tribuno decidió encender una pequeña hoguera que les calentara los miembros entumecidos. Se pusieron todos alrededor de la débil llama que apenas conseguía mantenerse encendida a causa de las repentinas ráfagas de viento y, pasándose el recipiente que contenía el vino, transcurrieron la noche con las mantas echadas sobre los hombros, entre charlas e historias tan viejas como el mundo.

Hacia la hora nona del quinto día de viaje comenzaron la escabrosa subida que los llevaría a la cumbre del Taigeto. El cielo estaba despejado y los destellos plateados de los rayos solares entre las rocas, que se extendían a los lados del escarpado sendero, cegaban peligrosamente la vista y hacían todavía más arduo y lento el difícil ascenso.

Un sentimiento de paz mezclado con un temor instintivo se estaba insinuando poco a poco en el ánimo de Lucio Fabio. El esplendor de aquella naturaleza agreste y pura, dominada únicamente por el respiro intermitente de los elementos que la componían, suscitaba en su corazón una profunda sensación de serenidad, y precisamente esto era lo que el oficial no podía soportar. Al cabo de un tiempo, aquella tranquilidad tan neta empezó a resultar sofocante y a la cabeza del oficial comenzaron a asomarse inconscientemente los largos y silenciosos momentos de inmovilidad que había vivido más de mil veces antes de desencadenarse la furia de la batalla. Sus compañeros de aventura también se habían escondido tras la espesa cortina de sus pensamientos, tal vez porque vivían aquella misma sensación extraña, o tal vez para sacar de la fuerza interior un ulterior impulso para continuar el agotador itinerario. El joven Aristarco era el único que, de cuando en cuando, rompía el silencio en el que sus compañeros trataban de refugiarse, imprecando de manera irónica por cada paso que daba en falso. El cartaginés intentaba por todos los medios posibles aligerar la pesadez que se había creado en el grupo, quizá porque al igual que el oficial, él también tenía una extraña sensación de inquieta expectación.

Hasta Giubba había perdido su sonrisa burlona y se afanaba en seguir los pasos de Filarco.

De repente, la larga silueta de un hombre apareció ante sus ojos por detrás de un pico de roca calcárea que sobresalía por encima de sus cabezas varias decenas de metros por delante de ellos. Lucio Fabio esforzó la vista intentando distinguir los contornos pero todo fue en vano. La silueta se erguía en la trayectoria del sol y la mirada del tribuno solo pudo resistir un instante la potencia de los enérgicos rayos solares, amplificada por el fondo casi argénteo del escenario montuoso.

El hombre emitió un silbido largo y acuciante, parecido al canto del reclamo, y de las rocas de la izquierda salieron otros soldados armados, esta vez bien distinguibles sobre el panorama blanquecino de las cumbres nevadas.

—Por fin volvemos a vernos, centurión —comenzó a decir el primer hombre que había aparecido ante la atónita comitiva de viandantes. Mientras lo decía dio unos cuantos pasos adelante, abandonando aquella posición que resultaba tan incómoda a causa de la luz. Cuando consiguió verle la cara, Silano se quedó estupefacto por aquel encuentro tan inesperado e hizo amago de acercarse al hombre, pero este le ordenó con voz imperiosa:

—Ni un paso más, soldado, o mis hombres sacarán las lanzas.

El tribuno se quedó de piedra al oír aquella frase y contestó pasmado, al tiempo que en su cabeza un angustioso pensamiento estaba tomando forma rápidamente:

—¿Qué dice, prefecto Metello? Soy yo, Silano. ¿Qué hace en este lugar dejado de la mano de los dioses, seguido por todos esos legionarios?

—Te estaba esperando. No sabes lo que me ha costado llegar hasta aquí. Ahora me seguiréis buenos y calladitos. No hagáis ninguna tontería y nadie saldrá herido. Estáis rodeados de treinta legionarios agresivos y bien armados.

—¡Perro furioso! ¡Traidor infame! ¡Venderías a tu madre por un as la noche si pudieras!

—No te calientes, centurión. No tengo nada contra ti, pero los negocios son los negocios, te guste o no.

En ese instante, el tribuno se volvió hacia atrás con la mirada descompuesta y cargada de una ira febril y le hizo una rápida señal con la cabeza a Filarco, que dejó en el suelo la cesta con las cuatro armas envueltas en las tiras de cuero marrón. Con un gesto fulmíneo, se las pasó a sus compañeros de desventura y en un abrir y cerrar de ojos la minúscula comitiva estuvo armada de gladio y lista para atacar.

—¡Te atravesaré el pecho, maldito traidor! —tronó Lucio Fabio mientras se lanzaba con ímpetu hacia su enemigo, corriendo a más no poder para alcanzar al prefecto Metello.

En ese preciso instante, dos lanzas pesadas cortaron el aire con increíble velocidad, procedentes del frente oriental de la pared rocosa, hacia el tribuno.

A Filarco solo le dio tiempo a gritar con todas sus fuerzas:

—¡Cuidado, comandante!

En ese momento, las puntas metálicas y relucientes de las largas astas portadoras de muerte se encontraban a unos dos metros del busto del oficial.

Era el fin.

Para cuando Lucio Fabio se dio cuenta de lo que estaba ocurriendo ya era demasiado tarde. Aun intentando repararse en algún recoveco de la roca o agacharse para esquivar las dos pérfidas picas que se dirigían rabiosamente hacia él, jamás conseguiría evitar las dos acuminadas azagayas, y por un segundo pensó en su infeliz e inminente destino.

Su misión terminaría en la más mísera y triste de las derrotas, causada por la acción inquebrantable y traidora de a quien un tiempo consideró compañero de armas.

Siguió dirigiéndose hacia Metello blandiendo su gladio en la mano derecha y, cuando sus oídos llegaron a percibir el nítido silbido de las astas fulmíneas, cerró los ojos por un instante. En su mente hicieron eco insistentemente las palabras que su invencible comandante, el divino César, proclamó antes de cruzar el álveo del Rubicón: «La suerte está echada». La potencia de aquella sencilla frase se presentó una vez más, simple y cruda, como una especie de sentencia de una inesperada condena a muerte por mano de quien reputaba un aliado, y en el lapso de un respiro, su mente voló al día de los idus de marzo de once años antes.

Pocos metros separaban al tribuno del cínico traidor cuando las lanzas se le clavaron en la carne, hendiéndole el costado derecho y el muslo izquierdo. Un estremecimiento le invadió el cuerpo entero en el momento del impacto pero no quiso apartar la mirada del enemigo que tenía enfrente. Percibió el tenue calor de la sangre que brotaba, abundante y veloz, de su cuerpo entumecido y cansado, y por un segundo sintió un malsano placer por la repentina sensación de calor. Pero algo no cuadraba. Aquellas lanzas mortales tendrían que haberlo partido por la mitad y destrozado los miembros con una violencia inaudita, haciendo que se desplomara al suelo exánime, y sin embargo seguía en pie. Inmediatamente se giró hacia el lado por el que habían lanzado las picas y su rostro empalideció y tembló. El oficial se quedó atónito, y el desconcierto y la consternación se apoderaron del espíritu valeroso del soldado romano.

A unos tres pasos de él, se erguía con los brazos extendidos el cuerpo inmóvil de Rubeo Danilus. Las dos jabalinas lo habían traspasado de lado a lado en la zona del pecho y del bajo vientre y una extensa mancha encarnada enrojecía el terreno bajo sus pies, mezclándose con los primeros copos de nieve que empezaban a caer cada vez con más frecuencia.

Lucio Fabio soltó un grito de desprecio deshumano que resonó horrendo por toda la zona circundante, amplificándose al encontrar las ensenadas y cavidades de la pared rocosa. El tribuno se liberó rápidamente del débil mordisco de las lanzas, sin prestar atención al dolor lancinante que le procuraban las puntas al girarse en la carne a causa de sus movimientos, y estrechó entre sus brazos robustos el cuerpo casi exánime del pobre Giubba.

—¿Por qué, amigo mío? ¿Por qué? —gritó mientras intentaba sujetar el cuerpo de su compañero agonizante.

El rostro del joven parecía extrañamente sereno y aquella imagen contrastaba con la carnicería que se mostraba inclemente a sus ojos aún incrédulos: del vientre desgarrado colgaban las vísceras del pobre desdichado y de su boca manaban incesantemente borbotones color carmín. Con un esfuerzo descomunal, el amigo volvió a abrir por un momento los ojos entrecerrados y, reuniendo por última vez la inmensa voluntad de su ánimo, masculló lenta y fatigosamente unas pocas palabras al oído del soldado:

—No podía terminar así, comandante. Su vida vale demasiado para el destino de Roma. Haga que mi sacrificio no sea en vano... intente... intente seguir... vivo.

—Te juro que tendrás tu venganza, fiel amigo —respondió el oficial con voz temblorosa.

—Ninguna... venganza... para mí, tribuno. Es lo primero que... que he hecho... en mi vida que... que sea útil.

Con estas palabras, los ojos de Rubeo Danilus se cerraron para siempre y su rostro adquirió una extraña expresión: en los extremos de la boca se le dibujó como por encanto su acostumbrada sonrisa burlona, como si quisiera despedirse de su desafortunado compañero de viaje con la irreverente expresión de siempre. Lucio Fabio colocó afectuosamente el cadáver de Giubba sobre la alfombra de nieve rojiza que para entonces caía incesante y se volvió hacia el resto de la desventurada comitiva, que había asistido pasmada a aquel heroico sacrificio.

—Soltad las armas —ordenó el oficial, al tiempo que dejaba caer el gladio al lado de la pierna derecha. El pesado hierro tintinó seco al contacto con el fondo del sendero emblanquecido. Los demás siguieron su ejemplo con la cabeza gacha.

El prefecto Metello, que hasta aquel momento tan solo había embrazado su espada sin realizar ningún movimiento ulterior, repuso el gladio en la funda del cinturón que le colgaba de la cadera y se acercó rápidamente al tribuno:

—¿Has visto lo que has hecho? Os lo había advertido. Y ahora, en marcha y no hagáis más estupideces u os garantizo que tendréis una muerte mucho más indigna que la de vuestro amigo.

—¡Inténtalo, maldito bastardo! —le escupió a la cara Lucio Fabio, tambaleándose sobre las piernas por las heridas que le ardían por dentro sin dejar de sangrar.

El prefecto bajó la mirada zarandeando vistosamente la cabeza de lado a lado y se limitó a comentar con sorna:

—El moloso de César, herido y rodeado sigue siendo una mula mariana. Ja, ja, ja.

Luego, con un movimiento tan rápido como inesperado, le dio un puñetazo cargado de deshumana violencia en el mentón. La potencia del golpe levantó a Silano del suelo y lo hizo volar por los aires hasta que cayó un metro y medio más atrás, inconsciente.

Cuando recobró el conocimiento, Lucio Fabio se encontró en una especie de camilla de campaña, con las heridas cauterizadas y medicadas de mala manera. La tosca camilla estaba hecha con dos largos troncos de abeto trabajados con la espada y resistentes tiras de cuero duro que giraban alrededor de las cepas arbóreas. Un fortísimo dolor de cabeza le punzó cuando, con las escasas fuerzas que le quedaban, intentó incorporarse apoyándose sobre los hombros. Quería saber dónde los estaban llevando y sobre todo quería mirar directamente a los ojos a la serpiente asquerosa de Metello. Lo intentó una vez, pero enseguida constató que su condición no le permitía un esfuerzo como aquel, así que se dejó caer con la desilusión y la amargura dibujadas en la cara. Filarco, que llevaba la camilla a la altura de la cabeza del tribuno, intentó animar al pobre oficial e infundirle un poco de esperanza:

—Descanse, comandante. La hemorragia debida a las heridas no se cortaba y el frío álgido de esta infausta jornada no ha mejorado las cosas. Vuelva a echarse por encima la manta de lana gruesa e intente dormir.

Lucio Fabio miró fijamente a su amigo cartaginés. Su expresión valía más que mil palabras. Tenía los ojos cargados de profunda resignación e indolencia, como si en lugar de reaccionar prefiriera dejarse llevar por el brusco poder de un destino adverso. El oficial se sintió tremendamente culpable por haber arrastrado a sus compañeros hasta aquella dolorosa situación que en realidad solo le atañía a él y quiso disculparse con el amigo que, a pesar de todo, seguía a su lado. Pero cuando lo intentó, las palabras se le ahogaron en la garganta y solo consiguió mascullar:

—¿Por qué? ¿Cómo?

En aquel instante, Aristarco, que lo había oído todo pero no se había dado la vuelta, volvió rápidamente la cabeza hacia el soldado herido y, lívido por la cólera, exclamó en voz alta:

—¿Cómo, comandante? ¡Yo le voy a explicar cómo! Cuando llegamos a Kalamata, ese perro vil de Cayo Duilio nos traicionó, nos vendió como mulas de carga. Cuando usted se desmayó, el gran bastardo se acercó al prefecto y empezaron a cuchichear. Luego nuestro queridísimo amigo se alejó por un sendero que llevaba al oeste entre aquellos dos picos de ahí detrás. Llevaba una expresión radiante y la túnica le tintinaba. ¡Espero que llegue el día en que pueda estrangular con mis propias manos a ese maldito hijo de puta!

Silano se quedó callado, inmóvil, con la expresión marmórea: sin ningún movimiento de los músculos faciales, ni el más mínimo, con los ojos abiertos de par en par y la mirada fija en las gélidas cumbres nevadas. De pronto salió de aquella especie de catatonia en la que había caído y emitió un grito ensordecedor que laceró el aire de manera lúgubre:

—¡Maldito Metello! ¡Antes de que puedas disfrutar del fruto de tus delitos yo bailaré borracho ante tu sacrílega cabeza degollada y dejaré tu cuerpo para que se lo coman los cuervos! ¡Te juro que morirás entre atroces dolores, roñoso chacal!

Dicho esto, volvió a dejarse caer en la tosca camilla, víctima de una especie de convulsiones parecidas a las que sufrió el divino César durante los últimos años de su legendaria existencia.

Los hombres del prefecto cogieron el mismo camino que había seguido el desafortunado grupo del tribuno unos días antes. Delante, una decena de legionarios sin experiencia hacía las veces de vanguardia, en el centro seguían Metello y sus hombres de confianza, y una media docena de veteranos representaba la retaguardia de aquel forzado tercio de centuria. Los tres prisioneros seguían al exiguo cortejo militar escoltados y vigilados por unos soldados que avanzaban en medio.

Los militares no intercambiaban muchas palabras con el infeliz trío pero en sus miradas y en su modo de comportarse no se veía ni odio ni rabia. Algunos hasta parecían molestos por la situación que se había creado: puede que hubieran reconocido en aquel hombre cansado y machacado al célebre moloso de César, o puede que simplemente sintieran piedad al ver a un hombre vencido por su destino. El hecho es que a lo largo de aquellas pendientes rocosas que llevaban a la ciudad de Mesenia, un par de legionarios bien plantados se ofrecieron a darles el cambio a los marineros cartagineses para transportar al que consideraban un centurión herido. Aquel fue el primer paso hacia una especie de silencioso respeto que los soldados demostraron sentir para con sus rehenes.

Aristarco era el único que muy de vez en cuando conseguía sacarles alguna palabra a sus guardianes. De las pocas noticias que había logrado reunir supo que se encontraban en una situación que dejaba poco espacio a la esperanza.

Cuando llegaran a Kalamata, el grupo se embarcaría en una travesía marítima a bordo de una nave militar romana que zarparía muy pronto del puerto de la ciudad con rumbo a la lejana Bitinia. Allí, por lo que había entendido, los entregarían al gobernador de la provincia, un cierto Cneo Domicio Enobarbo[86], que resultaba ser el hombre al que el prefecto Metello se había vendido. De una cosa estaba seguro el marinero cartaginés, puesto que había escuchado atentamente a dos legionarios que estaban discutiendo mientras jugaban a los dados, alrededor del fuego de una acampada al descubierto, una de las noches de aquella primavera adentrada: el gobernador quería vivo al misterioso tribuno que Octavio había enviado en misión.

A los cinco días llegaron de nuevo a la ciudad de las largas y espesas murallas y los soldados comenzaron rápidamente los preparativos para zarpar cuanto antes hacia la provincia de la parte noroccidental de Asia Menor, cercana a Ponto Euxino.

Lucio Fabio se recuperó casi por completo durante los días que emplearon para llegar a la ciudad. Pero la herida del costado le seguía doliendo y la del muslo parecía no querer curarse, ya que después de varias horas de camino la sangre siempre le volvía a empapar la pierna.

No estaban todavía en la mitad del cuarto mes del año, cuando el pelotón de legionarios a las órdenes del prefecto Metello se embarcó en la ligera y estrecha galera militar, muy parecida a un viejo y malparado birreme, y puso inmediatamente rumbo al sureste, en dirección a la isla de Creta. La embarcación solo tenía unos veinte metros de largo por apenas cuatro de ancho. El caduco rostro de bronce de la proa se había ennegrecido debido a la avanzada edad de la nave y las condiciones del puente dejaban claro que la embarcación había vivido tiempos mejores. No obstante, la amplia y única vela cuadrada de la cumbre del mástil central seguía cumpliendo con su ardua labor, intentando darle velocidad a aquella embarcación tan liviana y fusiforme. Las filas dobles de remos dispuestas bajo el puente no podían calar en el mar por falta de grupos de boga, y era realmente triste ver aquel derrelicto marino flotando por las plácidas y espumantes aguas del mar cretense, jadeando a la búsqueda de un aliento del viento, de una leve brisa primaveral. Era como si a un peregrino viejo y cansado le quitaran de pronto el estímulo interior que lo anima a viajar: una galera sin remeros era igualmente innatural, como un ser vivo que nace sin corazón.

La bodega poco espaciosa imponía una navegación de cabotaje próxima a las costas de las islas limítrofes, de modo que al llegar a Creta se abastecieron de agua y víveres para volver a hacerse a la mar y seguir navegando lentamente hacia septentrión. Cruzaron las lenguas de mar que se formaban entre las innumerables islas del archipiélago de las Cícladas, efectuando una segunda escala en la placentera Tenus[87]. Un par de días más tarde volvieron a levar anclas, remontaron las costas de la montuosa Eubea y pusieron rumbo hacia el este, en dirección a lo que el prefecto consideraba la última escala antes de llegar a Bitinia: la isla de Lemnus[88].

Cneo Domicio Enobarbo... Lucio Fabio se esforzaba por escavar en el compacto terreno de su memoria intentando asociar el nombre a una cara. Estaba seguro de que ya había oído pronunciar ese nominativo durante alguna batalla importante, combatida como siempre al lado de César, pero no lograba recordar en qué ocasión en concreto.

De repente, una imagen cobró nitidez en su cabeza: un grupo de aristócratas cabizbajos que se acercaban en silencio al pabellón del dictador. Le rogó a su mente que hiciera un último esfuerzo de concentración y a los pocos instantes todo le quedó claro.

¡Pharsalus! ¡Cómo se le podía haber olvidado la imagen de aquella intensísima jornada campal!

Entonces recordó que entre los nombres de los enemigos derrotados por César en la batalla final contra Pompeo estaba el de Lucio Domicio Enobarbo, un anciano patricio romano que había sido cónsul unos veinte años antes.

Silano levantó los ojos que hasta aquel momento estaban fijos en un punto lejano del puente mugriento y clavó una mirada indagadora en el joven legionario que tenía enfrente. El soldado, al no entender la naturaleza de una mirada como la suya, se sintió incómodo y se dirigió al tribuno intentando asumir un tono autoritario:

—¿Qué te pasa, centurión? ¿Tienes que decirme algo?

El tribuno, que en realidad estaba perdido en sus recuerdos, se sobresaltó al oír aquellas palabras provocadoras y en su rostro apareció una mueca de diversión:

—Tendría que decirte muchas cosas, muchacho —comentó de manera socarrona Lucio Fabio—, pero por ahora prefiero callar.

El talante atlético y la larga melena castaña de aquel joven legionario desgarraron al instante el velo de confusión que entorpecía el cúmulo de información de sus reflexiones.

¡Pues claro! ¡Cneo Domicio Enobarbo! ¡Por fin!

¡El joven angusticlavio que acompañaba con aspecto fiero y rabioso al noble Lucio Domicio a la tienda del vencedor de Pharsalus!

La magnanimidad de César era conocida por todos los que habían tenido que acallar el orgullo de combatientes derrotados recitando el solemne juramento de lealtad al conquistador de la Galia. La mente del dictador era afilada y punzante y su ingenio, poliédrico, como el de un nuevo Ulises. A los ojos del pueblo, tal concesión de libertad a sus acérrimos enemigos exaltaba el aspecto caritativo y pío de su imponente figura, pero en realidad el modo en que trataba a sus adversarios era despiadado e implacable, puesto que no existía una pena más exorbitante e impía para un soldado o enemigo político derrotado que el tener que servir con fidelidad absoluta y profunda devoción al que lo había sometido en el campo de batalla.

Mientras el moloso de César se afanaba en intentar intuir cuál sería el fin que el destino había preestablecido para él y sus compañeros de desventuras, un pánico general se apoderó de los ocupantes de la añosa galera.

Cuando el legionario que estaba de vigía a popa dio la señal de enemigo a la vista, el resto de los soldados se asomaron por el parapeto de la angosta embarcación con la esperanza de divisar algo, pero al hacerlo la galera se inclinó peligrosamente sobre la superficie cobalto de las aguas del Egeo.

El prefecto Metello tronó imperioso la orden de abandonar inmediatamente la balaustrada izquierda, de forma que la embarcación recuperara su posición de equilibrio. Mientras extraía el gladio reluciente de la funda que le colgaba de la cadera derecha, exclamó con voz amenazadora:

—¡Hombres, preparados para la batalla!

En ese preciso instante, a los ojos del tribuno aparecieron bastante cerca tres trirremes centelleantes bajo la fuerte luz del día.

Dos carecían de mástil mientras que la otra se encontraba más lejos, en correspondencia con el lado occidental de la mísera galera.

Habían aparecido de la nada en mitad de las aguas de la soleada Lesbus[89], como si hubieran estado esperándolos, escondidas en el interior del golfo mayor de los dos pertenecientes a la tierra natal de la poetisa Safo.

Avanzaban a una velocidad impresionante hacia la embarcación de Metello y la maniobra de ataque era sencilla y letal: a fin de alcanzar el pequeño birreme se abrirían en dos frentes opuestos y atacarían al unísono la desdichada nave, virando repentinamente y convergiendo hacia el interior.

El almirante esperaba en la distancia a que tuviera lugar la inesperada y furtiva batalla naval, organizando las operaciones que llevarían a cabo las dos gregarias con una multitud de señales y toques de *buccina*.

—Pero, ¿qué puñetas está pasando? —le preguntó nervioso Lucio Fabio a un soldado que se dirigía a toda prisa a la bodega, intentando llegar desesperadamente a los bancos de remos.

El tipo le contestó jadeando y sin darse la vuelta siquiera:

—Es el fin. Tenemos que evitar por todos los medios el espolonazo o estamos perdidos. ¡Los soldados de Octavio nos han interceptado!

En cuanto oyó pronunciar el nombre del joven cónsul, una fuerza desconocida e inesperada invadió los miembros doloridos del tribuno. Se acercó a sus compañeros cartagineses, en medio del jaleo y la confusión de las maniobras defensivas del escaso grupo de legionarios y, tratando de esconder una cierta exultación, dijo:

—Todavía nos queda una esperanza, amigos. ¡Atentos!

Filarco le lanzó una mirada de entendimiento que valía más que todo un discurso, mientras que Aristarco se limitó a emitir un maléfico gruñido que reflejaba sus desmesuradas ansias de venganza de la suerte hostil.

Capítulo X

*Murieron por sus propias culpas y locuras,
aquellos insensatos, que se comieron los bueyes de
Helio Hiperiónida.*

Lo que parecía una maniobra para embestirlos con el espolón resultó ser un abordaje sorpresa. Cuando estaban en ruta de colisión, los poderosos trirremes responsables de la emboscada viraron repentinamente hacia el exterior y dejaron caer sobre la endeble galera dos artilugios infernales devastadoramente prácticos. Se trataba de dos largos travesaños macizos de planta rectangular en cuyos extremos tenían un pesado gancho de hierro del tamaño del ancla más recia. Los enormes travesaños fueron catapultados sobre la embarcación asediada. Un estruendo aterrador se difundió en el aire en el momento del contacto entre el puente y sus extremos metálicos. Enseguida, unos militares que estaban en la parte central del trirreme de la derecha empezaron a empujar un vistoso árgano de madera y, en poquísimo tiempo, arrastraron al birreme muy cerca de la nave enemiga, lista para la batalla. Silano asistió atónito a aquella sublime maniobra militar, tan rápida como eficaz. En su larga carrera de legionario romano jamás había visto nada igual. De pronto, la batalla naval se convirtió en una lucha cuerpo a cuerpo en el estrecho y deteriorado puente de la embarcación que comandaba Metello. Sus hombres cayeron víctima del desánimo al encontrarse en tal inferioridad numérica, pero lo que realmente les postró el ánimo y minó de forma significativa su espíritu combativo fue sin duda la inesperada estrategia de ataque de sus adversarios. Algunos se tiraron al mar, despavoridos por la idea de una muerte segura, mientras que otros intentaron luchar al lado de su comandante, en un último y desesperado intento de resistencia.

Fue una carnicería deshumana que acabó en un lapso realmente irrisorio. De los treinta soldados que se hallaban a las órdenes de Metello, tan solo se salvó una media docena que había dejado caer las espadas en el puente en señal de rendición. Los que se tiraron al agua fueron atravesados sin piedad por las largas picas de sus adversarios, que formaron extensas manchas encarnadas alrededor de ellos. Los cuerpos atormentados de jóvenes legionarios, culpables únicamente de haber tomado partido por la facción equivocada, fueron arrojados sin ningún respeto ni piedad en la sofocante bodega de la vieja galera, y los restos destrozados de aquel derrelicto que había quedado prácticamente partido en dos fueron pasto de las llamas inmediatamente después del asalto.

Silano, maniatado al igual que sus dos amigos, siguió con profunda tristeza la increíble furia de aquella horrible matanza y tenía los ojos brillantes y enrojecidos. Romanos contra romanos. Jóvenes masacrados y desmembrados por otros soldados de su misma edad, libres únicamente de ejecutar al pie de la letra las órdenes de sus austeros superiores, envejecidos y con el ánimo marchito a causa de la sed de poder y victoria.

Estaba cansado de ver. Cansado de oír. Cansado de tener que participar como espectador impotente en la decadencia de la razón humana, sacrificada de manera despreciable en pro de la potencia militar de individuos viles y despiadados.

Bestias ávidas de riqueza que inmolaban la libertad de los pueblos en el altar de sus inmundas efigies.

Un legionario desató las cuerdas que lo habían tenido prisionero hasta aquel momento e instintivamente se pasó los dedos por las muñecas, enrojecidas por el estrecho contacto con las hirsutas y gruesas cuerdas. Sin más tardar, llevaron al tribuno al barco principal, que se había mantenido alejado para dirigir el increíble ataque. Lo seguían Filarco y Aristarco, visiblemente felices por el inesperado evento. En cuanto puso el pie en el puente del espléndido trirreme, Silano abrió los ojos de par en par, incapaz de creer lo que estaba viendo, y con un movimiento repentino se acercó al forzudo individuo que lo esperaba cuadrado en el saludo romano.

Frente al soldado, la emoción le inmovilizó las piernas y de su boca tan solo salieron unas pocas palabras:

—Tú... tú... yo... te debo... la...

El hombre interrumpió aquel farfullo confuso respondiendo con ímpetu:

—¡Decurión Quinto Décimo Balbo de la legión XIX a sus órdenes, tribuno Silano!

Los miembros del oficial se liberaron improvisamente del bloqueo emotivo al que habían sucumbido y Lucio Fabio se acercó a su viejo amigo y lo estrechó en un abrazo sofocante.

—Te debo la vida, Balbo. Me has salvado de un fin miserable.

—No me la debes a mí, tribuno. Yo me he limitado a seguir las órdenes del *imperator*. Eso sí, dada la situación, he intentado ser lo más escrupuloso posible a la hora de cumplirlas.

Silano, risueño como un niño, le presentó al decurión a sus amigos cartagineses y los cuatro se dirigieron rápidamente hacia la pequeña bodega.

—Lo mejor será alejarse de esta zona cuanto antes —empezó a decir Balbo, antes de bajar los pocos escalones que llevaban al interior del casco—. Los barcos de Marco Antonio podrían asomarse al horizonte de un momento a otro, y el hecho de no poder izar la vela con nuestra efigie me irrita sobremanera.

Una vez que se acomodaron como pudieron en la limitada bodega de la embarcación, Quinto Décimo Balbo pidió que les llevaran una gran ánfora llena de vino tinto de Narona y brindó con sus huéspedes para celebrar el éxito de la operación.

—¿Cómo nos habéis interceptado? —preguntó Lucio Fabio con sincera curiosidad.

—Tienes que agradecérselo a mis amigos, los caballos. Gracias a ellos todavía sigues entero, tribuno —contestó sonriendo el decurión.

—¿Cómo? ¿Qué tienen que ver los caballos?

—¿Te acuerdas del granjero al que le vendiste los dos magníficos alazanes? Bien, pues, según parece, fue él quien se dio cuenta de que estabais en peligro cuando os vio regresar por el mismo camino que os había indicado varios días antes. Tú estabas herido y tus amigos te transportaban en una especie de camilla, y además ibais rodeados de un gran número de legionarios.

Silano se quedó de piedra: le debía la vida a aquel tranquilo y jovial hombre de campo cuya granja se hallaba a poca distancia de las murallas de Kalamata.

—O sea, que la magnanimidad de ese hombre me ha salvado el pellejo, he de suponer... —concluyó el tribuno, aún incrédulo.

—No exactamente —precisó Balbo—. Digamos que ha cumplido con su trabajo de informador al servicio de Octavio. Sabía dónde encontrarnos y nos avisó.

—Aun así, no sabíamos dónde se dirigía esa carroña traidora de Metello —dijo Lucio Fabio sonriendo, mientras crecía su curiosidad por saber cuántos serían en realidad los que llevaban meses vigilando sus desplazamientos, que erróneamente había reputado cautos y prudentes.

El decurión pareció adivinar los pensamientos de Silano y continuó con tono amistoso:

—No te aflijas, Silano. Vosotros habéis hecho todo lo que estaba en vuestras manos para pasar desapercibidos pero las noticias vuelan a mayor velocidad que las desventuras, transportadas de boca en boca por los espías de un bando y del otro, que inundan los territorios conquistados por la Urbe como la crecida de un río de lodo.

—Sigue contando, quiero saber cómo me has encontrado —se limitó a contestar el soldado.

—Pues sí que eres cotilla. Pareces una de esas matronas gordas y decrépitas, chismosas y entrometidas.

Lucio Fabio esbozó una sonrisa postiza pero luego volvió a ponerse serio y observó:

—Perdona mi curiosidad, Balbo. Tienes razón: ¿qué me juego yo en todo esto? ¡Solo el pellejo a cada paso que doy!

El decurión se divirtió al ver la expresión irritada de su amigo y se enorgulleció por haber conseguido ponerlo nervioso, como siempre:

—Ja, ja, ja. Me encanta verte escupir bilis, tribuno. Pero no te molestes. Ahora te lo cuento todo.

—Ya era hora, viejo chotuno —se limitó a replicar el oficial.

Por lo que le contó el decurión, Metello había recibido la orden de seguirlo del tribuno Publio Rufo. Curiosamente, una semana después de que saliera Silano, el joven oficial se ausentó de noche del campamento militar y, con un pequeño séquito, se dirigió a toda prisa a la ciudad de Dyrrhachium. A través del difunto Giubba, Octavio supo que Rufo se había encontrado con un oficial procedente de la lejana Bitinia, con el que había estado hablando largo y tendido en una pequeña embarcación fondeada en el puerto de la ciudad.

Rubeo Danilus no sabía sobre qué había versado aquella extraña conversación, pero intuyó que de un encuentro tan improvisado y prolongado con el enemigo no podía salir nada bueno.

Por lo tanto, el *imperator* decidió tener vigilado al enigmático tribuno. Y para ello quiso contar con el hombre que le inspiraba mayor confianza: Quinto Décimo Balbo.

El decurión empezó a seguir los extraños desplazamientos de Publio Rufo y una noche logró interceptar una conversación solitaria entre su presa y el prefecto Metello.

No podía creer lo que estaba oyendo.

El prefecto había recibido la orden de seguir a Silano y capturarlo en cuanto se le presentara la ocasión. Luego, tendría que entregárselo al gobernador de Bitinia, Cneo Domicio Enobarbo, ¡que llevaría la cabeza de Lucio Fabio a Alejandría para presentársela como símbolo de respeto y fidelidad al triunviro Marco Antonio!

Tras descubrir tan innobles planes, Balbo zarpó rápidamente hacia Brundisium para informar a su comandante de la asquerosa traición de Publio Rufo y del peligro que acechaba en la sombra al pobre Silano.

Así pues, Octavio había puesto en marcha un plan para contraatacarlo: Balbo partiría a las dos semanas hacia las costas epirotas al mando de una centuria entera con el objetivo de cubrirle las espaldas al ignaro tribuno y eliminar a la escurridiza serpiente de Metello.

En cuanto a Publio Rufo, la cuestión era distinta y más complicada. Rufo era un chaquetero oportunista, infido y desleal, pero pertenecía a una noble familia aristocrática y el joven cónsul sabía hasta qué punto era importante el apoyo de los patricios y los senadores para llevar a cabo la histórica empresa con la que llevaba soñando tanto tiempo.

Por lo tanto, decidió enviar un mensajero a Narona con una orden de traslado con efecto inmediato para el joven tribuno. El oficial tendría que salir cuanto antes hacia los territorios de la Galia transpadana para asumir el mando de la guarnición que se encargaba de la defensa de la ciudad de Mediolanum[90].

Publio Rufo se mostró renuente ante la idea de tener que hacerse cargo de una tarea tan ingrata, entre otras cosas porque de ese modo perdería el contacto con el hombre de Enorbarbo presente en Dyrrhachium. Intentó eludir la orden todo lo que pudo, pero al final tuvo que doblegarse a la voluntad del joven cónsul.

A los ocho días de su llegada a Barium, mientras acampaba en Placentia[91] y estaba a punto de salir hacia su meta final, se lo encontraron muerto en el interior de su suntuoso pabellón bermejo. El centurión que había de esperar instrucciones sobre la salida, al no recibir ninguna orden, se adentró en la tienda del oficial y dio la voz de alarma al séquito del comandante.

El cuerpo del joven tribuno yacía apoltronado en su asiento acolchado de patas primorosamente taraceadas. El brazo derecho le colgaba tétricamente por encima del apoyabrazos del lujoso asiento dorado, mientras que la mano izquierda seguía apoyada en la mesa, repleta de las sobras de la abundante cena de la noche anterior. Apretaba entre los dedos descarnados una copa, espléndidamente cincelada. En su interior, unos cuantos dedos de un vino sorprendentemente oscuro daban color al fondo del recipiente.

El rostro, inmóvil y horrendo, estaba desfigurado, con los rasgos completamente trastornados por el enorme y doloroso tormento que el cuerpo había tenido que sufrir. Una serie de equimosis violáceas le recubría las mejillas y tenía los ojos, saltones y fuera de las órbitas, perdidos en la parálisis mortal de su lúgubre mirada.

En los extremos de la boca, una especie de baba verdosa se había condensado con el paso de las horas y cuando se le acercó, al pobre centurión lo asaltó un olor tan pestilente que casi lo dobla por la mitad por los conatos de vómito.

Cuando el médico del campamento examinó el cuerpo exánime del oficial no le quedó la menor duda acerca de la naturaleza del deceso: envenenamiento alimentario. Alguien lo había quitado de en medio del modo más sencillo y doloroso.

Tras una sumaria pesquisa entre el séquito de esclavos que el tribuno llevaba siempre consigo dondequiera que fuese, se acusó a un joven tracio de poco más de dieciocho años. Debajo de su túnica bisunta tenía escondido un saquito que contenía unos treinta denarios.

Inmediatamente se preparó la ejecución. El muchacho fue decapitado y su cabeza se expuso en lo alto de una pica para que sirviera de advertencia a los demás esclavos. El culpable recibió su castigo en un abrir y cerrar de ojos y todo quedó en una banal cuestión de sangre entre el siervo y su amo.

Filarco y Aristarco escucharon con gran interés la narración del decurión, que de cuando en cuando ralentizaba a propósito el ritmo de la exposición y les lanzaba miradas evidentemente inquisitorias.

En esos momentos, Lucio Fabio volvía a tranquilizarlo y lo exhortaba a continuar su relato sin preocuparse.

Cuando la breve recapitulación tocó a su fin, el tribuno se quedó un rato en silencio, recorriendo con la mente las etapas de aquel viaje inconcluso y aparentemente interminable.

Quinto Décimo Balbo se levantó de su asiento y se acercó al ánfora que tenía a la derecha, a pocos pasos de él. Llenó la taza que apretaba entre las manos con el contenido del panzudo recipiente y se la tendió a su viejo amigo, que seguía pensativo y víctima de un mutismo preocupante.

El decurión suspiró al ver aquel rostro tan cansado y resignado e intentó animarlo:

—¿Qué pasa, Lucio? Te veo demasiado reflexivo para mi gusto. ¿Habrías preferido ver los risueños pastos y la exuberante naturaleza de Bitinia?

El oficial pareció salir de la estática condición en la que se encontraba, pero se limitó a responder de manera concisa:

—Ni por asomo, Balbo. En todo caso, habría preferido una muerte honorable lanzándome sobre la punta de mi gladio.

—Bien dicho —comentó el amigo—. Al aproximarnos a la isla de Lesbus nos cruzamos con una embarcación oneraria que velejaba paralela a las costas lacónicas.

El semblante de Silano se reanimó al oír aquellas palabras. Le indicó a su amigo que volviera a sentarse y se bebió de un trago todo el contenido de la copa, como buscando apoyo en el calor del tinto de Narona antes de escucharlo.

—Los ocupantes de la embarcación nos hicieron una señal para que nos echáramos a un lado y entre ellos reconocí a un pajarito amigo del *imperator*.

—¡Poaghliaos! —exclamó el tribuno—. Yo lo definiría como un cuervo enorme, más que como un pajarito.

El decurión se rio con ganas y replicó:

—La mole es la que es. Pero hay gente a la que es mejor tenerla como amiga que como enemiga.

—Cierto. ¿Y?

—Ese gigante estaba en compañía de un viejo de aspecto espabilado y buena planta a pesar de la edad, mientras que en la cabina de maniobras divisé a un joven atlético de tez aceitunada.

—¡Basilio! —interrumpió Filarco, claramente aliviado de un peso que le oprimía el ánimo desde hacía tiempo.

El decurión lo incendió con la mirada y el cartaginés se sintió fulminado por aquellas llamas de desprecio.

—Tiresias me pidió que te dijera...

En ese momento, Balbo volvió a detener la narración, como si quisiera desafiar a sus dos huéspedes extranjeros a proferir el mínimo suspiro.

—¡Habla, estúpido busca peleas! —exclamó Silano, realmente molesto por la actitud de su compañero de armas y para nada dispuesto a esperar ulteriormente noticias que en su mente eran de vital importancia.

El decurión ignoró la expresión airada del tribuno y se apresuró a retomar la palabra:

—Nosotros lo informamos sobre todo lo que había ocurrido. Se alegró de saber que por fin habían llegado los refuerzos. Me pidió que te dijera que, en ese caso, su misión había terminado y que se ponía rápidamente en camino hacia Leucas para cuidar de una tal Tera.

Al oír el nombre de la niña, el pensamiento del tribuno voló a la imagen de su carita angelical, rodeada de una cascada de suaves mechones áureos. Había pasado demasiado tiempo desde que se vio obligado a separarse de su pequeño tesoro, y el deseo de estrecharla de nuevo entre sus brazos le devoraba el corazón como una bestia hambrienta. Su mirada se volvió repentinamente triste y un deseo irresistible de ir a la tranquila isla del Jónico lo atravesó por dentro de manera irrefrenable.

La mano derecha corrió veloz a apoyarse en el hombro de Balbo y las palabras salieron con voz temblorosa, como una súplica:

—Llévame allí, amigo mío. Llévame allí y finge que he muerto. Di a todos que Neptuno ha reclamado mi cadáver y concédele a un hombre cansado y doblegado por la vida el beneficio del olvido.

El veterano de la caballería se quedó atónito. Nunca había visto a su amigo Silano, uno de los mejores combatientes del ejército, un hombre dotado de una fuerza de ánimo desmesurada, dirigirse a nadie de una manera tan implorante y desesperada. Aquellas palabras describían a un hombre decididamente desmoralizado, abatido y rendido ante el extenuante enfrentamiento con un destino miserable.

Un sentimiento de piedad invadió furtivamente el corazón de Balbo:

—¿Qué te pasa, amigo mío? Has superado miles de desventuras y has arriesgado la vida día tras día en batallas cruentas y sangrientas, befándote de la muerte y de los dioses. ¿Dónde está el guerrero invencible que conocí, el valiente veterano que siempre retoma el combate para hacer ondear cada vez más alto el estandarte de Roma? ¿Acaso mi amigo Aquiles se atormenta tan afanosamente por la lejanía de una bella Briseida?

Lucio Fabio bajó la mirada de pronto, resignándose una vez más a encajar, sin rechistar, los golpes de un destino despiadado y cruel que le azotaba la espalda ya dolorida.

Dejando caer el mentón sobre el pecho suspiró decepcionado y concluyó:

—Ese hombre, que era un pobre desdichado que anhelaba un fin glorioso y lo perseguía entre las insidias de la batalla, ha dejado paso a un padre inquieto y angustiado a causa de la lejanía de su hija. La única razón que me queda para vivir es la esperanza de volver a ver su rostro.

Y diciendo esto, se alejó de sus tres compañeros y subió con pasos tambaleantes e inciertos la escalera de mano que llevaba al puente.

Un viento procedente del noreste empezó a soplar con intensidad mientras navegaban de cabotaje manteniendo la mayor distancia posible de las costas de Rodas. La superficie marina, hasta aquel momento plácida y transparente, comenzó a encresparse rápidamente pasando de una tenue tonalidad entre azul y esmeralda a un fuerte azul cobalto. Unos gruesos nubarrones se estaban agrupando veloces y siniestros sobre el puente del ágil trirreme.

La repentina llegada de olas vigorosas hizo que la embarcación se tambaleara con fuerza y la multitud de remos que había trabajado hasta poco antes regresó rápidamente al interior de la bodega, imposibilitada para seguir con su actividad a causa del continuo subir y bajar a que estaba sometido el barco. La espuma de las olas aumentaba con la intensidad, y las continuas salpicaduras de espuma blanquecina investían la superficie del puente, superando ágilmente el parapeto que rodeaba toda la nave militar.

Silano no parecía preocupado por el repentino empeoramiento de las condiciones atmosféricas. Y todavía menos sus dos amigos cartagineses, que seguían charlando cerca del único mástil de la embarcación. No sin dificultad, el decurión consiguió llegar hasta la zona de proa en la que se encontraba el tribuno y, con una gran manzana madura en la mano, se acercó a su amigo, que no dejaba de escrutar el horizonte.

—Vaya, tribuno. Si sigue así, la fábula del comandante raptado por Neptuno se convertirá en una historia bastante verosímil, ¿no crees? —dijo Balbo, antes de morder el jugoso fruto y saborear su pulpa.

Lucio Fabio respiró a pleno pulmón el intenso olor a yodo de las olas revueltas y dejó que su voz se liberara nítida y con entonación solemne:

> Vio las ciudades de muchos hombres y conoció sus costumbres: afrontó muchas travesías por mar, intentando salvar su vida y asegurar el regreso de sus compañeros. Pero ni aun así los salvó, por más que lo deseara y quisiera. Murieron por sus propias culpas y locuras, aquellos insensatos, que se comieron los bueyes de Helio Hiperiónida. Y el dios les negó el regreso[92].

—¡Por Júpiter! —tronó el decurión, visiblemente irritado por aquellos versos que parecían el presagio del fin—. Desde luego, cuando quieres, sabes ser insoportable, tribuno. Esperemos que ese dios recitado en tus tenebrosos versos quiera perdonarnos el pellejo y nos consienta arribar a la cercana Atalea[93]. Sería una lástima haber dedicado tanto esfuerzo solo para darte la libertad de morir ahogado.

—¿Por qué Atalea? —preguntó el oficial sin apartar la mirada del punto que estaba observando entre las olas.

—Es la escala menos arriesgada de todas las que se pueden hacer en las provincias gobernadas por Marco Antonio, amigo mío. Allí, nuestros caminos se separan. Yo volveré a Narona pasando por Brundisium y tú tendrás que seguir adelante hacia el reino de los partos y esperar allí a que la situación se vuelva favorable para continuar tu misión.

—¿Los partos? ¿Estás borracho? —comentó sorprendido Lucio Fabio.

—Lamentablemente, no —añadió Balbo, mordisqueando una vez más la superficie redonda de su aperitivo—. Representan la única posibilidad que tienes de llevar a cabo la misión que se te ha encomendado.

—¿Y cómo? —preguntó, molesto, el tribuno—. ¿Quieres que termine como Craso en Carras[94]?

El decurión esbozó una mueca de desacuerdo y se apresuró a contestar:

—La política es un asunto sucio y maloliente, amigo mío. Los enemigos que durante años has combatido se pueden convertir en tus mejores aliados en un momento dado, al igual que tus aliados son capaces de venderte al mejor postor en cuanto la fortuna te dé la espalda.

Silano, que no aguantaba más todas aquellas cháchara inútiles, exclamó alterado:

—¡Por todos los dioses, decurión! Estamos hablando de mi vida, no de tus ideas políticas. Dime cómo me las voy a arreglar en medio de esos bárbaros sanguinarios.

Balbo, molesto, tiró los restos de la manzana que tenía en la mano en la superficie marina continuamente encrespada. Luego, como si no fuera con él, empezó a referir lentamente las disposiciones que el joven cónsul había previsto para los futuros desplazamientos de Silano:

—A Octavio le preocupa mucho la vida de sus colaboradores más cercanos porque de su bienestar depende su imparable ascensión al poder. Con el rey Fraate IV[95] ha estrechado lazos políticos. Cuando hace tres años el señor de Oriente envió la trágica expedición para conquistar las tierras allende el Éufrates, el joven cónsul consiguió negarle la ayuda que tanto anhelaba de parte de Roma y de este modo el *imperator* se ganó la amistad del rey de Partia. Por lo que se refiere a los territorios que habrás de cruzar para llegar a las estepas orientales, limítate escrupulosamente a las directivas que voy a indicarte. En el fondo, tienes razón: si te equivocas al pisar en ese nido de serpientes, te arriesgas a dejarte el pellejo.

—Gracias por el feliz augurio —comentó, sarcástico, Lucio Fabio.

—Cuando desembarques en Atalea, dirígete primero hacia el norte, a fin de llegar lo antes posible a Galacia[96]. La muerte del rey Deyotaro[97], aliado de Marco Antonio, ha provocado trastornos en el país, por lo que ni siquiera se percatarán de tu presencia, tan ocupados como están en sus escaramuzas tribales. Al llegar al extremo norte del territorio, cerca de Ponto Euxino, tendrás que desviarte hacia el este y cruzar la frontera en la parte menos extensa de la Capadocia[98]. Y aquí llega lo más difícil: ojos bien abiertos y máxima circunspección, te lo ruego.

—¿Se esperan problemas? —añadió claramente preocupado el tribuno.

—El rey de aquellas tierras, Arquelao IV[99], subió al trono gracias al viejo triunviro en persona y nutre una profunda devoción por el antiguo lugarteniente de César. De todas las provincias romanas de Oriente, Capadocia es ciertamente la menos rica y populosa y el soberano se basa en la ayuda del señor de Egipto para resistir los continuos ataques de los partos. En cuanto salgas del país, apunta derecho hacia el sureste hasta llegar a Ctesiphon[100], donde Fraate IV tiene su cuartel general. Y por favor, evita Armenia y la Media Luna Fértil.

Silano se quedó en silencio cuando su amigo terminó de referirle las disposiciones del joven cónsul. La mirada le cayó por un momento sobre una pareja de cándidas gaviotas que se disputaban una pequeña presa que asomaba en la cumbre de las espumosas olas lechosas. Un pensamiento inopinado le sugirió por un instante que podría tirarse a la inquieta masa azul lirio que pasaba trémula por debajo del ágil trirreme.

Desaparecer.

Abandonar para siempre una vida que había dejado de pertenecerle mucho tiempo atrás.

Y después la nada. El olvido.

Separarse de una vez por todas de aquel torbellino de infelicidad y constricción que seguía engulléndolo desde hacía demasiado tiempo.

Sin pensar, dio un paso más hacia la borda balaustrada de la embarcación y pudo advertir el contacto con las salpicaduras salobres que chocaban copiosamente contra la áspera superficie de su rostro.

El chillido de la gaviota vencedora, que subía triunfante al cielo, distrajo la mente del tribuno de aquella especie de elucubración en la que había caído.

Una fina lluvia empezó a caer por toda la zona. Al principio tímida y ligera, luego cada vez más fuerte e insistente, hasta convertirse al poco tiempo en un intenso aguacero vespertino.

Cuando el decurión se alejó del tribuno, Aristarco y Filarco dejaron sus puestos del centro del trirreme para dirigirse hacia Lucio Fabio. Al llegar a su lado, Aristarco preguntó inquieto:

—¿Cuál es la próxima etapa, comandante?

El oficial lo miró a los ojos. Llevaba la apatía pintada en la cara enflaquecida y desencajada. Le respondió con gran dificultad, como si le costara una fatiga enorme el hacer salir las palabras de la boca:

—Pronto llegaremos a Atalea. Yo tendré que adentrarme en el territorio de los partos. Vosotros iréis a buscar a Tiresias a la isla de Leucas.

Filarco intercambió un rápido gesto con su amigo cartaginés, que puso fin a la breve conversación:

—Pues ya lo sabes, Filarco. ¿Has oído? Pronto llegaremos a Atalea. Luego nos adentraremos en el territorio de los partos y, cuando por fin termine toda esta historia, iremos a buscar a Tiresias a la isla de Leucas.

Silano no pudo sino estrechar el brazo derecho de sus inseparables compañeros, intercambiando con ellos el viejo saludo de los legionarios. Completamente empapados, se quedaron contemplando el lento avance de la fuerza impetuosa de los golpes de mar en la lejanía.

Entretanto, el trirreme seguía navegando a lo largo de las costas de Licia, avanzando a duras penas sobre la superficie ondulada y encrespada de las aguas revueltas.

El calor sofocante de Panfilia era algo inimaginable. El amplio golfo de la ciudad de Atalea ofrecía una vista realmente admirable y a lo lejos, los días de buen tiempo, un ojo bien entrenado podía entrever los techos de los edificios de la cercana isla de Chipre. Al llegar al puerto de la ciudad, los soldados trataron de abastecerse de agua y víveres en el menor tiempo posible. No corrían peligro porque formalmente entre los dos triunviros no había ninguna cuestión militar en acto, pero era evidente que la situación era tensa y que la paz podía romperse de un momento a otro. Al mismo tiempo, Quinto Décimo Balbo tenía prisa por llegar a las costas itálicas, pues sabía muy bien cuáles eran los planes de su *imperator*.

El decurión se despidió de Silano a las pocas horas de atracar en la abarrotada escala. Sus ojos dejaban traslucir todo el afecto que el buen veterano sentía por su amigo tribuno.

—Ha llegado el momento de la despedida, comandante —empezó a decir Balbo mientras caminaban por las numerosas callejuelas empolvadas que salían del lado derecho del muelle en el que habían atracado. Lucio Fabio llevaba echada a la espalda un consumido saco de viaje repleto de carne seca, miel y diversos tipos de pan. Mientras tanto, sus amigos cartagineses se ocupaban de transportar el agua en voluminosos sacos de piel de buey.

—No sé cómo agradecerte lo que has hecho por mí, decurión —respondió el tribuno, visiblemente emocionado al tener que despedirse de su fiel compañero de batalla.

—En realidad, sí que tienes una forma de hacerlo, querido Silano —comentó el veterano de la caballería mientras se pasaba el dorso de la mano por la frente empapada de sudor y llena de mechones grises pegados a la piel.

—Pídeme lo que quieras y estaré encantado de concedértelo.

Al oír la respuesta del tribuno el decurión se le acercó un poco más y, con una expresión seria y tirante, se detuvo a pocos dedos de distancia del rostro de su amigo:

—Intenta llevar a cabo la misión que se te ha encomendado con todas tus fuerzas. Hazlo por mí, por Roma y sobre todo por los hombres que a causa de esta misión han arriesgado y siguen arriesgando la vida para echarte una mano —dijo mientras su mirada se posaba benévola sobre Aristarco y Filarco.

El tribuno se quedó impresionado por las palabras del veterano. Al improviso, sus miembros se sintieron fortalecidos por un extraño empuje y orgullo, que si bien llevaba mucho tiempo ausente como consecuencia de la continua sucesión de acontecimientos funestos, volvió a afincarse en el espíritu del soldado.

Con mirada firme y tono decidido, se hizo una solemne promesa:

—Ante los dioses, amigo mío, juro que cumpliré mi misión. Aunque me cueste la vida.

Aquel cambio tan repentino impresionó profundamente al decurión. Feliz por volver a ver el aspecto fiero y combativo de su compañero de armas, exclamó en voz alta:

—¡Aquí está, por fin! ¡El moloso de César! ¡Ya era hora!

Antes de irse, Balbo le recordó al tribuno que buscaría el modo de avisarlo cuando llegara el momento de abandonar la tierra de Fraate IV para ponerse por fin en camino hacia Alejandría. Luego estrechó en un caluroso abrazo a su amigo y a los dos marineros cartagineses que había hospedado en su barco y se dirigió a paso ligero hacia la embarcación que lo esperaba atracada no muy lejos de allí.

Capítulo XI

*Tres hombres de avanzada edad recogieron con
fatiga los cadáveres para darles una justa sepultura
en un lugar tranquilo cerca del río Helis.*

La cadena montañosa del Tauro central se erguía majestuosa a espaldas de la ciudad de Atalea, la cual, por un extraño escarnio de la naturaleza, parecía estar sitiada por todos los frentes. La parte posterior estaba vigilada por una inmensidad de cumbres, a menudo nevadas, que a los ojos de Silano eran más altas que las del gigante de los cinco picos, el Taigeto. A ambos lados, Atalea se hallaba encerrada entre dos largas murallas de color verde oscuro, los bosques de Panfilia, mientras que desde lo alto del empinado acantilado sobre el que está construida, la ciudad escrutaba pacífica el ulterior bloque frontal, representado por las aguas del mar Mediterráneo. El bochorno que sofocaba el centro habitado, a la hora octava de aquel penúltimo día de abril, era descaradamente insostenible y los tres viandantes invocaron en voz alta el intenso y breve temporal que había sorprendido a las embarcaciones romanas la mañana anterior, mientras velejaban por las costas de Rodas. Las túnicas se pegaban sin piedad a los cuerpos sudados y acalorados, como queriendo obstaculizar los pasos de los peregrinos que se adentraban en el corazón de la ciudad. La calle procedía cuesta arriba, lo que hacía aún más dificultoso el camino y Aristarco, si bien acostumbrado a aquel clima a causa de sus frecuentes viajes a Oriente a bordo del barco de Tiresias, era el que se sentía más molesto e irritado de los tres.

Farfullaba continuamente algo cada vez que tenía que pasarse el pequeño pañuelo que llevaba en la mano sobre la frente abrasada y empapada en sudor. Además, el estómago empezaba a quejarse y el hambre le confundía las ideas. De repente, se apoyó en un muro bajo que había a un lado de la amplia vía que estaban recorriendo y exclamó:

—Pero vosotros sois humanos, ¿o qué? ¿Es que soy el único que no se puede mover con este maldito calor?

Lucio Fabio y el otro cartaginés se pararon un instante y se rieron con ganas. Seguidamente retomaron la marcha como si nada. El joven marinero los alcanzó a toda velocidad, mientras imprecaba en todas las lenguas que conocía:

—¡Pero mira estos dos! Yo pido un descanso porque estoy agotado y ellos siguen andando como si yo no existiera.

—Si dejaras de importunar y empleases tus últimas fuerzas en caminar en lugar de gritar, ya verías como todo iba mejor —lo reprendió su compañero, cansado de oír aquellas continuas execraciones.

—¿Al noble patricio Filarco le disgusta mi lenguaje soez de marinero de la peor calaña? ¡Con la venia, senador de las narices! —prorrumpió Aristarco al oído de su amigo.

Exasperado por aquella actitud infantil, Filarco dejó en el suelo la alforja que llevaba sobre el hombro derecho. Se paró enfrente del quejicoso y, con mirada penetrante y asesina, se dispuso a poner punto final a las penas de aquel fastidioso gruñón:

—¡Ahora te vas a enterar, Ari!

Fulmíneo, Aristarco dio un paso atrás y miró asustado a su compañero de viaje. Era la primera vez que el cartaginés reaccionaba de una manera tan instintiva y furiosa. De todos los marineros de Tiresias, Filarco era el que todos consideraban más tranquilo y reflexivo, aunque con la espada no bromeaba en absoluto. Silano, entretanto, disfrutaba del cómico teatrillo ofrecido por aquella inesperada pareja de comediantes. Cuando se dio cuenta de que Aristarco se estaba arriesgando a una buena tunda, interrumpió el espectáculo y propuso con una sonrisa en los labios:

—¿Y por qué, en vez de matarnos a palos, no vamos a tomarnos una buena jarra de vino tinto del lugar? El hambre me corroe y tengo ganas de descubrir el sabor de la cocina de Atalea.

Aceptaron la sugerencia por unanimidad y siguieron caminando en busca de un letrero publicitario que los convenciera lo suficiente como para entrar en la taberna a la que perteneciera.

Después de vagar por las fondas y posadas del centro de la ciudad, Lucio Fabio y sus amigos se dejaron convencer por una pequeña taberna de paredes rojas que lucía en la entrada una pintura realizada sobre una amplia tabla de madera de color amarillo solidago.

Se veía que el cuadro era obra de una mano experta y su tema también revelaba la erudición de su autor: un musculoso centauro, que en la mente del artista tal vez representara a Quirón, estaba sentado sobre sus patas posteriores mientras le leía un voluminoso papiro a un jovencito de fiera mirada y largos cabellos castaños que le caían por la espalda. Sobre un soporte colocado a la derecha de la figura mitológica había un arco y un carcaj del que sobresalía la punta afilada de una única flecha dorada.

Una vez superado el umbral de la taberna, se notaron observados por toda una serie de miradas curiosas y perplejas. A los tres viajeros les pareció muy rara una reacción así, aunque siguieron adelante como si nada y se sentaron a una mesa situada cerca de la entrada, en el lado izquierdo de la taberna. Se habían cruzado ya con muchas personas del lugar al adentrarse en las calles de la ciudad y no les había dado la impresión de haber llamado tanto la atención. Por las calles, a todos se les veía muy ocupados en sus propios asuntos y, desde luego, la gente del lugar estaba acostumbrada a ver rostros pálidos de aspecto occidental. Además, el tribuno iba acompañado por dos marineros cartagineses que, físicamente, se parecían bastante a la población autóctona. Entonces, ¿a qué venía tanto estupor?

Lo descubrieron enseguida, cuando Aristarco fue el primero en probar la comida local que le había pedido a una joven de tez ocre y largos cabellos rizados y más negros que la pez. Sus ojos verde esmeralda, profundos y penetrantes, tenían una forma decididamente sensual. Además de tener una cintura estrecha, el vientre plano se unía a las caderas sinuosas donando a aquel cuerpo de una belleza pasional absolutamente extraordinaria. El oficial y los marineros decidieron lo que iban a tomar perdidos en las expresiones de aquel rostro angelical, mientras la joven se esforzaba en balbucir alguna palabra en latín de forma que sus clientes pudieran comprender lo que les estaba ofreciendo.

A la primera cucharada de lo que parecía una gustosa sopa fría, a Filarco le entraron ganas de escupir rápidamente en el suelo el mortal contenido de su boca. Pero inmoló su estómago, tragándose la áspera porquería que se había llevado a los labios: no tenía ganas de terminar apaleado por todos los ocupantes de la taberna por su espontáneo gesto de disgusto.

Después de tragarse aquel desagradable calducho, sentenció en voz baja:

—Deteneos, amigos míos. Este mejunje no es sopa… es peor que el veneno de Oriente. Y más amargo que las almendras verdes de Apulia.

Aristarco le dio la copa en la que había echado cuatro dedos de un vino tinto de aquellos parajes y lo animó a beber:

—Bébetelo todo de un sorbo y ya verás como el sabor a moho que te ha dejado la boca pastosa desaparecerá al instante.

El pobre Filarco siguió el consejo de su amigo, pero en cuanto hubo tragado gran parte del líquido, abrió los ojos de par en par. Se llevó las manos a la garganta en señal de asco y comentó:

—¡Por los elefantes de Aníbal, esto es peor que la sopa! Os lo ruego, huyamos de aquí antes de que nos maten con estas porquerías.

Silano y Aristarco soltaron una carcajada, divirtiéndose con las afirmaciones de su amigo, y llamaron a la hermosa camarera. No sin dificultad, consiguieron que les llevara algo comestible y en poco tiempo devoraron su almuerzo, con la ayuda de un vino blanco de Apolonia.

Cuando terminaron, saldaron la cuenta y se encaminaron hacia la parte alta de Atalea, esperando llegar pronto a la parte posterior de aquella tórrida ciudad.

Cinco horas más tarde ya estaban en marcha por un sendero de montaña arduo y agotador que atravesaba el interior de la espesa maleza que poblaba las pendientes del Tauro.

Les había impresionado el caleidoscopio de lenguas y rostros distintos que convivían en la ciudad que acababan de dejar atrás. Silano pensó que toda la región de Panfilia sería como una gran olla multiétnica en cuya base se hallaba como principal grupo racial el de origen griego.

La idea de superar la altísima cadena montañosa que se alzaba imponente ante ellos, asumió desde el principio el aspecto de una empresa épica.

Era prácticamente imposible.

El frío sobrecogedor que habían afrontado entre las paredes angostas y rocosas del escarpado Taigeto debía de ser muy poca cosa en comparación con las condiciones climáticas próximas a los vértices helados del Tauro, que se elevaban hasta una cota mucho mayor.

Mientras jadeaban a la sombra de una gran composición de arbustos que se entrelazaban unos con otros, los tres viandantes se sintieron desmoralizados: ni siquiera habían comenzado el tremendo ascenso y sus mentes ya habían cedido.

De pronto oyeron un chirrido lejano a sus espaldas. El ruido iba aumentando con el paso del tiempo y por un enorme saliente rocoso que invadía una pequeña curva del sendero, a unos cien metros del lugar en el que se habían detenido, apareció toda una serie de carros entoldados que avanzaban lentamente sobre gruesas ruedas de madera. Los primeros iban tirados por flacos caballos bayos mientras que los que cerraban la fila iban tirados por unos regordetes asnos grises. Se trataba sin duda de una caravana de comerciantes que se dirigía hacia el norte para penetrar en el territorio de Galacia.

O por lo menos eso fue lo que pensaron, esperanzados, el tribuno y sus dos compañeros de viaje en el momento en que vieron materializarse aquella serie de carretas que subía derecha hacia ellos.

Aristarco salió enseguida en reconocimiento.

Era de primordial importancia saber adónde se dirigía la caravana y si podían unirse a ella, lo cual les facilitaría sensiblemente el camino. Después de un breve intercambio de palabras pronunciadas a duras penas, el cartaginés regresó acongojado hasta el lugar en que sus compañeros permanecían en trepidante espera.

—No hay nada que hacer, amigos —observó el joven marinero—. Son griegos, mercaderes de esclavos que van a Licia.

—Llueve sobre mojado —comentó desconsolado Filarco, mientras le pasaba al amigo la alforja que había llevado varias horas en bandolera.

—Y no solo eso —añadió Ari afligido—. Han dicho que estamos locos cuando les he revelado adonde nos dirigíamos y el itinerario que pensábamos seguir.

Silano seguía sin decir nada.

Parecía ausente, poco interesado en los comentarios de aquellos tipos.

—Desde luego, es un problema —valoró Filarco, apretándose la barbilla entre el pulgar y el índice izquierdos—. La única posibilidad sería volver a Atalea y dirigirnos hacia el este, en dirección a Seleucia, aunque así estaríamos a un paso del enemigo.

Al oír aquellas palabras, Lucio Fabio se espabiló de golpe, venciendo el torpor en el que se había hundido, y respondió seco y perentorio:

—De Siria, nada. Tenemos que intentar respetar el itinerario que nos indicó el decurión. Un mal encuentro y adiós Alejandría.

—Ahora que lo pienso, tal vez haya una solución —sugirió Aristarco—. Antes de volver, uno de los mercaderes me ha dicho que a aproximadamente un tercio de la subida que lleva a la cumbre de la montaña hay una estrecha garganta que se abre entre las rocas. El comerciante griego me ha explicado que esta especie de desfiladero lo excavó hace muchos siglos un río de nombre impronunciable... si no me equivoco, era algo así como Gookoluk. Ese paso es el único camino que une las costas del Mediterráneo y las bajas llanuras de Cilicia con el vasto altiplano presente a espaldas del Tauro. La población local llama a toda esa zona Las Puertas. Tendríamos que dirigirnos hacia oriente y luego desviarnos hacia el norte de Tarsus[101]. Desde allí se llega al paso de montaña.

—Bueno —dijo el oficial, un poco más animado—, por lo menos ya sabemos algo. Seguiremos subiendo un poco más y luego nos desviaremos hacia el este entre los empinados senderos del gigante. Sé que sería más fácil llegar a Cilicia siguiendo la costa, pero prefiero la seguridad aunque estemos más aislados.

Filarco asintió resignado y, por más que el calor de la tarde siguiera siendo agobiante y molesto, se preparó mentalmente para la idea de tener que afrontar una subida prohibitiva entre ráfagas de viento gélido y temperaturas insoportables. Por el contrario, Aristarco se sintió aliviado ante la idea de librarse definitivamente de aquella sensación húmeda y pegajosa que no los había abandonado desde que desembarcaron en Atalea.

—Por fin un poco de sano frío —exclamó el joven cartaginés mientras se ponían en camino hacia el sendero del que les habían hablado. Silano y Filarco se miraron sorprendidos por la expresión extrañamente jovial de su compañero.

Hacia los primeros días de mayo, agotados por el cansancio y el hielo, por fin consiguieron llegar hasta un punto desde el que pudieron divisar Tarso. Desde la altura en la que se encontraban, los viajeros disfrutaron de unas vistas completas de la espléndida ciudad, caracterizada por sus imponentes construcciones y largas murallas que se perdían entre las manchas de campos cultivados, de color verde jade.

La imagen de aquel centro habitado alentó a los exhaustos caminantes a hacer acopio de los últimos fragmentos de voluntad que les quedaban en lo más hondo del ánimo: consumieron en silencio su ración diaria de comida y retomaron el camino, esta vez desviándose hacia el norte.

Pasaron la noche al abrigo de una pequeña gruta cuyo acceso estaba medio escondido detrás de unos arbustos amarillentos, pero antes intentaron buscar agua, puesto que las alforjas estaban ya a menos de la mitad. Con un poco de suerte consiguieron dar con un manantial de agua limpia a poca distancia de la gruta. Hacia la hora sexta del día siguiente, los tres llegaron por fin al esperado paso de montaña que llamaban Las Puertas.

Cuando se encontraron ante aquel desfiladero tan estrecho entendieron por qué la gente del lugar lo llamaba así: el paso era una garganta de apenas unos diez metros de anchura que, después de un breve tramo rectilíneo, se extendía serpenteando en ligero ascenso. Separadas de aquella angosta abertura, las dos áreas más elevadas de la cadena montañosa del Tauro se alzaban imperiosas hacia el cielo. Los tres compañeros de viaje se sintieron tremendamente felices. Reconfortados por aquella visión de esperanza, el tribuno y los dos marineros cartagineses avanzaron con mayor ímpetu y decisión. La parte más espinosa del camino parecía superada y Aristarco empezó a lanzar fragorosos gritos de regocijo que retumbaron ensordecedores entre las paredes rocosas que delimitaban el paso.

Alrededor reinaba el silencio absoluto, roto de cuando en cuando por el silbido indescifrable de fuertes ráfagas de viento.

El suplicio de las tres semanas siguientes parecía interminable. A más de mil metros de cota, el oficial y sus amigos embocaron un sinfín de extenuantes senderos que a la larga devoraron el fervor y las fuerzas de los tres viandantes. Con la mirada puesta hacia el noroeste, marchaban incesantemente hasta que los últimos rayos de luz se apagaban al anochecer. Tan solo entonces buscaban reparo entre los recovecos de las rocas seculares mientras se calentaban al tenue resplandor del fuego que encendían para pasar la noche.

Cuanto más avanzaban en su arduo camino, más rígidas y pesadas notaban las piernas. Y conforme los iba lentamente abandonando la energía vital, ellos intentaban animarse unos a otros, consolidando un sentimiento de recíproca amistad. La estación propicia y el tiempo benévolo les permitían consumir el calzado durante varias horas al día: las paradas eran pocas porque por encima de todo anhelaban el fin de aquel doloroso viaje. El calor y el bochorno irresistible que los acompañaban impasibles durante las horas de luz, daban paso a un frío gélido y penetrante en cuanto el sol desaparecía tras el lejano horizonte, y en esos momentos habrían estado dispuestos a usar todos sus haberes como trueque a cambio de una jarra de un buen vino tinto vigoroso y espeso. Hacia finales de mes, reducidos a la sombra de sí mismos, sus esfuerzos fueron finalmente recompensados al divisar la ciudad de Amasya[102]. Habían logrado vencer al gigante de las inmensas cumbres hasta cruzar Galacia y llegar a la lejana región de Ponto. Transcurrieron la última noche de privaciones en una de las alturas que se erguían al oeste de la floreciente ciudad, a poco menos de seis estadios[103] de distancia de los muros rojizos.

Hacia la hora tercera[104] del último día de mayo llegaron a las puertas de la rica Amasya. El centro habitado estaba edificado en un valle frondoso, completamente rodeado por los encantadores montes de Ponto con su tupida capa de vegetación. Amplios bosques de árboles de altos troncos se extendían desde las faldas de aquellas cimas, subiendo a través de sus pendientes hasta las cumbres. Cruzaba la ciudad el río Iris[105], cuyas orillas vigilaban los estrechos corredores de árboles de todo tipo. Antes de alcanzar los pies de las murallas, Silano y sus amigos se sintieron atraídos por las tumbas rupestres de los reyes de Ponto, realizadas varios siglos antes. Excavadas enteramente en la pared rocosa que dominaba el lado meridional del valle, las sepulturas parecían lanzar sus frías miradas sobre la ciudad, envueltas en el silencio y el recuerdo de un pasado real y lejano. Al mirar hacia arriba, los tres viandantes contemplaron las sólidas paredes de la ciudadela, también excavada en la roca de la montaña. Era la fortaleza que Mitríades VI, conocido como el Grande, mandó construir tiempo atrás para mantener bajo su control los territorios circundantes. Aun así, los esfuerzos del excepcional soberano resultaron inútiles, pues Roma había mandado a algunos de sus hijos predilectos a someter todo el territorio de Ponto.

Primero Sila, después Lúculo y, por último, Pompeyo Magno combatieron contra el temerario soberano de Oriente en largas y laboriosas guerras, pero lentamente la potencia militar del ejército romano consiguió prevalecer y el pueblo de Mitríades tuvo que someterse a la voluntad de los vencedores.

Poco después de cruzar la entrada a Amasya, el tribuno y los dos marineros cartagineses buscaron rápidamente una taberna en la que pudieran servirles un bocado. El olor del vino parecía un recuerdo lejano, así que pensaron que lo mejor sería refrescar la memoria con un buen congio[106] de vino tinto de Grecia.

Estaban cansados y hambrientos, pero Filarco parecía desfallecido, más taciturno de lo normal. Tenía el rostro pálido, las mejillas hundidas y las pupilas dilatadas, perdidas en un punto fijo de un modo inquietante.

Aristarco se le acercó, apartando el escaño en el que estaba sentado. Puso la mano derecha sobre la frente de su amigo: estaba ardiendo y empezaba a sudar copiosamente.

Preocupado, miró a Lucio Fabio y murmuró nervioso:

—Tiene la cabeza ardiendo, comandante, y le tiemblan ligeramente las piernas.

—¿Ha caído víctima de la diosa Febris[107]? —respondió el tribuno, pensativo.

—Creo que sí. Deberíamos tumbarlo y taparlo con mantas gruesas. Está débil y necesita descansar.

Intercambiaron unas palabras con el tabernero, un tipo alto y robusto con una extraña barba que le enmarcaba el rostro vivaracho y alargado. Intentaron hacerse entender, hablando en griego de la forma más elemental posible, y al final lo consiguieron. El tabernero les señaló una casucha cercana, una choza en la que guardaba sus reservas de trigo y recipientes de aceite. Llegaron hasta el mísero cuchitril cogiendo por los hombros a Filarco, que apenas se mantenía en pie, devorado por continuos temblores y dolorosas punzadas en la cabeza. Tuvieron suerte, porque dentro de aquella especie de almacén encontraron los restos de lo que en su día tuvo que haber sido un catre de campo. Pusieron en ella a su amigo y pasaron el resto del día ocupándose de su estado de salud. Hacia finales de la hora duodécima, Ari se adentró en la abundante vegetación que recubría las faldas de los montes contiguos, buscando unas hierbas que conocía, que poseían un gran poder terapéutico. En el preciso momento en que los últimos rayos de sol desaparecían en un tramonto de tonos malva, el joven marinero distinguió unas plantas de alfalfa[108] escondidas detrás de unos arbustos a pocos pasos de él. Más animado, se llenó los bolsillos con los tréboles típicos de esa planta y volvió al tugurio en el que lo estaban esperando sus amigos. Al salir de la zona de exuberante vegetación en la que se había adentrado, al cartaginés le dio la impresión de que alguien lo estaba observando. Intentó disimular una cierta aprensión y se apresuró hacia el chamizo a toda prisa, cruzado las espesas zonas arboladas que la rodeaban.

La dolencia puso a prueba el cuerpo de Filarco durante dos días enteros. El marinero emanaba el mismo calor que el pan recién sacado del horno y su jergón estaba empapado en sudor. Los escalofríos no le daban tregua y de vez en cuando gritaba a causa de las pesadillas que le provocaba el continuo duermevela. Las hojas de alfalfa se secaron el tercer día por la mañana y por fin Aristarco pudo preparar una infusión humeante para que su amigo se la tomara poco a poco a lo largo de todo el día. La situación fue mejorando lentamente. El buen Tiresias, que siempre llevaba una buena provisión de alfalfa en una repisa de su angosta bodega, le había enseñado a usar aquella planta durante uno de su viajes por el territorio itálico.

Además de ser eficaz contra las inflamaciones y un excelente desodorante, la alfalfa depuraba el hígado y sus tréboles eran un buen reconstituyente. Al quitar la palidez y el cansancio, era un tónico natural que también curaba la acidez de estómago. Después de dos días de cura, Filarco se repuso casi por completo y pudieron organizar las fases sucesivas del camino.

Hacia la mitad de la hora segunda del cuarto día de junio, los tres viandantes estaban listos para ponerse en marcha, de modo que se encaminaron tranquilamente hacia las puertas de la ciudad, siguiendo las antiguas murallas.

De pronto les sorprendió un caos de gritos y llantos.

Un tropel de habitantes se dirigía corriendo y chillando desde la zona oriental hacia la parte interna de la ciudad. Muchos de ellos llevaban en el regazo unos gruesos fardos en los que habían metido apresuradamente todas sus cosas y se precipitaban aterrorizados hacia las alturas que se recortaban orgullosas a espaldas de Amasya.

Silano no sabía a qué se debía toda aquella confusión, pero como estaba acostumbrado a luchar cara a cara contra su enemigo, le ordenó a Filarco que se preparara para pasarle el gladio que el cartaginés llevaba envuelto en el trozo de cuero marrón. Decidieron esperar al reparo de las paredes de un edificio situado en la esquina de la intersección entre la calle principal de la ciudad y un callejón secundario que llevaba a la parte meridional.

Era como si hubieran visto aparecer, en las tierras de las afueras de la ciudad, la espantosa figura de la Hidra de Lerna[109].

Unas pisadas lejanas se fueron convirtiendo en un siniestro estruendo, hasta que de repente se levantó una enorme nube de polvo ante sus ojos. Al verla, al tribuno no le quedó ninguna duda sobre el tipo de ignominia que estaba a punto de azotar la ciudad. Envueltos en largas capas de color terracota, un centenar de caballeros embocaron la calle que llevaba a la parte alta del florido centro histórico. De sus cinturas colgaban unas extrañas espadas de hoja curva y fina, y a la espalda llevaban unos enormes arcos de extraordinaria factura. Montaban unos caballos elegantísimos y potentes, de busto fino y pelo corto, negro y reluciente. Los hombros y la cabeza de aquellos individuos estaban cubiertos por una larga tela semicircular, de consistencia parecida a la de un paño, y llevaban la cara completamente tapada.

Lo único que se les veía bien eran los ojos. Detuvieron la marcha ante una señal que hizo con el brazo el hombre que encabezaba la cabalgada, probablemente su general. Este gritó algunas frases en una lengua incomprensible y sus hombres se abalanzaron a la entrada de varias casas limítrofes, en grupos de tres. Tiraron abajo las puertas y, una vez dentro, saquearon todo lo que lograron encontrar. Unos diez hombres armados se estaban acercando a la zona en la que los aterrorizados habitantes se habían reunido en masa. Llevaban las espadas desenvainadas y Lucio Fabio pensó en lo peor. Harto de titubear y llevado por una rabia creciente, desenfundó el gladio dispuesto a lanzarse por la espalda contra el comandante de aquella horda de saqueadores. Aristarco lo cogió por el brazo e, intentando detenerlo, le dijo con tono dócil pero decidido:

—¿Qué resolvería con eso, tribuno? Solo va conseguir que nos maten y adiós a la misión.

Lucio Fabio pareció sobreponerse al ímpetu asesino que por un momento se había apoderado de su brazo.

—Son caballeros armenios —comentó Filarco a media voz—. Se les reconoce por las espadas y el color de sus extrañas túnicas.

—¡Ladrones bastardos! —continuó el oficial, mientras sus amigos, para que no lo vieran, le pedían que se adentrara un poco más en el callejón en el que se encontraban.

Entretanto, gritos de desesperación y angustiosos chillidos de dolor empezaron a difundirse por el lugar al que habían llegado los saqueadores. El rechinar de las espadas llegaba amortiguado a oídos del tribuno. Alguien de la multitud estaba intentando resistir tímidamente la violencia gratuita y enloquecida de los caballeros armenios. La señal prolongada y repentina de un cuerno puso fin al saqueo y el grupo de caballeros armados se dirigió veloz hasta el lugar en que los esperaba el comandante y desde allí tomaron el camino de vuelta, perdiéndose en la misma nube de polvo con la que se habían presentado.

Siguiéndolos a lo lejos con la mirada, el oficial pudo notar que unos veinte hombres llevaban en sus sillas a algunas jóvenes raptadas que se agitaban nerviosamente moviendo las manos y llorando horrorizadas.

Cuando por fin se fueron, la población local se retiró del vasto espacio central de la parte interna de Amasya y, con paso decidido, cada uno volvió a su casa para ver los daños que había sufrido, todos con el temor de un ulterior e inesperado ataque de aquellas bestias.

Los cuerpos exánimes de una decena de jóvenes yacían bocabajo, con la cara hundida en el barro de la plaza, la ropa empapada de sangre y a su lado en el suelo unas pequeñas barras de hierro. Habían luchado con lo primero que habían encontrado, intentando defender a sus desdichadas esposas o hermanas. Tres hombres de avanzada edad recogieron con fatiga los cadáveres para darles una justa sepultura en un lugar tranquilo cerca del río Helis.

Finalmente, Mesopotamia.

Después de cruzar la cadena de menor extensión que cortaba transversalmente la peligrosa región de Capadocia, Silano y los dos marineros cartagineses llegaron a la tierra bañada por los míticos ríos de los que tanto habían oído hablar. Con sus abundantes aguas, el Tigris y el Éufrates eran vitales para las culturas circundantes y la veneración casi divina que los habitantes nutrían por los dos cursos fluviales era un antiguo sentimiento cuyo origen se remontaba a la noche de los tiempos.

Hacía veinte estadios que se distinguía con nitidez la poderosa fortaleza de Nísibis. Unos treinta años antes, el general romano Lucio Licinio Lúculo[110] consiguió arrebatarle la ciudad al hermano de Tigranes II, rey de Armenia, para convertirla en un importante baluarte de gran valor estratégico desde el punto de vista militar.

Tras muchos ataques y batallas furibundas, Nísibis volvió a caer en manos de los soberanos orientales, entrando a formar parte de las posesiones del imperio de Fraate IV.

Al divisar la ciudad, los tres peregrinos se llenaron de alegría. Se pararon bajo el sol incandescente, en medio de la vasta estepa de color verde oliva que rodeaba la pequeña ciudad y se mojaron la cara con el agua templada de sus alforjas.

Mientras Silano se estaba secando con la manga de su descolorida túnica bermeja, Aristarco se le tiró encima de un salto por la espalda, como si fuera la grupa de un caballo, y con tono satisfecho y complacido, exclamó:

—¿Ha visto, comandante? ¡Lo ha conseguido! Ahora tendré una historia más para contarles a mis hijos sobre las heroicas empresas del mítico moloso de César.

El amigo marinero se apresuró a comentar muerto de risa:

—¡Antes tendrás que encontrar a la pobre que consiga soportarte! ¡Yo en tu lugar, optaría por una sordomuda!

Lucio Fabio soltó una sonora carcajada.

Lo peor ya había pasado, así que los tres estaban recuperando su antigua fuerza y vitalidad.

Se terminaron todo lo que les quedaba de carne seca y miel cerca de las murallas de Nísibis, que habían sido construidas con gruesos bloques de arcilla que se mantenían unidos entre sí gracias a una especie de aglutinante parecido a la malta.

Apenas había pasado media mañana del primer día de julio cuando una oprimente capa de calor ya asediaba la tranquila ciudad fronteriza con más vigor de lo normal. Sin embargo, el oficial y sus amigos ya se habían acostumbrado al clima continental y déspota de los territorios orientales, y hasta Aristarco había dejado de quejarse los anteriores días de marcha.

Hacia la hora octava llegaron a la vieja *hiberna*[111], no muy lejos de las murallas de Nísibis. Desde fuera, contaba con una estructura admirable, realizada según los cánones clásicos de los militares romanos. Superaron lo que quedaba del antiguo *vallum*[112] sin dificultad y se encontraron ante una fosa púnica, en parte llena de varios tipos de material, terrones de tierra y piedras de gran diámetro. En su origen, la excavación debió de ser de unos cinco pies de ancho por tres de profundidad, con la pared externa perpendicular al terreno y la interna inclinada, como era la costumbre. En el preciso momento en que estaban intentando pasar más allá de la fosa, fueron interceptados por un grupo de caballeros partos. La expresión hosca e irritada del capitán no prometía nada bueno.

Los condujeron a empujones hasta el interior de la fortaleza, entre los gritos incomprensibles de aquel mastín enfurecido que esgrimía con la derecha una pesada espada finamente elaborada, de hoja ancha y curva.

Mientras avanzaban confusos entre las vetustas edificaciones que en el pasado hacían las veces de alojamiento para las tropas romanas, a Silano le dio un vuelco el corazón por el estado de degradación en que se encontraba el antiguo baluarte de la Urbe, que lo entristeció profundamente. Era evidente que después de la victoria contra las potentes legiones romanas, el ejército bárbaro de Fraate IV había saqueado todo lo que a los ojos de la población local pudiera dar la idea de la hegemonía extranjera en sus territorios.

Se desviaron a la derecha, dirigiéndose hacia las ruinas de la vieja sección dedicada a los oficiales de la legión, y poco después tuvieron que pararse ante un gran pabellón de aspecto familiar.

El jefe del grupo que los había capturado se encaminó a toda prisa hacia el interior de la estructura y no tardó en salir acompañado por un guerrero que iba cubierto de los pies a la cabeza con una radiante armadura plateada. Del pesado yelmo salía una tupida melena dorada que caía ligeramente sobre los hombros protegidos por la coraza.

El hombre guarnecido de metal dio unos pocos pasos con gran seguridad y se plantó delante de los tres extranjeros. Tras unos instantes de profundo silencio, que solo rompieron los relinchos de los caballos, el hombre de la armadura se quitó el yelmo y se lo pasó al caballero que tenía a su derecha.

Un agudo tintineo flotó en el aire.

Silano se quedó estupefacto al ver los rasgos somáticos del hombre que tenía delante. Un rostro agradable e insólitamente joven coronaba aquella vistosa osamenta de metal. Dos esmeraldas luminosas bajo la frente lisa resaltaban sobre una piel bronceada por la perenne exposición al sol mientras que dos filas de dientes blanquísimos exaltaban los labios carnosos. El tribuno comprendió enseguida que debía de tener orígenes occidentales.

El joven y su ordenanza intercambiaron unas palabras en koiné[113], de forma que Filarco los entendió.

—Quiere saber dónde nos ha encontrado —dijo el cartaginés, mirando hacia el tribuno.

En ese momento, el rubio catafracto se dio la vuelta súbitamente y fulminó con la mirada al incauto marinero que acababa de abrir la boca. Se le acercó tanto que Filarco olió el intenso perfume de sus mechones rubios. Acto seguido, sin vacilar, todo su cuerpo se endureció y le propinó al desventurado navegante un puñetazo en la boca del estómago con una violencia inaudita. El cartaginés se dobló por la mitad del dolor. Apenas conseguía respirar. Si bien desconcertado por la rapidez de ejecución ofrecida por el desconocido catafracto a la hora de asestar aquel golpe decidido y devastador, Lucio Fabio saltó rápidamente en defensa de su amigo, y con los ojos ardiendo de rabia se lanzó a darle un ruinoso cabezazo que fue a impactar en una de las sienes del joven. El desconocido vaciló vistosamente y luego, agredido por el dolor y el desconcierto causado por la intensidad del golpe, se dio de bruces contra el polvo ocre del suelo.

—Y no he usado el gladio, asqueroso hijo de perra —se conformó con comentar Silano.

En un segundo, el soldado romano recibió una plétora de patadas y codazos de los hombres armados que lo habían escoltado hasta el interior de la fortaleza. Tras un tímido intento de defenderse, se cubrió la cabeza con los forzudos brazos y contrajo los músculos para intentar amortiguar los golpes que le llovían de todas partes. El resto de los caballeros amenazaron a Aristarco con la espada para que no se moviera, lo que lo obligó a asistir impotente a aquel espectáculo indigno. En cuanto se levantó de nuevo, el joven catafracto gritó algo y la furia asesina de aquellos bárbaros que se estaban ensañando con el oficial romano se apagó inmediatamente.

Lucio Fabio estaba muy dolorido, pero por lo menos no tenía nada roto.

Se puso en pie haciendo un esfuerzo enorme, doblando las rodillas para apoyar todo el peso del cuerpo. La cara le sangraba por varios sitios y se había llevado la mano derecha a la cadera. De los dos extremos de la boca le caía una baba rojiza y tenía entrecerrado el ojo izquierdo a consecuencia de un gran hematoma que se extendía por debajo del pómulo. Pero seguía de pie, mirando fijamente a su enemigo.

—¿Quién eres, extranjero? —preguntó el rubio comandante de los caballeros partos, impresionado por el porte de aquel hombre musculoso. Se dirigió al oficial haciendo gala de un latín impecable, tal vez recordando la lengua que había usado su agresor durante el ataque sorpresa.

—Mi nombre no tiene la menor importancia. Soy un mercader procedente de las costas itálicas —se apresuró a mascullar Silano, aunque cada palabra era una tortura para su rostro hinchado y amoratado.

—¿Un mercader que menciona su gladio? ¿Con quién te crees que estás hablando, soldado? Te aconsejo que respondas a mis preguntas.

—Mi nombre es Lucio Fabio Silano, tribuno angusticlavio de la legión XIX del ejército de Roma.

La cara del hombre de la armadura se puso inexplicablemente tensa.

Volvió a mirar a Lucio Fabio de arriba abajo, como si quisiera penetrarlo con la mirada para descubrir los más recónditos pensamientos de su mente. Llevándose la mano derecha a la sien dolorida, se dio la vuelta dándole la espalda al oficial y se dirigió lentamente hacia el pabellón del que había salido anteriormente.

Se paró poco antes de entrar y, con voz firme pero que no dejaba entrever ningún tipo de hostilidad, se dirigió a los tres extranjeros.

—Seguidme, señores. Llevaba tiempo esperándolos.

El tribuno y los dos marineros cartagineses se quedaron perplejos pero obedecieron al joven de cabellos dorados.

Los amores no correspondidos siempre conllevan consecuencias funestas, y esto era algo que el joven Junio Lucrecio Labieno había tenido que aprender por sí mismo. Hijo de Quinto Labieno[114], se había visto obligado a abandonar su ciudad natal a la edad de dieciséis años, escapando de noche como un ladrón para seguir el destino de su amado padre. No le echaba la culpa, aunque tampoco lograba entender los motivos de aquel viaje apresurado e imprevisto. Quinto Labieno le explicó que tenía que alejarse de Roma como medida cautelar para él y para toda su familia. Conocía bien el nido de serpientes en el que había tenido que operar durante años y después de la derrota de sus aliados en Filipos no se sentía seguro.

Los acontecimientos que siguieron demostraron que tenía razón.

Después de haber solicitado el apoyo del rey de los partos, Quinto supo que sus posesiones en la Urbe le habían sido confiscadas. Marco Antonio había conseguido declararlo enemigo del Estado durante una asamblea en el Senado, lo que significaba el fin de todos sus sueños y esperanzas. Desde entonces, estalló inevitablemente en su interior el odio por Roma y los detractores de su *gens*.

Junio Lucrecio se esforzaba por entender el comportamiento de su padre pero el vínculo con su tierra natal era fortísimo e indisoluble: los lugares de su infancia, los amigos, las primeras aventuras amorosas en el Palatino... Todos los recuerdos lo llevaban irremediablemente a los días de la Urbe. Poco a poco, el dolor de la separación se fue transformando en una rabia que crecía con el paso del tiempo.

Mientras tanto, el padre se convirtió en un héroe para la población que le había dado asilo: Quinto consiguió aumentar las posesiones de los partos de manera fulmínea, extendiéndolos como una mancha de aceite en perjuicio de las provincias romanas confinantes. El rey Orodes II[115] lo nombró jefe de las fuerzas armadas junto con su hijo, el príncipe Pacoro. En ese momento, Junio Lucrecio entendió que su sueño de volver a Italia en un futuro lejano se estaba desmoronando. La ruptura con el triunviro Marco Antonio era insanable e intentar una especie de mediación sería como entregarse resignado a las manos del verdugo.

De repente, el joven catafracto se levantó de su escaño. Sus gemas verdosas brillaban de rabia colérica y la voz ronca se volvió al instante limpia y penetrante:

—Cuando hace seis años mi padre murió a manos de Ventidio Baso[116], la desesperación se transformó en odio. Ahora, la única razón de mi existencia es aniquilar a Marco Antonio y sus legiones.

Silano había permanecido en silencio todo el tiempo, atento a la narración del joven Lucrecio Labieno.

La determinación y seguridad de aquel joven que no llegaba a los treinta años no tenían nada que ver con su aspecto físico. Era delgado y armonioso como los famosos corredores griegos y, desde luego, a los ojos de un veterano romano no tenía el aspecto de un forzudo guerrero. Aun así, la facilidad y agilidad con la que se movía bajo los numerosos kilos de metal pesado de la armadura dejaban entrever la idea de un cuerpo bien entrenado para la fatiga y las batallas.

Junio Lucrecio dio un trago del contenido oscuro de su copa de plata y luego se acercó a Lucio Fabio:

—El rey Fraate nos espera impaciente, tribuno. En estos momentos, la situación es delicada. Su pueblo está harto de luchar y no ha olvidado aún el asesinato de Orodes II. Sé que ha de llevar a cabo una misión en Alejandría. Es lo único que sé, pero todo lo que perjudique al perro de Egipto es de mi agrado y complace al soberano de estas tierras.

—¿Me permite una pregunta, joven Labieno? —preguntó confuso Lucio Fabio.

El catafracto asintió sonriendo, lo que animó sobremanera a los dos cartagineses que habían entrado con Silano en el pabellón.

—Octavio también estaba en Filipos. Y él también combatió contra su padre. Es romano, como Marco Antonio, y César derrotó a su abuelo en Munda. ¿Por qué no combatir contra él al igual que contra el señor de Oriente?

Junio Lucrecio se pasó los dedos entre la espesa melena dorada.

El calor en el interior de la tienda comenzaba a aumentar poco a poco y fuera, sin la protección del abrazo de la sombra, la situación habría sido todavía peor. El joven se mojó la cara abundantemente con el agua de un barreño situado sobre una pequeña superficie detrás de la amplia mesa a la que estaban sentados el tribuno y sus amigos. Mientras se secaba con un paño de color marfil, retomó la conversación con sus huéspedes, comentando con voz átona la observación del soldado:

—En la vida de un hombre tiene que haber prioridades, tribuno. Fraate necesita el apoyo de Octavio para evitar una sublevación del pueblo y defenderse de los ataques del viejo triunviro. Por lo que a mí respecta, anhelo la muerte de Marco Antonio como agua en el desierto y el único capaz de combatirlo es precisamente el heredero de César. En cuanto a Filipos y Munda, son batallas en las que mi padre quiso participar voluntariamente, es decir, no se vio obligado a defender su nueva patria y a su familia, como con Ventidio Baso.

—Comprendo —se limitó a añadir el tribuno.

Esperaron a que el sol empezara a perder vitalidad y tomaron algo juntos en el pabellón.

Cuando llegó el momento propicio, salieron de la fortaleza y, escoltados por el caballero rubio y su séquito de arqueros partos, se pusieron en camino hacia la capital del reino: Ctesiphon.

Capítulo XII

Nuestro pueblo los llama guerreros sagrados puesto que la antigua tradición los obliga a celebrar sus propios ritos fúnebres al entrar a formar parte de la guardia imperial.

La niña estaba sentada sobre un gran peñasco de superficie lisa. Tenía la mitad de los pies hundidos en la fina arena de la playa desierta y la mirada fija, intentando superar la línea del horizonte. Ante ella, la inmortal Ítaca ofrecía el espectáculo de la bahía de Afales, dominada por el promontorio de Melisa.

Al girar lentamente la cabeza hacia el este, se detuvo un instante a observar las diminutas embarcaciones blancas de los pescadores que estaban recogiendo las redes, sacándolas de las pacíficas aguas de la costa. Pocos pasos más allá, Tiresias estaba inclinado sobre una pequeña tabla de madera que estaba trabajando con la hoja de un cuchillo. De vez en cuando alzaba la mirada para escrutar el perfil delicado de la dulce Tera.

Había intentado infundir esperanza y serenidad en el ánimo de la niña de cabellos de oro pero, una y otra vez, sus promesas habían resultado inútiles. El viejo mercader hubo de constatar al fin la validez de una antigua expresión griega: «De nada sirven las palabras si el dolor ensordece el corazón». Y así parecía ser.

—¿Crees que volverá? —preguntó la niña con un hilo de voz y la mirada clavada en la lejanía, en la superficie turquesa del mar.

—¿Cuántas veces voy a tener que repetírtelo, cielo? —comentó enternecido el viejo griego.

—Yo creo que no, Tiresias. Me ha abandonado. Puede que nunca me haya querido como hija… que solo haya fingido para tenerme contenta.

—¡Ya está bien, Tera! —la interrumpió el mercader perdiendo la paciencia—. En cuanto vuelva, se lo voy a decir. Así aprenderás de una vez por todas a confiar en las personas que te quieren.

La niña pareció sobreponerse por un momento de su profundo abatimiento. Recogió un par de guijarros redondeados y empezó a pasárselos de una mano a la otra.

—¿Y qué te vas a inventar? —replicó Tera, con una expresión medio molesta, medio irónica.

—Pues le diré la verdad, tesoro. Le contaré que no has hecho más que quejarte día tras día y que has estado lloriqueando con la cara más larga que la de un caballo… y que estabas segura de que no volvía porque te había abandonado para siempre.

A la niña pareció molestarle la expresión triunfante de Tiresias y reaccionó a aquella especie de ataque sacándole la lengua con desgarbo. Mientras el mercader volvía a concentrarse en su obra, aún con las piernas cruzadas sobre la arena y el busto inclinado hacia delante, la pequeña bribona se dio cuenta de que todavía tenía en sus manos la última posibilidad de adjudicarse el éxito de aquel fervoroso ataque.

Apuntó bien, aprovechando la distracción del mercader, e iba a acometer su repentina emboscada cuando Tiresias levantó la mirada y la encontró a punto de tirarle encima el montoncito de guijarros que seguía apretando en la mano derecha.

—¡Te he pillado! ¡Inténtalo y te pego en el culo, pequeña insolente!

La niña mudó la expresión. De repente, sus labios formaron una sonrisa maliciosa y los ojos le volvieron a brillar de felicidad. Con un rápido movimiento, se levantó del peñasco en el que estaba sentada, al tiempo que lanzaba el ridículo puñado de guijarros contra la espalda del viejo mercader.

—¡Pero qué bribona, como te pille te vas a enterar! —comentó, claramente divertido, el viejo griego.

Comenzó una pantomima de persecución, con la pequeña Tera que escapaba por acá y por allá sobre la arena ardiendo y el pobre Tiresias que, jadeando, intentaba pillarla. Poco después, exhaustos, se tiraron los dos al agua.

Desde lejos, Aristipo disfrutaba del espectáculo, sonriendo.

Mientras esperaban a que la ropa se secara bajo los rayos de sol, la niña le preguntó al viejo mercader hacia dónde había zarpado dos días antes el gigante Poaghliaos.

—Ha ido a buscar al comandante para traerlo aquí —se apresuró a decir Tiresias con dulzura.

Las mejillas de la niña se encendieron de esperanza y no pudo disimular la alegría que le volvía a arder en el corazón.

—¿Lo conseguirá? —se limitó a preguntar Tera.

—Pues claro. ¡Nadie puede parar al enorme Poaghliaos! ¿No?

La niña asintió vistosamente, sonriendo con gusto.

La luz se filtraba a través de la sucia ventana de la tabernucha y se expandía, temblorosa y débil, hacia el interior. El hombre, envuelto en su capa azul marino, distinguió desde fuera el perfil familiar de su víctima. Se acercó a la minúscula abertura que daba al callejón escondido en la oscuridad y tuvo que agacharse para que no lo vieran los clientes de la mísera fonda. El cartaginés estaba sentado a una mesa del fondo del salón, a la izquierda de la hendidura por la que lo estaba observando el verdugo. En ese momento estaba jugando a los dados con otros dos individuos y parecía tranquilo y contento. Las dos enormes jarras que descansaban sobre la barra daban a entender que los tres habían levantado el codo innumerables veces aquella noche. De pronto, dos mujeres vestidas de manera desaliñada y con el pelo graso y despeinado fueron a sentarse cerca del grupo de jugadores. Uno de ellos dejó caer un puñado de ases en la mesa y se puso a hablar con las descaradas jovencitas, viéndose interrumpido de vez en cuando por las carcajadas de sus compañeros, visiblemente borrachos. Cuando las dos furcias se consideraron satisfechas con el precio pactado empezaron a dejarse tocar por aquí y por allá, lo estrictamente necesario para aumentar la excitación de sus disgustosos clientes.

Al poco rato, una de las prostitutas le dedicó una sonrisa concupiscente a la exaltada víctima y se dirigió a paso ligero hacia la salida de la taberna. Había llegado el momento del castigo.

La sangre empezó a correr a una velocidad impresionante en las venas del hombre que los espiaba desde la ventana. Se eclipsó en la oscuridad, detrás de la pared perpendicular a la que contenía la limitada abertura, y esperó en silencio el inicio del escuálido espectáculo.

Cuando entró, los dos tortolitos se movieron en dirección al energúmeno que los estaba esperando agazapado al otro lado de la esquina, protegido por un cono de sombra. Doblaron a la izquierda del callejón oscuro y se alegraron de ver un muro de no más de un metro de altura que les venía de perlas. La tímida jovencita se levantó rápidamente la túnica por encima de la cintura y apoyó los dos codos sobre la pequeña tapia de piedra. A su espalda, la víctima repetía la misma operación, deseoso de hacer un buen trabajo. Empezó a menear su miembro entre los apretados muslos de la ramera, que de vez en cuando gemía de manera poco convincente. La noche era húmeda y calurosa, y al cliente empezó a chorrearle sudor por la frente. Su voz ronca y jadeante era un ruido demasiado fastidioso para los oídos del verdugo. Se levantó de un salto y desenvainó el puñal que llevaba escondido en la manga de la capa. En ese instante, una extraña mueca se dibujó en sus labios y cerró los ojos para imaginar las fases de su acción. Cuando lo tuvo todo claro en la mente, respiró profundamente y corrió con una velocidad impresionante hacia la pareja inmersa en el postizo placer. Sus pasos eran increíblemente silenciosos y no tardó ni un segundo en ponerse detrás del cartaginés que, tan ocupado como estaba con su yegua de monta, no notó ni mínimamente la presencia de la enorme figura que sobresalía a sus espaldas. En ese momento, lo único que tenía en mente era quedar bien con la experta prostituta. En un segundo, el verdugo le rajó la garganta de lado a lado, impidiendo que de su boca pudiera salir ni el más leve grito de dolor. La víctima se quedó petrificada y el gran chorro de sangre salpicó directamente sobre la espalda de la desdichada, que estaba inclinada hacia delante. Al principio, la mujer no supo distinguir lo que había pasado a causa de la oscuridad que los envolvía, pero le pareció raro que su cliente hubiera terminado ya el servicio. Cuando se dio la vuelta para mirarlo, los ojos de Cayo Duilio estaban perdidos en el vacío con una macabra fijeza y tenía la garganta terriblemente desgarrada. Con un último instinto de supervivencia, la espeluznante imagen del cartaginés intentó tender las manos hacia el busto de la mujer, pero esta, horrorizada y espantada, comenzó a gritar como una loca y le dio un empujón a la víctima justo antes de bajarse la túnica y salir corriendo como una posesa por encima de la tapia a la que se había apoyado antes. Cayo Duilio cayó al suelo como un peso muerto.

Dentro de su cuerpo no le quedaron más que unas pocas gotas de sangre y a su alrededor un lago carmesí se expandía hacia la parte más inclinada del callejón.

El verdugo no había dejado ningún rastro. Cuando los clientes de la taberna salieron, atraídos por los gritos inhumanos de la prostituta, encontraron el cuerpo exánime del pobre marinero cartaginés. A aquellas alturas, Poaghliaos ya estaba cuatro o cinco calles más allá, dirigiéndose hacia la zona del puerto. Se paró un instante delante de un edículo dedicado a Ceres, muy estropeado por el paso de los años, y volvió a leerse el pequeño trozo de papiro que llevaba bajo la capa. Décimo Balbo le había dado aquella lista durante su visita a Leucas, mientras volvía a Brundisium para reunirse con el joven cónsul.

Ya podía tachar el primer nombre de los cuatro que conformaban la lista.

En cuanto su purasangre apretaba el paso, Lucio Fabio Silano sentía unas atroces punzadas desde la espalda hasta el cuello. Tenía la cara tumefacta y amoratada, y el ojo izquierdo cerrado, escondido bajo la hinchazón de los párpados.

Acostumbrado a soportar cualquier tipo de privación, cabalgaba en silencio siguiendo el rastro de los otros corceles, pero cuando tenía que marchar a galope, sus labios no podían retener unos cuantos gemidos espontáneos de dolor. Entonces esperaba poder volver al paso para darles una tregua a sus miembros entumecidos por las contracturas.

El camino de Nísibis a Singara[117] se encontraba inmerso en vastas estepas áridas e inhospitalarias, características de los confines entre Capadocia y Armenia, pero cuando se desviaron hacia la orilla izquierda del Tigris, con la intención de seguir el lecho del río, el paisaje cambió de improviso. Al avanzar hacia el sureste por las antiguas tierras de los asirios, el tribuno pudo percibir la vital importancia que tenía aquel curso de agua para la vida de las poblaciones locales. La Media Luna Fértil mesopotámica debía su esplendor y opulencia a la afortunada presencia de los dos ríos sagrados. Sin aquella constante fuente de alimentación, lo más probable era que la zona se hubiera vuelto terriblemente desértica y desolada.

Después de toda una jornada montando el dócil semental, llegó el momento de descansar al reparo de una espesa fila de árboles frutales. Los arqueros partos encendieron con pericia una hoguera con un buen fuego para transcurrir la larga noche estival que, en aquella región, se presentaba húmeda y fría.

Estaban casi a las puertas de la capital del reino de Fraate IV y habría sido inútil y peligroso continuar el camino a la débil luz de las antorchas.

Se llenaron el estómago como pudieron, con algunas rebanadas de pan y queso del lugar. Al oficial y los dos marineros cartagineses les pareció muy buena la comida, pero prefirieron evitar el vino que habían llevado los caballeros que estaban a las órdenes de Junio Lucrecio: habría sido poco conveniente escupir asqueados una oferta tan amable.

Al día siguiente, un par de horas antes del amanecer, recorrieron la poca distancia que los separaba de la ciudad y cruzaron las puertas de Ctesiphon. La capital del reino de los partos se había fundado a la orilla izquierda del Tigris y, en cierto sentido, el río representaba una ulterior protección de los ataques de las legiones romanas guarnecidas en Siria. Por su posición estratégica, Ctesiphon había sido fortificada con conocimiento de causa y los arqueros del ejército del rey hacían guardia día y noche en sus gruesas murallas y enormes torreones.

Silano se esperaba recorrer las amplias calles adoquinadas de una nueva Roma pero hubo de constatar que las cosas no eran como se las había imaginado.

Aquella ciudad era sin duda la más floreciente y rica de todas las del imperio de Fraate IV, pero su grandeza no era ni lejanamente comparable a la de la Urbe.

Sin embargo, le sorprendió la acogida que los ciudadanos le reservaban al rubio catafracto. A su paso, todos abandonaban lo que estuvieran haciendo y en poco tiempo dos largos cordones humanos delimitaron el camino del pequeño grupo de caballeros. Los viejos, los jóvenes, las mujeres y hasta los niños inclinaban el busto con sometimiento y las manos juntas, en señal de respeto y admiración.

Junio Lucrecio notó el estupor en los ojos del oficial y se apresuró a explicarle la extraña situación:

—No debe maravillarse, tribuno. Aquí consideran a mi padre un héroe, de modo que yo gozo inmerecidamente de los frutos de su trabajo.

—Comprendo —se limitó a comentar Lucio Fabio.

Recorrieron una larga cuesta ascendente, adornada a ambos lados por toda una serie de palmeras muy altas, hasta que llegaron a la zona de la ciudadela. Desde allí, el suntuoso palacio del rey dominaba toda la extensión de Ctesiphon y la llanura circundante sobre la que se había edificado.

Al acercarse al mastodóntico ingreso del palacio, Silano notó que, conforme avanzaban, las numerosas filas de soldados iban vestidas de una manera diferente respecto de las que se habían cruzado en la parte baja de la ciudad. No lucían armadura alguna ni llevaban las voluminosas capas de color terracota como las de los incursores armenios con los que se habían cruzado en la desventurada Amasya. Sencillamente, iban vestidos con una especie de túnica negra que les llegaba por debajo de la rodilla y que les fajaba todo el cuerpo resaltando la amplitud del tórax y la musculatura de los brazos.

Una larga tela bermeja les daba varias vueltas alrededor del busto, pasando por el hombro derecho y cruzándose por el otro lado, formando una especie de X. A derecha e izquierda colgaban dos largas espadas de empuñadura de marfil, en cuya superficie se habían introducido con gran pericia unos finísimos filamentos de oro como decoración.

El tribuno se acercó al caballo del rubio catafracto y le preguntó con curiosidad:

—¿Qué guerreros son estos? ¿Cómo es que no llevan armadura, como los que vimos antes?

Junio Lucrecio esbozó una leve sonrisa:

—Es la guardia imperial, tribuno. Son soldados de una fuerza increíble, habilísimos en el uso de la doble hoja y letales en el cuerpo a cuerpo, sin necesidad de armas. Los romanos dicen que no tenemos infantería pesada. En cambio, uno de estos vale como cinco legionarios de primera línea.

Silano se puso repentinamente tenso. Si había algo en lo que siempre había creído firmemente, era en la disciplina y el valor de su ejército: el hecho de que Roma dominara gran parte del mundo lo confirmaba. Labieno había proferido aquellas palabras con tono desafiante, por lo que el tribuno se apresuró a replicar con seriedad:

—Me gustaría poder comprobar la veracidad de esas afirmaciones.

El joven de la espesa melena dorada se giró repentinamente hacia el moloso de César y lo fulminó con la mirada:

—Pregúnteselo a los legionarios de Craso, tribuno. Suponiendo que logre encontrar alguno con vida, se entiende.

Lucio Fabio encajó el golpe y siguió cabalgando en silencio al lado del hijo del héroe.

Visiblemente satisfecho, Junio Lucrecio retomó la palabra con tono apacible:

—Nuestro pueblo los llama guerreros sagrados puesto que la antigua tradición los obliga a celebrar sus propios ritos fúnebres al entrar a formar parte de la guardia imperial. Soy consciente de que para los occidentales puede ser difícil de entender. Cada uno de estos soldados se considera ya muerto, por eso ha celebrado en vida los ritos de su propia sepultura, enterrando todos sus bienes en el lugar en que reposan sus seres queridos. Se les considera sombras que velan por el rey y el único modo en que puede terminar su camino es morir luchando.

—Interesante —observó Silano, poco convencido.

—Y no es solo eso. Jamás conseguiría capturar a ninguno en la batalla, se lo aseguro —añadió el joven Labieno.

—Ahora está exagerando. Hasta los mejores pueden caer en las manos de sus enemigos, joven caballero.

—Ciertamente. Pero a los guardias imperiales de los partos, no.

—El optimismo es una gran virtud —comentó seráfico el veterano de la Urbe.

Junio Lucrecio lo miró fijamente a los ojos y acercó su caballo al purasangre del romano. Su aspecto mostraba un cierto orgullo, debido a lo que estaba a punto de decir:

—No se trata de banal optimismo, sino de una desmesurada abnegación a la hora de llevar a cabo la propia misión. Jamás podría hacerlos prisioneros porque tienen la orden taxativa de suicidarse con su espada en caso de caer en manos enemigas. Ninguno de ellos ha trasgredido jamás esta regla. Saben que las torturas y suplicios que tendrían que afrontar al volver a su patria serían absolutamente insoportables.

Lucio Fabio miró sobrecogido al joven catafracto.

Acababa de entender por qué, por más que Roma se esforzara por conquistar aquellos territorios, todavía no había conseguido someter a los fieros combatientes que se encontraban al servicio de los reyes partos.

El gobernador estuvo esperando en la soberbia sala del trono. Parecía deslumbrado por el intenso resplandor debido a la gran cantidad de estucos áureos de las paredes, que reflejaban la luz que procedía de un larguísimo pórtico. Un eunuco le indicó que se sentara en un asiento cuyos brazos estaban adornados con lapislázuli y gruesas gemas de amatista y luego se dirigió a paso ligero hacia el corredor que se abría a la derecha del alto pedestal en el que había un par de cátedras doradas. Cuando se quedó solo, se acomodó en la silla y, mientras esperaba, siguió admirando la pompa y el lujo desenfrenado de que hacía gala aquel lugar.

Apenas le dio tiempo a hacer una rápida estimación de la enorme superficie cubierta de la sala del trono, cuando el alto funcionario tuvo que ponerse de pie en señal de respeto. En el umbral del pequeño ándito, la imagen de un hombre resaltaba maciza, luciendo una estupenda loriga que habría sido la envidia de la armadura del divino Aquiles. Era el noble Marco Antonio, que acababa de aparecer silencioso en la inmensidad de la antesala.

—*Ave*, Cneo Domicio Enobarbo, ¿a qué debo tu inesperada visita? —comenzó a decir el viejo triunviro con expresión acomodadiza.

—*Ave*, noble Marco Antonio, gobernador de los territorios de Oriente y señor de Egipto —respondió el gobernador de Bitinia, bajando rápidamente la cabeza.

—Si se presentase la ocasión, te aconsejo que no repitas ese apelativo ante la reina Cleopatra. He visto a gente condenada a muerte por mucho menos —comentó sarcástico el ex *magister equitum* de César.

—Trataré de recordar sus sabios consejos —respondió con una leve sonrisa fingida Cneo Domicio.

El triunviro invitó a su huésped a sentarse en la misma silla que había ocupado poco antes, mientras que él subió rápidamente al pedestal y fue a sentarse en su trono áureo. Por un instante, el rostro del gobernador se deformó inconscientemente en una mueca de asco, pero enseguida recuperó su expresión habitual. Marco Antonio no lo vio, ya que al subir hacia el trono le dio la espalda.

Cuando los asientos, así como la jerarquía, quedaron establecidos, el triunviro batió dos veces las palmas de las manos y, como una sombra, una delicada sierva apareció entre ambos. Se acercó a una agraciada mesa de mármol en la que había una gran ánfora y un par de copas de plata y comenzó a verter el vino. Cuando hubo terminado, tendió las copas finamente elaboradas a los dos hombres y desapareció tras una gruesa columna.

Marco Antonio levantó la copa, seguido inmediatamente por el gobernador, y dio un trago del gustoso néctar.

Se secó los labios con el dorso de la mano derecha y dijo:

—Espero tus palabras, amigo mío. ¿Qué te ha traído hasta aquí?

—Malas noticias, noble triunviro. He preferido referírselo en persona, dada la naturaleza secreta del asunto.

—Te oigo —se limitó a responder el señor de Egipto con tono turbado.

Cneo Domicio se humedeció los labios con un sorbo de vino e inició su exposición:

—Mi contacto de Narona ha sido asesinado. Había capturado al hombre de Octavio, tendiéndole una emboscada en las cumbres del Taigeto. Pero mientras navegaba cerca de las costas de Lemnus lo atacaron unos trirremes sin bandera. Los masacraron a todos: a él y a sus hombres.

—¿Y el hombre de Octavio? —inquirió el triunviro, claramente tenso.

—No hay rastro de él. Le dieron fuego al barco con los cuerpos de los soldados que trabajaban para mi contacto, de forma que si murió, seguramente habrá seguido el mismo destino.

—Entiendo —comentó Marco Antonio.

Movía las manos de manera frenética sobre los brazos del trono y las pequeñas arrugas de la frente bronceada se convirtieron en enormes surcos que expresaban todo el malestar que lo había invadido por dentro.

—Aún hay más, noble Marco Antonio —dijo prestamente el gobernador.

El señor de Oriente se pasó los dedos entre los mechones azabache apenas salpicados de gris, y le indicó que continuara.

—Nuestra cabeza de puente en el Adriático nos saluda desde el Averno.

—Pero, ¿qué estás diciendo? —repuso incrédulo el triunviro—. ¿Qué más ha ocurrido?

—Mientras se hallaba acampado con las tropas en Plasencia, encontraron muerto al tribuno Publio Rufo en su pabellón. Dicen que lo ha envenenado un siervo envidioso. Tendría que haber tomado el control de la guarnición de la ciudad de Mediolanum a los pocos días. Ha tenido muy mala suerte.

—Mala suerte, ¡y un cuerno! —tronó víctima de la ira el antiguo brazo derecho de César. Se levantó fulmíneo de su cátedra y, con una fuerza tremenda, lanzó por los aires la copa que hasta ese momento tenía cogida entre las manos temblorosas. De un salto, bajó los tres escalones del pedestal y en un instante se puso ante la mesa de mármol.

Al llegar, desahogó su rabia incontenible sobre el pequeño elemento decorativo y todo lo que contenía, destruyendo el ánfora y las copas, y tirando la mesita al suelo. Al chocar contra el pavimento, el sutil mármol saltó en varios trozos y un ruido ensordecedor retumbó por toda la sala. Los soldados que estaban de guardia en la entrada de la amplia antesala se precipitaron hacia el interior para defender a su soberano, pero el triunviro los fulminó con toda una serie de infames amenazas:

—¿Qué hacéis aquí? ¡Volved a vuestros puestos antes de que os saque los intestinos como a los cerdos!

Cuando su inmunda cólera menguó, se dejó caer sobre una robusta columna, visiblemente cansado. Estaba jadeando, y el tórax le subía y le bajaba rítmicamente con la esperanza de conseguir la mayor cantidad de aire posible. Estaba sudado y descompuesto, y las piernas le temblaban como si no fueran capaces de sostenerlo por más tiempo.

Marco Antonio se acercó, encorvado, al primer escalón del pedestal, luchando contra un extraño temblor. Una palidez tétrica se adueñó de todo su cuerpo y tenía la espalda empapada en sudor.

Cneo Domicio se quedó desconcertado al ver en qué condiciones se encontraba su comandante: era la sombra del hombre que había aprendido a conocer varios años antes. De la profunda seguridad que antaño lo caracterizaba, no quedaba ni rastro. Se notaba que había engordado y que estaba sometiendo su cuerpo a una dura prueba. Tampoco era capaz de dominar las emociones ni de reaccionar ante la adversidad.

El gobernador imputó aquel cambio repentino a las juergas y orgías de las que había oído hablar los meses anteriores, y se le cubrieron los ojos de un leve velo de tristeza al recordar al formidable combatiente que conoció tiempo atrás.

—Mira como estoy, amigo mío —exclamó de pronto Marco Antonio, dirigiéndose al amigo que estaba sentado. Su voz sonaba como rota por el llanto, y si bien no tenía lágrimas en las mejillas, le brillaban los ojos enrojecidos.

Cneo Domicio se levantó de su asiento y se acercó al viejo comandante. Lo ayudó a incorporarse y le apretó las muñecas:

—Usted es el señor de Egipto, noble Marco Antonio. Nuestra suerte depende de su fuerza y de su habilidad política y militar. Es absolutamente necesario que se muestre grande e invencible para atemorizar al joven cónsul. Usted gobierna el país más rico y próspero del mundo, y su potencia no tiene límites.

El triunviro, animado en parte por los comentarios del gobernador, pareció reponerse y volvió lentamente a su trono dorado.

—Hay que crear un contacto en Iliria. Tenemos que vigilar los pasos de ese piojo en loriga.

—Cierto —se limitó a contestar Cneo Domicio.

—Esparce a tus espías por todo el territorio helénico. Paga, corrompe, amenaza... me da igual. Sin duda, entre los hombres de Octavio habrá alguno que ceda y se pase a nuestro servicio. No ahorres en recursos ni en hombres, ¿entendido?

—Sus palabras son órdenes, comandante.

—Muy bien —concluyó Marco Antonio—. Estoy encantado de haberte recibido, Enobarbo. Eres un buen amigo y un aliado de fiar. Ahora, márchate y recuerda lo que te he dicho.

—No lo dude, triunviro.

Dicho esto, el señor de Egipto se dirigió sin más tardar hacia el corredor ubicado a su derecha mientras el gobernador cruzaba, pensativo, la salida de la sala del trono, protegida por el grupo de soldados de guardia.

En cuanto se encontraron en presencia del rey Fraate IV, Filarco, Aristarco y el moloso de César le prodigaron una profunda reverencia y el soberano, benévolo, les hizo una señal para que se levantaran. Junio Lucrecio Labieno subió la pequeña escalinata que llevaba al trono del rey y rápidamente se inclinó para susurrarle algo al oído. El rostro del monarca mesopotámico se iluminó de golpe y sus labios formaron una sonrisa de satisfacción apenas perceptible. Se levantó y recorrió lentamente la distancia que lo separaba de sus huéspedes extranjeros, hasta quedar frente a ellos. La escolta armada de Fraate IV era impresionante y lo seguía como una sombra dondequiera que fuese. A la derecha del soberano estaba el joven Labieno, y dos largas filas de guerreros partos seguían el encuentro a ambos lados de la pequeña delegación romano-cartaginesa.

Fraate IV era un hombre delgado y huesudo, de altura media, con grandes ojos marrón claro profundamente hundidos en un rostro de rasgos puntiagudos. Silano estimó rápidamente que el soberano debía de haber superado hacía poco el umbral de los cuarenta. Aunque tampoco estaba seguro.

La piel bronceada y los largos cabellos color azabache, que le caían ondulados sobre los hombros, resaltaban la expresividad de su mirada. La tupida barba negra se unía con el bigote bien cuidado donándole un aspecto aristocrático. La corona, realizada simplemente con una faja continua de oro macizo y embellecida con una multitud de piedras preciosas, parecía servir para mantenerle la melena apartada de la cara, mientras que desde el cuello y el busto se sobreponían como en una competición, una gran abundancia de colgantes y collares de diversa longitud y espesor, todos ricamente áureos, que se entrecruzaban entre sí formando una especie de pesada loriga dorada. La impresión que daba a primera vista era la de un hombre al que le gustaba celebrar su posición y que se sentía poco inclinado a tratar con el prójimo. Pocos años antes, se habían oído rumores por todo Occidente sobre este nuevo soberano de los partos, que no había dudado en asesinar a su padre Orodes II y a otros treinta hermanos para mantener firme en sus manos el cetro del poder, por lo que alrededor de Fraate IV se había creado un denso halo de ambigüedad.

—Bienvenido a mi humilde país, extranjero —comenzó a decir plácidamente el rey.

—Usted me honra, sire —respondió tímidamente Lucio Fabio, que no estaba acostumbrado a las formalidades.

—Quienquiera que sea un fiel colaborador del gobernador de los territorios de Occidente será bienvenido en esta corte —continuó artificioso el monarca—. He hecho preparar vuestras habitaciones en un ala de mi modesta morada. Imagino que estaréis cansados del viaje. Pero antes de reposar, os ruego que os unáis al banquete que he mandado preparar en ocasión de vuestra llegada.

—Su benevolencia es una bendición para nosotros, majestad —se apresuró a responder el tribuno.

Poco después, se dirigieron a la desmesurada sala en la que habían preparado el suntuoso convite y disfrutaron estupefactos de la excelente comida. Su corazón se llenó de felicidad cuando pudieron saborear nuevamente el exquisito vino tinto de Grecia.

A mitad de la ceremonia, el rey Fraate le susurró algo al oído a Labieno y salió de la sala seguido por cuatro enormes caballeros. Silano, que estaba sentado bastante cerca, a su derecha, se dio cuenta del extraño movimiento, así como Filarco y Ari.

Ni siquiera le dio tiempo a elaborar en su mente las causas de lo ocurrido cuando una voz familiar le habló nítida y baja a sus espaldas:

—Sígame, tribuno. El rey quiere conversar en privado.

El moloso de César lanzó una mirada fulmínea a sus amigos marineros y se alegró al recibir de ellos otra mirada igualmente decidida.

Enseguida siguió al joven Labieno. Cruzaron un pabellón de paso que accedía a un largo corredor cuyas paredes estaban completamente recubiertas con estupendos tapices multicolores. Desde allí, salieron a un amplio pórtico embellecido con sinuosas columnas que daba a un desmesurado jardín, en parte bañado por el sol: el jardín interior del palacio real.

—¿Qué te parece, tribuno? —dijo el soberano dando inicio a la conversación sin ni siquiera girarse, al tiempo que contemplaba el extraordinario vivero que se extendía sin solución de continuidad por debajo del pórtico sobre el que se encontraba.

Silano se acercó a la balaustrada hasta ponerse al lado del monarca y comentó extasiado:

—Es de un esplendor inefable, majestad.

Fraate pareció realmente satisfecho de las loables palabras del soldado romano. Apartó las manos que tenía apoyadas en el antepecho del pórtico y se giró bruscamente hacia Silano:

—Ahora hablemos de tu situación, extranjero.

Su tono de voz se había vuelto repentinamente frío e impasible y en sus profundos ojos marrones resplandecía una luz extraña.

—Estamos dispuestos a ofrecerte protección en el interior de nuestros confines hasta que lo consideres necesario. El buen éxito de tu misión es de vital importancia para el destino de nuestro país. No hace más de tres años, el triunviro Marco Antonio pretendió expandir sus posesiones intentando someter a nuestro pueblo. Las batallas fueron muy arduas: a la larga, el arrojo y orgullo de mi ejército se impusieron sobre la férrea disciplina militar y valentía de las legiones romanas. Sus pérdidas fueron ingentes, pero nosotros también salimos bastante debilitados.

—Comprendo —respondió Lucio Fabio, intentando descubrir adónde quería ir a parar el monarca.

—Octavio es un joven astuto y ambicioso, pero conoce sus límites y, sobre todo, utiliza la diplomacia y la inteligencia. Nosotros ya sufrimos la presencia de un enemigo tan cercano como el señor de Egipto y no podemos rechazar los acuerdos de alianza que nos propone el joven cónsul. Combatir a un romano ya es más que suficiente.

—Su sabiduría es extraordinaria, majestad —observó sumiso el tribuno.

—Mi pueblo está cansado de combatir. Y yo no puedo ignorar sus peticiones de paz. Será un placer para mí proporcionarte toda la ayuda que necesites, soldado. Lo importante es que consigas sacar adelante tu misión y que el enemigo de los partos y de la propia Urbe desaparezca para siempre, junto con su repugnante concubina.

Tras la breve conversación, el soberano se encaminó prontamente a la sala en la que se estaba celebrando el copioso banquete. En cuanto salió al pasillo, cuatro sombras lo siguieron para proteger su persona. Junio Lucrecio Labieno, que hasta ese momento había guardado silencio, limitándose a escuchar, le preguntó por curiosidad al soldado meditabundo:

—¿Cómo es que Octavio se fía tanto de usted, tribuno?

—Es una cuestión de herencia, joven Labieno —contestó lacónicamente el oficial mientras volvía a admirar el magnífico jardín que se extendía ante él.

—No entiendo a qué se refiere —replicó el rubio catafracto.

—¿Sabe cómo me llaman los soldados de mi legión? El moloso de César. ¿Entiende ahora el motivo de tanta confianza?

—Por supuesto. A César se le daban muy bien ciertas cosas y sabía reconocer inmediatamente el valor de un hombre. Ahora vamos a buscar a sus amigos, tribuno.

El banquete continuó varias horas más y cuando acabó, unas esclavas los acompañaron a los aposentos que se les habían preparado al llegar. Desde el pequeño balcón que había justo enfrente de la alta cama, Lucio Fabio pudo contemplar el tramonto del día y el advenimiento de la noche, que se expandía taciturna sobre las vastas llanuras limítrofes. El frío arrastraba consigo una multitud de olores penetrantes y lejanos. Estaba terminando el día de los idus de junio y el soldado decidió que ya era hora de dar tregua a sus miembros cansados. Se acomodó en la cama y esperó en vano la llegada del sueño pacificador.

Capítulo XIII

El límite entre la derrota más vergonzosa y el triunfo más glorioso, a veces, es tan fino e impreciso que no pueden marcarlo ni la pericia militar ni la ventaja de la superioridad numérica.

—Excelente —tronó el joven cónsul mientras se enjuagaba la cara metiendo las manos en un cuenco que le sujetaba una esclava rubia y atractiva. Luego cogió la suave gasa que la sierva llevaba apoyada a lo largo del delicado brazo izquierdo y se secó rápidamente. Cuando hubo acabado, el *imperator* dejó caer el ligero paño en el recipiente y le indicó a la esclava que se retirara. En un abrir y cerrar de ojos, la joven de cabellos cenicientos cruzó el umbral del lujoso pabellón.

Mecenas estaba repanchingado en la poltrona de su amigo, con los pies cruzados y apoyados en la robusta mesa circular. Tenía un gran racimo de uvas rojas en el regazo, y de cuando en cuando arrancaba una uva redonda y gustosa y se la llevaba desganadamente a la boca.

—¿Así que ese endemoniado ha llegado a tanto? ¡A celebrar un triunfo en Alejandría, lejos de su ciudad! Ese loco está haciendo de todo por ponernos las cosas fáciles, ¿no crees, Cilnio?

Octavio estaba agradablemente sorprendido y el joven triunviro tenía la expresión de quien ha recibido un regalo tan valioso como inesperado. Su aristocrático compañero de origen etrusco se apresuró a responder con un tono de voz bobalicón y hasta irritante:

—Lo que acabo de revelarle se remonta a varios meses atrás, cuando el señor de Oriente regresó de su expedición por la Media Luna Fértil. Esta información no debería salir de esta tienda por ahora. Cuando llegue el momento de actuar, podrá exponer ante el Senado esta ulterior prueba en perjuicio del perro de Egipto.

—A veces creo que Marco Antonio ha perdido la cabeza, amigo mío. ¿Cómo se pueden cometer errores tan evidentes y descomunales? Es como si no se acordara de nada de lo que aprendió cuando sirvió a su divino comandante.

—Vive una especie de delirio de omnipotencia, embelesado por las vanas ilusiones que le inculca esa meretriz de Cleopatra. No se da cuenta de que sus seguidores lo están abandonando cada día un poco más y que sus últimas locuras no son más que propaganda gratuita a favor de su enemigo.

Octavio se sentó frente a Mecenas y comentó con una sonrisa burlona:

—A estas alturas ya solo queda un escuálido grupo de senadores que siguen apoyándolo, pero a esos pocos también los convenceré de que Marco Antonio ha antepuesto su sed de gloria y poder a la tarea política y administrativa que le ha asignado la República.

—¿República? ¿De qué país? —respondió sonriendo el joven Mecenas.

—Sabes perfectamente a lo que me refiero, Cilnio —replicó el cónsul.

—*Imperator*, la República sucumbió hace tantos años que de ella no ha quedado ni el recuerdo —añadió el fiel consejero del triunviro—. Desapareció hace unos veinte lustros, después de la masacre de los trescientos y el asesinato de Tiberio Graco... y agradezcamos a los dioses que así fuera.

Octavio miró satisfecho a su viejo amigo de estudios, admirado por el sagaz análisis de la historia política de la Urbe que acababa de hacer. En efecto, la República siempre había sido una especie de gobierno oligárquico en el que un manojo de viejos aristocráticos, gordos y charlatanes, habían decidido durante décadas el destino del país.

El joven cónsul se despidió poco después de su amigo consejero. Le dijo que estaba cansado y que quería reposar un poco. Había pasado toda la mañana reunido con el Estado Mayor, trabajando sobre la situación de las diversas legiones, y se encontraba realmente agotado.

Esperó a que Cayo Cilnio saliera de su alojamiento militar. Acto seguido, se sirvió una copa de vino tinto de Hispania y se acomodó en el asiento que antes había ocupado su huésped preferido.

Abrió un espacioso baúl finamente elaborado y extrajo un par de volúmenes que contenían algunos escritos del difunto Cicerón. Les echó una ojeada a los rollos, deteniéndose en un par de frases en concreto. Hasta que, de repente, murmuró para sus adentros: «El campeón de la retórica, el príncipe del foro... Habrías sido el más fuerte si hubieras tenido la experiencia militar suficiente para ganarte el favor del ejército».

Acto seguido, se tomó el resto del contenido de su copa de un solo trago y volvió a sumergirse en la ávida lectura de sus escritos.

El insomnio durante las horas nocturnas se convirtió en una molesta constante. Lucio Fabio ya se había acostumbrado a velar la llegada de la mañana con resignación, envuelto en la profunda y silenciosa oscuridad de las horas más lejanas al alba, perdido en una especie de aquiescencia inducida.

Curiosamente, ahora que tenía la posibilidad de descansar cada noche en la misma cama cálida, su cuerpo se negaba a aceptar los deseos de la mente. Durante el fatigoso e interminable viaje que había realizado hasta llegar a la capital de Partia, había tenido que transcurrir las noches en los lugares más impenetrables y hostiles, exponiendo sus pesados miembros flagelados al gélido soplo de los vientos septentrionales y al apetito de las hambrientas fieras salvajes que habrían podido atacarlo en cualquier momento aprovechando la oscuridad.

Y aun así, había conseguido dormir.

Sus ojos, tal vez a causa de la acuciadora extenuación, se le habían cerrado obedientes noche tras noche, dándole la oportunidad de descansar y de hacer acopio de un nuevo vigor para el amanecer del día siguiente.

Sin embargo, desde que se encontraba en el palacio de Fraate IV, no había podido abandonarse a los brazos de Morfeo, y la mente volvía a escapársele todo el tiempo para meterse por los mismos dolorosos recovecos. Con la mirada fija en la profundidad de las tinieblas, imaginaba que estaba recalcando con la delicada punta de una pluma la fina línea que componía el perfil de una niña. Empezando por la frente, la mano se inclinaba lentamente al seguir la curva de la nariz y, un poco más abajo, la de los labios. Entonces reconocía los delicados rasgos de su dulce niña y la angustia invadía triunfante el ánimo del tribuno.

Las preguntas se le amontonaban en la cabeza sin poder dar con una respuesta exhaustiva, al igual que los mendicantes se agolpan a primera hora de la mañana ante la puerta de la *domus* de su benefactor. ¿Volvería a verla? ¿Corría algún riesgo? ¿Había traicionado su confianza y engañado su corazón ingenuo?

Atormentado por mil dudas e incertidumbres, no dejaba de dar vueltas en la espaciosa cama sin conseguir tranquilizarse. Entonces abandonaba la idea del reposo y se quedaba horas y horas asomado a la balaustrada de su balcón, contemplando el espesor de las largas sombras que se recortaban sobre la parte alta de Ctesiphon, dejando que volvieran a aparecer lentamente ante él los recuerdos del pasado. A veces, copiosas lágrimas le surcaban improvisamente las mejillas: Adriana, Porzia, la tranquilidad de sus vidas en los campos de Cambranum y, por último, los ojos amables y necesitados de afecto de la pequeña Tera. ¿Qué sentido tenía su vida si el hado había decidido arrancarle de los brazos a las personas que más quería? La noche representaba un suplicio insostenible. En cuanto se ponía el sol y se acercaba el ocaso, otro hombre se adueñaba de aquel cuerpo endurecido por el paso de los años y marcado por las heridas de mil batallas. El osado veterano del ejército, el moloso de César, se esfumaba ante las primeras señales de oscuridad para dar paso al desdichado y apenado agricultor de Praeneste.

Las dos primeras semanas en el reino de los partos transcurrieron inmersas en un estado de molesta apatía que fue aumentando con el paso del tiempo, transformándose en una falsa pereza que empezó a serpentear lentamente por el ánimo del tribuno y el de sus amigos cartagineses.

La mañana del cuarto día antes de las calendas de julio[118], uno de los guardias reales se presentó en la habitación de Silano. Se lo encontró sentado en un taburete, afilando desganadamente la hoja de su gladio con un grueso pedernal. Mientras tanto, Aristarco y Filarco estaban de pie, delante de un pequeño escritorio de madera de haya, conversando animadamente entre ellos. Se habían propuesto realizar una especie de mapa geográfico de los lugares por los que habían pasado durante su largo viaje, indicando con precisión los senderos y caminos que habían recorrido, las rutas más breves y las que resultaban relativamente más seguras. Como siempre, habían superado el límite: las propuestas y sugerencias recíprocas, útiles para llevar a cabo un trabajo en equipo, habían dado paso a una montaña de imprecaciones y calumnias inenarrables. Cuando notaron la presencia de la inesperada visita, el tremendo vociferar de los marineros cartagineses cesó de golpe. Se miraron extrañados y ambos se volvieron hacia Lucio Fabio. Desde su taburete, el tribuno se limitó a echar una rápida ojeada al recién llegado para volver enseguida a la manutención de su hierro resplandeciente.

El imponente guerrero del lugar se paró justo en el centro de la habitación, a mitad de camino entre la cama, a cuyo lado se encontraba el oficial, y el elegante escritorio, sede de la disputa púnica.

—Amigos extranjeros, el altísimo rey Fraate IV requiere vuestra presencia —dijo el robusto embajador—. El soberano os espera en el jardín real. Os ruego que me sigáis.

Dicho esto, el caballero no les dejó tiempo ni para responder, sino que se dirigió inmediatamente hacia la salida de los aposentos. Lucio Fabio y los dos marineros apretaron el paso para seguir al voluminoso parto, con la curiosidad de saber a qué se debía la inesperada visita. Desde que estaban en el palacio del monarca habían visto el rostro de Fraate IV en muy raras ocasiones y siempre de pasada. El rey no los había visitado nunca, ni mucho menos había solicitado la presencia del tribuno. Cruzaron un breve corredor que conducía al lado corto del ala izquierda del palacio, y luego bajaron rápidamente por una larga escalinata que llevaba al piso de abajo y se encaminaron hacia la derecha, superando un amplio y luminoso salón de paredes cubiertas de finos frescos que representaban escenas de caza inmersas en el verdor de un bosque frondoso. La calidad de la obra era tan elevada que el observador casi percibía la vívida sensación de hallarse realmente en mitad de toda aquella espesura. Enseguida salieron a un largo atrio delimitado por filas dobles de columnas marmóreas, en cuya parte superior lucían maravillosos capiteles corintios pintados de manera variopinta. A través de los elementos verticales que confinaban con aquella especie de gran pronaos, los deslumbrantes rayos luminosos del sol de media mañana daban vida a un juego de luces y sombras realmente impresionante, capaz de sorprender al espectador más superficial. Al fondo de la admirable antesala se extendía la magnificencia del jardín real, inmerso en una especie de religioso silencio y envuelto en los perfumes que emanaban la infinita variedad de plantas y flores que lo constituían.

El soberano estaba acompañado por los cuatro caballeros que lo seguían constantemente como una sombra dondequiera que fuese.

Fraate estaba sentado en un luengo banco de travertino, puesto a la sombra de un sólido templete de ébano: a su lado había esparcido numerosos papiros sobre la fría superficie de la roca.

En cuanto reconoció a Silano, el monarca les hizo una señal a los recién llegados para que se acercaran al lugar en el que él se encontraba, mientras con otra señal de la mano se liberaba de los cuatro guardias reales que lo rodeaban a distancia. Cuando llegaron frente al soberano, los huéspedes extranjeros se prodigaron en una gran inclinación para demostrar todo su respeto y gratitud. El rey se levantó del banco y, sonriendo, inclinó ligeramente la cabeza con las manos juntas en respuesta a la obsequiosa reverencia.

—Os saludo, mis estimados huéspedes. Espero que vuestra estancia en el palacio esté transcurriendo serena —comenzó a decir con tono tranquilo Fraate IV.

—Su generosidad es realmente grata —respondió reverente Lucio Fabio.

—Me alegra saberlo —comentó satisfecho el soberano. Seguidamente, y sin más rodeos, planteó la cuestión de la que quería hablar—: Os he hecho llamar porque necesito vuestros servicios. Es una cuestión que me interesa mucho, pero tal vez será mejor hablar de ello ante un rico manjar.

Sonriendo, se encaminó hacia otra zona que se abría al lado izquierdo del fondo del magnífico jardín. Por detrás lo siguieron el tribuno y sus dos amigos cartagineses, seguidos por los cuatro gigantes de la guardia personal del soberano de los partos.

Como hacía todos los días a la misma hora, Lucio Fabio cruzó rápidamente la antecámara que llevaba a la sala de armas. Al llegar, les pidió a los dos caballeros que montaban guardia que le abrieran las puertas y le permitieran entrar. Una vez en el interior de la espaciosa sala de paredes color marfil, vio la silueta de un niño que, justo en el centro de la sala, blandía de manera trepidante un gladio de madera.

El tribuno esbozó una débil sonrisa.

—Noto con placer que hoy los ojos del príncipe brillan de rabiosa determinación —comenzó a decir Silano, mientras sacaba de un largo soporte que había a la izquierda una copia del arma que tenía el niño.

—¡En guardia, romano! —respondió con ímpetu el implacable guerrero—. Estoy listo para traspasarte de lado a lado al más mínimo movimiento.

—Petrificado de miedo —comentó divertido Lucio Fabio y se acercó con determinación a su pueril enemigo.

En pocos instantes, la amplia antecámara se inundó del ruido sordo y continuo de las hojas de los falsos gladios que chocaban sin tregua. El ruido se expandía alrededor del lugar de origen y retumbaba por las paredes medio vacías de la vasta sala.

La pequeña cabeza rapada de Cabir se balanceaba sin descanso, protegida por los brazos del niño que, delgados pero vigorosos, se afanaban en contrarrestar la violencia controlada de su agresor. El príncipe se esforzaba por ir resistiendo cada vez un poco más al asedio del romano, demostrando una buena disposición en el uso de las armas. Al ser casi dos palmos más bajo que el tribuno, el jovencito tenía que estar muy atento para esquivar y hacer frente a los ataques precisos y bien dirigidos del maestro. Con una fuerza de voluntad poco común en los niños de su edad, Cabir continuaba impertérrito y concentrado en el agotador entrenamiento militar. Aprender a manejar con pericia el arma usada por los enemigos de su reino era un objetivo difícil de alcanzar, pero la fortuna estaba de su parte y él se dedicaba con el máximo empeño y seriedad a sus ejercicios diarios. Además, era toda una ventaja tener como maestro del arte de la guerra a un combatiente formidable, cuyo valor se basaba precisamente en el uso del famoso gladio romano.

Ya habían pasado casi dos meses desde el día en que el soberano, tras invitar a sus huéspedes a almorzar, les pidió a los tres extranjeros que concentraran sus esfuerzos en intentar transmitirle al pequeño príncipe algunos de los conocimientos y las artes de la civilización occidental. Silano y sus compañeros aceptaron con gusto la propuesta de Fraate IV, halagados por poder participar de algún modo en la formación cultural del joven Cabir.

El heredero al trono se encontró ante un día a día repleto y agotador. Después del entrenamiento con el tribuno, pasaba directamente a las técnicas cuerpo a cuerpo que le enseñaba el experto Aristarco. A primera hora de la tarde le tocaba a Filarco, cuya tarea era instruir la mente del niño en los secretos de la medicina y filosofía griegas. El joven príncipe se mostraba obediente a los deseos del padre e intentaba dedicarse con diligencia a las clases que le impartían sus tres nuevos maestros. Lo bueno de todo aquello era que al menos las tediosas e insoportables horas, que solía transcurrir con sus habituales preceptores de palacio, se habían pospuesto al periodo invernal.

El rey Fraate IV, soberano autoritario y poco alentado por su pueblo, se demostraba en el ámbito familiar un padre presente y generoso, atento a la educación y bienestar de su único hijo. Se había dado cuenta de que la presencia de los tres extranjeros procedentes de las tierras occidentales podía aprovecharse al máximo, de forma que decidió pedirles un pequeño esfuerzo a cambio de la magnanimidad que les había demostrado. Entre las distintas enseñanzas que había previsto para el pequeño Cabir, las que consideraba más útiles eran sin duda las lecciones militares del viejo veterano del ejército romano. Aun sin conocerlo, el soberano apreciaba la valentía que transmitía la mirada del tribuno y, al imaginar la confianza que Octavio depositaba en aquel hombre, llegó rápidamente a la conclusión de que se trataba de una persona de gran valor. Tras varios años de lucha con las legiones de la Urbe, el rey de los partos apreciaba la férrea disciplina y los movimientos sincronizados de la temible infantería romana: era prácticamente invencible cuando las líneas de ataque se cerraban. El monarca oriental había logrado imponerse sobre las tropas de Marco Antonio tres años antes, pero nunca había osado desafiar al numeroso ejército del triunviro en un encuentro campal. Sus caballeros aprovecharon su mejor conocimiento del terreno en el que tenían lugar las batallas, zonas prevalentemente rodeadas de estepas áridas e inhóspitas, y sus arqueros a caballo cargaron con el peso de casi toda la actividad militar. Cabalgando entre las yermas colinas de su país, los caballeros partos extenuaron al adusto enemigo con continuos asaltos y retiradas estratégicas. Los arqueros, arropados por sus propias capas y con la cara completamente oculta a excepción de los ojos, abrumaron a las legiones romanas en cada incursión con los cientos de nubes de flechas que les lanzaban con sus ligeros y voluminosos arcos. Al no estar acostumbrados a ese tipo de combate tan ofensivo y veloz, el caos se apoderó del sólido frente defensivo de los soldados de la Urbe. Llegados a ese punto, el triunviro ordenó la retirada de sus hombres pero los caballeros del rey Fraate IV, conscientes de tener la victoria en las manos e incitados por un renovado vigor combativo, siguieron dilapidando las desorientadas legiones durante las largas y fatigosas marchas a través del país de los ríos sagrados. Un largo y doloroso camino de casi un mes de duración, para recorrer la distancia entre la ciudad de Fraata y el río Arasse. El propósito de los partos era causar el mayor número de pérdidas entre las filas del ejército invasor, y al final consiguieron llevar a cabo egregiamente su funesto objetivo.

La campaña del triunviro Marco Antonio contra los enemigos orientales resultó un fracaso total: para derrotar a sus enemigos en una larga serie de batallas insignificantes para el destino de la guerra, el señor de Oriente sacrificó en honor de su ego desmesurado a veinte mil infantes y cuatro mil caballeros.

La voz del joven Labieno resonaba nerviosa y fuerte por el estrecho corredor que comunicaba con la sala de armas. Por más que las puertas estuvieran cerradas, el tribuno pudo imaginarse cómo el rubio catafracto se estaba acercando con pasos decididos a la entrada de la espaciosa antecámara. En ese momento, Cabir se estaba secando la frente empapada de sudor mientras tardaba en levantarse del reluciente pavimento sobre el que había caído, calamitosamente, como consecuencia de un tremendo ataque de su maestro. Las recias puertas situadas a espaldas de Silano se abrieron de modo ineludible tras el potente empujón de los guardias imperiales, y la imagen longilínea de Junio Lucrecio apareció en la puerta, seguida por dos caballeros partos en uniforme de guerra. La tensión le endurecía los rasgos y le agarrotaba el cuerpo. Labieno miró un momento al niño que, desorientado, inclinado hacia delante y con los brazos apoyados en los muslos, intentaba recuperar el aliento aprovechando la inesperada interrupción. Luego dirigió su atención hacia Silano:

—Tribuno —dijo con decisión el hijo del héroe—, tenemos que hablar enseguida. Es importante.

Lucio Fabio asintió remisivo. Se acercó al joven príncipe y comentó satisfecho las fases de la lección que, si bien había sido breve, también había resultado intensa:

—Estás aprendiendo muy rápido. Creo que por hoy lo podemos dejar aquí. Aprovecha para descansar un poco antes de la clase de Aristarco.

Cabir aceptó con gusto la decisión de su preceptor militar. En realidad fue un alivio pensar que el largo sufrimiento, para el que se había preparado psicológicamente antes de entrar en la espaciosa sala de armas, hubiera acabado antes. El moloso de César se despidió del futuro heredero al trono pasándole rápidamente la mano sobre la redonda cabeza rapada y se marchó precedido por Junio Lucrecio. En cuanto llegaron a la sala en la que Fraate IV solía presidir las reuniones con los altos funcionarios del imperio, el joven Labieno pronunció las primeras palabras de su discurso que, en la soledad del inmenso pabellón, resonaron lúgubres y amenazadoras al dispersarse por los rincones de los altos techos:

—Hemos recibido malas noticias, tribuno.

Silano continuó impasible, a la espera de ulteriores aclaraciones.

—Ayer, amparados por la oscuridad de la noche, unos guerreros mesopotámicos invadieron dos pueblos partos situados en los confines septentrionales de los territorios del rey Fraate.

—Mal asunto —observó rápidamente Lucio Fabio.

—A esa hora, todos los habitantes estaban en sus casas y los guerreros de Artavasdes[119] perpetraron una masacre.

En cuestión de segundos, el rostro del tribuno se volvió torvo y la tristeza se asomó a lo más profundo de su mirada. Con voz queda, le pidió al rubio catafracto que siguiera adelante con la descripción del infeliz suceso.

—Echaron abajo las puertas de las casas, secuestraron y violaron a las mujeres, saquearon los pocos haberes de la mísera población y prendieron fuego a las casas y edificios públicos. Y aún hay más... —El hijo del héroe esperó un instante antes de proferir sus últimas, tristísimas, palabras.

El moloso de César trató de dominar el rabioso ímpetu que le hacía temblar los brazos. Mientras Labieno se prodigaba en su infausta narración, en la cabeza del veterano de Roma asomaban, prepotentes, las imágenes de la violenta incursión que los bandidos armenios realizaron en la ciudad de Amasya: el retrato de las jóvenes que gritaban cuando se las llevaban por la fuerza en las sillas de sus elegantes caballos, sus voces rotas por el llanto que se perdía rápidamente entre las amplias espirales de polvo que levantaban las pezuñas de los caballos y los cuerpos sin vida de sus pobres hermanos o maridos, tirados en el suelo de la plaza de la ciudad, con la cara llena de barro y sangre, por la única culpa de haber intentado defender a sus mujeres.

De repente, las palabras volvieron a salir de los labios del joven caballero:

—Después de provocar los incendios, esos bastardos sacaron a los recién nacidos de sus cunas y los tiraron a las llamas.

—¡Qué! —tronó el tribuno. Los rasgos de la cara se le desencajaron, deformados por una rabia aterradora: la mejilla derecha le temblaba ligeramente arrastrada por el ímpetu de los nervios faciales, que se movían de un modo espasmódico e imperceptible a causa de incontenibles oleadas de agitación.

Labieno siguió hablando con voz nerviosa:

—Unos supervivientes han llegado hasta el interior del país para informar al ejército parto del inesperado ataque. ¿Y sabe lo que les han dicho a los caballeros que fueron a socorrerlos a las primeras luces del alba?

La expresión de Silano se volvió tétrica y todo su cuerpo se quedó completamente inmóvil, como esperando el golpe final de un verdugo imaginario.

—Mientras los guerreros de la Media Luna Fértil seguían masacrando a los pobres pueblos indefensos, dos cohortes de legionarios romanos se divertían observando el triste espectáculo que les estaban ofreciendo sus aliados, a unos seis estadios de distancia.

—¡No puede ser! —exclamó petrificado Lucio Fabio—. ¿Cómo puede estar tan seguro?

—Los pobres supervivientes consiguieron distinguir las insignias de los soldados que los miraban a poca distancia de sus casas. ¿Qué le recuerda el símbolo de capricornio, tribuno?

Silano se sintió abatido.

Labieno acababa de darle la prueba irrefutable de lo que su mente se negaba a aceptar. Bajó la cabeza, como vencido por la vergüenza, y se limitó a añadir con voz átona:

—La *legio IV Scythica*. La legión de Marco Antonio.

Transcurrieron unos larguísimos segundos en silencio. Un débil soplo de viento entraba desde el largo pórtico que se abría en la pared, que se encontraba enfrente de la suntuosa mesa en la que el rey y sus consejeros solían debatir el orden del día de las asambleas.

—Ahora mismo, el rey Fraate está reunido con el Estado Mayor de su ejército. Nos encontramos en una situación muy difícil y hay que tomar decisiones rápidas y resolutas. Si detrás de los soldados de la Media Luna Fértil están los legionarios de Marco Antonio, la situación se vuelve todavía más preocupante.

—¿En qué puedo ayudarles? —comentó Silano.

—En nada, tribuno. El rey Fraate es un hombre de palabra y jamás se retracta de sus promesas. Tendrá que seguir aquí, para evitar miradas indiscretas y riesgos inútiles. Si las cosas se pusieran feas, le ayudaremos a escapar para que le dé tiempo a buscar un escondite seguro donde pueda esperar el momento adecuado para actuar.

—¡Yo no puedo permitir que mi ejército cometa tales barbaries! —tronó el moloso de César llevado por el odio más profundo—. La sed de poder del perro de Egipto y su innoble furcia se les ha contagiado como una absurda enfermedad a los soldados de las legiones que ha reunido. La dignidad y la valentía, que desde siempre son los símbolos del ejército de Roma, han quedado enfangados por sus chacales amaestrados, hombres carentes de toda moral, que no conocen más ley que el dinero y la vejación. ¡Esos bastardos tendrán que pagar muy caros sus crímenes!

Labieno se quedó atónito ante tal invectiva. Un tribuno que denigraba con tanta impetuosidad a su propio ejército era toda una novedad para el joven catafracto. Con tono comprensivo y amistoso se apresuró a responder a las duras palabras del oficial:

—Entiendo su deseo de venganza, pero le ruego que reflexione, tribuno. Se encuentra aquí porque estimó necesario desaparecer un tiempo y esperar un momento favorable para poder terminar su ardua misión. No puede tirar por tierra todos los sacrificios que ha realizado para saciar su sed de justicia. Tendrá que esperar aquí, entre otras cosas porque ese es el deseo del soberano, pero he considerado justo que supiera todo lo que ha pasado por si tuviera que huir en caso de que la situación empeorase. Espero que lo entienda, Silano.

El oficial, afligido, bajó la mirada y asintió con un movimiento casi imperceptible. El caballero rubio se despidió de él con una inclinación de cabeza y se dirigió a toda prisa hacia el exterior del palacio, seguido por dos guardias imperiales.

El tribuno se quedó en mitad de la sala, apretándose la cabeza con las manos a la altura de las sienes palpitantes. Cuando se recuperó, se encaminó hacia su habitación: tenía que avisar a Ari y a Filarco de lo que había pasado.

El alba de las nonas de septiembre[120] se alzaba lentamente tras las asperidades de la altiplanicie, y los primeros rayos tenues empezaban a asomarse con timidez a la llanura escondida detrás de las altas cumbres. El pasaje entre las montañas lo aseguraba un pequeño desfiladero sin grandes dificultades que, serpenteando hacia el sureste, iba adentrándose en la espesura de color verde oscuro. El comandante volvería a reunir a sus hombres al corazón del bosque, donde sus dos lugartenientes también recibirían la orden de hacer lo propio.

En la silla de su purasangre bayo se disponía a embocar, tranquilo, un sendero que ascendía suavemente. Lucio Fabio volvió a pensar en el extenuante trabajo de las tres semanas anteriores.

El límite entre la derrota más vergonzosa y el triunfo más glorioso, a veces, es tan fino e impreciso que no pueden marcarlo ni la pericia militar ni la ventaja de la superioridad numérica. Esto era algo que Silano había comprendido muy bien durante los largos años de batalla que pasó al servicio del divino César y lo había hecho, obviamente, a expensas de los enemigos del dictador perpetuo. Al valiente condotiero, capaz de transmitir a sus tropas un ansia combativa y una determinación extraordinarias, le gustaba recordar la importancia del factor sorpresa, exaltando la capacidad de confundir al enemigo con un modo de actuar inesperado y poco predecible como parámetro fundamental para conseguir la victoria en la mayor parte de los enfrentamientos militares.

No obstante, en los ojos del tribuno, cansados y enrojecidos a causa de las pocas horas de reposo que se concedía cada noche, se podía entrever como una inquietud interior, un extraño desasosiego mal disimulado.

Al principio, la idea de crear en poco menos de dos semanas toda una sección de infantería de unos mil novecientos hombres le pareció algo descomunal, prácticamente impensable. Los partos eran famosos por no haberle dado nunca importancia a este tipo de unidad militar, mientras que sus imponentes caballeros catafractos y sus inagotables arqueros de puntería innata, se consideraban combatientes temibles y letales. Su fuerza en la batalla se basaba en ataques rapidísimos y de una violencia inaudita seguidos de sublimes retiradas.

Escurridizos y deletéreos como las sombras.

Sin embargo, el tribuno se había dado cuenta de que, esta vez, las fuerzas conjuntas de los guerreros armenios y la legión romana habrían terminado por imponerse poco a poco sobre el ejército de Fraate IV, de modo que había preferido jugarse la carta más difícil, esperanzado en la benevolencia de los dioses.

Aristarco y Filarco seguían a menos de seis estadios los movimientos de la columna de infantes que procedía silenciosa ante ellos, listos para cerrar con sus hombres la retaguardia de la larga fila de militares.

Instruir a aquella inmensa cantidad de hombres en el uso básico de ambos *pilum*[121], el gladio y sobre todo el largo escudo romano, había resultado extenuante e incluso inicialmente decepcionante. A pesar de todo, Lucio Fabio dedicó todas sus fuerzas y su irreductible voluntad al entrenamiento de las nuevas secciones de infantería parta. Durante dos largas semanas sometió a los pobres guerreros a las pruebas más duras e intensas, desde las primeras luces del alba hasta bien entrada la noche. La mayoría de aquellos admirables combatientes a caballo caía, agotada, en un sueño profundísimo en cuanto terminaba su suplicio cotidiano, pero todos soportaban con honorable mutismo las indicaciones y órdenes del oficial romano. Tras la salida del campo de batalla del joven Labieno, después de que dos enemigos lo hirieran gravemente en el pecho y la pantorrilla y aun así consiguiera escapar milagrosamente a la muerte, el rey Fraate tuvo que afrontar, sin la valiosa figura carismática del joven catafracto, un ejército de expertos caballeros armenios que contaban con el apoyo de la granítica potencia campal de toda la legión IV Escítica de Marco Antonio.

A fin de evitar una dolorosa derrota que habría reducido peligrosamente los límites de su reino y oprimido sus territorios entre las posesiones del señor de Egipto, el soberano parto decidió pedirle consejo al moloso de César, recordando la confianza que el cónsul romano depositaba en su huésped extranjero. El tribuno aceptó el cargo de comandante de caballería; sin embargo, tras una rápida evaluación de las fuerzas militares de una y otra parte, elaboró un plan de batalla estratégicamente válido pero de difícil realización desde el punto de vista práctico, haciendo que le asignaran el comando de una hipotética sección de infantería. El soberano, asombrado por tanta audacia, resolución y coraje, le confirió plenos poderes al oficial romano. Además, puso a disposición del veterano de la Urbe el grupo de hombres armados destinados a palacio, la élite del ejército parto: la guardia imperial. De este modo, de los formidables guerreros sagrados que eran, los imponentes protectores del monarca se transformaron en la copia colosal de la cohorte legionaria romana.

Capítulo XIV

La habilidad y maestría con que el herrero las
había forjado eran inimaginables, e incluso la
propia loriga del joven Octavio habría resultado
de ínfima factura comparada con aquellas
inigualables esculturas metálicas.

LOS CABALLEROS PARTOS EMPEZABAN A ENCONTRARSE en una situación difícil. Acostumbrados a evitar de manera sistemática los enfrentamientos frontales con la poderosa legión romana, esta vez se sentían víctimas de una estrategia mortal. A los lados tenían que mantener a raya a los guerreros armenios que, aun siendo menos numerosos, utilizaban sus mismas armas de combate. Una confusión de flechas y jabalinas volaba por los aires, acompaña de silbidos siniestros y aterradores. Mientras tanto, al amparo de las maniobras con que sus aliados desviaban la atención de los partos, los legionarios romanos avanzaban compactos, cerrando filas, para obligar a sus acérrimos enemigos orientales a encaminarse hacia una ineludible batalla campal. La legión IV Escítica del triunviro Marco Antonio se encontraba en una posición innegablemente favorable: a ambos lados los protegían unos quinientos caballeros armenios que se ocupaban de enfrentarse con el grueso de las tropas partas, mientras que a sus espaldas se alzaban, amenazadoras, las cimas de la cadena montañosa limítrofe. El único punto incierto era la larga franja boscosa que quedaría a su izquierda durante el ataque, si bien la seguridad de los comandantes romanos se basaba en el hecho de que, con el paso de los días, habían conseguido hacerse un cuadro completo del número de unidades con que contaba el belicoso ejército de Fraate IV. Tras las primeras horas de batalla, la derrota parecía hacerse cada vez más inevitable para los extenuados guerreros del soberano. Sus maniobras defensivas estaban perdiendo firmeza y las incursiones en el campo enemigo eran cada vez menos. Los legionarios romanos se encontraban a pocos estadios de los exhaustos arqueros partos que, con una fuerza de voluntad asombrosa, seguían acribillando con sus flechas al ejército de la Urbe, intentando frenar su avance y obligarlo a adoptar una posición de defensa.

De repente, un largo sonido de *buccina* se expandió por todo el campo de batalla y de la verde espesura aparecieron tres figuras armadas a caballo. Sus cuerpos estaban ocultos bajo unas largas túnicas doradas que se estrechaban a la altura del busto y la cintura.

La cabeza también quedaba completamente oculta bajo una fina gasa del mismo color que solo dejaba entrever los ojos. En la mano derecha empuñaban unas picas de punta reluciente. Un gran arco de espléndida factura asomaba a la espalda de los tres misteriosos hombres armados y de un lado, enfundado en una especie de cinturón, colgaba inexplicablemente un gladio idéntico al que utilizaban las tropas romanas.

Las misteriosas figuras observaron el enfrentamiento durante unos minutos, hasta que un segundo sonido de *buccina*, todavía más agudo y penetrante que el anterior, llenó el aire y del bosque salieron gritando improvisamente una multitud de infantes partos sedientos de sangre enemiga. Los nuevos combatientes se lanzaron corriendo con una ferocidad inaudita contra los atónitos legionarios, sorprendidos por la repentina y aterradora aparición, y sus jabalinas empezaron una cruenta carnicería entre las filas armenias y romanas.

Su frente de ataque era granítico e impenetrable y el uso de las mismas armas fomentó aún más la confusión y consternación de los miembros de la legión IV Escítica. Los tres caballeros de oro se batían con extraordinario ímpetu y habilidad, traspasando a sus enemigos con la punta de sus gladios y machacándolos después con las coces de sus cabalgaduras. Parecían figuras oníricas que habían vuelto de ultratumba para sembrar muerte y desgracia entre los angustiados enemigos. De cuando en cuando, se apartaban de la nube de adversarios que estaban combatiendo para impartir órdenes a su impecable infantería, utilizando la potencia de sus pulmones ampliada por enormes cuernos.

Entonces los soldados partos ejecutaban las distintas maniobras militares con sorprendente precisión y sincronía, convirtiéndose en una máquina de guerra letal para los legionarios romanos. En pocas horas cambió por completo la suerte de la batalla, y los arqueros y catafractos partos empezaron a asediar a los caballeros armenios con tenacidad. Los partos, invadidos por una nueva linfa vital, se lanzaron a los enfrentamientos ecuestres sin tener en cuenta el acuciante agotamiento. La vehemencia de su acción resultó letal y enseguida vencieron y exterminaron a los guerreros armenios. Los comandantes de la legión Escítica, al no encontrar solución ante tan oprimente derrota, decidieron impartir la orden de una caótica retirada a través de las cimas que se elevaban silenciosas a sus espaldas.

Así fue como un tercio de los legionarios supervivientes fue masacrado por una lluvia de flechas mientras intentaba buscar reparo, desesperadamente, en los empinados e impenetrables senderos de montaña. Cuando el feroz enfrentamiento hubo terminado, el campo de batalla estaba encharcado de sangre y repleto de cuerpos horriblemente desfigurados por las heridas. Y cuando el último gladio cesó de cortar el aire, Silano detuvo a su purasangre y con un movimiento de la mano se quitó de un tirón el paño áureo que le cubría el rostro: una tristeza inmensa poblaba las profundidades de su mirada.

El tribuno lanzó por los aires su gladio empapado de sangre romana y se llevó ambas manos a la cara para tapar las lágrimas que le mojaban los rasgos puntiagudos. Entonces montó su caballo y vagó solitario entre la multitud de cuerpos sin vida de los legionarios de la Urbe. Filarco y Aristarco, aún ocultos bajo sus sutiles velos dorados, se intercambiaron una breve e intensa mirada de compasión, espectadores inermes del cruel destino de un hombre.

De pronto, Lucio Fabio se detuvo y se dejó caer sobre las rodillas, estrechando entre sus brazos el triste cadáver de un joven soldado, de poco más de veinte años. El tormento y la aflicción por el infame crimen que había cometido cercenó por la mitad su figura de veterano: dobló la imponente mole arrodillada hacia el suelo, y un atronador grito de dolor retumbó lúgubre por todo el lugar de la masacre.

Ni un solo guerrero parto esbozó el más mínimo gesto de exultación o triunfo.

Antes de que la larga sombra que arrastraba el tramonto diera alcance a la llanura, los tres caballeros de oro y sus tropas ya se habían puesto en camino para regresar a Ctesiphon.

El eco de la admirable empresa que los soldados de Fraate IV habían llevado a cabo corrió veloz por todas las regiones del imperio parto y, conforme las palabras se iban difundiendo de pueblo en pueblo, la narración adquiría un aspecto cada vez más quimérico e irreal. La imagen de los tres misteriosos guerreros a caballo, que aparecieron repentinamente de las sombras en el campo de batalla para guiar a la primera sección de infantería pesada del ejército parto hacia la victoria, se mitificó enseguida y avivó la curiosidad de la población por aquellas figuras de pasado desconocido.

El monarca celebró el triunfo de sus comandantes extranjeros con una espléndida ceremonia, y las tropas vencedoras del enfrentamiento decisivo fueron acogidas con lanzas de flores y cantos de júbilo de dos interminables torrentes de mujeres, hombres, niños y ancianos que exultaban de felicidad por haber ahuyentado de nuevo al ejército invasor.

La increíble multitud de personas que se agolpaba a ambos lados de las calles parecía querer acompañar el paso de las heroicas milicias, y salía desde las puertas de la capital hasta las del palacio del soberano. Los caballeros avanzaban impasibles entre aquel desbarajuste de celebraciones manteniendo a sus purasangres al paso mientras los soldados de infantería, precedidos por los tres caballeros de oro, marchaban enhiestos en sus polvorientas armaduras, disfrutando del merecido momento de gloria.

Durante los días que siguieron, Silano se apresuró a poner en manos de Fraate IV el *imperium* de las secciones que había guiado en la batalla y volvió a dedicarse a la educación militar del joven príncipe Cabir.

Tenía los ojos apagados, envueltos en una capa de melancolía, carentes de la intensa luz que solía caracterizar la mirada del veterano. Los días transcurrían en una fingida tranquilidad, invariables y monótonos, mientras sus pensamientos comenzaron a dirigirse hacia Egipto y Marco Antonio.

Poco a poco, la idea de completar la misión que Octavio le había encomendado se convirtió en obsesión. Pensaba en ello incesantemente, día y noche, esperando con un ansia oprimente que llegara el momento de poder cumplir su cometido.

En realidad, lo único que quería era librarse de aquel pesadísimo fardo con el que cargaba desde hacía demasiado tiempo sobre sus cansados hombros. La ciega obediencia e inigualable fidelidad al joven cónsul ya lo habían hecho sufrir bastante, obligándolo a abandonar a la persona que más quería en el mundo y a combatir una vez más contra los soldados de su mismo ejército. Varios amigos suyos habían muerto por ayudarlo en su delicada misión y sus rostros volvían a asomarse a su mente de vez en cuando, como tétricas visiones del pasado. Telésforo y Giubba habían sacrificado sus vidas para salvar la suya; Filarco y Aristarco, movidos por la amistad, se habían visto obligados a seguirlo en su camino y adentrarse en las regiones más remotas del mundo oriental; y Tiresias había interrumpido su comercio para llevarlo de una costa de Occidente a la otra, y ahora tenía que ocuparse de la pequeña Tera hasta el hipotético día de su regreso. Y la misma suerte estaba corriendo Aristipo.

Por lo tanto, cumplir lo antes posible aquella maldita misión significaría poner punto final al sufrimiento de varios amigos.

Una vez de vuelta en Ctesiphon, los dos marineros cartagineses prefirieron seguir ocupándose de la formación y el reclutamiento de las nuevas secciones de infantería parta.

El rey Fraate les concedió el honor de convertirse en los comandantes de más alto grado de su ejército y los dos aceptaron sin dudarlo: habían acompañado al tribuno en su última etapa de su largo viaje hacia Alejandría, por lo que, en un cierto sentido, su obligación había terminado. Habían cumplido la promesa que le habían hecho a Lucio Fabio y se sentían libres de decidir su futuro.

En los meses sucesivos, Aristarco y Filarco obtuvieron el gobierno de dos pequeñas regiones del norte de Ecbatana[122], por lo que el trato con su viejo compañero de viaje se fue haciendo cada vez más esporádico y breve. Sin embargo, cuando conseguían reunirse, la amistad permanecía intacta. No obstante, en la última visita a la corte del soberano, a los dos cartagineses les sorprendió el estado en que se encontraron a su amigo romano: pálido y con las mejillas hundidas, transmitía un aspecto de total abandono, al tiempo que unas incontenibles ansias de abandonar la prisión de oro en la que se sentía relegado lo carcomía por dentro.

Los antiguos marineros intentaron tranquilizarlo e infundirle tranquilidad pero el moloso de César no parecía escuchar mínimamente sus palabras. No dejaba de repetir que había llegado el momento de actuar y poner punto final a aquella dolorosa historia. Los cartagineses se fueron del palacio de Fraate IV visiblemente preocupados por las condiciones en que se encontraba Silano: daba la impresión de que sus facultades mentales estaban a punto de abandonarlo y la conclusión de su delicada misión parecía impensable.

El frío de los primeros días de diciembre empezaba a dominar por completo la rigurosa estación invernal. Desde el pequeño balcón de la habitación del tribuno, el verdor de la vasta llanura que se extendía alrededor de la ciudad de Ctesiphon se reducía irremediablemente con los días, dejando paso a grandes extensiones áridas, delimitadas por largas filas de árboles tristemente deshojados. Hacia la hora sexta de las nonas de diciembre[123], un rumor de pasos se difundió ligero desde el corredor que llevaba a la habitación de Silano. Una esclava, envuelta en una larga tela bermeja, se asomó a la puerta del amplio dormitorio, buscando con la mirada al valiente huésped extranjero. Enseguida vio que Lucio Fabio estaba sentado en el escritorio en compañía del príncipe Cabir. Grandes rizos negros empezaban a caer por la frente del heredero al trono, que seguía concentrado en las palabras de su mentor. La historia que el veterano de Roma le estaba narrando se había ganado toda su atención y con la mente vagaba perdiéndose entre las imágenes de poderosas batallas y duelos a muerte. La figura que más lo fascinaba de aquella fantástica historia era la del gallardo príncipe asiático, único baluarte de defensa de la próspera ciudad bañada por el río Escamandro. Solo contra enemigos aguerridos y capitaneados por grandísimos héroes, Héctor se batía con ímpetu y tenacidad, con el apoyo de sorprendentes divinidades de apetitos extrañamente humanos y temperamento voluble e iracundo. Con el paso del tiempo, Lucio Fabio instauró un profundo vínculo con el joven vástago de sangre real. Nutría un gran afecto y benevolencia por aquel jovencito ávido de conocimiento, siempre dispuesto a hacerle millones de preguntas y a descubrir el porqué de todo. Cabir mostraba una madurez poco común en los jóvenes de su edad y se había afeccionado tanto al moloso de César que pasaba gran parte del día en su compañía. Silano, por su parte, se había recuperado del todo y sus ojos volvieron a transmitir la imagen de un valiente soldado. Seguramente, el ocuparse del joven príncipe aliviaba de algún modo la pena de su corazón y la tristeza debida a la distancia de la pequeña Tera.

La esclava se acercó lentamente al escritorio y con un tímido movimiento de la mano interrumpió la descripción que en ese preciso momento estaba haciendo el oficial romano.

—¿Pasa algo? —dijo Lucio Fabio, apoyando por un instante el valioso pergamino que tenía en las manos.

—El rey desea recibirlo en la sala de reuniones, comandante —respondió con voz sumisa la joven.

—Bien. Entonces será mejor que no lo haga esperar —comentó tranquilo el tribuno. Luego se dirigió a su joven alumno y continuó:

—Tú, mientras tanto, vete para la sala de armas. Dentro de un rato te daré una buena lección, pequeño tunante.

El joven Cabir sonrió, y enseguida añadió con tono provocador:

—¡Eso ya lo veremos, viejo tribuno!

Salieron juntos del frío pabellón, medio ofuscado por la grisura de un día nublado y lluvioso. El joven se dirigió a toda prisa hacia la derecha, mientras que la esclava y el tribuno recorrieron el camino que llevaba a la suntuosa sala en la que el monarca solía reunirse con la aristocracia parta, cruzando un largo vestíbulo que llevaba a la sala de los tapices.

Cuando estuvieron en presencia del rey Fraate, la joven esclava hizo una profunda reverencia y desapareció rápidamente con la cabeza gacha. El soberano abandonó con calma el trono en el que estaba sentado e hizo amago de acercarse al grato huésped. Tenía el semblante completamente relajado y la expresión tensa y meditabunda del pasado no era más que un lejano recuerdo.

—Ya está, tribuno —comenzó a decir el rey—. Creo que ha llegado el momento de que retomes el trabajo al que estás destinado.

—No comprendo, sire —respondió Silano, extrañado.

—Ha llegado a palacio una persona que creo que querrás ver. Nos está esperando en el patio, enfrente del pórtico del jardín.

El rey Fraate le indicó al oficial que lo siguiera y se encaminó hacia el gran balcón. Lucio Fabio se sintió tremendamente entusiasmado, pero intentó disimular sus sentimientos. Por detrás de ellos, cuatro enormes catafractos protegían al potente monarca de los partos.

En cuanto llegaron a la espaciosa antecámara, el moloso de César entrevió la silueta imponente de un hombre que llevaba una gruesa capa verdosa de lana tosca. El tipo estaba admirando, inmóvil, la encantadora variedad de flores y plantas del majestuoso jardín real, ofreciendo su maciza complexión a la llovizna que caía incesante desde hacía horas. Incluso de espaldas, aquel misterioso individuo le resultaba familiar. Cuando se dio la vuelta, entre el ruido de pasos metálicos de la guardia real que rimbombaban con fuerza hacia el exterior, el tribuno sintió una alegría incontenible. Apretando el paso, superó rápidamente al soberano y tendió los brazos hacia el granítico Poaghliaos:

—Amigo mío, no sabes cuánto me alegro de volver a verte.

—*Ave*, comandante —respondió el energúmeno de cuello taurino, mostrando una primitiva especie de sonrisa.

—¿Cómo está la pequeña Tera? —se apresuró a preguntar Lucio Fabio con aprensión.

—La pequeña bribona está muy bien, comandante. No debe preocuparse por ella. Tiresias, Basilio y Aristipo le hacen buena compañía e intentan llenar el vacío de su corazón. Todos los días agota al pobre mercader con las mismas preguntas: quiere saber cuándo volverá, dónde está y si se sigue acordando de ella o si la ha olvidado.

Al veterano de la Urbe se le pusieron los ojos brillantes y enrojecidos al oír aquellas palabras. La voz se le quebraba en la garganta y, cuando por fin consiguió articular algo comprensible, comentó con tono palpitante:

—Te juro que pienso en ella día y noche. Mi único deseo es volver a tenerla entre mis brazos.

Unas lágrimas de emoción recorrieron furtivamente las mejillas del oficial, hasta terminar su breve y veloz carrera en los extremos de la boca.

Poaghliaos se sintió incómodo. Apoyando la vigorosa mano derecha sobre el hombro de Silano, el energúmeno intentó animar al valiente soldado de Roma:

—Todo está a punto de cambiar, comandante. Dentro de nada, podrá volver a ver a su hija.

En un instante, Lucio Fabio recuperó su compostura habitual y, mirando fijamente a los ojos al poderoso informador de Octavio, quiso saber cuáles eran las nuevas disposiciones:

—Ha llegado el momento, tribuno —comentó el gigante—. Tenemos que salir lo antes posible para Alejandría. Se han acallado los rumores acerca de su persona. Esta vez podrá operar con más tranquilidad. Los espías más importantes del señor de Egipto se han eliminado.

—Sigue habiendo un traidor —observó pensativo Lucio Fabio—. Y conoce mi identidad.

—Aunque quisiera, dudo mucho que el pobre Cayo Duilio consiga proferir palabra, comandante —bromeó Poaghliaos—. Se lo han encontrado muerto con la garganta degollada de lado a lado cerca del puerto de Kalamata.

La mirada del tribuno cayó por un instante en el puñal que sobresalía de la túnica del espía.

Cuando levantó la mirada, el musculoso colaborador del joven cónsul asintió vistosamente y el moloso de César por fin obtuvo la confirmación que anhelaba desde hacía tanto tiempo.

—Bien. Entonces ya podemos marcharnos —dijo el oficial romano—, pero antes quiero organizar de modo oportuno nuestros desplazamientos hasta llegar a nuestro destino. No quiero más imprevistos por el camino.

El rey Fraate organizó un abundante banquete para celebrar la despedida del salvador de su reino.

Cuando terminaron los festejos, el soberano le pidió a la guardia real que lo dejaran a solas con el tribuno y ambos estuvieron hablando mucho tiempo. A la luz temblorosa de las antorchas que a duras penas iluminaban la amplia sala, el monarca y su huésped pasaron un par de horas comentando los arduos asuntos políticos que atenazaban desde hacía tiempo a la República romana. La oscuridad de la noche ya había caído pacífica sobre la tierra de los partos, y el soberano hizo un último brindis a la salud del amigo tribuno y al éxito de su difícil empresa. Ambos se bebieron de un trago todo el contenido de las espléndidas copas de plata que sujetaban entre las manos.

—Quiero mostrarte una cosa, caballero de oro —dijo en voz baja el soberano después de unos instantes de silencio—. Es un secreto que pocos han tenido el privilegio de conocer.

Se levantó del asiento en el que solía acomodarse y sacó rápidamente una de las antorchas que estaban colocadas en el anillo de hierro que las sostenía, junto a las soberbias columnas que delimitaban el ancho pabellón. Luego le pidió al soldado que lo siguiera, mientras se encaminaba hacia un ala del palacio que Silano no había tenido oportunidad de visitar detenidamente.

Cruzaron un angosto paso, en cuyo lado derecho se hallaban las caballerizas. Mientras avanzaban en la oscuridad, los relinchos de los majestuosos caballos del rey rompían de vez en cuando la profunda tranquilidad de la noche, hasta que de pronto se encontraron ante una pequeña reja de barras no muy gruesas.

El rey Fraate se volvió hacia el oficial romano y comentó satisfecho:

—Tienes el honor de bajar a las mazmorras más antiguas de la tierra que bañan dos ríos sagrados, amigo mío.

Después de dejar la débil luz en manos del tribuno, abrió rápidamente la pequeña separación que daba a una empinada escalera de caracol, constituida por anchos escalones incrustados entre dos húmedas paredes. Al llegar a lo más hondo del piso subterráneo, giraron a la derecha y una serie de puertas de madera luciente, que daba a un ancho pasadizo, se mostró ante los ojos cansados por la oscuridad de los dos hombres. El monarca llegó hasta la última celda del lado derecho del inquietante pasadizo y encendió una antorcha que estaba colgada de la pared que cerraba el corredor. El trapo empapado de la vieja mezcla inflamable crepitó indeciso unos instantes, hasta que una tenue claridad se difundió por aquel lugar inicialmente tétrico y angustioso. El rey abrió el pequeño batiente de madera y Lucio Fabio pudo lanzar la mirada más allá del umbral de la húmeda celda. Cuando se dio cuenta del espectáculo que se estaba mostrando ante sus ojos, se quedó con la boca abierta, maravillado, incapaz de hacer ni el más mínimo movimiento.

Notando el estupor que había invadido por completo al oficial, Fraate decidió romper el silencio que habían guardado desde que se adentraron en el misterioso subterráneo de palacio:

—Lo que estás viendo, tribuno, son los símbolos del poder de Roma. Detrás del metal reluciente están las insignias que representan al águila y los estandartes de las famosas legiones partas.

Lucio Fabio no lograba proferir palabra. Ante su mirada atónita relucían cuatro armaduras del ejército romano, colocadas sobre otros tantos pedestales. A juzgar por la forma, debían de ser de unos veinte años antes, pero resplandecían a la luz trémula de las antorchas como si les hubieran estado sacando brillo hasta ese mismo momento. La habilidad y maestría con que el herrero las había forjado eran inimaginables, e incluso la propia loriga del joven Octavio habría resultado de ínfima factura comparada con aquellas inigualables esculturas metálicas.

—No es posible —exclamó el tribuno, sin apartar la mirada de la maravilla que estaba contemplando—. No me diga que son armaduras de...

—Exacto —respondió el soberano, truncando las palabras de Silano—. Las corazas de las legiones de Craso. Mi padre Orodes II quiso celebrar la aplastante victoria de Surena[124] contra el ejército de la Urbe trayendo a palacio los restos del general romano y sus dos comandantes. En cambio, la última pertenece a un valiente centurión que se batió con indómito coraje contra nuestros soldados. Surena le cortó la cabeza mientras se lanzaba con dos gladios contra una pareja de catafractos que se habían caído de sus caballos.

El oficial miró estupefacto al monarca:

—¿Por qué ha querido enseñarme sus reliquias de guerra? ¿Para hacer alarde de haber derrotado a mi ejército en el pasado?

—Todo lo contrario, caballero de oro —respondió con serenidad el monarca—. Hace tres años, el triunviro Marco Antonio me pidió que le devolviera las insignias de las legiones derrotadas en la llanura de Carre. Pero yo me negué categóricamente. Cuando subí al trono, ordené que estas armaduras se limpiaran periódicamente para mantenerlas siempre resplandecientes y listas para la batalla. El tenerlas aquí representa una advertencia constante: no hay que dejarse dominar por la sed de gloria y poder. El dominio del mundo entero es un proyecto utópico incluso para los mejores conquistadores.

—Entiendo —respondió pensativo Silano.

—Pero ahora que tienes que dejar mi país para cumplir tu importante misión, quiero que elijas una de estas estupendas lorigas. Coge la que prefieras. Será el don que te ofrezco en señal de amistad, estima y agradecimiento. Estoy seguro de que cuando la luzca un hombre valiente y de ánimo puro tendrá más fortuna que con sus anteriores propietarios.

Las palabras del soberano lo dejaron petrificado. Hacía bastante que no se ponía una armadura romana y su atención voló inmediatamente hacia la reluciente loriga musculada de cuero reforzado y bronce. La parte metálica se erguía anatómicamente sublime para defender el pecho y el abdomen, mientras que, en el centro, el herrero había colocado unas placas circulares con las efigies del águila y la loba. Colocados en la parte inferior, debajo de la armadura, el tribuno vio que del pedestal colgaban unas elegantes *pterigi*[125] con punta de hierro, mientras que, en correspondencia con las piernas, una hermosa pareja de espinilleras de bronce estaban unidas a la parte terminal del sólido soporte. Sobre la base, la imponencia del yelmo de cresta transversal demostraba triunfante toda la importancia del grado que la loriga representaba. Admirando la belleza de aquella armadura defensiva, Lucio Fabio volvió a pensar en los largos años que había pasado combatiendo al lado de César con el grado de centurión: años de privaciones y penurias, de marchas y enfrentamientos, pero también de conquistas y hazañas heroicas. En un instante tomó una decisión y, volviéndose hacia el rey Fraate, notificó con timidez su elección:

—Si le parece bien, me gustaría quedarme con la última loriga de la derecha.

El soberano sonrió con gusto y comentó satisfecho, dirigiéndose hacia la armadura en cuestión:

—Ninguna objeción, amigo mío. En el fondo de mi corazón sabía que elegirías este estupendo ejemplo de pericia artesanal, sobre todo ahora que conoces la historia del esforzado centurión que la poseyó un tiempo.

—Esperando que no termine igual que él, majestad —bromeó Silano.

—Mañana, con las primeras luces del alba, uno de mis guardias te llevará la loriga que has elegido a tu habitación. Y ahora, salgamos de este lugar húmedo y solitario, y pongamos fin a esta larga jornada.

—Un momento, sire —añadió el tribuno—. Antes de subir le ruego que satisfaga mi curiosidad: ¿no sobrevivió ningún hombre de Craso a la batalla de Carre?

El monarca no se esperaba la pregunta de su huésped:

—De los cerca de trescientos hombres que estaban al servicio del riquísimo general, solo diez mil lograron sobrevivir. Estaban a las órdenes de un valiente legado llamado Casio[126] y cayeron prisioneros. Al año siguiente a su captura, mi padre los envió a Margiana[127] como auxiliares de defensa en la guarnición situada en la frontera oriental del imperio. Poco después, la fortaleza sufrió un duro ataque de los guerreros han[128], en el que algunos romanos fueron deportados, mientras que otros lograron escapar. Desde aquel momento, no hemos tenido más noticias.

Dicho esto, el rey Fraate se encaminó silencioso hacia la larga escalera de caracol, seguido por el tribuno. A lo largo de todo el trayecto que llevaba al ala este del palacio, los dos hombres no intercambiaron ni una sola palabra. Perdido en los cansados pasos que lo conducían hacia su habitación, el soldado romano reflexionaba a fondo sobre la triste historia de la legión perdida.

La pequeña antecámara que llevaba a la sala del trono se llenó del ruido metálico producido por la empuñadura del gladio, que chocaba a cada paso contra los sutiles anillos de hierro que decoraban el elegante cinturón.

Tras cruzar la puerta del enorme pabellón, el moloso de César, exhibiendo su reluciente loriga musculada, fue recibido por la guardia real como nunca antes había ocurrido.

Dos filas de guerreros se prolongaban desde la entrada hasta los primeros escalones que subían al trono. En cuanto apareció por la puerta la corpulenta y deslumbrante silueta del tribuno, la élite del ejército parto se arrodilló al unísono mostrando el lado derecho y desenvainó las largas espadas curvas de desfile en señal de respeto. El veterano de Roma se quedó atónito ante el honor que estaba recibiendo tan inesperadamente, e intentó disimular su estupor dirigiéndose muy derecho y con paso decidido hacia el trono de Fraate IV.

A la derecha del soberano estaba sentado el pequeño Cabir, con los ojos tristes y los labios apretados. El príncipe no quería que su amigo y mentor se fuera, y tenía una expresión transida y resignada. A Junio Lucrecio Labieno se le veía muy debilitado, mientras se apoyaba con los brazos en el escaño real. La pierna izquierda, vistosamente vendada desde la rodilla hasta el pie, permanecía levantada, a pocos dedos del suelo. Era la primera vez que lo veía sin su enorme coraza y el extenso vendaje que le apretaba el cuerpo parecía reducirle aún más la delgada figura. El rey Fraate se puso en pie y dio tres palmadas. De las columnas que delimitaban el fondo de la sala aparecieron cuatro graníticos arqueros con sus mortíferas armas. Pasaron por delante de los guerreros sagrados más cercanos al podio y se pararon al lado del tribuno.

—Le he asignado a estos hombres como escolta, caballero de oro —afirmó con tono solemne el soberano—. Le acompañarán hasta el confín sirio, que se encuentra a pocos estadios de la ciudad de Antioquía. Todo el pueblo parto le quedará eternamente agradecido por los servicios que ha rendido al soberano de estas tierras y la amistad que le ha demostrado a nuestra gente. Siempre será bienvenido en la corte del rey. Recuérdelo, tribuno Silano.

Lucio Fabio hizo una profunda inclinación en señal de gratitud. Seguidamente, recorrió los pocos pasos que lo separaban de Fraate IV y se dieron la mano. Mientras el tribuno se despedía del pequeño Cabir y el joven Labieno, el imponente Poaghliaos esperaba en silencio junto a los hombres que acababan de recibir el encargo de acompañar a los dos extranjeros hasta la ciudad de la limítrofe provincia romana de Siria.

A pesar de ser una mañana fría, pocas nubes salpicaban el tenue color celeste del cielo límpido. Hacia la hora sexta, el oficial romano y su séquito ya se habían puesto en marcha hacia el noroeste, cabalgando al principio entre las lozanas llanuras mesopotámicas para luego atravesar las estepas áridas y poco acogedoras que empezaban a convertirse lentamente en el escenario natural de aquellas tierras. A los cuatro días superaron la infausta ciudad de Carre, testigo de una de las mayores derrotas sufridas por el ejército romano, y se desviaron hacia el sur, en dirección a los dominios de Marco Antonio. A lo lejos, a su izquierda, se extendía majestuosa la vasta lengua de desierto sirio y tras medio día de camino por fin pudieron divisar la próspera Antioquía. Allí, los dos extranjeros se despidieron de los formidables arqueros partos que los habían guiado hasta su destino y se dirigieron hacia las enormes puertas de la ciudad, a fin de buscar un lugar en el que pasar la noche.

Capítulo XV

Con una señal, le indicó al oficial que avanzara hacia el interior de la sala y luego, dándose la vuelta, dejó caer delicadamente la fina túnica que contenía indecisa sus formas perfectamente divinas.

Pese a ser tan tarde, las calles de la ciudad estaban abarrotadas. En las esquinas que formaban el cruce de las distintas calles se entreveían corrillos de personas que charlaban animadamente, sin importarles el frío glacial que transportaban las soberbias ráfagas de viento procedente del noreste. Seguramente, la población local estaba acostumbrada al clima riguroso y las bajas temperaturas de las gélidas noches invernales de la próspera Antioquía.

En cambio, al recorrer las calles, los cuerpos de Silano y Poaghliaos cayeron víctimas de un inesperado torpor que aumentó rápidamente el cansancio mal disimulado de las largas cabalgatas de los días anteriores. Decidieron buscar abrigo en la posada más cercana, con la esperanza de devolver el colorido a sus mejillas con un par de tragos de un buen vino tinto y pasar la noche al calor del brasero de una habitación alquilada. Entraron en una sala cuyas paredes habían perdido su antiguo tono amarillo tenue, y se quedaron admirados por la cantidad de personas que atestaban el limitado espacio dedicado al comedor. Abriéndose paso entre los clientes de la posada, el tribuno y el espía encontraron un par de sillas alrededor de un barril y se sentaron, mientras los camareros seguían yendo y viniendo, mareados entre miles de comandas y pedidos que llevaban a las mesas atiborradas de clientes. Había pasado alrededor de una hora cuando por fin consiguieron tomar una cena ligera a base de sopa de cereales y un par de vasos de vino tinto de Epiro.

De vez en cuando, unos legionarios que estaban sentados en un banco cerca de la entrada miraban de reojo al tribuno con su preciosa loriga de centurión. Lucio Fabio se dio cuenta, pero intentó no darle mayor importancia para no atraer aún más la atención del pequeño grupo de soldados romanos. Poaghliaos estaba mojando en silencio su rebanada de pan tostado en el contenido de su cuenco, cuando Silano empezó a decirle en voz baja:

—Mañana a primera hora saldremos de la ciudad e intentaremos llegar al puerto de Seleucia[129] antes de que se ponga el sol. No creo que luego sea difícil encontrar un pasaje para Alejandría en una de las numerosas naves comerciales que zarpan todos los días hacia Egipto.

El energúmeno que tenía enfrente se limitó a asentir mientras se llevaba a la boca llena otro trozo de pan que acababa de mojar en la sopa.

—Cuando lleguemos, tendremos que conseguir que nos reciba...

El espía al servicio del joven cónsul lo interrumpió repentinamente:

—De acuerdo. Ya hablaremos mañana durante el viaje. Ahora nos pueden oír y nuestra presencia ya ha avivado la curiosidad de algunos hombres.

—Tienes razón —se limitó a contestar el oficial romano.

En cuanto terminaron de cenar, se dirigieron hacia la barra en la que estaba el posadero. Lucio Fabio le puso dos denarios en la mano y le pidió que le diera dos habitaciones para pasar la noche. El posadero, más que satisfecho con el pago, les señaló enseguida una puertecilla situada en el tabique que había enfrente de la traficada zona de la cocina.

—Abrid la puerta y cruzad el pasillo —respondió el hombre panzudo—, luego girad a la izquierda. Encontraréis dos habitaciones adyacentes a la escalera que lleva al piso de arriba. Son las únicas que quedan libres.

El oficial y Poaghliaos le dieron las gracias y, antes de retirarse a sus habitaciones, le lanzaron dos desagradables miradas al grupo de soldados del ejército que seguían sentados a la mesa. Estos, recibida la silenciosa advertencia de su superior, bajaron de golpe los ojos y volvieron a ocuparse de sus asuntos, a fin de evitar fastidiosos problemas. Cansados, pero aliviados por el calor de la posada, los dos amigos de viaje se abandonaron a un sueño profundo.

El trayecto hasta Seleucia fue más breve de lo que se esperaban, de modo que hacia la hora octava ya divisaron la atosigada escala comercial, realizada para satisfacer las necesidades de la capital siria. El cielo estaba insólitamente terso y unas débiles oleadas de viento caliente arremetían de cuando en cuando contra las elegantes cabalgaduras de los dos viajeros. Los muelles estaban repletos de embarcaciones de diversa forma y procedencia y el mercado, situado en el lado izquierdo de la zona de atraque, era un hervidero de gente en busca de una buena ocasión para hacer negocios entre el bullicio de los aparatosos expositores. Silano y su gigantesca sombra evitaron aquella barahúnda de ruidos y rostros y, tras ponerse en camino hacia una serie de callejas bien empedradas que salían del centro del pequeño burgo, llegaron a una zona que daba espacio a tres largos embarcaderos, situados a espaldas de aquella babel de ambulantes. Al tribuno no se le hizo difícil comprarle a buen precio dos pasajes para Alejandría de Egipto a un mercader de hierro hispánico que iba a zarpar al día siguiente, poco antes del amanecer. Tal vez la loriga de centurión, junto con la mole inquietante de Poaghliaos, convenció al dócil comerciante de Egina[130] a no contrariar a los dos huéspedes inesperados de su barco.

El viaje hacia la ciudad de Cleopatra fue tranquilo.

El cabotaje duró dos días, durante los cuales las condiciones de las olas y del tiempo se mostraron magnánimas y benévolas. Una vez superadas Tripolis y Beritus[131], el mercader hizo una breve escala en Tyrus para comprar unos cuantos sacos de trigo y especias; luego continuó la navegación aquel mismo día por la tarde, costeando Cesarea y las largas escolleras de Judea. Con las primeras luces del alba de los idus de diciembre, el amable mercader despertó a sus huéspedes después de haberlos llevado con gusto a su destino.

—En pie, señores —dijo de modo pacífico el barbudo Girtab—. Nuestro paseo termina aquí.

—¿Qué quiere decir? —contestó con voz ronca Silano, que seguía restregándose los ojos soñolientos.

—Suba a cubierta y lo verá, centurión. Alejandría se encuentra a unos treinta estadios de nuestra proa.

—Bien —se limitó a responder el tribuno, mientras Poaghliaos seguía roncando profundamente—. ¿Hay algo de comer?

—Higos y pan con miel. Le espero arriba.

La ciudad de Cleopatra se ofreció en su majestuosa complejidad ante los ojos aún somnolientos de Silano. Era un espectáculo admirable, que dejaba con la boca abierta hasta al viajero más perezoso y superficial.

Lucio Fabio se quedó un buen rato contemplándola, apoyado en la balaustrada de la veloz oneraria de Girtab. Parecía absorto en una maraña de pensamientos mientras se llevaba mecánicamente a la boca sus rebanadas de pan aderezadas con el dulce néctar. Ya habían recorrido la mitad del trayecto que los separaba del magnífico puerto de la ciudad cuando el robusto informador de Octavio apareció medio atontado en el puente.

—Hemos llegado, amigo mío —lo saludó el oficial—. Por fin estamos aquí.

Poaghliaos se quedó mirando un momento la expresión anhelante del veterano. Aunque todo lo que recibió Silano por respuesta fue un infeliz y profundo gruñido.

Cuanto más se acercaban a la zona de los dos puertos, más incómodo se iba sintiendo Silano por el esplendor de la ciudad de Marco Antonio. El faro, una construcción inverosímilmente alta que utilizaban para facilitar la navegación durante la noche, se veía claramente desde unos doscientos estadios mar adentro. Sobre una amplia base cuadrada, en la que operaban los encargados de su funcionamiento, se elevaba una torre octagonal y sobre ella una construcción redonda en cuya cumbre descansaba una bellísima estatua de Poseidón. La maciza construcción se había edificado en la pequeña isla de Faro, que comunicaba con la ciudad por medio del imponente Eptastadio[132]. La embarcación oneraria se deslizó veloz sobre las plácidas olas y en breve dio alcance al puerto occidental, repleto de todo tipo de barcos. Grandes trirremes romanas flanqueaban las naves de guerra egipcias, aún más grandes, y por doquier se veían fondeadas embarcaciones mercantiles de ágiles cascos. El promontorio de Lochias, bañado por los tenues rayos de un pálido sol, vigilaba el amplio puerto, acogiendo, con ojos despiertos, a la multitud de navegantes que continuamente entraban y salían de la zona. Desde su punto más alto se asomaba al mar el espléndido palacio real, símbolo de la potencia económica y majestuosidad de la dinastía de Cleopatra. Lucio Fabio contempló largo tiempo aquel fantástico espectáculo que se presentaba fúlgido ante su mirada, y pensó que solo la magnificencia de Roma podía contrastar de algún modo la belleza de la ciudad que había levantado Alejandro Magno. Las murallas abrazaban el vasto territorio extendiéndose a lo largo de una distancia que no parecía tener fin: cerca de noventa estadios de piedra salpicada por torres suntuosas, ocupadas por soldados dedicados a su aburrido trabajo cotidiano de vigilancia.

—¿No ha estado nunca antes en Alejandría? —preguntó sonriente Girtab.

—No —contestó, lacónico, el tribuno—. Es realmente un prodigio de los dioses —añadió.

—Resplandece como Afrodita pero también es lujuriosa y ávida como una hetera. Después de atracar, les aconsejo que estén atentos. Los jovencitos que corretean rumorosos por la vasta plaza del mercado tienen los brazos largos y las manos rápidas. No pierdan de vista sus posesiones.

Poaghliaos esbozó una leve sonrisa.

—¿Cómo es la gente de aquí? —inquirió con curiosidad el oficial.

—Como la de cualquier otra gran metrópolis, amigo mío —observó el mercader, mientras daba a sus marineros las disposiciones necesarias para el atraque—. Todas las razas del mundo, y todas las virtudes y los defectos del género humano, se concentran en la Roma de Oriente.

Notando una cierta impaciencia en la expresión de sus huéspedes, Girtab se apresuró a responder de una manera más apropiada a la pregunta del tribuno.

—La ciudad está dividida, *grosso modo*, en tres grandes zonas: en el barrio oriental está la mayor parte de los hebreos, huraños y dedicados a sus propios asuntos; en el este se encuentra el barrio de Rakhotis, habitado exclusivamente por egipcios, que tal vez representa la parte más antigua de Alejandría, pero lamentablemente también la menos próspera; y por último está el Bruchium, o barrio real, que se extiende alrededor del palacio real y es donde vive la gente que cuenta y gana bien, que son todos griegos y algún que otro romano amigo del triunviro.

—Ya veo que conoce bien la ciudad —comentó el espía del joven cónsul—. ¿Suele hacer escala en este puerto?

—No tan a menudo como me gustaría, amigo mío —bromeó el mercader—. Bueno. Ya hemos atracado. Podemos tomar tierra.

Cruzaron la estrecha pasarela de la embarcación y llegaron a un muelle larguísimo que llevaba al lado occidental de la parte inferior de Alejandría. Un ligero vientecillo se transformó en potentes ráfagas de viento gélido y los tres se echaron por los hombros las gruesas capas que hasta entonces habían llevado en el antebrazo.

Las dos calles principales de la ciudad tenían una anchura de más de ciento cincuenta pasos y estaban bordeadas por suntuosos pórticos con columnas. Se cruzaban en ángulo recto en el corazón de la metrópolis, en el punto en que se erguía majestuoso el Soma, el mausoleo que contenía los restos de Alejandro Magno, fundador de la Perla del Nilo.

Por más amplias que fueran las arterias empedradas, la multitud de personas que a aquella hora atiborraba las calles era realmente impresionante. Avanzaron lentamente, entre miradas y lenguas diferentes, en dirección al palacio real, y la atención del tribuno se concentró en la gran cantidad de obras espléndidas que embellecían la capital de Egipto. Al girarse hacia occidente vio el Serapeum, el templo más famoso de la ciudad, dedicado al dios Serapis, situado en los alrededores del barrio egipcio. En posición diametralmente opuesta, a lo largo del lago nororiental, se encontraban el Gran Teatro y el templo de Poseidón. Años antes, cuando aún frecuentaba a la reina Cleopatra, César cambió el uso del imponente edificio ubicado en la parte alta de Alejandría: dada su posición estratégica, el bravo condotiero decidió convertir el teatro en una fortaleza romana.

Los legionarios que se cruzaban con los tres viandantes escrutaban con cierta maravilla a Silano. En realidad, las tropas romanas guarnecidas en la capital no eran tan numerosas como el comandante Lucio Fabio supuso a su llegada. La mayor parte de las legiones de Marco Antonio se hallaban guarnecidas a lo largo de la frontera armenia, última conquista del viejo triunviro, y casi todos los militares romanos que prestaban servicio en Alejandría se encargaban de impartir las órdenes a las numerosas filas de guerreros egipcios que se encontraban al servicio de la espléndida reina.

Así pues, la presencia de un centurión desconocido llamaba la atención de los soldados de la Urbe.

Cuando llegaron al inicio de la amplia calle que se extendía hasta las puertas del palacio real, Girtab se despidió de los dos extranjeros a los que había ofrecido sus servicios:

—Nuestros caminos se separan aquí, amigos. Ha llegado la hora de retomar mis negocios en la plaza del mercado. Solo los dioses saben lo que me molesta tener que adentrarme en ese absurdo pandemónium.

—Gracias de nuevo —contestó el tribuno.

—A su servicio, comandante. Espero volver a verles pronto.

Acto seguido, el simpático vendedor se marchó por el mismo camino que habían tomado antes y se perdió tras la primera curva de la calle que bajaba al centro de la capital.

Silano miró por un instante a su compañero de viaje. Por fin tenía la posibilidad de cumplir la ardua misión a la que estaban destinados. La expresión de Lucio Fabio se había vuelto repentinamente tensa y sus profundos ojos negros transmitían toda la determinación de su ánimo:

—Hemos llegado, Poaghliaos. La suerte está echada —comentó el oficial.

El enorme informador guardó silencio, pero su expresión severa dejaba entrever una cierta preocupación.

Al aproximarse a los poderosos batientes de madera de la entrada, los soldados egipcios que estaban de guardia detuvieron al veterano y su compañero de viaje.

—Soy el centurión Lucio Fabio Silano, de la legión XIX, que se halla guarnecida en Narona. Solicito audiencia con el noble triunviro Marco Antonio —dijo el tribuno.

Escoltaron a ambos viandantes hasta la antecámara de la sala del trono y, de golpe, toda la majestuosidad y esplendor de la corte de Fraate se quedó en nada ante la pompa y el boato que reinaba soberano en la residencia de la reina Cleopatra. Todo era exaltación de la riqueza y la abundancia, superando vistosamente los límites del buen gusto para alcanzar lo chabacano y vulgar.

«Demasiado lujo nubla la mente», pensó el moloso de César para sus adentros.

A los diez minutos, un corpulento tribuno apareció de uno de los laterales del pabellón, dirigiéndose a paso decidido hacia ellos:

—Soy Lucio Manlio Vareno, tribuno del ejército de Roma y jefe de los pretorianos al servicio del noble Marco Antonio.

La mirada del soldado era tan penetrante como un cuchillo. Una larga herida le desfiguraba el vigoroso brazo izquierdo y la misma suerte había corrido el muslo derecho, donde una cicatriz de la longitud de un palmo sobresalía en parte bajo las relucientes *pterigi*.

Seguramente se trataba de un hombre que había combatido muchas batallas, quizá las mismas que, del mismo modo, le habían proporcionado a Silano los trofeos que desde hacía años le desfiguraban los hombros y el pecho.

—*Ave*, comandante —respondió Lucio Fabio y se apresuró a declarar su grado militar, teniendo mucho cuidado con definirse centurión, puesto que el apelativo tribuno no sería el mejor para ganarse el favor del viejo triunviro. Además, el moloso de César sabía que el señor de Oriente contaba con espías e informadores por todas partes.

—La legión XIX de Narona... —comentó con sorna Vareno—. A las órdenes de Octavio, entonces.

—Estoy aquí para hablar con el noble conquistador de Egipto, tribuno —respondió con semblante molesto Silano—. Es un momento difícil, comandante. La decisión más sabia es la de permanecer al servicio de la propia conveniencia.

El jefe de los pretorianos sonrió, intentando darle un sentido a la frase del veterano, y se alejó para avisar al noble Marco Antonio de la inesperada visita.

A la vista del ex *magister equitum* de César, Lucio Fabio se estremeció: la que tenía ante él era prácticamente otra persona distinta de la que había conocido durante la batalla de Mutina.

El viejo triunviro llevaba una elegante toga bermeja, que le caía ligeramente sobre el pecho. Había engordado notablemente y los brazos habían perdido una buena parte de la musculatura de antaño. Llevaba los párpados pintados con un polvo oscuro, que parecía ceniza, y unas vistosas ojeras resaltaban prepotentes sobre un rostro arrugado e hinchado. Una ligera capa de adiposidad caía bajo el mentón del señor de Egipto. Marco Antonio parecía haber perdido gran parte de la altivez que lo caracterizaba pocos años antes: ahora tenía la mirada cansada, desfallecida, y su expresión parecía ensombrecida. Silano pensó inmediatamente que las juergas y orgías de las que se hablaban en Occidente no debían de ser meras patrañas con las que se pretendía generar hastío contra el viejo triunviro. Seguramente, el lujo desenfrenado y una abundante dosis de simposios lascivos habían minado la integridad física del valiente brazo derecho del dictador.

—*Ave*, noble Marco Antonio, orgullo de Roma y protector de las provincias de Oriente —se apresuró a recitar Lucio Fabio.

—Habla, centurión. No tengo tiempo que perder —respondió con tono brusco y molesto el ex *magister equitum*.

«Asqueroso engreído», pensó el tribuno mientras se esforzaba por desenfundar la mejor sonrisa de circunstancia que fuera capaz de fingir:

—He venido a ofrecerle...

Las suposiciones del viejo triunviro truncaron las palabras de Silano:

—Tengo la impresión de haberte visto antes, soldado. Tu cara me recuerda a algo, pero no sé a qué. ¿Dónde has prestado servicio, centurión?

—Seguí al divino César en la campaña de la Galia y posteriormente en las batallas contra Pompeyo hasta Pharsalus. Los soldados de las legiones que el dictador guiaba en aquella época me conocen como el moloso de César.

—¡Eso es! ¡Claro! El moloso de César... —exclamó sonriente Marco Antonio—, el valioso colaborador del sumo condotiero. Uno de sus hombres de confianza, si no me equivoco.

—No se equivoca, comandante —observó tranquilamente Lucio Fabio.

—César no desvelaba jamás la identidad de sus hombres —comentó el señor de Egipto—. Preservaba vuestros nombres para que les fuerais aún más útiles en caso de necesidad.

Silano asintió vistosamente.

El tono del triunviro se suavizó de golpe. El recuerdo de tiempos pasados parecía haber cambiado su voluble humor:

—¿Y a qué debo tu visita, centurión? —inquirió Marco Antonio, mientras se acomodaba en una espléndida silla dorada.

—He venido a ofrecerle mis servicios. Siempre que quiera concederme su benevolencia.

—No te entiendo, soldado —replicó el señor de Egipto.

—He abandonado la legión XIX, de guarnición en Narona, harto de las directivas del cónsul Octavio.

Al oír aquellas palabras, el rostro del viejo triunviro se iluminó de pronto. Se levantó rápidamente y se le acercó con benevolencia:

—Vamos a hablar a otra sala, centurión. En cuanto a tu corpulento acompañante, estará cansado del viaje. Haré que le preparen una habitación para que descanse hasta tu regreso.

Acto seguido, Marco Antonio volvió sobre sus pasos y susurró algo al oído de Vareno, que exclamó en voz alta:

—Sígueme, extranjero. Daré órdenes a dos esclavas para que se ocupen de tu persona. Por aquí —dijo, y embocó un largo corredor del lado derecho del fondo de la amplia antesala, seguido por Poaghliaos, que lo escrutaba en silencio.

—Nadie puede comprender tus motivos mejor que yo —comentó con extraña amabilidad Marco Antonio—. Después de pasar años sirviendo fielmente al ejército de Roma, todo buen veterano tiene derecho a ser tratado con el máximo respeto. Octavio es demasiado joven e inexperto para comandar las gloriosas legiones que ha heredado de su padrastro. No tiene experiencia militar y no sabe relacionarse con los soldados.

—Yo podría serle muy útil, noble Marco Antonio —dijo con tono sumiso Silano mientras paseaban por el espléndido pórtico adornado con largas filas de columnas variopintas que rodeaba la piscina olímpica.

—Conozco la distribución real de las tropas del joven cónsul, los desplazamientos que se han programado para sus legiones y he sido testigo de muchas conversaciones interesantes. Octavio me consideraba un hombre en quien podía confiar, un tonto que veía en él la extensión de los proyectos del divino César y el continuador de sus gestas y faustos. Cree que puede guiar con palabras y vanas promesas la mente de veteranos experimentados. Ya me he dejado embaucar demasiado tiempo por su perfidia. Ahora aspiro a lo que me corresponde.

Marco Antonio sonrió, divirtiéndose:

—Nada que objetar, centurión. Has servido durante años a tu comandante con ciega obediencia y es justo que ahora recibas la recompensa que tanto anhelas. Yo sé cómo razona un soldado. Yo he padecido el frío y el hambre en la misma medida que mis hombres en la Galia.

La voz del señor de Egipto asumió en ese momento un tono decidido e imperioso, como si estuviera realizando el alegato final de una saturada audiencia en el Senado:

—¿Quién estuvo al lado del divino César durante sus largas campañas en las tierras del norte? ¿Quién le ofreció la corona el día de las Lupercales, para exaltar su figura y mostrar al pueblo su inmensa devoción? ¿Quién evitó que la ciudad cayera en el caos el día de su asesinato? ¡Yo! Siempre yo. Solo yo, soldado.

A Lucio Fabio le impresionó la saña con la que el triunviro acababa de pronunciar su discurso. Las raíces del odio que Marco Antonio sentía por Octavio iban mucho más allá de los intereses políticos. Probablemente, lo que más detestaba era la imagen que el joven cónsul había conseguido construir alrededor de su persona. Sencillamente, Marco Antonio no lograba entender por qué una parte del pueblo y la mayoría de los senadores habían visto en aquel joven flaco y desquiciado la figura del sucesor de César. Ciertamente, aquel había sido el deseo testamentario del dictador, pero consideraba a los habitantes de Roma lo suficientemente inteligentes como para no dejarse embaucar por las palabras de un joven politiquero. Sin lugar a dudas, el único sucesor del gran condotiero tenía que ser él. La situación, tal y como había progresado los últimos años, tenía que ser un bocado amargo, difícil de tragar.

Se acercaron a la sala de los banquetes y Lucio Fabio pudo observar un continuo ir y venir de esclavas y siervos eunucos que cruzaban la entrada del elegante pabellón de paredes completamente cubiertas de frescos. Desde su posición, solo consiguió echar una rápida ojeada al interior del recibidor, pero sin llegar a entender cuál era el motivo principal de las decoraciones de los estucos.

—¿Quién es el hombre que te acompaña? —preguntó tras un breve silencio el viejo triunviro.

—Se llama Poaghliaos, comandante. Es un hombre que cuenta con una fuerza y un valor excepcionales. Ha servido a Octavio durante años, pero ahora ha decidido seguirme para pasar él también a su servicio, triunviro.

—¿Cómo sé que puedo fiarme de él? —comentó, pensativo, el señor de Egipto—. ¿Y cómo sé que puedo fiarme de ti, centurión?

Lucio Fabio no se esperaba lo que acababa de oír. Con un enorme esfuerzo que duró lo que una respiración, trató de pronunciar las palabras más adecuadas para terminar de una vez por todas con las reticencias del gobernador de los territorios de Oriente:

—Noble Marco Antonio, la fuga del campamento de Narona me ha costado muy cara. Para Roma soy un desertor y lo que Octavio desea es capturarme vivo para atravesarme personalmente con la espada. Si no quiere darme su confianza y protección, enciérreme en las mazmorras más lúgubres y tétricas de la tierra del Nilo o dóneme la posibilidad de una muerte honorable. Dondequiera que vaya siempre me perseguirán por haber traicionado al joven cónsul. Pongo mi destino en sus manos: una palabra suya, y aceptaré su decisión.

Mientras Silano se prodigaba en aquella especie de espectáculo teatral, asomaron a la mente del señor de Egipto los vívidos recuerdos de su último encuentro con el fiel Enobarbo. La muerte de Publio Rufo, su cabeza de puente en el Adriático, había acaecido unos meses antes y muchos otros colaboradores habían sido comprados o eliminados por los hombres de Octavio. La idea de poder devolverle el mismo favor al joven cónsul lo convenció de aceptar la petición del veterano con el que estaba hablando:

—Mi palabra es única e indiscutible, centurión. A partir de mañana entrarás a formar parte de los pretorianos del triunviro Marco Antonio, con la misión de defender su persona. Te concedo mi confianza y protección. Espero que sepas recompensarme por ello, soldado.

—No lo dude, noble Marco Antonio. El moloso de César comprende, a diferencia de otros, el significado de la palabra agradecimiento —comentó el oficial, cuadrándose ante el triunviro.

—Bien. Entonces, vamos a celebrar nuestro encuentro con una copa de vino tinto de Hispania. Espero que puedas unirte al banquete que he tenido que abandonar para venir a recibirte.

—Por supuesto, comandante. Será un honor.

Volvieron a recorrer el lado corto del pórtico de columnas por el que estaban paseando y llegaron rápidamente a la puerta del amplio recibidor en el que tenía lugar el banquete. Silano entró en la sala precedido de la gruesa silueta del señor de Egipto.

En cuestión de segundos se dio cuenta de que acababa de entrar en una especie de atrevido bacanal.

La primera vez que vio a Tessio fue durante una de las acostumbradas reuniones que el triunviro, muy a su pesar, solía mantener con sus más fieles colaboradores. La revisión de los registros contables, que sus administradores actualizaban con extremo cuidado, era una operación que agotaba sumamente al señor de Oriente. Durante aquellas interminables y aburridas disquisiciones, Marco Antonio tenía que estar continuamente atento, ya que siempre surgía algún problema que solo podía resolverse cuando diera su última palabra. A veces se trataba de los bajos rendimientos de una de sus provincias, como Capadocia, mientras que otras veces los estados clientes no enviaban la totalidad de las sumas anuales, pactadas en cavilosos acuerdos escritos de tal forma que siguieran alimentando constantemente las finanzas del viejo triunviro. Mantener legiones enteras a su servicio requería la disponibilidad de ingentes sumas de dinero y, seguramente, las arcas del reino egipcio no podían afrontar solas un gasto de tal magnitud. La mayoría de las veces salía visiblemente desanimado y nervioso de la sala de reuniones, maldiciendo el momento en que había metido el pie en ella. Su ánimo, mucho más propenso al vicio y la diversión, no era apto para la gestión de los ingresos y la resolución de los problemas económicos que causaban sus posesiones. Para el triunviro, cualquier problema podía resolverse con la espada y se lamentaba de no poder utilizar casi nunca este *modus operandi*. Era consciente de que su índole represible ya le había causado muchos problemas: el estilo de vida disoluto que había llevado durante la juventud había estado a punto de destruir irremediablemente sus aspiraciones. Antes de cumplir veinte años ya había contraído deudas por la enorme cantidad de doscientos cincuenta talentos, por lo que se vio obligado a emplear gran parte de sus recursos y tiempo para llenar la fosa a la que habían intentado tirarlo sus acreedores.

Salvio Galieno Tessio era un pequeñajo de panza prominente y rasgos poco agraciados. Unos pocos mechones grises intentaban cubrirle una cabeza perfectamente redonda. La nariz larga y aplastada le empequeñecían aún más los labios estrechos, por debajo de los cuales colgaba irremediablemente hacia abajo una gruesa papada. Tenía los ojos pequeños y hundidos, con las pupilas diminutas y brillantes, como las de un astuto roedor. De hecho, en su mirada se notaba una cierta semejanza con algunos tipos de ratas de alcantarilla que durante la noche infectaban los malolientes márgenes del Tíber. Era el administrador de los bienes del triunviro desde hacía años, y eso lo había vuelto aún más engreído y altanero. Todo el que hubiera tenido trato con el pequeñajo barrigudo lo consideraba un hombre mezquino y cobarde, severo e irascible con sus subordinados, y servil y baboso adulador cuando se encontraba en presencia del noble Marco Antonio. La única cualidad que se le podía atribuir era el haber elegido como concubina a una joven de encantadora belleza.

La gracia y el esplendor de las formas de la dulce esclava podían imaginarse con tan solo pronunciar su nombre, tierno y delicado: Antares.

Durante sus turnos de guardia en el interior de la desmesurada residencia del señor de Oriente, el veterano había cruzado a menudo la mirada penetrante y velada de tristeza de la joven egipcia, quedando siempre hechizado por la suavidad de sus rasgos y la languidez que cada movimiento de la esclava suscitaba en su mente trastornada. Había transcurrido una eternidad desde que su cuerpo cedió por última vez a los suaves encantos del calor femenino, y sin embargo, Silano se alegró de ser capaz de fantasear aún sobre un improbable encuentro pasional con la concubina del pequeñajo baboso.

Durante las frías tardes invernales, el tribuno se había sorprendido más de una vez contemplando inconscientemente a la radiosa Antares, escondido tras el espesor de un sutil divisorio. Entonces esforzaba la vista para que se adentrase lentamente por las paredes de su habitación, con la esperanza de entrever su cuerpo sinuoso, acomodado con elegancia sobre el suave tálamo que cada noche envolvía sus admirables formas, mientras hilaba tranquila, moviendo con gracia y maestría las gráciles y delgadas manos color ámbar. Otras veces había observado a la joven absorta en la lectura. La débil llama de una lámpara colocada sobre el escritorio a sus espaldas realzaba aún más su aspecto agraciado y armonioso, semejante al de una divinidad femenina de los bosques. Aquellas fugaces apariciones empezaron a repetirse cada vez con más frecuencia, aunque rara vez Antares llegó a notar que la estuvieran observando. Con el máximo estupor, Silano se dio cuenta de que en esos esporádicos instantes la joven esbozaba una tímida sonrisa que le iluminaba el brillo esmeralda de su magnética mirada, encuadrada por largos rizos castaños, suaves como la nieve.

De este modo fue creciendo la pasión en el ánimo del moloso de César. Una imperceptible esperanza se abrió paso entre los recuerdos tristes y dolorosos que encadenaban desde hacía tanto tiempo el corazón del valiente soldado de Roma, forzando los eslabones metálicos del comedimiento y la desesperación que durante demasiados años lo habían tenido encadenado a su luctuosa experiencia familiar. Con la esperanza también habían vuelto las ganas de vivir y el interés por los primitivos instintos humanos del placer de la carne.

Una gélida noche de finales de enero, Antares estaba enjuagándose los perfumados cabellos con el agua de una jofaina. Lucio Fabio admiraba sus movimientos con la tranquilidad que le proporcionaba una afortunada coincidencia: Tessio se encontraba muy lejos de palacio, ya que Marco Antonio lo había mandado a ocuparse de unos asuntos urgentes en la cercana Siria. De repente, la joven lanzó la mirada más allá de la puerta y entrevió al veterano apoyando los hombros contra el sutil divisorio que desde hacía tiempo se había convertido para él en una grata fuente de quiméricas ilusiones de deseo.

Antares se levantó de la silla en la que estaba sentada, se acercó a la puerta de su amplia habitación y prendió fuego en los ojos de Silano, llenándolos de una enorme y ardiente pasión. Con una señal, le indicó al oficial que avanzara hacia el interior de la sala y luego, dándose la vuelta, dejó caer delicadamente la fina túnica que contenía indecisa sus formas perfectamente divinas.

Se volvió una vez más, para infligir el golpe de gracia al pobre veterano, y se acomodó lujuriosa sobre el suave lecho. Lucio Fabio parecía embriagado y al mismo tiempo paralizado por el favor que los dioses habían querido concederle. Blandió con ambas manos el arrojo y coraje necesarios para dar el primer paso hacia la entrada de la habitación de la esclava y, cuando por fin sus imponentes piernas comenzaron a moverse, no tardó ni lo que se tarda en respirar en cruzar la puerta de la amplia antesala. Sin mirar atrás, el tribuno cerró los silenciosos batientes de entrada a los Campos Elíseos y se dejó llevar por la pasión y el calor de aquella maravillosa mujer. A la cándida tibieza de los braseros encendidos en los rincones de la habitación, los cuerpos de los dos amantes se unieron con la potencia de todos sus sentidos, vencidos por el deseo recíproco y la furiosa excitación del momento. Los dos cuerpos abrazados entre las perfumadas telas se abandonaron durante horas a la impetuosa atracción de sus miradas, prisioneros de unas exasperantes y sorprendentes ansias de amar.

Poco antes del alba, el moloso de César salió de la cálida alcoba, todavía turbado y desorientado por la fantástica y dulce experiencia que el destino, hasta entonces hostil, había tenido a bien concederle.

Las palabras rabiosas de Manlio Vareno retumbaron siniestras a través de los altos arcones de los techos del atrio decorado con frescos, vuelto hacia la parte occidental del amplio patio de columnas:

—¡Ya está bien, Ashkali! He intentado exponerle tus dudas al noble Marco Antonio pero no ha querido saber nada. Su palabra es la ley, así que no hay nada que hacer —concluyó el tribuno, claramente molesto por la continuación de la conversación.

—Es que no me lo puedo creer —comentó angustiado el médico personal de la reina—. ¿Por qué se fía tanto de él?

—Me da igual, ni siquiera intento entenderlo —replicó el enjuto oficial, dirigiendo la mirada cansada hacia la bóveda del corredor, iluminada por la pálida luz de la mañana—. Por lo que a mí respecta, no noto nada extraño en su comportamiento. Es más, me parece un veterano experto y respetuoso con su deber.

—Pues mi consejo es que estéis en guardia —perseveró el egipcio—, y que tampoco le quitéis la vista de encima a esa especie de coloso silencioso.

Crispado por su insistencia, Vareno intentó poner punto final a la molesta conversación y se le acercó ulteriormente a la cara:

—Escúchame bien, viejo. Ya he tenido bastante con tus desvaríos. Ha faltado un pelo para que el comandante me echara de allí a patadas. Mi paciencia tiene un límite y tú estás intentando traspasarlo peligrosamente. No quiero oír ni una palabra más sobre esta historia.

La amenaza del tribuno surtió el efecto deseado, hasta tal punto que Ashkali bajó tristemente la cabeza, como queriendo pedir excusas por su insistencia.

Satisfecho, el oficial se dirigió sin más tardar hacia el amplio recibidor que había estado contemplando anteriormente.

El médico esperó a que Vareno desapareciera por el corredor para suspirar profundamente y arrastrar sus lentos e indecisos pasos hacia el peristilo, atravesando el espacio que llevaba a la zona exterior.

Capítulo XVI

*El amor, como todo lo que no conoce lógica ni
medida, no puede afrontarse con la razón ni el
sentido común.*

No se sabe por qué motivo, Salvio Tessio empezó a trabar amistad con quien se había convertido en su sombra. Era algo inexplicable. Desde luego, al principio no fue por simpatía, sino más bien por una especie de temor reverencial. O sencillamente, por la mera costumbre de estar viéndolo a todas horas.

En cuanto vio a Poaghliaos, Tessio suplicó con su voz áspera y actitud sumisa que el imponente griego fuera asignado a la seguridad de su persona, aduciendo toda una serie de motivaciones tan inútiles como extravagantes.

Como no tenía nada mejor que encargarle, el viejo triunviro aceptó la solicitud del petulante administrador. Marco Antonio sabía muy bien el enorme castigo al que había destinado al espía amigo del centurión. Por su parte, el pequeñajo barrigudo se mostraba triunfante por el honor que se le había concedido, alimentando aún más su innata soberbia, que ya parecía rebosar de todos y cada uno de los poros de su poco agraciada figura.

Estar a todas horas con el odioso contable era un martirio que el energúmeno aprendió a sobrellevar con el paso de los días, si bien a veces le habría gustado poder arrancar aquella cabeza del resto de su maloliente armazón. No obstante, Tessio comenzó a instaurar una especie de diálogo con su silencioso acompañante y a menudo, llevado por sus deseos de idolatrarse a sí mismo siguiendo las huellas del señor de Egipto, dejó escapar ciertas revelaciones que llamaron la atención de su guardaespaldas. Con el paso del tiempo la situación fue quedando cada vez más clara, hasta que la realidad de los hechos fue la siguiente: mientras Silano se ocupaba con circunspección, pero no sin abnegación, a los cuidados de la bella Antares, a él le tocó trabajarse al mamarracho henchido de altanería. Poniéndole al mal tiempo buena cara, Poaghliaos decidió inmolar su sinceridad en el altar del sentido del deber, celebrando de vez en cuando la innata mediocridad de Tessio que, en cambio, parecía decididamente sorprendido por la rectitud y devoción incomparables de su fiel guardaespaldas.

—Me gustas —le confesó un día el pequeñajo gordinflón—, y, ¿quieres saber por qué? Porque, a pesar de tu silencio, sabes valorar la trascendencia de las personas con las que tratas. Has tenido mucha suerte de haberme conocido, grandullón. A mi lado tendrás la oportunidad de aprender muchas cosas.

Poaghliaos agachó la cabeza, y con una leve sonrisa juntó las palmas de las manos en un gesto de devoción más fingido que las pelucas rojas de las viejas matronas romanas.

Entretanto, los encuentros amorosos de Lucio Fabio y la encantadora concubina se habían ido espaciando cada vez más. Aunque Tessio fuera un amante rápido y a menudo ausente, seguía siendo un tipo escurridizo e inteligente, por lo que el tribuno no quiso desafiar a la suerte con encuentros imprudentes. Antares parecía transida de dolor por la distancia que se había visto obligada a guardar. Silano le había robado el alma: su actitud amable y delicada, y la suavidad de las caricias de unas manos graníticas pero sensibles al tacto, habían encendido en el corazón de la joven la vigorosa llama del amor. Jamás habría imaginado llegar a tener sentimientos tan sublimes y sentirse arrastrada por un torbellino de pasión, llevada por sensaciones tan intensas. Sus huidizos encuentros parecían aplacar el desmesurado ardor de la mujer. Tan solo entre los brazos de su amante podía dejarse llevar por el fervor que resplandecía en sus magnéticos y profundos ojos verdes. Pero la ilusión estaba destinada a durar muy poco, lo estrictamente necesario para sus celadas uniones. Después, las penas de amor volvían a asaltar con fuerza el corazón de la desdichada, y el tener que ocultar ante los demás los sentimientos que salían espontáneos desde lo más profundo de su corazón era un sufrimiento excesivo y oprimente, difícil de aliviar. Por este motivo, huyendo de miradas indiscretas, la concubina solía retirarse a la tranquilidad de su habitación, contando trepidante las horas de la espera que la separaban del próximo encuentro.

Responder con evasivas a las preguntas cada vez más insistentes del noble Marco Antonio se estaba convirtiendo en una empresa agotadora y arriesgada. Al principio, el veterano de la Urbe creyó que podría orientarse sin problemas en el laberinto de las preguntas del viejo triunviro, pero ahora las cosas se estaban poniendo cada vez más complicadas. Las interpelaciones del señor de Egipto eran cada vez más numerosas y concretas y, lo que era aún peor, no admitían ningún tipo de vaguedad. Otro aspecto que no podía subestimar, era el cotejo que el astuto gobernador de los territorios de Oriente había decidido efectuar: es decir, después de su interrogatorio, Poaghliaos también tenía que pasar un par de horas en presencia del viejo triunviro. Nada más desagradable que eso.

Así pues, el tribuno y el espía estimaron necesario comportarse del modo que más eficazmente los ayudaría a salvaguardar sus propias cabezas. Aunque parezca raro, decidieron responder sinceramente a las preguntas de Marco Antonio: los nombres de las legiones, sus desplazamientos, el número preciso de soldados que conformaba cada unidad del ejército que guiaba el joven cónsul. Tenían que decir la verdad. Equivocarse o, peor aún, intentar mantener dos versiones paralelas habría sido un enorme error con un precio muy alto. Pensándolo mejor, toda la discreción que pensaban mantener al principio resultaba superflua e incluso inútil. Los verdaderos secretos de Octavio, sus verdaderas intenciones, tan solo se las revelaba a sus amigos más cercanos. Prueba de ello era el carácter secreto de la misión de Silano, que el joven cónsul les ocultó incluso a Mecenas y Marco Vipsanio Agripa. Como espía, Poaghliaos había dedicado todos sus esfuerzos a recoger información sobre el enemigo, por lo que seguramente sabía más sobre las cuestiones relativas al ex *magister equitum* de César que sobre los secretos de Octavio. A la larga, resultó ser un buen plan y el noble Marco Antonio empezó a abrir la mano en sus interrogatorios y a abandonar la mirada inquisidora de los primeros tiempos.

Un par de días después de los idus de febrero, Lucio Fabio fue eximido de su encargo de pretoriano y se le destinó a la preparación de los jóvenes reclutas egipcios.

El tribuno Lucio Manlio Vareno le llevó la noticia personalmente antes de que el centurión tuviera que comenzar el turno de guardia. El delicado y trémulo resplandor de los primeros rayos de sol alcanzaba el borde izquierdo del pequeño escritorio, adentrándose tímidamente más allá del gracioso balcón de la habitación. A la tenue luz que propagaban estos titubeantes rayos luminosos, una miríada de diminutas partículas de polvo flotaba caóticamente en el aire. Silano estaba de pie delante de la cama, colocándose sobre el pecho la espléndida loriga después de haberle apretado las resistentes cintas de cuero. Vareno apareció improvisamente en la puerta y, antes de pronunciar palabra, se quedó unos instantes contemplando la maravillosa factura de la coraza. En cuanto el moloso de César se dio cuenta de que lo estaban observando, saludó con un rápido «*Ave*» al huesudo superior, que se apresuró a responder con una traidora sonrisa:

—Cambio de programa, soldado —dijo Manlio Vareno con voz clara—. Desde hoy te dedicarás a otra tarea.

—¿Cómo? —respondió el veterano, pasmado.

—Ya me has oído —insistió, tajante, Vareno—. Tu nuevo destino será hacer de niñera de esos monigotes egipcios, centurión.

En el rostro del tribuno apareció de golpe una sonrisa llena de satisfacción.

—¿Puedo saber por qué? —quiso saber Lucio Fabio, mientras enfundaba el gladio en el sólido cinturón.

—Es una decisión de la reina —le explicó brevemente Vareno—. Me lo ha referido el noble triunviro después del simposio.

—Entiendo —añadió Silano, intentando mostrarse impasible ante la decisión tomada durante la juerga de la noche anterior.

—Deberías alegrarte —insistió pérfidamente el superior—. La soberana se ha quedado prendada de tu imponente aspecto y de la valentía que transmite tu mirada. Y, además, los dos sabemos que para ti es una fortuna este nuevo encargo, ¿no?

—¿A qué se refiere? —rebatió el veterano.

—Vamos, centurión —dijo el superior fingiendo un entendimiento mutuo, con la intención de arrancarle una especie de confesión que apoyara la tesis del viejo médico egipcio—, que no nací ayer. He visto cómo os miráis la mujer de Tessio y tú. Supongo que te alegrará el sentirte más libre.

A Silano le habría gustado arrancarle la mandíbula con el yelmo que tenía en las manos. Con un movimiento fulmíneo habría podido machacarle los huesos de la cara, borrando de un plumazo aquella molesta sonrisa socarrona. Dudó y, aunque se le quedaron los dedos completamente blancos por la fuerza con la que estaba apretando el yelmo, callar le pareció la reacción menos agresiva y más beneficiosa ante las perversas provocaciones de su superior.

Al tribuno debió de molestarle la falta de respuesta del veterano, así que decidió aumentar la dosis de malevolencia:

—Pobre Ashkali, viejo iluso. Y pensar que no duerme por las noches pensando en tu historia con la bella Antares, ja, ja, ja. Hace años que sueña con posar sus viejas manos resecas en el culo de esa puta.

De repente, los nervios faciales de Silano empezaron a temblarle bajo la piel y la mano derecha resbaló directamente hacia la empuñadura de su gladio. El veterano fulminó a Vareno con una mirada glacial y asesina, y con dos pasos se plantó ante él, a menos de dos palmos de distancia. La diferencia de complexión resultó evidente, ya que Lucio Fabio era mucho más corpulento que el tribuno y le sacaba una cabeza. Por un momento, el jefe de los pretorianos se sintió invadido por el temor y la sangre se le heló en las venas. Había combatido muchas batallas, pero nunca había sentido nada igual en toda su vida. Unos pocos instantes de silencio se le hicieron una eternidad. Por fin, Silano rompió la inmovilidad en que se encontraban. Se acercó todavía más a la cara completamente pálida de su superior y susurró:

—Si no tiene nada más que decirme, lléveme ante los reclutas para que pueda comenzar inmediatamente su entrenamiento.

Vareno se apartó enseguida de la puerta, mientras lentamente recuperaba su expresión habitual. Cruzaron toda el ala occidental del palacio, que se extendía magnífica en una sucesión de amplias antesalas con paredes decoradas con frescos, salpicados de pequeños corredores abovedados. Hasta que llegaron frente a las filas de las jóvenes tropas egipcias, el tribuno evitó volverse para mirar al centurión. Se había vuelto extrañamente taciturno.

La taberna se encontraba en uno de los callejones empedrados de la parte posterior del puerto occidental. La austera biblioteca del Serapeum, más alta que las numerosas construcciones adyacentes, lanzaba su mirada mucho más allá del callejón empapado por la llovizna por el que se estaban encaminando los dos extranjeros. El incendio que quince años antes había tenido lugar en aquella zona de Alejandría cercana a la costa había destruido varios edificios y graneros, y la misma humeante suerte habían seguido buena parte de los cuarenta y dos mil rollos que custodiaba el importante centro cultural que se alzaba muy cerca del templo de Serapis. Con todo, la construcción seguía ahí, en pie y en guardia, velando por uno de los mayores polos culturales del Mediterráneo. Poaghliaos atravesó a toda velocidad la sucia entrada de la taberna, seguido por Silano, muerto de frío y extenuado por el adiestramiento al que había sometido a los jóvenes soldados egipcios. El espía eligió una mesa que había en el rincón que se encontraba más lejos de la entrada, medio oculto por la penumbra de aquella tediosa jornada. Al no ser siquiera media mañana, los candiles del interior del salón seguían apagados, y toda la taberna se alimentaba solamente de la escasa luz que pasaba por las dos ventanas que se abrían en las paredes de los lados cortos de la sala.

En cuanto los vio acomodarse, un joven aún somnoliento se acercó lentamente a sus nuevos clientes y apuntó en una tablilla la corta comanda de carne de jabalí y pan tostado. Mientras se dirigía hacia la cocina, el veterano le recordó que les llevara también una jarra de vino tinto con especias y el joven asintió sin darse la vuelta.

—Lo tenemos, comandante —susurró Poaghliaos después de echar una buena ojeada a su alrededor—. Ya sé dónde guarda Tessio sus valiosos rollos.

—Muy bien, grandullón —comentó satisfecho el tribuno—. Habla, habla.

El energúmeno lució una sonrisa de complacencia y respiró profundamente, como si estuviera a punto de desvelar uno de los misterios más recónditos del mundo:

—Estábamos en su despacho, cerca del escritorio atestado de sucios papiros. Hacía un buen rato que los otros escribientes de mala muerte se habían ido, pero el pequeñajo seguía dale que te pego en aquella selva confusa de documentos.

—Al grano, amigo mío —lo interrumpió impaciente el moloso de César.

En ese preciso instante, el joven deforme salió de una pequeña puerta que se abría a unos diez pasos a la derecha, sosteniendo con dificultad las dos bandejas y la pequeña ánfora. Lo dejó todo encima de la mesa con movimientos apáticos y enseguida volvió a sentarse detrás de la barra del tabernero. Apoyó las manos sobre las rodillas y la barbilla entre las manos, y volvió a abandonarse con los ojos cerrados a su breve siesta.

—Para no alargarme —siguió diciendo el espía en cuanto se quedaron solos—, el baboso pequeñajo esconde una especie de cofre en un nicho que ha excavado en la pared de una pequeña habitación que hay al final del despacho.

—Hum... interesante —respondió Lucio Fabio, sorprendido—. ¿Cómo lo has descubierto?

—Lo he espiado muchas veces desde la habitación de al lado, mientras guardaba con cuidado los pagos de las provincias más fructuosas y los informes de las asambleas. El asqueroso ese siempre deja la puerta entrecerrada cuando entra en el cuartucho, pero yo he movido ligeramente la base de un pequeño espejo que hay en el armario que está al lado de la entrada. No ha sido fácil dar con el ángulo exacto de curvatura del pedestal que sujeta el reflector, pero al final lo conseguí.

Satisfecho, Poaghliaos se tomó de un trago todo el vino de la copa que tenía delante. Cuando terminó, volvió a llenarla, dejando al descubierto una blanquísima fila de dientes en una sonrisa triunfante.

Silano también dio un trago a su líquido bermejo. Tras un largo silencio, dijo a media voz:

—¿Estás seguro de que no sospecha nada?

—Casi me vuelvo loco para conseguirlo, comandante. He tenido que aprovechar los pocos momentos de soledad que me concede esa bola de grasa para poder hacerlo. Pero me puedo considerar satisfecho. Ya, aunque solo deje abierta una pequeña rendija, consigo ver nítida su fea silueta mientras se mueve delante del cofre sin tener que moverme ni un paso del escritorio en el que siempre me dice que lo espere.

—Has estado magnífico, amigo mío —comentó felizmente sorprendido el moloso de César—. Estaba a punto de perder la esperanza. Ya creía que no existía ese escondrijo de Tessio.

—El nicho está tapado con un mueble largo pero ligero, fácil de levantar. El problema será conseguir la llave —consideró, preocupado, el espía.

—¿Qué llave?

—La que ese majadero lleva siempre colgada al cuello, por debajo de la túnica y de una faja de seda púrpura. Es la que abre el cofre.

—Entiendo —se limitó a responder Lucio Fabio.

La taberna empezaba a llenarse de clientes y los extranjeros tendrían que volver muy pronto a palacio para ocuparse cada uno de sus asuntos.

Silano señaló el plato de su amigo y dijo:

—Date prisa. Si la carne de jabalí se queda fría se pone más dura que las suelas de unos zapatos viejos. Cuando salgamos, retomaremos la conversación.

Poaghliaos se lanzó literalmente sobre su plato y se comió con voracidad toda su porción. Cuando terminaron de almorzar, se encaminaron lentamente por la cuesta que subía hacia el promontorio de Lochias, en dirección a la faraónica morada. Intercambiaron pocas palabras, porque prefirieron callar por cautela. Hacia finales de la hora nona llegaron a la inmensa entrada de la residencia de Cleopatra.

El alabastro de las espléndidas columnas que constituían el amplio peristilo parecía querer cobrar vida, iluminado por los últimos reflejos violáceos de un ocaso primaveral. La luz intensa se dispersaba en borbotones agonizantes sobre los frescos de las paredes del elegante pórtico perimetral, resaltando detalles de las pinturas que hasta aquel momento habían permanecido ocultos a la mirada del veterano. Después de contemplar con largos suspiros la belleza de la arquitectura circundante, Silano empezó a dar vueltas por el lado más largo del variopinto vivero con paso decididamente nervioso. De vez en cuando se paraba un momento a mitad del segmento que había decidido contemplar, víctima de un inquietante frenesí. Entonces intentaba apartar la mente del ansioso pensamiento que seguía angustiándolo de modo incesante, concentrando la mirada en la magnífica fuente de mármol que se erguía soberbia en el centro del lujoso jardín interior. Los cuatro bustos de los lados del estanque parecían escrutar los movimientos con aspecto severo, y entonces el moloso de César retomaba su agitado ir y venir, clavando nuevamente los ojos en el pavimento. La culpa, meditaba para sus adentros, la tenía aquel maldito Publio Terencio Africano. «El amor, como todo lo que no conoce lógica ni medida, no puede afrontarse con la razón ni el sentido común», recitaba el antiguo comediógrafo romano, y el veterano se había dejado convencer por completo por esta máxima. Había dado con su obra un día que pasó la mañana libre en la biblioteca de palacio y, siguiendo aquellos versos, había tomado una decisión. Y sin embargo, tendría que haberse parado a pensar que las palabras de un joven soñador, destinado a morir prematuramente, no podían llevarlo a nada bueno.

Había empezado a dedicarse a la lectura desde hacía un tiempo, esperando encontrar en la sabiduría de los viejos papiros la justa dosis de conforto para superar el estado de confusión en que se hallaba su alma. Cuatro días antes, entre dudas atroces sobre la importante decisión que tenía que tomar, había encontrado un rollo desgastado por el tiempo. Empezó a leer las primeras líneas, y aquella frase apareció ingenuamente como una señal del destino, como una premonición. De este modo superó sus dudas y decidió tomar un peligroso camino por el que no podría dar marcha atrás. ¿Cómo se le había ocurrido poner en manos de una mujer el resultado de su fatigosa misión? ¿De verdad había sido tan estúpido como para fiarse ciegamente de la voz enamorada de su corazón, embriagado por el dulce néctar de la pasión? Si algo fuera mal, nada volvería a tener sentido y la culpa recaería por completo sobre sus hombros, sin poder apelar de ningún modo a la crueldad de los dioses o del destino. Y sin embargo, un débil atisbo de esperanza combatía con gran esfuerzo contra aquel enjambre de pensamientos funestos: los ojos de Antares, espléndida musa, le parecieron sinceros, seguros, decididos. Revelarle el motivo real de su estancia en Alejandría había sido una locura, pero una fuerza superior guio su boca y las palabras levantaron el vuelo veloces y ligeras, como queriendo liberar a su ánimo de un fardo demasiado pesado para seguir arrastrándolo ulteriormente. Amparado en el calor de sus caricias y vencido por la belleza del afrodisíaco cuerpo de la concubina, le pidió que lo ayudara en su peligrosa empresa, explicándole todos los detalles del plan que había ideado con el espía griego. Antares guardó silencio un instante, mirando fijamente los ojos color azabache de su amante. Y tomó una decisión: apoyaría al moloso de César hasta el final, arriesgando la propia vida en señal de su amor por él.

—Pero cuando llegue el momento —añadió la joven—, huiremos juntos. Yo ya no tengo patria, ni pensamientos, ni palabras. Solo vivo cuando tú estás junto a mí, Silano, y separarme de ti me llevaría a la locura, me consumiría lentamente. Mi vida te pertenece y te seguiré dondequiera que vayas.

El oficial respondió a aquellas confesiones con un beso largo y pasional. Luego sus cuerpos comenzaron a bailar al unísono, encadenados por el deseo recíproco y el éxtasis de los sentidos. Pero ahora, perdido entre los agonizantes retazos de sol, las incertidumbres se insinuaban con disimulo en los recovecos de su mente, y la seguridad de aquella noche de pasión vacilaba peligrosamente bajo el peso de posibilidades funestas: bastaría un paso atrás, una improvisa perplejidad, una tenue hesitación, para echar por tierra meses de sacrificios y peregrinajes. ¿Podía considerarse realmente enamorado de una concubina que conocía desde hacía tan poco tiempo? ¿Podía confiar completamente en las palabras de amor de Antares? Para no seguir torturándose de esa manera, decidió ir a su cuarto para abandonarse a la lectura, pero en ese preciso instante apareció por la esquina noroccidental del jardín una delicada figura femenina con una túnica de lino amarillo. La joven musa había acudido al encuentro establecido tres noches antes. Pero la circunspección parecía no bastar nunca: cuando por fin estuvo a la altura del soldado, la espléndida esclava se limitó a susurrarle unas palabras en el momento en que pasaba por delante de su imponente semblante. Fue breve, pero inesperadamente fría e imperiosa:

—Dentro de doce días. Habla con Poaghliaos. Me están observando.

Emitiendo un último suspiro sensual, Antares superó al desorientado amante y se dirigió hacia la sala de los banquetes que, por la hora que era, estaba vacía. A su vez, el moloso de César se movió en dirección opuesta y cruzó el suntuoso pabellón que se abría en el límite izquierdo del peristilo y que daba acceso a un amplio patio desde el que se llegaba a la sala de reuniones.

Desde lo alto de un enorme ventanal del piso de arriba, dos diminutos ojos marrones habían seguido con doliente interés el breve encuentro entre el soldado y la joven esclava. Para permanecer oculto a la vista de ambos, el hombre solo había asomado una mínima parte de la cara, escondiendo el resto de su cuerpo detrás de la gruesa pared situada a la izquierda de la amplia abertura. Cuando el variopinto vivero volvió a quedarse vacío, el misterioso individuo salió de su escondite: la cara pálida y la expresión tensa parecían derivar de una mezcla de cólera junto con un fuerte sentimiento de resignación.

Silencioso, comenzó a meditar sobre su venganza.

El resplandor lácteo de la luna llena iluminaba débilmente las desaparecidas zonas frondosas, inmersas en la completa oscuridad que los envolvía. Aquellas manchas de luz que se propagaban, confusas, a lo lejos, aparecían como un inesperado oasis en mitad de un desmesurado desierto de tinieblas. El calor incesante, que había oprimido a la ciudad durante toda la mañana de las calendas de mayo, por fin cedía el paso a un ligero vientecillo refrescante procedente del interior del país.

Apoyados sobre la balaustrada del balcón, los dos admiraban taciturnos la belleza del panorama que se ofrecía a sus ojos. De repente, Silano se dio la vuelta instintivamente hacia la puerta de la habitación: por un momento le había dado la impresión de que alguien lo estaba observando, alguien que de algún modo había conseguido entrar, abriendo los batientes sin que él se diera cuenta. El espía observó su rostro cansado y rompió el silencio:

—Tiene que descansar, comandante. Creo que es mejor que me vaya para que pueda descansar y dormir un poco.

—No podría, aunque quisiera. El tiempo aprieta y todo podría irse al traste en cualquier momento —respondió el veterano con expresión absorta—. ¿Estás seguro de lo que me has dicho antes?

—Sí —comentó, átono, Poaghliaos—. Kafiar no miente, comandante. No tiene motivos para ello. Lo ha sabido por medio de las jovencitas de las que se ocupa en el gineceo, que participan en las orgías de esos dos.

—Así que el pequeñajo y el renegado han decidido adelantar nuestro viaje al Averno —dijo Lucio Fabio, rascándose la barbilla.

—Marco Antonio ya les ha dado la autorización para que podamos acompañarlos a Licia. Como yo me encargo de la seguridad del achaparrado administrador, no puedo eximirme del viaje. Y usted participará en calidad de jefe de la escolta egipcia a bordo del birreme.

—Y cuando todo termine, Tessio también se encargará de eliminar a Antares, supongo.

—Es lo más probable —respondió el espía—. Tal vez a su triunfal retorno.

—Los cazadores cazados, amigo mío —observó el moloso de César a media voz. Los dedos repiqueteaban frenéticos sobre el sólido parapeto del balcón y la mirada escrutaba el oscuro horizonte, a la espera de una intuición que tardaba en llegar.

Mientras tanto, Poaghliaos se acercó al escritorio y volvió a llenarse la copa con el tinto de Éfira. Cuando regresó al balcón, el tribuno lo asaltó con toda una serie de preguntas que no se esperaba:

—Dime una cosa, grandullón, ¿podemos fiarnos de ese eunuco?

—Claro. El viejo Ashkali fue el que lo emasculó cuando tenía quince años. Desde entonces ha sufrido penas inhumanas, lo han humillado, avergonzado y afligido, y con el paso del tiempo el odio que siente por ese hombre ha ido aumentando de un modo terrible. Su mayor deseo es verlo muerto.

—¿Cuántos pasos separan el gineceo de la habitación del viejo médico?

—Unos setenta, creo.

—¿Los hombres de la puerta están al servicio de Kafiar?

—Sí. Los conozco a todos —respondió, sonriendo, el energúmeno.

—Así que supongo que habrás conseguido hacerle alguna que otra visita a alguna de las heteras, favorecido por la amistad del desafortunado vigilante.

Poaghliaos asintió con una sonrisa burlona.

—¿Puedo saber qué...?

Un imperioso gesto de Silano trucó las palabras del espía.

—La ronda que he dispuesto en el ala opuesta del palacio tarda casi una hora en volver al pasillo de la habitación de Tessio. ¿Tú cuánto tardarías en recorrer la distancia entre la habitación de ese mamarracho y el cuartucho del cofre?

—Tendría que moverme con circunspección y esperar a que el pasillo y las antecámaras intermedias se queden vacías para escabullirme furtivo. Para no arriesgarnos, digamos que la mitad del tiempo que tarda la ronda.

—Y otra cosa —añadió meditabundo el veterano de la Urbe—. El gineceo comunica internamente con la sala de los efluvios, ¿no?

—Sí.

—Y hay tres piscinas medias, aunque una de ellas es mayor que las otras dos, ¿no?

—Algo me dice que ya ha estado allí, comandante —bromeó el espía.

—No. Antares me lo ha descrito —explicó antes de continuar con su extraño interrogatorio—. ¿De dónde llega el agua que alimenta las piscinas? ¿Y cómo las descargan para cambiarla?

—El agua de las tres piscinas llega de las dos grandes cisternas del palacio. Por la mañana, al amanecer, las piscinas están vacías y se empiezan a llenar a través de conducto que recorre una distancia corta en paralelo al que une la cisterna del lado sur con el pozo del patio que está detrás del peristilo.

—¿Y la descarga? —repitió insistente Silano.

—Hacia la tercera vigilia se abren los muros de contención situados en el lado más corto de cada piscina, y rápidamente el agua que hay que sustituir se canaliza por un amplio conducto al aire libre que pasa por detrás de la prisión del palacio y recorre un breve trayecto en solitario. Luego, antes de llegar a la zona del puerto oriental, el canal se une a la gran cloaca de la ciudad.

—Bien —se limitó a añadir Lucio Fabio—. Ha sido una información muy útil, amigo mío.

Poaghliaos se moría por conocer los motivos de aquel enjambre de preguntas. Sabía que el tribuno estaba rumiando un contraataque, pero seguía sin entender la naturaleza del plan.

El espía se tragó de un sorbo el contenido de la copa que seguía apoyada en la balaustrada. Se secó los labios con el dorso de la mano derecha e inquirió perentorio:

—Y ahora, ¿va a decirme lo que está tramando?

—¿Sabes cuál es la mejor forma de batir en una carrera a un adversario más rápido que tú? —dijo, sonriendo, el moloso de César.

—A ver —respondió molesto el energúmeno, cansado e irritado por la larga espera.

—Salir antes que él sin esperar a que suene el cuerno que da inicio a la competición —comentó con mirada decidida Lucio Fabio.

En ese momento, una imagen atravesó la mente del corpulento griego. Una amplia sonrisa dejó rápidamente al descubierto sus dientes blanquísimos, que parecieron titilar bajo el pálido reflejo lunar. Entonces se acercó a su amigo soldado y le susurró al oído:

—Creo que sé a dónde quiere llegar, comandante. Si es como me lo estoy imaginando, es realmente una idea genial.

Cualquier mujer que lo hubiera conocido se habría quedado prendada inmediatamente del aspecto de aquel joven. Era atlético y esbelto, con unas anchas espaldas que contrastaban con la cintura estrecha. La musculatura no era poderosa, maciza, pero presentaba una cierta plenitud. La tez oscura y el rostro ovalado de rasgos suaves resaltaban el tono celeste de sus ojos, grandes y resplandecientes. Por los hombros le caían mechones de negros rizos indómitos, raramente recogidos en una cola. Una nariz perfectamente equilibrada bajaba hacia los pálidos labios carnosos y aquel conjunto parecía dibujado por la mano experta de un pintor de talento, a juzgar por sus proporciones perfectamente regulares. Kafiar llevaba una ligera túnica de lino color melocotón que le marcaba el busto, mientras que en la cintura un espléndido fajín negro ocultaba el pesado cinturón de cuero del que colgaba el gladio. Las potentes franjas de luz posmeridiana, que atravesaban los tres altos ventanales de la larga pared de la izquierda, impactaban con fuerza sobre dos magníficas estatuas marmóreas presentes en los límites de la sala, proyectando sus sombras hasta la puerta.

—He encontrado a tu hombre —dijo en voz baja el eunuco—. No ha sido fácil reconocer su embarcación entre la enorme cantidad de barcos que están atracados en el puerto.

—Gracias otra vez —respondió Poaghliaos con tono amistoso—. ¿Le has dado el anticipo que te di?

—Claro —respondió el joven—. Aunque ha empezado a hacerme muchas preguntas.

—¿Y tú qué le has dicho? —preguntó el espía con un tono que dejaba entrever una cierta inquietud.

—No te preocupes, solo le he dicho lo estrictamente necesario. Hemos acordado la hora y el lugar del encuentro. Esperemos que se presente a su hora.

—De lo contrario —añadió el energúmeno—, nos meteremos en un buen lío. Por su bien, espero que sea puntual.

Kafiar mostró una sonrisa forzada y levantó la cabeza como queriendo encontrar los rayos luminosos que llegaban del exterior.

—Entonces, ¿ya has decidido lo que vas a hacer después? —preguntó Poaghliaos, escrutando la expresión absorta del joven eunuco.

—Si me quedo, soy hombre muerto. Pero si huyo, ¿adónde puedo ir? Mi mísera condición no me da muchas posibilidades para sobrevivir ahí fuera —dijo, y sonrió tristemente.

—Silano es amigo del rey Fraate IV, señor de los partos. Podrías trabajar a su servicio. El veterano de Roma es muy respetado en Oriente, así que en Ctesiphon estarías seguro.

—En ese caso, consideraré tu oferta. Todavía tenemos unos días antes de que la justicia de los dioses caiga sobre sus cabezas.

El espía asintió imperceptiblemente.

Mientras se despedía del eunuco, un pensamiento apremiante se abrió paso entre el montón de cosas que tenía en la cabeza, y preguntó con cierta aprensión:

—¿Estás seguro de que el primer tramo es lo bastante amplio? Y el canal que pasa por detrás de las mazmorras, ¿estás seguro de que no lo vigilan?

Kafiar parecía tranquilo. Se acercó un poco más a su temeroso amigo y contestó:

—No te preocupes, griego. Los dioses están de nuestro lado. Y de todas formas, ¿se te ocurre algo mejor? Soy todo oídos.

Poaghliaos miró con resignación el hermoso rostro del eunuco y comentó:

—No se me ocurre nada, amigo. Nada.

Capítulo XVII

*La hemorragia comenzó dentro del cráneo y luego,
cuando su asesino ya había salido de la habitación,
el líquido bermejo empezó a borbotear
pacíficamente por la boca abierta.*

La llave estaba en el pequeño cajón del escritorio, dentro de la agradable alcoba. La densa oscuridad parecía penetrar hasta los rincones más recónditos de las paredes. Todo estaba en silencio, a excepción de los ronquidos irregulares del hombre que dormía a su lado, tapado por una sábana violácea. La última y veloz violencia que poco antes había perpetrado en contra de la voluntad de la concubina lo había dejado exhausto y, después de beberse de un sorbo el néctar bermejo de la copa que tenía a los pies de la cama, se dejó llevar felizmente por un sueño improviso. Enseguida, Antares se levantó furtiva del lecho y, sopesando hasta la intensidad de su respiración, encendió la pequeña vela que descansaba sobre el arcón que había delante de la pared del lado en el que ella solía dormir. Un pálido reflejo de luz se difundió a poca distancia de la cama, de modo que la joven pudo obtener una visión de conjunto. Una sonrisa burlona apareció en sus labios sensuales cuando su mirada cayó sobre la copa traidora, ignara mensajera de la muerte. Detrás de ella, el pequeño contenedor de mimbre entrelazado escondía aún la resbaladiza arma del delito. Una extraña palidez se estaba abriendo paso por el rostro relajado del hombre durmiente, acompañada por diminutas gotas de sudor que contornaban su frente húmeda. Los ronquidos cesaron repentinamente, sustituidos por una respiración que parecía jadeante, como arrastrada. La joven concubina se sobresaltó: el momento se acercaba y, aun así, un ansia angustiosa parecía querer arrancarle de las manos el placer que conllevaba la realización de su trabajo. Haciendo un esfuerzo interior, trató de mantener a raya aquel innato nerviosismo y siguió mirando inmóvil el cuerpo del pingüe administrador.

Ni un espasmo, ni un leve gemido, ni una mueca de inconsciente dolor acompañaban la tranquila marcha del abotargado gordinflón. En ese momento, Antares se sintió agradecida por la potente y discreta pócima de su Naja Haje[133]. Poco después, el tórax del hombre, ocupado en sus irregulares subidas y bajadas, se paró de golpe. En ese preciso instante, los ojos de Tessio se abrieron de par en par y los últimos retazos de linfa vital manaron de su grueso cuerpo renuente. Las articulaciones se le agarrotaron de súbito y las pupilas se le dilataron horrendamente. Con una mirada abominable, perdida entre los altos arcones del techo de la habitación, el pequeñajo dejó el mundo de los vivos sin proferir palabra.

La joven se acercó con cautela al cadáver aún caliente y puso los dedos bajo las anchas narices de su amo:

nada. Todavía desnuda, abrió a toda prisa el cajón del escritorio y sacó la valiosa llave, apretándola firmemente en la mano derecha. Deprisa y corriendo, cubrió su belleza con un ligero peplo verde esmeralda y con unos cuantos pasos llegó hasta la puerta del dormitorio. Con el corazón en la boca debido a la tensión, entreabrió los batientes y vio que el último soldado de ronda se estaba dirigiendo lentamente hacia el ándito de la izquierda, situado al final del largo corredor al que daba su habitación. Esperó inmóvil a que el legionario desapareciera, y con él el ruido de sus zapatos. Seguidamente, armándose de valor, se encaminó deprisa y descalza en la dirección opuesta. A unos sesenta pasos, la joven encontró a su compinche. La estaba esperando impaciente, al reparo de una vasta zona de sombra que se formaba gracias a dos columnas muy cercanas la una de la otra. Con un movimiento de la cabeza, Poaghliaos asintió vistosamente mientras guardaba la valiosa llave. Cuando se sintió seguro, se encaminó hacia el despacho de Tessio, mientras la concubina volvía rápidamente a su pabellón, esperando que todo saliera bien.

Con la mano constantemente apoyada sobre el afilado puñal que llevaba escondido debajo de la túnica, el espía cruzó la sala de los banquetes amparado por las tinieblas y llegó a la larga escalera que llevaba al piso de abajo. Se paró en el primer escalón, asaltado por un momento de hesitación. De pronto, se oyó un ruido creciente de pasos que venían del fondo del corredor y enseguida buscó refugio detrás de un largo cortinaje que acariciaba levemente el mosaico del pavimento, situado a la derecha del inicio de la escalinata.

Con los músculos tensos por un impulso nervioso, Poaghliaos sacó el puñal del cinto y se pasó la mano con el arma a lo largo del muslo endurecido. Percibía confusamente dos voces atenuadas a las que no conseguía asociar un rostro conocido. Mientras tanto, se imaginaba el recorrido que tendría que hacer el puñal a fin de traspasar de manera letal a sus dos ignaras víctimas para dejarlas mudas y exánimes sobre la fría desnudez del mármol.

Un pensamiento repentino lo desorientó: si los mataba, lo descubrirían. Una vez eliminados los desdichados guardias nocturnos, habría tenido que ocultar sus cuerpos en un lugar seguro que evidentemente sería muy difícil de encontrar en aquella situación. Y lo que era aún más importante, la ronda volvería a pasar a la hora siguiente y encontraría, en el mejor de los casos, los rastros de sangre diseminados por el suelo. Y a partir de ese momento, todo el plan saltaría en mil pedazos.

Por lo tanto, decidió permanecer en su inseguro escondite, confiando en el favor de los dioses. Poco después, en el profundo silencio de la noche, los dos soldados egipcios pasaron por delante de su escondite, dirigiéndose hacia el ándito situado a la derecha de la sala de los simposios. El espía esperó a que sus cuerpecillos de cuero reforzado, relucientes a la luz incierta de las lámparas de aceite que llevaban en la mano, desaparecieran al cruzar la puerta del largo corredor con las paredes llenas de frescos y los techos abovedados. Cuando el eco de sus pasos se apagó definitivamente, el corpulento espía por fin notó cómo se deshacía la tensión que le había contraído todos los músculos. El griego se pasó el dorso de la mano derecha por la frente acalorada y respiró profundamente un par de veces. Luego volvió a meterse el puñal debajo de la túnica y retomó rápidamente su prudente carrera hacia el despacho de Tessio.

El viejo Ashkali nunca había sido un tipo noctámbulo, sino todo lo contrario. Durante años había preferido acostarse pronto para poder disfrutar de la tranquilidad de las primeras horas del alba. Sin embargo, durante los últimos nueve meses había empezado a participar en los lascivos bacanales a base de orgías que se hacían pasar por simposios, por lo que sus costumbres nocturnas habían sufrido una vistosa transformación. Al principio prefirió interpretar el papel de mero espectador de los joviales banquetes que organizaban Cleopatra y el señor de Egipto, pero luego, poco a poco, sus apetitos sensuales se habían ido despertando inexorablemente, y con suma sorpresa se encontró degustando ora esta ora aquella jovencita, celando su insaciable libídine entre el frenesí, la avidez y la lujuria de muchos otros ebrios participantes. Pero la avanzada edad se hacía sentir y su cuerpo maduro, maltratado por las juergas y excesos, no respondía de manera adecuada. A todo eso se sumaba la misma idea fija que lo había atormentado tiempo atrás y que ahora se había vuelto a presentar impertérrita en su mente. Había llegado a creer que por fin había superado su insistente capricho, que llegó a carcomerlo por dentro de un modo obsesivo, pero ahora se daba cuenta de que aquel deseo nunca había llegado a desaparecer por completo.

Soportar que la bella Antares se hubiera convertido en la concubina de Tessio había sido para él un trago muy amargo. Pero luego, saber que el recién llegado, Lucio Fabio Silano, también se beneficiaba de las pasionales atenciones de la joven se convirtió en una carga insoportable para el médico. Tumbado en el tálamo de su cuarto, Ashkali pensaba continuamente en el viaje del día siguiente con una expresión extrañamente complacida. Por fin podría desencadenar su dolorosa frustración sobre el patético centurión y su esbirro griego. La venganza sería repentina e inexorable. Satisfecho, apagó la vela que descansaba sobre el arcón que tenía al lado de la cama y, en un instante, toda la habitación quedó envuelta en la oscuridad más absoluta. Se encogió debajo de la sutil sábana de lino y se dio la vuelta hacia el otro lado, esperando a que un sueño reparador diera descanso a sus fatigados miembros. A la media hora se despertó sobresaltado: una mano vigorosa le tapaba la boca con una violencia inaudita mientras una fría punta metálica se le clavaba dolorosamente unos cuantos dedos por encima de la base del cuello. El terror se adueñó de su rostro y el miedo empezó a provocarle temblores por todo el cuerpo, sin poder emitir ni el más mínimo gemido.

El asesino soltó una carcajada contenida, mientras clavaba las rodillas sobre el cuerpo macilento del médico con el peso de su propio cuerpo macizo:

—¿Sorprendido, viejo? —dijo Lucio Fabio con tono relajado.

La víctima gruñó. El pánico le había sacado los ojos de las órbitas.

—No temas —comentó el oficial con tono tranquilizador—, en el fondo solo me estoy adelantando a lo que tú nos habrías hecho durante el viaje de mañana, ¿no?

Sin más tardar, Silano apretó con más fuerza la mano con la que le estaba tapando la boca al pobre Ashkali y, con un golpe de una potencia y velocidad deletéreas, hundió el hierro acuminado en la cabeza de la víctima. El puñal penetró hasta la mitad en el cerebro del médico. La muerte fue instantánea y salió muy poca sangre. La hemorragia comenzó dentro del cráneo y luego, cuando su asesino ya había salido de la habitación, el líquido bermejo empezó a borbotear pacíficamente por la boca abierta del viejo egipcio.

Ni una palabra, ni un ruido…

Todo había sido rápido y silencioso. A lo largo del vestíbulo situado al lado del lugar del delito, una sombra furtiva se dirigía rápidamente hacia el cercano gineceo.

Cuando por fin llegó, Poaghliaos entró en el amplio despacho del difunto administrador del triunviro. El tiempo pasaba volando, de forma que se apresuró a entrar en el cuartucho que tantas veces había conseguido escrutar a escondidas gracias al truco del espejo. Como siempre, los batientes estaban entreabiertos y con dos pasos llegó hasta el mueble que ocultaba el hueco que el administrador había hecho en la pared del fondo. Lo levantó a pulso, con mucho cuidado de no hacer el menor ruido, y colocó el engorroso armazón de madera un poco más a la derecha. Entonces sacó el cofre en el que Tessio escondía los documentos y metió en la cerradura la llave que le había dado Antares. El pasador se abrió silenciosamente. El espía abrió el compartimento superior y escrutó el contenido del cofre. Encontró un separador que dividía el interior en dos cavidades. En la primera había una gran cantidad de papiros, todos del mismo tamaño; y en la otra, más pequeña, encontró un rollo solitario y más grande que los demás. Poaghliaos se alegró al ver que llevaba el sello del noble Marco Antonio. Miró a su alrededor y luego, llevado por la curiosidad, abrió el documento para comprobar que de verdad era el testamento del triunviro. En cuanto leyó las primeras líneas, el energúmeno se abandonó a una amplia sonrisa de felicidad: acababan de superar la primera parte del audaz plan.

Volvió a enrollar a toda prisa la importante prueba y la metió en el saco de piel de buey que llevaba debajo de la larga túnica. Rápidamente, volvió a poner el cofre en el hueco de la pared y el mueble en su sitio.

Haciendo caso omiso a la pesada sensación de fatiga que empezaba a acosarlo a cada movimiento, se dirigió hacia la puerta del despacho. El recorrido que llevaba a la habitación de la concubina era el mismo de antes, pero tenía que hacerlo a toda prisa y sin dudar. La ronda solo tardaría media hora en pasar por el sitio al que él tenía que dirigirse.

Antares y el espía atravesaron el majestuoso patio de columnas que daba paso al ancho ándito que rodeaba las habitaciones de las esclavas y heteras. Kafiar los precedía a poca distancia: el rostro ensombrecido del eunuco mostraba claramente su inquietud y preocupación. Rápidamente, superaron los tres amplios escalones que separaban la entrada del gineceo de la sala de los efluvios. Si bien la antesala en la que se estaban adentrando se encontraba débilmente iluminada, gracias a la presencia de antorchas solitarias dispuestas a media altura sobre las columnas perimetrales, la concubina y el energúmeno parecían visiblemente aliviados por no tener que seguir moviéndose en la profunda oscuridad que los había envuelto hasta el momento. Aquella débil iluminación infundía en sus corazones un aliento de esperanza y confianza.

Cerca de la piscina principal, distinguieron la silueta de un hombre inclinado hacia el borde más cercano a la espaciosa piscina.

Al acercarse un poco más, se dieron cuenta de que era Silano. Su presencia les infundió aún más seguridad en el éxito del arriesgado plan. Estaban seguros de que el tribuno había conseguido cumplir con su parte y ahora solo quedaba la última pieza para completar el detallado mosaico de su misión.

—Deprisa —susurró con tono decidido el veterano de la Urbe, mientras cruzaba la dubitativa mirada de sus amigos—. El nivel del agua está bajando demasiado rápido.

El espía se metió en la piscina y luego ayudó a la joven a hacer lo propio. El último en entrar fue Kafiar.

—¿Cuánto tiempo tendremos que aguantar la respiración? —preguntó preocupada la espléndida concubina—. No creo que pueda resistir mucho.

—La corriente que se crea en la descarga es tan fuerte que tardará poquísimo tiempo en arrastrarnos hasta el exterior del palacio. El único problema será conseguir mantener la posición supina —ponderó absorto el joven egipcio. Luego se volvió hacia Poaghliaos y añadió—: Tú eres el que podría tener más problemas. Intenta no tocar los bordes o terminarás hecho trizas. Intenta mantenerte lo más recto que puedas.

El espía lo miró alarmado. La idea de salir de aquel conducto oval con la carne hecha jirones lo dejó petrificado. Tras un instante de silencio, dijo con resignación:

—Está bien. Esperemos que funcione.

—Ya está bien de cháchara —les regañó el oficial a media voz—. Si no nos damos prisa, nos arriesgamos a quedarnos aquí y entonces sí que se va a poner feo.

Kafiar se acercó a la descarga y concluyó:

—Respirad profundamente y coged todo el aire que podáis para ir soltándolo poco a poco cuando estéis abajo. Intentad no moveros y dejaos arrastrar por el agua… y si creéis en los dioses, rezad.

Dicho esto, se introdujo en el hueco ovalado contrastando la fuerza de la corriente, ayudado por Lucio Fabio y Poaghliaos. Cuando consiguió encontrar la posición, inspiró a fondo y les dio la señal. En cuanto lo soltaron, desapareció en una gran cantidad de torbellinos espumosos. Después de Silano, le tocó a Antares. La joven estaba casi paralizada de miedo, y el espía tuvo que utilizar toda la calma de la que disponía para no explotar y tirarla de un empujón al angosto conducto. Por último, cuando la vigorosa corriente también había arrastrado a la joven, suspiró profundamente y se dispuso a entrar en el agua, luchando contra el empuje de la corriente. Primero intentó sentarse en el conducto, pero el agua empezó a darle paladas en la espalda, de modo que se cogió a las anillas del borde, se tumbó en el lecho del canal y se dejó arrastrar hacia la salvación, transportado por la mortal impetuosidad de las aguas.

El final de la tubería comunicaba con un canal más ancho que recorría, al aire libre, las tierras cultivadas del promontorio de Lochias, recogiendo las descargas de los edificios públicos más cercanos. Su inclinación era muy inferior a la del tramo anterior, así como la vehemencia del agua que lo llenaba hasta la mitad, por lo que en teoría debía de resultar bastante más fácil de atravesar. El final de la tubería escupió al espía con una violencia impresionante, y el energúmeno fue a impactar con toda la fuerza de la caída libre contra el soldado, que todavía no se había repuesto de la delirante bajada a toda velocidad y terminó arrollado en el fondo del canal. Kafiar y Antares se apresuraron a socorrerlo, pero necesitaron toda la fuerza de Poaghliaos para levantar el cuerpo inerte del potente soldado romano. No fue fácil conseguir que recobrara el sentido, pero después de unos aterradores momentos, Lucio Fabio recuperó sus facultades mentales y le gritó furiosamente a su gigantesco amigo:

—¡Por todos los dioses, pedazo de bestia griega! ¡Un poco más y me matas! ¡Por Júpiter! ¡Eres más bruto que los elefantes de Aníbal!

El espía bajó la mirada, afligido. Tenía los brazos llenos de quemaduras y heridas, y del amplio dorso le salía una enorme cantidad de sangre. La joven vio las heridas y exclamó:

—Esas heridas son muy feas, Poaghliaos. Tenemos que darnos prisa en llegar al puerto oriental o te desmayarás, con toda la sangre que estás perdiendo.

La cara del griego era una máscara de dolor. Su cuerpo imponente había soportado la tortura de las paredes irregulares del conducto por el que se descargaba el agua de la piscina por la que habían huido. Hasta el simple hecho de hablar le provocaba unas punzadas lancinantes.

Kafiar se apresuró a decir:

—Rápido, amigos. El canal es muy largo y tenemos que aprovechar estas horas de soledad para llegar hasta la embarcación que nos está esperando. Dentro de dos horas como mucho la ciudad empezará a despertarse y, con lo sucios y lastimeros que estamos, llamaremos la atención de todo el que nos vea. Además, los pescadores empiezan a faenar antes del alba en Alejandría.

Avanzaron chapoteando por una mezcla maloliente de agua y limo durante una media hora, rodeados por la quietud de aquella noche espectacular de los idus de mayo. La luna resplandecía alta en un cielo índigo atiborrado de estrellas. Largas franjas de frondosidad que temblaban en la penumbra se alternaban con tramos de tierra completamente hundidas en la negrura de la oscuridad, perdiéndose entre los árboles repletos de gustosos frutos maduros. El chirrido incesante de grillos y langostas los acompañó en su difícil caminata nocturna hasta llegar a los límites de la zona cultivada, que habían podido admirar a lo largo del borde izquierdo del fangoso canal.

Cuando por fin llegaron al tramo que comunicaba con la cloaca de la ciudad, los cuatro salieron del lecho de aquella especie de arroyo para desviarse hacia el puerto oriental. A los pocos pasos, Poaghliaos se dejó caer sobre un muro seco que delimitaba una empinada escalera de piedra que llevaba a un vasto anchurón poco distante.

En la parte de atrás de la plaza, una callejuela pasaba por delante de una serie de edificios bajos de aspecto abandonado, probablemente tabernas de mala muerte al servicio de clientes poco exigentes, y continuaba hasta los pocos muelles del puerto menor de Alejandría.

—¿Qué te pasa, amigo? —preguntó el moloso de César con aprensión. La cara del griego estaba tan blanca como la pared y empapada en brillante sudor por el esfuerzo que tenía que hacer para seguir manteniéndose en pie.

—Tenemos que ayudarlo —sugirió el joven eunuco—. Él solo no va a poder llegar al muelle. Vamos a cogerlo por debajo de los brazos.

—Un último esfuerzo, gigante —concluyó con voz suave la joven concubina.

El espía esbozó una especie de sonrisa forzada que más bien pareció una mueca de dolor.

Silano y Kafiar arrastraron casi a pulso el cuerpo imponente de su amigo hasta el principio del muelle. De repente, una sombra que estaba asomada a la borda de una embarcación empezó a mover los brazos agitadamente, intentando llamar la atención del grupo de amigos.

Con inmensa felicidad, Lucio Fabio distinguió la silueta del mercader y exclamó con tono triunfal:

—¡Mirad, es Girtab! ¡A la pasarela, rápido!

Con un último esfuerzo, los dos hombres consiguieron llevar hasta la bodega al desafortunado Poaghliaos, que ya estaba casi inconsciente.

—Ocúpate de él —dijo con tono serio Lucio Fabio. El veterano tenía una expresión muy preocupada y no dejaba de mirar a su amigo, tumbado en una cama estrecha, mientras se rascaba la barbilla. Antares asintió y, notando el temor en los ojos de su amante, respondió con tono convencido:

—Verás cómo sale de esta. Tiene un temple excepcional. Ahora voy a taponarle la herida y el reposo hará el resto.

Después de subir al puente, el tribuno de la legión XIX se acercó al jovial Girtab y exclamó:

—Amigo mercader, no sabes cómo me alegro de volver a verte. Ahora salgamos de esta maldita ciudad y alejémonos lo más rápido que podamos.

Inmediatamente, el hombre ordenó a su tripulación que soltaran los amarres y ocuparan rápidamente sus puestos para la maniobra.

Una hora más tarde, la embarcación ya estaba a unos diez estadios de la punta más lejana de la isla de Faro, deslizándose sobre la superficie plácida y reluciente de las olas iluminadas por el candor de la luna.

Al alba de las calendas de junio, el mercader desvió ligeramente la ruta de su embarcación, apuntando un poco más al norte. Hacia la hora duodécima del mismo día, divisaron en el horizonte las primeras manchas verdes de los cedros y olivos que en pequeños grupos desparramados salpicaban las altas escolleras de la costa occidental de la isla de Zacynthus[134]. Al ver el ansiado panorama, los ocupantes del barco lanzaron fragorosos gritos de júbilo bajo la mirada satisfecha de Girtab, que se sentía aliviado por haber conseguido arribar sano y salvo al destino que le habían pedido sus clientes. Entre las risas liberadoras de sus compañeros y las ovaciones de la tripulación, impaciente por desembarcar finalmente en tierra firme, Silano se quedó en silencio, apoyado en el parapeto del barco. Su expresión era inescrutable y una extraña rigidez parecía haberse adueñado de su cuerpo. Antares se dio cuenta del comportamiento del veterano y enseguida se puso a su lado:

—¿Qué te pasa, Lucio? —preguntó con tono melifluo—. Pareces distante, casi ausente.

El oficial se volvió para mirarla a los ojos. Los relucientes rayos de sol penetraban entre sus suaves cabellos, resaltando los reflejos caoba. Sus rasgos delicados y la piel lisa exaltaban aún más la belleza de sus formas sinuosas, escondidas bajo la corta túnica llena de fango seco.

Antes de contestar, el tribuno se abandonó por un momento a las profundidades de aquellas dos gemas verde esmeralda, recordando con cariño las largas noches egipcias que había pasado perdido en el espléndido calor de su cuerpo divino:

—No debería de haberla abandonado. Ella se fiaba de mí y yo lo eché todo a perder. Puede que me odie. Puede que haya hecho de todo por olvidarme.

El soldado bajó la cabeza, como si se sintiera repentinamente avergonzado, y luego volvió a clavar la mirada en las manchas de vegetación que asomaban a la pequeña ensenada hacia la que se dirigía el barco. Antares acarició lánguidamente la cabeza del veterano. Los ojos de la joven reflejaban toda la piedad que en ese momento manaba sincera de su corazón:

—Ya verás como la pequeña Tera se alegrará muchísimo de volver a abrazarte —dijo, intentando tranquilizarlo—. El amor vence al tiempo y la distancia, supera mares y montañas. Es la linfa vital que alimenta el espíritu, el más noble y duradero de todos los sentimientos humanos.

Dicho esto, la concubina acercó sus labios bermejos a los de Lucio Fabio y, pasándole un brazo por el cuello, diluyó la inquietud del oficial en un beso largo y apasionado.

El soldado la estrechó con delicadeza entre sus brazos, susurrándole al oído tiernas palabras de amor.

Después de fondear la nave, Girtab y su nutrido séquito pasaron el resto del día y de la noche cerca de la pequeña playa de piedras en la que habían desembarcado. Encontraron hospitalidad en unas cuantas grutas húmedas cerca de la estrecha ensenada. Los pescadores pusieron a su disposición los ruinosos espacios que usaban como varadero para sus embarcaciones. Silano y Antares durmieron abrazados en una cama que se hicieron con las voluminosas redes de pesca que rellenaban los huecos de las paredes desgastadas por el salitre, entre el lento e incesante rumor de las olas al chocar contra el rompiente. A la mañana siguiente, hacia la hora sexta, se despidieron de sus improvisados anfitriones y zarparon con rumbo al norte. La meta estaba muy cerca: detrás del voluminoso perfil de la isla de Cephallenia[135], la risueña Leucas esperaba su arribo impaciente.

Tiresias estaba charlando con unos pescadores que acababan de volver después de haber pasado toda la mañana en el mar. Las redes que habían echado la noche anterior estaban insólitamente llenas de pescado y el humor general era de los mejores. La ansiada temporada de verano se acercaba, y aquella podía ser la primera de una larga serie de proficuas jornadas de trabajo. El mercader divisó a lo lejos una gruesa embarcación comercial que navegaba derecha hacia la playa y sintió una gran curiosidad. Hacía varios meses que el viejo griego fondeaba en la tranquila isla situada frente a Acarnania y, a decir verdad, muy pocas embarcaciones habían hecho escala en Leucas desde su llegada. La pequeña Tera había obligado al pobre Basilio a hacer su habitual excursión por la estrecha franja de vegetación que separaba el largo litoral de las primeras casas del modesto centro habitado. Aristipo había conseguido librarse de la generosa invitación de la niña con la excusa de tener que remendar la gran vela del mástil mayor de la embarcación de Tiresias. Sabía perfectamente cuánto habría tenido que sudar si hubiera ido a acompañar a la pequeña fierecilla a su fantástica exploración del «bosque encantado». Saltar de aquí para allá por la frondosa extensión, entre encinas, pinos marítimos y alcornoques se había convertido en la constante de todas las mañanas, pero aquel día, por fortuna, el pesado encargo le había tocado al joven timonel del *Athena*.

    Conforme la desconocida nave mercantil se iba apropincuando a la orilla, el viejo griego iba sintiendo cada vez más curiosidad por saber quién viajaba en el barco, y tal vez el motivo de su arribo. Mientras tanto, forzaba la vista intentando distinguir las siluetas de los ocupantes de la embarcación, pero los cálidos rayos de sol anulaban gran parte de sus esfuerzos al reflejarse en el espejo de agua que se extendía ante su rechoncha figura. Tuvo que cerrar los ojos una y otra vez antes de volver a intentarlo. El barco echó el ancla muy cerca, de forma que el grupo formado por el mercader y los pescadores pudieron observar en silencio todas las fases del atraque. Cuando la tripulación empezó a llegar a la orilla, Tiresias reconoció la imponente mole de Poaghliaos. Con una enorme sonrisa en los labios se puso en camino en dirección a su amigo, pero su maravilla se convirtió en una alegría incontenible cuando, detrás del espía, vio a Silano acompañado de una espléndida mujer.

—¡Comandante! ¡Gracias a los dioses! —exclamó eufórico el viejo griego, levantando las manos hacia el cielo.

Lucio Fabio se dirigió hacia él con los brazos abiertos y los dos se estrecharon en un largo abrazo fraterno, cargado de afecto:

—¡Qué alegría volver a verlo, comandante! —exclamó Tiresias, con la voz rota por la emoción. Sus ojos lúcidos transmitían hasta qué punto estimaba al veterano de Roma.

—El moloso de César ha vuelto —comentó feliz el tribuno— y ha conseguido cumplir su arriesgada misión.

—¿Dónde están los demás? —preguntó Poaghliaos, que había recuperado su antigua fuerza.

—Aristipo está en el barco —explicó Tiresias—, y Basilio ha salido con la pequeña Tera en busca de tesoros.

El oficial esbozó una leve sonrisa y enseguida preguntó lo que más le apremiaba:

—¿Cómo está la niña? ¿Está enfadada conmigo?

El mercader hizo un gesto rápido con las manos, como si quisiera apartar enseguida aquellas absurdas palabras:

—¿Cómo iba a estar enfadada, comandante? Ella lo adora. Lo considera su padre y no ha pasado ni un solo día en que no me haya crucificado a preguntas para saber cuándo volvería —y añadió con tono divertido—: ¡Cómo se va a quedar cuando lo vea!

En ese preciso momento, por el sendero que unía la extensa lengua de vegetación con la playa dorada, salieron una niña de rizos de oro y un jovencito atlético de piel bronceada.

—¡Mira, Tiresias! —estaba gritando la niña, que trotaba veloz en dirección al mercader—. ¡Mira lo que hemos encontrado!

Cuando reconoció al hombre que estaba al lado del viejo griego, sus pequeñas piernas se pararon en seco y los ojos se le llenaron de lágrimas. La enorme concha que llevaba entre las manos cayó sobre la arena y unas gotas de felicidad dibujaron varias rayas en la lisa superficie de aquella carita de rasgos suaves.

Al ver a la niña, el tribuno también se sintió invadido por una emoción incontenible. Una mano cariñosa de mujer lo exhortó a dar el primer paso, empujándolo delicadamente hacia delante. Se dio la vuelta y vio cómo la radiosa Antares asentía imperceptiblemente. Apretó los párpados un instante y dijo con voz temblorosa:

—¿Qué dices, briboncilla, quieres venir a abrazarme o estás demasiado ocupada holgazaneando con Basilio?

La pequeña Tera salió corriendo a toda velocidad y chocó contra el amplio tórax del veterano que, en cuanto la tuvo entre sus brazos, la levantó a pulso y la estrechó cariñosamente. Cogida al cuello de su padrastro, Tera lloraba a más no poder, llevada por una felicidad inmensa. Los dioses habían oído sus oraciones y sus deseos se habían cumplido. Desde que llegaron a aquella isla había pasado todos los días pensando en el regreso del tribuno, y todas las noches ese pensamiento se había convertido en un sueño evanescente que se rompía tristemente al alba. La visión onírica por fin se hacía realidad y el corazón de la niña latía a una velocidad de vértigo, movido por una felicidad indescriptible.

—Lo sabía, lo sabía —repitió la niña con un hilo de voz—, ¡no podías abandonarme!

Luego, separándose de la mejilla de Lucio Fabio, se giró hacia el viejo griego y gritó con todas sus fuerzas:

—¡Has visto, Tiresias! ¡Héctor ha vuelto! ¡Ha vuelto! ¡Troya está a salvo!

Una infinidad de fragorosas carcajadas explotó al oír aquellas palabras: Girtab y su tripulación, Basilio, Antares y los demás habían asistido con celada emoción al anhelado reencuentro entre el veterano y la niña y ahora se sentían inundados de unas enormes ganas de celebrarlo.

Basilio se acercó a Tiresias y Silano, y comentó:

—Aquí hace falta una copa de vino tinto para brindar por su regreso, comandante. Voy al barco a cogerlo. Aristipo también se alegrará de verlo.

El mercader asintió afablemente. Bajo el sol penetrante de las primeras horas de la tarde, la alegre comitiva daba buena cuenta de su banquete en la tranquilidad del suave litoral arenoso. Una leve brisa refrescante se levantó de pronto en la playa dorada, envolviendo en su aliento al grupo de amigos arrellanados en el rompeolas.

Epílogo

La voz potente del grueso pregonero retumbaba aterradora en el interior del templo de Bellona, atestado de ancianos patricios amantados con sus togas blancas ribeteadas por anchas franjas color púrpura.

Quinto Décimo Balbo cruzó perjurando la entrada de la *mutatio*[136] *as flumen*, situada a unas siete millas de Roma por la vía Ostiensis y llegó hasta el ancho banco en el que estaban sentados Silano y Poaghliaos. El decurión estaba empapado y parecía bastante nervioso a causa del repentino chaparrón que lo había sorprendido mientras galopaba hacia el lugar del encuentro.

—¡No me lo puedo creer! —bufó irritado Décimo Balbo—. ¡Hace tres días de los idus de junio y sigue meándonos encima desde el divino balcón!

Lucio Fabio le regañó bromeando:

—No tienes remedio. Antes o después, Júpiter te fulminará, amigo mío.

—¡Que se vaya al cuerno! —soltó Balbo como única respuesta.

—¿Has sabido dónde quiere encontrarse con nosotros? —preguntó el espía, que hasta aquel momento había estado ocupado bebiéndose un vino tinto carnoso de Capua de una copa larga con el cuello estrecho. El decurión le quitó rápidamente la frágil copa de la mano derecha y se tragó ávidamente el contenido. Poaghliaos le lanzó una mirada maléfica.

—Esta noche, en la antigua casa de Quinto Hortensio Hórtalo[137] —respondió Balbo, secándose los labios con el dorso de la mano—. Es la *domus* que adquirió hace un par de años en el Palatino, un lugar tranquilo y bien protegido.

—Entonces tendremos que darnos prisa —observó Lucio Fabio, mientras lanzaba la mirada fuera de la ventana que se abría en la pared frente a su mesa. Desde la limitada abertura solo pudo ver los nubarrones grisáceos que amenazaban inmóviles desde lo alto del cielo encapotado. La lluvia estaba disminuyendo lentamente, pero era como si el sol no quisiera saber nada de su deber cotidiano.

—Bien —contestó el espía, levantando del banco su enorme mole—. En ese caso, voy a preparar los caballos. Nos vemos detrás, señores.

Poaghliaos se encaminó a toda prisa hacia la pequeña puerta situada al final de la angosta sala contigua. Al abrir los batientes, una fuerte ráfaga de viento invadió el comedor del establecimiento casi vacío, arrastrando consigo un olor acre e intenso de forraje húmedo procedente de los establos.

Los dos soldados siguieron hablando un rato más, hasta que oyeron un silbido que venía de las cuadras y supieron que había llegado el momento de abandonar el calor de la taberna para retomar su sacrificada marcha hacia la Urbe. El decurión se echó otro vaso de vino y le ofreció un sorbo al tribuno. Silano declinó la invitación y exhortó de mala manera a su amigo a darse prisa.

—¿Qué prisa llevas, comandante? —replicó Balbo con tono irónico—. Si no son más que ocho millas.

—Quiero poner fin a esta historia lo antes posible —comentó el moloso de César con expresión pensativa.

Mientras se subían a sus purasangres el oficial se detuvo, llevado por un momento de hesitación:

—¿Has mandado a dos de tus hombres a la zona de Annona? —le preguntó, meditabundo, a su amigo decurión.

—¿A dos? —repitió Balbo, resentido—. He enviado a seis de mis mejores hombres a la zona del puerto. En cuanto vean a Tiresias y los demás, los escoltarán hasta la villa del duunviro[138] Cayo Cartilio Poplicola. Allí estarán seguros, créeme.

Tranquilizado por la respuesta, Silano espoleó al caballo y se lanzó al galope por el amplio adoquinado que constituía la calzada que unía el antiguo puerto de la desembocadura del Tíber y la Urbe, seguido a corta distancia por sus dos acompañantes. El fragoroso estruendo de los truenos se oía cada vez más fuerte desde las colinas del noroeste, haciendo relinchar de vez en cuando a los caballos que, nerviosos, alargaban el paso. El breve y copioso aguacero primaveral se volvió más intenso e insistente durante el trayecto, empantanando el terreno a ambos lados de la calzada y obligando a los tres jinetes a aumentar vertiginosamente el ritmo de su cabalgada.

Cuando el ímpetu del temporal parecía debilitarse un momento, Balbo le concedía a su frisón negro un respiro y lo mismo hacían Lucio Fabio y el robusto espía griego.

Acababa de pasar la hora duodécima cuando empezaron a divisar a lo lejos los primeros edificios altos del Aventino.

—Ya está —dijo el decurión, cortando el silencio que habían guardado durante la mayor parte de la incómoda marcha—. Dentro de nada cruzaremos las murallas.

—Ya era hora —añadió irritado Poaghliaos, escrutando su túnica empapada.

En ese preciso instante, dos mensajeros que montaban un par de flacos bereberes se cruzaron delante de ellos, galopando peligrosamente rápido sobre el resbaladizo adoquinado. Ambos llevaban bien cogido en la cabeza un *petanus*[139] medio raído a causa del largo servicio. A juzgar por la expresión tensa con la que espoleaban a sus caballos, aquellos dos debían de llevar algún mensaje importante que habrían de entregar con urgencia a un par de peces gordos de las afueras de la ciudad.

Los tres compañeros siguieron adelante por la calzada que discurría en paralelo al lecho del río y, después de un breve tramo, espolearon a sus corceles en dirección al Campo de Marte. A su izquierda, la isla Tiberina parecía controlar los primeros rayos de sol que, desganadamente, empezaban a penetrar más allá de la cortina de nubes grises que llevaba estacionada sobre el monte Capitolino desde el amanecer. Pasaron por delante del templo de Bellona y cruzaron la llanura de Velabro, dejando atrás la zona del foro para pasar por fin al interior del *pomerium*. Desde allí, siguieron la calzada principal que, costeando las primeras casas construidas a los pies del Palatino, conducía hasta la cumbre de la antigua colina.

La *domus* del joven cónsul se había levantado varios años antes en la ladera sureste de la colina. Cuando llegaron a la puerta de la austera vivienda, salieron a recibirlos dos lictores bien plantados, con sus togas de color marfil. Balbo intercambió con ellos unas breves palabras y, sin más tardar, la pareja de guardianes dejó libre el paso al vasto atrio que se abría a sus espaldas.

A los lados del espléndido *impluvium*[140] se encontraban las amplias habitaciones del dueño de la casa y, por detrás de ellas, había un gran pabellón que hacía las veces de entrada a la suntuosa sala situada en el centro de la gran construcción: el *tablinum*[141].

Echando una rápida ojeada más allá del umbral del estudio, Silano vio al *imperator* sentado detrás de una escribanía de madera maciza, finamente elaborada. Los pies de la mesa terminaban en unos pequeños apoyos planos que representaban a unos leones tumbados sobre el vientre. Octavio estaba conversando a media voz con una gran silueta que estaba echada sobre una cómoda poltrona con brazos y, a sus espaldas, otros dos lictores de aspecto terrible se erguían inmóviles con la mirada fija en la puerta de la amplia habitación. Por el tamaño de la cabeza y los pocos cabellos que sobresalían oscurísimos en la parte más alta del cuello, el tribuno intuyó la identidad del huésped que se encontraba delante del sucesor de César. Se trataba de Mecenas. Octavio vio que uno de sus hombres estaba esperando en la puerta del estudio y con un rápido gesto lo exhortó a entrar. Con unas cuantas zancadas, el guardia llegó a la altura del joven cónsul y le susurró algo al oído.

La voz del noble triunviro retumbó en la sala, dispersándose entre los arcones del techo:

—¡Finalmente! —exclamó, aliviado. Luego se despidió apresuradamente y le ordenó a uno de los energúmenos que tenía detrás que le llevara inmediatamente un poco de vino.

Al cruzar los límites del *tablinum*, el fiel consejero de Octavio se cruzó con Silano y le clavó una intensa mirada indagadora. Por su parte, el tribuno se mostró indiferente.

—*Ave*, tribuno Lucio Fabio Silano —lo saludó el joven cónsul, visiblemente contento por tan esperada visita—. Casi temía no volver a verte —añadió mientras se ponía en pie.

—*Ave, imperator* —respondió, en posición de firmes, el oficial. Acto seguido, se acercó a la seca figura del comandante y sentenció—: la misión ha sido un éxito.

El rostro hundido de Octavio se llenó de excitación mientras Lucio Fabio extraía el valioso rollo de la bolsa de cuero que llevaba colgada del hombro izquierdo. Lentamente, tendió el anhelado documento al comandante y este, con manos temblorosas, se apresuró a leer ansiosamente el contenido. En ese momento, la expresión del triunviro le recordó al veterano los difíciles días de la batalla de la Galia. En los ojos del *imperator* vio brillar la misma luz victoriosa que había alimentado durante años la mirada orgullosa y hambrienta del divino César.

Entonces entendió, como en una revelación onírica, que aquel joven de complexión delgada y angulosa, y mente astuta y afilada, concentraría en sus manos todo el poder de Roma durante los años venideros. Bajó la cabeza como si acabara de recibir un golpe potente e inesperado y, absorto en sus asfixiantes pensamientos, esperó taciturno las palabras del rubio patricio.

Cuando hubo terminado de leer, Octavio alzó los ojos al cielo, como si quisiera agradecerles a los dioses el don con el que habían querido recompensarlo. Seguidamente, concentró toda su atención en el veterano y dijo con tono sereno:

—Has logrado llevar a cabo una ardua empresa, tribuno. Tu valor, tenacidad y fidelidad son realmente encomiables. Eres un colaborador valioso e inagotable, Lucio Silano. Deja, pues, que te recompense convenientemente por los sacrificios y penas que has tenido que sufrir durante estos largos meses. —Notando por un momento la expresión complacida de Quinto Décimo Balbo, recitó por fin impostando la voz—: La magnanimidad y rectitud del sumo Octavio no conoce límites. Hazme saber tus deseos, Lucio Fabio Silano, y yo te concederé todo mi favor para que sean satisfechos.

El moloso de César hesitó unos instantes. Parecía sentirse incómodo en aquella situación tan absurda. A fin de cuentas, no era más que un simple soldado, acostumbrado a obedecer las órdenes de sus comandantes. De pronto, a su mente acudió un torbellino de voces e imágenes lejanas...

La sonrisa burlona de Giubba, las palabras de Tiresias, el rostro radiante de la bella Antares. Y luego la enorme figura taciturna de Poaghliaos, las carcajadas contagiosas de Aristarco, seguidas por los continuos refunfuños de Filarco, la mirada penetrante del egipcio Kafiar, la expresión espabilada de Balbo y, por último, los sublimes ojos cerúleos de la pequeña Tera.

En ese momento, rompió el silencio y con aspecto pacato dejó que las palabras salieran espontáneas de su corazón:

—*Imperator*, es para mí un honor inmenso el haber podido servirle de modo adecuado en mi última y ardua misión como soldado.

Octavio lo miró extrañado, intentando descifrar el sentido de aquella frase.

—Aun así, si considera que mis sacrificios merecen recompensa, aceptaré con gusto su infinita generosidad. Para mí solo deseo poder licenciarme de la milicia a fin de retirarme a los tranquilos campos de Cambranum. Sin embargo, quisiera que les concedieras sus deseos a todos los que me han ayudado, de muchas formas distintas, a lograr el objetivo final de mi dificultoso cometido. Son personas que han arriesgado varias veces la vida para tomar partido por mí en esta empresa prácticamente imposible, y espero vivamente que pueda satisfacer sus peticiones.

Dicho esto, el tribuno volvió a hacer una reverencia con la cabeza ante su comandante. El lictor entró de nuevo en la sala por la puerta lateral, que daba al estrecho ándito que llevaba al *triclinium*[142], seguido por una esclava que transportaba una pesada jarra, colma de vino, con ambas manos. La mujer apoyó la garrafa de enorme capacidad sobre una bandeja, y empezó a verter el tinto de Falerno en una serie de copas pequeñas que iba pasando a los huéspedes del joven cónsul. En cuanto terminó, hizo una desgarbada inclinación y desapareció tan rápido como había llegado. Octavio degustó a pequeños sorbos la bondad y espesor de aquel néctar que, a pesar de haber sido sabiamente diluido, aún resultaba vigoroso. En ningún momento había apartado la mirada del oficial, y en la mano izquierda seguía apretando con cuidado el rollo que Lucio Fabio le acababa de entregar.

—Que así sea, tribuno —declaró el sucesor de César con cierta decepción—. Si este es tu deseo, sabré concedértelo. Tenía pensado nombrarte legado de la legión XIX de Narona. Sería un gran paso en tu carrera militar, ¿no te parece?

Intuyendo los propósitos del joven cónsul, Silano se apresuró a responder con tono pacato:

—Es todo un honor, *imperator*. Pero he reflexionado mucho sobre esta decisión y considero que ahora es el momento oportuno para licenciarme del ejército con honor. La edad empieza a notarse y estoy saturado de marchas y de sangre. No obstante, siempre podrá tener le certeza de mi fidelidad, comandante.

—El moloso de César —observó el triunviro con expresión relajada—. Espero que un día decidas volver sobre tus pasos. Has de saber que gracias al valor y la lealtad que has demostrado, siempre serás bienvenido ante la presencia de Octavio.

Dicho esto, el *imperator* se despidió de sus huéspedes y se retiró a la zona del peristilo.

Los guardias del triunviro acompañaron a la puerta de la *domus* a Silano, Balbo y Poaghliaos. Después de despedirse, el decurión espoleó a su frisón hacia la vía Apia, mientras que el tribuno y el espía se dirigieron a toda prisa hacia la vía Ostiensis, con la intención de llegar a la zona portuaria antes de que se hiciera de noche. El traicionero chaparrón estival había cesado, dejando paso a una ligera brisa que con mucho cuidado fue alejando las pocas nubes que quedaban en el luminoso cielo posmeridiano.

La voz potente del grueso pregonero retumbaba aterradora en el interior del templo de Bellona, atestado de ancianos patricios amantados con sus togas blancas ribeteadas por anchas franjas color púrpura. Entre aquella inmensa multitud de senadores, algunos intentaban apoyarse en las robustas columnas que se alzaban a lo largo del santuario, mientras que otros ya se habían resignado a tener que aguantar de pie todo el tiempo que durara la asamblea extraordinaria. Octavio lucía su espléndida loriga dorada. Pese a que el cinturón carecía de gladio, los doce lictores que rodeaban su persona representaban una barrera infranqueable. La canícula de aquella mañana de las nonas de julio[143] aumentaba con el paso de las horas, caldeando intensamente el interior del sagrado lugar. El bochorno era insoportable y las frentes de los participantes de la asamblea estaban empapadas en sudor. Hacía años que una sesión del Senado no se organizaba fuera de la Curia Iulia. El orden del día de la asamblea debía de ser distinto del normal, y por esa razón casi todos los senadores habían decidido presentarse tras recibir la citación del noble triunviro. Si bien el hecho de que el lugar destinado para el encuentro fuera el famoso templo situado cerca del *pomerium* no auguraba nada bueno. «Será mejor que vaya», habían pensado casi todos.

Los rostros de los nobles patricios estaban tensos. Los ánimos se estaban exacerbando progresivamente y seguir soslayando la cuestión resultaba inútil y perjudicial.

—Por este motivo, la divina Cleopatra VII, reina de los reyes, gobernará los territorios de Egipto y Chipre junto con su hijo Cesarión. Nombro, por último, a mi hijo Alejandro Helios monarca de Armenia, la Media Luna Fértil y Partia. La pequeña Cleopatra Selena será soberana de Cirenaica y Libia, mientras que Tolomeo Filadelfo será coronado rey de Siria, Fenicia y Cilicia.

El pregonero respiró profundamente. Enseguida cerró el papiro y se lo puso en las manos a Cayo Cilnio Mecenas. Un murmullo crispado se difundió por toda la sala, acompañado en algunos puntos por exclamaciones de indignación. Cuando los senadores vieron a Octavio abrirse camino entre sus hombres y subir los primeros escalones de la tribuna del orador, cesó rápidamente el fastidioso bisbiseo que flotaba en el aire. El sucesor de César echó una rápida ojeada a la atestada platea de ancianos. Acto seguido, apuntó con el flaco dedo índice hacia el cielo e inició su dura invectiva:

—¿Hasta cuándo, me pregunto, oh nobles *patres*[144], Marco Antonio seguirá abusando de nuestra paciencia?

Las palabras del triunviro fueron bien acogidas por la mayoría de los presentes. Muy pocos guardaron silencio.

—¿Qué otra perfidia o perversidad habrá de cometer el individuo abyecto y mezquino que en este momento usurpa la soberanía de Roma para que os deis cuenta de lo funesta que ha sido ya su labor?

—¡Exacto! —exclamó, enfervorizado, Terencio Tácito Lucurno—. ¡Es el momento de actuar! Marco Antonio atenta contra la autoridad de la República.

La voz de Lucurno llegó nítida a los oídos de Octavio. En su corazón, el *imperator* se alegró de cómo se estaba desarrollando la situación, pero mantuvo la moderación y el aspecto contrariado que favorecerían su objetivo.

—Las palabras que acabáis de oír han sido escritas por su puño y letra —continuó el pálido joven con tono amenazador—, y desde luego no podemos decir que no haya razonado largo y tendido antes de prodigar los territorios de Roma a sus herederos egipcio-romanos.

Llegados a este punto, Mecenas tomó la palabra. Con su vocecilla boba intentó imponerse sobre el enjambre de imprecaciones procedentes del ala izquierda del templo:

—Calmaos, amigos —dijo el achaparrado consejero—, así no vamos a resolver el problema.

La multitud fue aquietándose poco a poco.

El astuto amigo de Octavio retomó la palabra con brío:

—El comportamiento de Marco Antonio es tan inexplicable como indigno. Creo que todos os habéis hecho cargo de su execrable plan. Está intentando adueñarse de los territorios que nuestra amada República le había encargado gobernar sabiamente. Aún más escabroso y avieso resulta el nombramiento de Cleopatra como «reina de los reyes». Pensad qué consecuencias podría tener en caso de que decidiéramos no reaccionar de manera adecuada ante esta absurda y peligrosa situación. Las provincias romanas perderían sus valiosos suministros de cereales procedentes de Oriente, y en poco tiempo la carestía llamaría a nuestras puertas. La potencia de Roma se desvanecería rápidamente y la península sería atacada por las poblaciones del norte que con tanto denuedo conquistó el divino César.

El nombre del difunto dictador pareció alentar repentinamente los ánimos apesadumbrados de los senadores.

—¡Pena de muerte! —gritó Claudio Pulcro Sartorio, enderezándose y separando su pesado cuerpo de la columna sobre la que estaba nerviosamente apoyado.

Un coro de voces torvas se difundió en el aire:

—¡Sartorio tiene razón! ¡Pena capital!

Mientras tanto, Octavio esperaba en silencio a que su laborioso plan terminara por embaucarlos por completo. Con un rápido movimiento de la cabeza, le hizo una señal a Marco Vipsanio Agripa para que tomara la palabra. Este, acercándose a la tribuna, levantó el brazo izquierdo para llamar al orden:

—Propongo una rápida votación para declarar al gobernador oriental enemigo público de Roma —comenzó a decir con tono decidido el valiente comandante. Todos lo tenían en gran estima debido a su destreza militar, rectitud y ecuanimidad—. En caso de que se llegara a esta decisión —continuó el general de Octavio—, asumiré personalmente el comando de la flota armada que conducirá el ataque en Oriente. ¡Tenemos que parar a Marco Antonio lo antes posible!

Convencidos por las palabras de Vipsanio Agripa y todavía más por sus dotes de navarca invencible, los ancianos patricios aceptaron de buen grado su propuesta.

Una hora más tarde, el destino del viejo triunviro quedaba irremediablemente marcado: enemigo público de Roma por mayoría del Senado. El único que durante la trepidante asamblea dilapidó todas sus energías en una extenuante e inútil disertación en defensa del viejo triunviro fue Cayo Sosio[145].

General tan arrojado como arrogante, Sosio había sido elegido cónsul unos meses antes en los comicios por centurias (por un sufragio influido en gran medida por la presencia de sus tropas) en sustitución del propio Octavio, pero la mayor parte de los senadores y patricios de la ciudad lo aborrecían.

Sus tratos con el gobierno oriental y su detestable temperamento molestaban sobremanera a gran parte de los *patres*, hasta tal punto que estos seguían llamando cónsul al sucesor de César y concediéndole la escolta de los lictores, por más que hubiera perdido su título tiempo atrás.

Aquella noche, el novel magistrado supremo decidió abandonar la Urbe, junto con un escaso número de seguidores de Marco Antonio. Permanecer por más tiempo en la ciudad le pareció arriesgado, de modo que resolvió marcharse a Egipto. Una vez en la tierra del Nilo, le revelaría las malas noticias al viejo triunviro y se alinearía con él en la batalla que muy pronto se desencadenaría.

Después de Mario y Sila, César y Pompeyo, un nuevo enfrentamiento en el vértice romano decidiría la suerte de la moribunda República.

El destino de la Urbe estaba cumpliéndose lentamente y con él, el alba de una nueva era se asomaba inexorablemente a las puertas del mundo hasta entonces conocido.

Agradecimientos

In primis deseo dar las gracias a Adelaide, porque sin ella este trabajo no tendría razón de ser. Las noches que ha pasado a mi lado animándome, siempre dispuesta a infundirme confianza mientras naufragaba en el mar de mis agitados pensamientos, nunca podrán ser recompensadas como se debe.

Un afectuoso «gracias», de corazón, a mi familia y en particular a mi hermano Pino, lector obligado e incansable de la primera versión y fuente de silenciosos consejos.

Gracias de nuevo a mi amigo Giovanni Giannini (Giannini Editore), por haber apostado por la obra desde el principio, apoyándome en todo momento y dedicando tiempo y esfuerzo a mi trabajo, siempre con la cortesía y el empeño que caracterizan a las personas especiales.

Un abrazo a los amigos, viejos y nuevos, que por obvias razones de *par conditio* no puedo nombrar aquí. Sois demasiados.

Gracias a Agnese y Alfredo, por los maravillosos días pasados en vuestra agradable compañía.

El último agradecimiento es doble y me trae a la memoria imágenes desteñidas por el tiempo, sacadas del baúl de mis recuerdos empolvados: un niño curioso, una gran profesora y el mejor poema épico que se haya escrito jamás… Mil gracias a la profesora Berenice Esposito y a Homero.

Todo comenzó ahí.

Nápoles

Nota del autor

La historia narrada en esta obra está inspirada en el periodo histórico que precede a la crucial batalla de Accio (2 de septiembre de 31 a. C., aproximadamente).

La misión secreta del tribuno Silano, así como dicho personaje, son fruto de la imaginación del autor, si bien están inspirados en acontecimientos históricamente comprobados. La voluntad testamentaria de Marco Antonio (conocida como Donación de Alejandría) y la lectura en el Senado de tales documentos por parte de Octavio representan, junto con el triunfo celebrado por Marco Antonio en Egipto, la causa desencadenante de la guerra entre Roma y el reino de Cleopatra. Según varias fuentes, para conseguir sus objetivos, Octavio habría corrompido a algunos funcionarios a fin de que se hicieran ilegalmente con el testamento de su rival. Los hechos que realmente ocurrieron son ciertamente distintos de los que se narran en esta obra: el noble Lucio Munacio Planco (general y hábil político romano, Atina 90 a. C. – Gaeta 1 d. C.) fue el eje alrededor del cual se desarrolló todo el asunto de la Donación de Alejandría. Tras la victoria de Filipos, a Lucio Munacio Planco se le encomendó la tarea de expropiar las tierras de Benevento para concedérselas como premio a los supervivientes. En 36 a. C. luchó al lado de Marco Antonio en la campaña militar contra los partos, que supuso una derrota desastrosa para los romanos, y posteriormente se retiró a Alejandría de Egipto. Unos meses después recibió el cargo de gobernador de Siria. A Lucio Munacio Planco y a Marco Antonio los unía una gran amistad, pero las exigencias de Cleopatra la enfangaron rápidamente. Lucio Munacio Planco empezó a creer que Marco Antonio estaba dejando de lado los intereses de Roma en beneficio de los de Cleopatra, y llegados a ese punto decidió volver a la Urbe con un grupo de fieles seguidores. Al llegar a Roma, Lucio Munacio Planco le dijo a Octavio que Marco Antonio se había convertido en un esclavo de Cleopatra y, además, lo informó sobre su testamento en favor de la reina egipcia. Octavio se dio cuenta de que con ese documento en su poder conseguiría vencer las perplejidades del Senado romano para declarar una guerra en Egipto contra Marco Antonio y, al saber que las vestales lo estaban custodiando, se apoderó de él y lo leyó en la Curia (de ahí la versión novelada de la misión que el protagonista del libro tiene que cumplir en tierras de Oriente).

El Senado y el pueblo de Roma proclamaron a Marco Antonio «enemigo de la patria» y, para evitar que se hablara de una guerra civil, les declararon la guerra a Cleopatra y a Egipto. A finales de septiembre de 32 a. C., Marco Antonio y Cleopatra trasladaron su cuartel general a Patras, amenazando directamente la península italiana.

La elección era perfecta, ya que el golfo que albergaba la ciudad estaba protegido, en dirección a Italia, por las islas de Leucas y Cefalonia.

Marco Antonio ocupó todos los puntos estratégicos importantes: la cadena comenzaba en el sur de Cirene, en el norte de África, de donde partían los suministros de grano y víveres, pasaba por Metone, en la punta sur del Peloponeso, que controlaba las rutas de abastecimiento, llegaba a Patras, el cuartel general, y proseguía al norte hacia Accio, delante del golfo de Ambracia y con la isla de Leucas a simple vista, para terminar en la isla de Corfú. Esta disposición estratégica demuestra claramente que la intención de Marco Antonio era esperar al enemigo en posición dominante, en lugar de realizar directamente el ataque. Octavio, por su parte, no era un gran condotiero pero, como inmejorable político, sabía rodearse de excelentes colaboradores, entre los que destacaba en habilidad el almirante Marco Vipsanio Agripa, que como estratega no tenía nada que envidiar a los mejores condotieros romanos. Los primeros días de marzo de 31 a. C., el almirante romano zarpó con la flota de Bríndisi y surcó el mar Jónico, pero no hacia el enemigo, que lo esperaba en Leucas, sino hacia el sur, con la intención de conquistar la guarnición de Metone. Asaltados por sorpresa, los militares de Marco Antonio se rindieron inmediatamente y todo el cuadro estratégico saltó. Al perder Metone, los suministros para Patras no podían viajar por mar sino solo por tierra, siguiendo un trayecto mucho más largo y dispendioso. Los expertos en estrategia militar contemporáneos, están de acuerdo en afirmar que a partir de ese momento la guerra ya podía considerarse decidida a favor de Octavio.

Desde Metone, Agripa empezó a atacar, uno tras otro, los emplazamientos de Marco Antonio, que no tenía capacidad para defenderlos a todos contemporáneamente: procedentes de Italia, las tropas de Octavio desembarcaron en Epiro y atacaron Corfú, mientras que desde Metone, Agripa amenazaba directamente Patras, obligando a Marco Antonio y Cleopatra a trasladar su cuartel general a Accio. Por último, Agripa conquistó la isla de Leucas y se unió con el resto del ejército en la extremidad de la península opuesta a Accio. Octavio se encontraba en posición de superioridad y podía esperar, mientras que Marco Antonio y Cleopatra estaban obligados a combatir y vencer.

A pesar de las presiones de sus propios generales y su supremacía en tierra, Marco Antonio se dejó convencer por Cleopatra para combatir una batalla naval, porque la ambiciosa reina, que no había proporcionado soldados sino barcos, quería ser partícipe de la victoria. La flota de Marco Antonio era inferior en número y en gran parte estaba formada por naves lentas y pesadas, mientras que las de Octavio poseían mucha más capacidad de maniobra. Además, en mayo tuvo lugar una epidemia de malaria que terminó con la vida de muchos soldados de las filas de Marco Antonio y, al no llegar los víveres, se produjeron muchas traiciones. Para evitar que las tripulaciones amotinadas entregaran las naves a su rival, Marco Antonio mandó quemar cincuenta, reduciendo su flota a 170 unidades.

A finales de agosto, Marco Antonio mandó preparar las naves con las velas desplegadas, y por tanto más pesadas y fáciles de incendiar por el enemigo. El 2 de septiembre comenzó la verdadera batalla. Hay varias fuentes históricas que recogen los sucesos de Accio. Para quienes puedan estar interesados, podemos citar: Augusto: *Res gestae divi Augusti, CIL III;* Cassio Didone Cocceiano: *Storia romana, libro L;* Livio: *Ab Urbe condita, libro I;* Eutropio: *Breviarium ab Urbe condita, IX;* Svetonio: *Vita dei Cesari, libro II;* y Velleio Patercolo: *Storia di Roma, libro II.*

La derrota de Marco Antonio en Accio representa un paso histórico crucial para la evolución política de la Urbe. Todo el poder de Roma se concentrará al poco tiempo en manos del vencedor de Accio, Octavio, y de hecho este enfrentamiento naval representa un elemento fundamental para describir el paso del fin de la agonizante República romana al nacimiento del Principado de Augusto y del Imperio romano (27 a. C.).

El autor desea señalar que se ha comprometido al máximo para que sus investigaciones históricas fuesen lo más valiosas y precisas posible, considerando en cualquier caso la objetiva dificultad que presenta el tener que afrontar una reconstrucción histórica con fines narrativos. Así pues, pide disculpas de antemano por los posibles errores o imprecisiones. Al ser su primera obra literaria, espera haber satisfecho de manera exhaustiva las expectativas del lector y, sobre todo, espera no haber resultado aburrido (que, en su opinión, es lo peor que le puede pasar a un narrador).

De lo contrario, se apela a vuestra clemencia.

GLOSARIO

[1] 720 años después de la fundación de Roma (33 a. C.).
[2] Cayo Julio César (Roma, 13 de julio de 101 o 100 a. C. – Roma, 15 de marzo de 44 d. C.) fue un general, dictador y escritor romano, considerado uno de los personajes más importantes e influyentes de la historia.
[3] Arezzo.
[4] Cayo Julio César Octavio Augusto (Roma, 23 de septiembre de 63 a. C. – Nola, 19 de agosto de 14 d. C.) fue el primer emperador romano. Su principado, de 44 años, es el más largo de la historia de Roma.
[5] Marco Antonio (Roma, 14 de enero de 83 a. C. – Alejandría de Egipto, 1 de agosto de 30 a. C.) fue político y general romano durante la República y posteriormente triunviro.
[6] Módena.
[7] Cayo Vibio Pansa Cetroniano (… – 23 de abril de 43 a. C.) fue tribuno de la plebe en 51 a. C. y cónsul de la Roma republicana en 43 a. C.
[8] Aulo Irzio (90 a. C. – 43 a. C.) fue un militar, político y escritor romano. Legado de César, a su muerte llegó a ser cónsul.
[9] La pequeña ciudad de Vid, cercana a la actual Metkovic.
[10] El cargo militar más alto en la legión, después del de *legatus*.
[11] Comandante en jefe de la legión.
[12] Cataluña.

13 Cneo Pompeyo Magno (Picenum, 28 de septiembre de 106 a. C. – Egipto, 48 a. C.) fue un político y general romano que después de ser aliado de César como triunviro, llegó a ser su adversario.
14 Alto oficial de la legión: eran cinco y solo estaban subordinados al prefecto del campamento, al tribuno laticlavio y al *legatus*.
15 Ciudad de Bríndisi, situada en la región italiana de Apulia.
16 Salve y adiós.
17 Sobre las once de la noche.
18 Palestrina, municipio de la provincia de Roma.
19 Aquilea, municipio de la provincia de Údine.
20 Trieste.
21 Marsella.
22 Dirraquio, en Albania.
23 Farsalia, en Grecia.
24 El volcán Vesubio, en la región de Campania.
25 En la zona del Vesuvio, probablemente entre los municipios de San Sebastiano al Vesuvio y Ercolano.
26 Nápoles, en la región de Campania.
27 Con el nombre de Calabria se entendía el territorio que se extiende desde Taranto hasta Santa María de Leuca (prolongación de la Apulia meridional).
28 Isla de Hvar, en Croacia.
29 Bari.
30 Región del sur de Italia.
31 Sobre las seis de la mañana.
32 Actual Solin, ciudad de Croacia.
33 Sobre la una de la tarde.
34 Gran vela cuadrada que se iza en el palo mayor de la embarcación.
35 Vela pequeña triangular que se iza por encima de la vela mayor.
36 En la mitología griega, Tifis era el primer timonel del Argo, la embarcación que usó Jasón junto con otros 50 héroes para buscar el Vellocino de Oro.
37 Timón.
38 Región centro meridional de Grecia.
39 Capital de la isla de Mikonos, que forma parte del archipiélago de las Cícladas.
40 Los nobles y senadores.
41 Los que contaban con el apoyo de las clases populares.
42 Lucio Cornelio Sila (Roma, 138 a. C. – Cumas, 78 a. C.) fue general y, durante mucho tiempo, dictador romano.
43 Cayo Mario (Cereatae, 157 a. C. – Roma, 13 de enero de 86 a. C.) fue un general y político de la República romana que fue elegido siete veces cónsul.

⁴⁴ Río que atraviesa la región italiana de Las Marcas.
⁴⁵ Cayo Cornelio Lentulo Batiato fue propietario de un famoso *ludus gladiatorius* cerca de Capua.
⁴⁶ Escuela de gladiadores.
⁴⁷ Espartaco (Tracia, hacia 109 a. C. – Lucania, 71 a. C.) fue un gladiador romano que dirigió la rebelión de esclavos más importante de Roma.
⁴⁸ Con el nombre de Calabria se entendía el territorio que se extiende desde Taranto hasta Santa Maria di Leuda (prolongación de la Apulia meridional).
⁴⁹ Las cinco de la tarde.
⁵⁰ Tienda militar romana. Representaba la unidad menor del ejército. Normalmente albergaba a ocho legionarios.
⁵¹ Mar Mediterráneo.
⁵² Cayo Cilnio Mecenas (Arezzo, 68 a. C. – 8 a. C.), miembro de una antigua familia etrusca, fue un influyente consejero de Augusto.
⁵³ Marco Vipsanio Agripa (63 a. C. – 12 a. C.) fue un político y general romano. Además de ser su yerno, fue un gran amigo y fiel colaborador de Augusto.
⁵⁴ Ciudad de la Galia sometida al control de Roma.
⁵⁵ Taranto, en Apulia.
⁵⁶ Galípoli, en Apulia.
⁵⁷ Bruzio: antiguo nombre de la parte meridional de la actual Calabria.
⁵⁸ Magistrados de gran importancia con varias incumbencias civiles.
⁵⁹ Ciudad situada en la provincia romana de Epiro (sus vestigios se encuentran actualmente en la ciudad de Pojan, en Albania).
⁶⁰ El historiador Atenodoro de Tarso fue maestro del joven Octavio.
⁶¹ Sobre las dos de la tarde.
⁶² Sobre las once de la mañana.
⁶³ Puñal que se usaba en el ejército romano.
⁶⁴ Patras.
⁶⁵ Sobre las cuatro de la tarde.
⁶⁶ Nitrato de potasio.
⁶⁷ Sobre las tres de la mañana.
⁶⁸ Élide, prefectura de la Grecia occidental que formaba parte de la península del Peloponeso.
⁶⁹ Actual Igumenitsa, ciudad costera de la Grecia noroccidental.
⁷⁰ Una de las islas jónicas que se hallan al oeste de la Grecia occidental.
⁷¹ Las seis islas mayores de lo que denominamos islas jónicas: Leucas, Ítaca, Cefalonia, Zante, Paxos, Corfú y Citera.
⁷² Perteneciente a la prefectura de Mesenia, en Peloponeso.
⁷³ Espacio que había delante del santuario o cela.

74 La actual ciudad de Castro, provincia de Lecce, en Apulia.
75 Entre las seis y las nueve de la noche.
76 El primer centurión de la legión; el más importante entre sus iguales.
77 Peneo: río del Peloponeso que nace en el monte Erimanto y recorre el sur de Élide.
78 Lepreo se encuentra en la frontera de Mesenia. Se asocia con el mitológico Apis de la *Ilíada* de Homero.
79 Cleopatra VII Thea Philopatore (Alejandría de Egipto, 69 a. C. – Alejandría de Egipto, 30 a. C.) fue la última reina de Egipto y la última de la dinastía tolemaica. Se suicidó.
80 Plaza pública.
81 Pórtico que encerraba el antiguo lugar de encuentro de los habitantes de la ciudad estado.
82 La isla de Esciro forma parte de la prefectura de Eubea.
83 Ciudad de la Laconia meridional que se encuentra frente a la isla de Citera.
84 Sobre las siete de la mañana.
85 La isla de Ios forma parte del archipiélago de las Cícladas.
86 Cneo Domicio Enobarbo (80 a. C. – Roma, 30 a. C.) fue un político y comandante de la República romana, miembro de la noble familia de los Enobarbos, de la estirpe de los Domicio. Primero apoyó a los seguidores de César y más tarde, perdonado por Marco Antonio, se convirtió en uno de sus colaboradores.
87 Tinos, una de las mayores islas del archipiélago de las Cícladas.
88 Lemnos, isla griega que se encuentra en la parte septentrional del mar Egeo. Administrativamente forma parte de la prefectura de Lesbos.
89 Lesbos, isla griega que se encuentra en el Egeo nororiental, frente a las costas de la península de Anatolia.
90 Milán.
91 Plasencia.
92 Prólogo de la *Odisea* de Homero.
93 Adalia, Turquía, situada a las faldas del Tauro occidental.
94 Antiguo nombre de la ciudad de Harrán, Turquía. El 9 de junio de 53 a. C. tuvo lugar la famosa batalla entre romanos y partos. En ella, Marco Licinio Craso fue derrotado y capturado por el general parto Surena. Fue una de las derrotas más severas de la historia del ejército romano.
95 Rey de los partos de 37 a 2 a. C.
96 Antigua región de la Anatolia central. Actualmente, parte de Turquía.
97 Tetrarca de Galacia y fiel aliado de la República romana. Murió en 41 a. C.
98 Provincia romana que comprendía una parte de la actual Turquía central.

⁹⁹ Fue el último rey de Capadocia, de 36 a 17 a. C., y aliado de Marco Antonio. Abandonó al triunviro durante la batalla de Accio.
¹⁰⁰ Ctesifonte, ciudad de Mesopotamia, capital del reino de los partos.
¹⁰¹ Tarso, capital de la antigua Cilicia. También se llamó Juliopolis, en honor de César.
¹⁰² Ciudad de Turquía y capital de la provincia homónima.
¹⁰³ Antigua unidad de medida de longitud. Un estadio correspondía a unos 185 metros.
¹⁰⁴ Sobre las ocho de la mañana.
¹⁰⁵ El río Yesilirmak baña Turquía y se extiende unos 500 km.
¹⁰⁶ Unidad de medida de volumen de la antigua Roma. Un congio equivalía a 325 cl.
¹⁰⁷ En la mitología romana, Febris era la diosa de la fiebre. Se levantaron templos en su honor en los montes Palatino y Esquilino, y en la parte más alta del Vicus Longus.
¹⁰⁸ Nombre árabe del *Medicago sativa*, mejor conocida como hierba médica.
¹⁰⁹ Antigua figura mitológica. Monstruo horrendo con cuerpo de dragón gigantesco sin alas y nueve enormes cabezas de serpiente. Murió a manos de Hércules.
¹¹⁰ General del ejército romano que participó en la guerra contra Mitríades VI (117 a. C. – 56 a. C.).
¹¹¹ Campamento permanente o semipermanente que permitía a los soldados romanos mantener el control militar y administrativo de los territorios ocupados.
¹¹² Muro de contención, erigido contra los asaltos enemigos.
¹¹³ También llamado griego helenístico, fue un antiguo dialecto griego que en la época de Alejandro Magno se hablaba desde Egipto hasta las regiones del norte de la India.
¹¹⁴ General romano fallecido en 39 a. C., partidario de César.
¹¹⁵ Rey de los partos de 57 a 38 a. C. Murió asesinado por su hijo cuando este subió al trono al año siguiente.
¹¹⁶ Publio Ventidio Baso fue un general romano al servicio de Marco Antonio y el único que consiguió victorias en las campañas partas del triunviro.
¹¹⁷ Pequeña ciudad de Irak, situada en la parte noroccidental, cerca de la frontera con Siria.
¹¹⁸ 28 de junio.
¹¹⁹ Rey de la Media Luna Fértil. Llegó a un acuerdo con Marco Antonio: dio a su hija Iotape en esposa al pequeño Alejandro Helios para reforzar la alianza con el triunviro.
¹²⁰ 5 de septiembre.

¹²¹ Jabalinas que utilizaban las legiones romanas.
¹²² Antigua ciudad situada al noreste de la capital de Partia.
¹²³ 5 de diciembre.
¹²⁴ Comandante del ejército de Orodes II. Pertenecía a una de las familias más nobles y potentes del imperio parto.
¹²⁵ Franja que forma una especie de faldita decorativa que usaban los soldados romanos por debajo de la armadura.
¹²⁶ Cayo Casio Longino (87 a. C. – 42 a. C.) fue un político romano que concibió la conjura contra César.
¹²⁷ Antigua satrapía del imperio de los aqueménidas. Actualmente ubicable en Turkmenistán.
¹²⁸ Soldados del imperio chino.
¹²⁹ Seleucia Pieria, ciudad fundada alrededor del año 300 a. C. a orillas del río Orontes. Representaba el puerto de Antioquía de Siria.
¹³⁰ Isla griega del golfo Sarónico que se encuentra a 50 km de Atenas.
¹³¹ Trípoli y Beirut, ambas ciudades de Líbano.
¹³² Enorme barrera de unos siete estadios que unía Faro con la tierra firme.
¹³³ Cobra egipcia.
¹³⁴ La isla de Zante o Zacinto forma parte del archipiélago de las islas jónicas.
¹³⁵ Cefalonia es la mayor de las islas jónicas.
¹³⁶ Mutatio: establecimiento de servicio en una calzada romana; en ella también podía realizarse el cambio de caballos y carros.
¹³⁷ Quinto Hortensio Hórtalo (114 a. C. – 50 a. C.) fue un gran abogado y orador romano.
¹³⁸ Los duunviros eran los magistrados de la antigua Roma, elegidos en parejas para que pudieran vigilarse y aconsejarse mutuamente. Se ocupaban de la supervisión de los cargos públicos o de encargos delicados de ámbito político y administrativo.
¹³⁹ Sombrero de cuero característico del servicio postal romano.
¹⁴⁰ Estanque cuadrado con fondo plano proyectado para recoger el agua pluvial.
¹⁴¹ Estudio, lugar de trabajo del *dominus*.
¹⁴² Comedor.
¹⁴³ Siete de julio.
¹⁴⁴ Patricios romanos.
¹⁴⁵ Cayo Sosio (66 a. C. – 31 a. C.) fue general y político durante la República romana. En 38 a. C., Marco Antonio lo nombró gobernador de Siria y Cilicia. Fue cónsul en el año 32 junto con Cneo Domicio Enobarbo.